LEVIATHAN

Paul Auster, né en 1947, vit à Brooklyn. Poète, traducteur et romancier, il est l'un des écrivains les plus brillants de sa génération. Il est notamment l'auteur de la *Trilogie new-yorkaise* (*Cité de verre*, *Revenants*, *La Chambre dérobée*), du *Voyage d'Anna Blume*, de *La Musique du hasard*.

Dans Le Livre de Poche :

L'Invention de la solitude
Le Voyage d'Anna Blume
Moon palace
La Musique du hasard

Trilogie new-yorkaise :

1. Cité de verre
2. Revenants
3. La Chambre dérobée

PAUL AUSTER

Léviathan

ROMAN TRADUIT DE L'AMÉRICAIN
PAR CHRISTINE LE BŒUF

ACTES SUD

L'auteur remercie tout spécialement Sophie Calle
de l'avoir autorisé à mêler la réalité à la fiction.

Titre original :

LEVIATHAN

Viking Penguin Inc., New York

pour Don DeLillo

Tout État actuel est corrompu.

RALPH WALDO EMERSON

I

Il y a six jours, un homme a été tué par une explosion, au bord d'une route, dans le nord du Wisconsin. Il n'y a pas eu de témoin, mais on pense qu'il était assis à côté de sa voiture garée sur l'herbe quand la bombe qu'il était en train d'assembler a sauté par accident. Selon le rapport d'expertise qui vient d'être rendu public, sa mort a été instantanée. Son corps a volé en douzaines de petits éclats, et des fragments de son cadavre ont été retrouvés jusqu'à une quinzaine de mètres du lieu de l'explosion. A ce jour (le 4 juillet 1990), personne ne paraît avoir la moindre idée de son identité. Le FBI, qui travaille en collaboration avec la police locale et avec des agents du Bureau des alcools, tabacs et armes à feu, a commencé son enquête par l'examen de la voiture, une Dodge bleue vieille de sept ans, immatriculée en Illinois, mais on a appris presque aussitôt qu'elle avait été volée — piquée en plein jour, le 12 juin, sur un parking de Joliet. La même chose s'est passée lorsqu'on a étudié le contenu du portefeuille qui, par une sorte de miracle, était sorti presque indemne de l'explosion. On croyait avoir découvert une profusion d'indices — permis de conduire, numéro de Sécurité sociale, cartes de crédit — mais une fois soumis à l'ordinateur, chacun de ces

11

documents s'est révélé faux ou volé. Des empreintes digitales auraient pu représenter l'étape suivante, mais dans cette affaire il n'y en avait pas, puisque les mains de l'homme avaient disparu avec la bombe. Et on ne pouvait rien espérer de la voiture. La Dodge n'était plus qu'une masse d'acier noirci et de plastique fondu où, en dépit des recherches, on n'a pas trouvé une seule empreinte. Peut-être arrivera-t-on à plus de résultat grâce aux dents, à supposer qu'il en reste assez pour qu'on puisse travailler dessus, mais cela ne peut que prendre du temps, peut-être plusieurs mois. On finira certainement par penser à quelque chose, mais tant qu'on n'aura pas réussi à établir l'identité de ce corps disloqué, l'enquête a peu de chances de décoller.

En ce qui me concerne, plus elle dure, mieux c'est. L'histoire que j'ai à raconter est assez compliquée, et si je ne la termine pas avant que ces gens-là n'arrivent avec leur réponse, les mots que je m'apprête à écrire n'auront aucun sens. Aussitôt que le secret sera découvert, toutes sortes de mensonges auront cours, des versions déformées et malveillantes des faits circuleront dans les journaux et les magazines, et en quelques jours la réputation d'un homme sera ruinée. Ce n'est pas que je veuille excuser ses actes, mais puisqu'il n'est plus là pour se défendre lui-même, le moins que je puisse faire est d'expliquer qui il était et de présenter dans leur vérité les événements qui l'ont amené sur cette route au nord du Wisconsin. C'est pourquoi je dois travailler vite : afin d'être prêt quand le moment viendra. Si par hasard le mystère demeure inexpliqué, je n'aurai qu'à garder pour moi ce que j'aurai écrit, et nul n'en aura rien à connaître. Ce serait le meilleur dénouement possible : le calme plat, pas un mot prononcé de part ou d'autre. Mais je ne peux pas compter là-dessus. Si je veux accomplir ce que je dois accomplir, il me faut considérer que déjà ils touchent au but, que tôt ou tard ils vont découvrir qui il était. Et pas juste quand j'aurai eu le temps de finir ceci — mais n'importe quand, n'importe quand à partir de maintenant.

Le lendemain de l'explosion, les dépêches ont transmis une information succincte sur l'affaire. C'était un de ces articles sibyllins, en deux paragraphes, qu'on enterre au beau milieu des quotidiens, mais je suis tombé dessus par hasard dans le *New York Times* en déjeunant, ce jour-là. De façon presque inévitable, je me suis mis à penser à Benjamin Sachs. Il n'y avait rien dans l'article qui le désignât de façon précise, et cependant tout paraissait correspondre. Nous ne nous étions plus parlé depuis près d'un an, mais il en avait dit assez lors de notre dernière conversation pour me convaincre qu'il se trouvait dans une situation grave, lancé à corps perdu vers quelque sombre et innommable désastre. Si ceci paraît trop vague, je pourrais ajouter qu'il avait aussi été question de bombes, qu'il avait été intarissable là-dessus tout au long de sa visite, et que pendant les onze mois qui ont suivi je me suis trimbalé avec cette peur précise au creux de moi — il allait se tuer —, un jour, en dépliant le journal, je lirais que mon ami s'était fait sauter. Ce n'était rien de plus, à ce moment-là, qu'une intuition irraisonnée, un de ces sauts fous dans le vide, et pourtant une fois que cette idée s'est introduite dans ma tête je n'ai plus réussi à m'en débarrasser. Et puis, deux jours après que j'ai lu cet article, deux agents du FBI sont venus frapper à ma porte. Dès l'instant où ils ont annoncé qui ils étaient, j'ai compris que j'avais raison. Sachs était l'homme qui s'était fait sauter. Aucun doute n'était permis. Sachs était mort, et la seule aide que je pouvais lui offrir désormais était de garder sa mort pour moi.

Il était heureux, sans doute, que j'aie lu l'article

quand je l'ai lu, bien que je me rappelle avoir regretté, au moment même, qu'il me soit tombé sous les yeux. A tout le moins, ça m'a donné quelques jours pour absorber le choc. Quand les hommes du FBI sont arrivés ici avec leurs questions, j'y étais préparé, et ça m'a aidé à rester maître de moi. Ça n'a pas fait de mal non plus que quarante-huit heures supplémentaires se soient écoulées avant qu'ils réussissent à remonter jusqu'à moi. Parmi les objets récupérés dans le portefeuille de Sachs se trouvait, semble-t-il, un bout de papier portant mes initiales et mon numéro de téléphone. C'est ce qui les a amenés à me rechercher mais, par un coup de chance, le numéro était celui de notre appartement de New York et je suis depuis dix jours dans le Vermont, installé avec ma famille dans une maison louée où nous projetons de passer le reste de l'été. Dieu sait combien de personnes ils ont dû interroger avant de découvrir que je me trouvais ici. Si je signale au passage que cette maison appartient à l'ex-épouse de Sachs, ce n'est qu'à titre d'exemple des implications et de la complexité de toute cette histoire.

J'ai fait de mon mieux, face à eux, pour jouer l'ignorance, pour en dire le moins possible. Non, ai-je répondu, je n'ai pas lu l'article dans le journal. Je n'ai jamais entendu parler de bombes, de voitures volées ni de routes de campagne au fin fond du Wisconsin. Je leur ai dit que j'étais écrivain, que je gagnais ma vie en écrivant des romans, et que s'ils voulaient des renseignements sur moi, ils pouvaient y aller — mais que ça ne leur serait d'aucune utilité en cette affaire, ils ne feraient que perdre leur temps. Ça se peut, ont-ils répliqué, mais ce bout de papier dans le portefeuille du mort ? Ils n'essayaient pas de m'accuser de quoi que ce soit, mais le fait que le mort ait eu mon numéro de téléphone sur lui semblait prouver l'existence d'un rapport entre nous. Il me fallait bien l'admettre, n'est-ce pas? Oui, ai-je reconnu, bien sûr, mais même si ça paraît logique ça n'implique pas que ce soit vrai. Il existe mille façons dont cet homme aurait pu se procurer mon numéro. J'ai des amis dispersés dans le monde entier, et n'importe lequel aurait pu communiquer ce numéro à un inconnu. Cet inconnu peut l'avoir passé à un autre, qui à son tour l'a passé à un autre inconnu. Peut-être, ont-ils répondu, mais pourquoi se promènerait-on avec le numéro de téléphone de quelqu'un qu'on ne connaît pas? Parce que je suis écrivain, ai-je dit. Ah? Et quelle différence est-ce que ça fait? Parce que mes livres sont publiés, ai-je expliqué. Des gens les lisent, et je ne sais pas du tout qui ils sont. Sans même m'en douter, j'entre dans la vie d'inconnus, et aussi longtemps qu'ils ont mon livre entre les mains, mes mots sont la seule réalité qui existe pour eux. C'est normal, ont-ils remarqué, c'est comme ça que ça se passe, avec les livres. Oui, ai-je dit, c'est comme ça que ça se passe, mais il arrive parfois que ces gens soient cinglés. Ils lisent votre livre, et quelque chose dans ce livre touche une corde sensible dans leur âme. Tout à coup, ils s'imaginent que vous leur apparte- nez, que vous êtes leur seul ami au monde. Afin d'illustrer mon propos, je leur ai donné plusieurs exemples — tous réels, tous issus directement de ma propre expérience. Les lettres de déséquilibrés, les coups de téléphone à trois heures du matin, les menaces anonymes. Rien que l'année dernière, ai-je poursuivi, je me suis aperçu que quelqu'un se faisait passer pour moi — il répondait à des lettres en mon nom, allait dans des librairies signer mes livres, traînait aux frontières de ma vie telle une ombre maléfique. Un livre est un objet mystérieux, ai-je dit, et une fois qu'il a pris son vol, n'importe quoi peut arriver. Toutes sortes de méfaits peuvent être commis, et il n'y a fichtre rien que vous puis- siez y faire. Pour le meilleur ou pour le pire, il échappe complètement à votre contrôle.

Je ne sais pas s'ils ont trouvé mes dénégations convaincantes ou non. J'ai tendance à penser que non, mais même s'ils n'ont pas cru un mot de ce que je disais, il est possible que ma stratégie m'ait fait gagner du temps. Compte tenu que je n'avais encore jamais parlé à un agent du FBI, j'ai l'impression de ne m'être pas trop mal comporté pendant cet entretien. J'ai été calme et poli, j'ai réussi à manifester la combinaison voulue de bonne volonté et d'ignorance. Rien que ça, pour moi, c'était une sorte de triomphe. En règle générale, je n'ai guère de talent pour le mensonge, et en dépit de mes efforts au cours des ans, j'ai rarement trompé quiconque à propos de quoi que ce fût. Si j'ai réussi à jouer, avant-hier, une comédie crédible, les hommes du FBI en ont été en partie responsables. Ce n'était pas tant ce qu'ils disaient que leur apparence, la perfection avec laquelle ils étaient habillés pour leur rôle et confirmaient jusqu'au moindre détail l'apparence d'hommes du FBI telle que je l'avais toujours imaginée : les costumes d'été en tissu léger, les brodequins robustes, les chemises infroissables, les lunettes d'aviateur. Les lunettes obligatoires, pour ainsi dire, qui donnaient à la scène un côté artificiel, comme si les hommes qui les portaient n'étaient que des acteurs, des figurants engagés pour jouer les utilités dans un film à petit budget. Tout ceci me paraissait bizarrement rassurant, et quand j'y repense aujourd'hui, je me rends compte que cette impression d'irréalité a représenté pour moi un avantage. Elle m'a permis de me considérer moi aussi comme un acteur, et parce que j'étais devenu un autre, j'avais soudain le droit de tromper ces gens, de leur mentir sans le moindre frémissement de ma conscience.

Ils n'étaient pas stupides, cependant. L'un devait avoir un peu plus de quarante ans et l'autre paraissait nettement plus jeune, vingt-cinq ou vingt-six ans, peut-être, mais tous deux avaient dans le regard une lueur qui m'a maintenu sur mes gardes pendant tout le temps qu'ils étaient là. Il est difficile de définir avec précision ce que leurs regards avaient de si menaçant, mais je pense que c'était lié à une sorte d'absence, à un refus de s'impliquer, comme s'ils observaient à la fois tout et rien. Des regards qui divulguaient si peu de choses que je n'étais jamais sûr de ce qu'ils pensaient, l'un et l'autre. Des regards trop patients, en quelque sorte, trop habiles à suggérer l'indifférence, mais vifs, en dépit de tout cela, impitoyablement vifs, comme s'ils avaient été entraînés à vous mettre mal à l'aise, à vous rendre conscient de vos défauts et de vos transgressions, à vous donner la chair de poule. Ils s'appelaient Worthy et Harris, mais j'ai oublié qui était qui. En tant que spécimens physiques, ils présentaient une ressemblance troublante, presque comme des versions plus jeune et plus âgée d'une même personne : grands, mais pas trop grands ; bien bâtis, mais pas trop bien ; les cheveux roux clair, les yeux bleus, les mains épaisses aux ongles impeccables. Il est vrai que leurs styles différaient dans la conversation, mais je ne veux pas faire trop de cas d'une première impression. Pour autant que je sache, chacun joue chaque rôle à son tour, ils échangent leurs personnages au gré de leur inspiration. Chez moi, avant-hier, le plus jeune faisait le dur. Ses questions étaient brutales et il paraissait prendre son boulot trop à cœur, souriant à peine, par exemple, et s'adressant à moi avec un formalisme qui frisait parfois le sarcasme ou l'irritation. Le plus âgé paraissait détendu et aimable, disposé à laisser la conversation suivre son cours naturel. Nul doute qu'il ne soit plus dangereux à cause de ça, mais je dois admettre que bavarder avec lui n'était pas tout à fait déplaisant. Quand j'ai commencé à lui raconter certaines des réactions dingues à mes

livres, je me suis rendu compte que le sujet l'intéressait, et il m'a permis de poursuivre mes digres-
sions plus longtemps que je ne m'y étais attendu.
Je suppose qu'il cherchait à se former une opinion
sur mon compte, qu'il m'encourageait à me
répandre en paroles afin de préciser l'idée qu'il se
faisait de moi et du fonctionnement de mon cerveau, mais quand j'en suis arrivé à l'histoire de
l'imposteur, il m'a bel et bien proposé de lancer
une enquête pour moi là-dessus. Ce pouvait être
une ruse, bien sûr, mais j'en doute. Je n'ai pas
besoin d'ajouter que j'ai refusé son offre, mais si
les circonstances avaient été différentes, j'aurais
réfléchi à deux fois avant de refuser son aide. C'est
une chose qui me tracasse depuis longtemps déjà,
et j'aimerais beaucoup aller au fond de cette
affaire.

— Je ne lis pas beaucoup de romans, a déclaré
l'agent. Il me semble que je n'ai jamais le temps.

— Non, il n'y a pas beaucoup de gens qui ont le
temps, ai-je dit.

— Mais les vôtres doivent être rudement bons.
Sinon, je ne peux pas croire qu'on vous embêterait
autant.

— Peut-être qu'on m'embête parce qu'ils sont
mauvais. Tout le monde est critique littéraire, de
nos jours. Si on n'aime pas un livre, on menace
l'auteur. Il y a une certaine logique dans cette
façon de voir. Faites payer ce salaud pour ce qu'il
vous a infligé.

— Je suppose que je devrais prendre le temps
d'en lire un moi-même, a-t-il dit. Pour comprendre
à propos de quoi on fait tout ce foin. Vous n'y ver-
riez pas d'inconvénient ?

— Bien sûr que non. C'est pour ça qu'ils sont
dans les librairies. Pour que des gens puissent les
lire.

Curieuse façon de terminer l'entretien — en écrivant la liste de mes livres à l'intention d'un agent

du FBI. Maintenant encore, je suis bien en peine de savoir ce qu'il voulait. Peut-être se figure-t-il qu'il va y trouver des indices, ou peut-être n'était-ce qu'une façon subtile de me signaler qu'il va revenir, qu'il n'en a pas terminé avec moi. Je représente toujours leur seule piste, après tout, et s'ils envisagent la possibilité que je leur aie menti, ils ne vont pas m'oublier de sitôt. A part ça, je n'ai pas la moindre idée de ce qu'ils peuvent penser. Il me paraît peu vraisemblable qu'ils me prennent pour un terroriste, mais je ne dis ça que parce que je sais que je n'en suis pas un. Eux ne savent rien, et par conséquent ils pourraient être en train de travailler à partir d'une telle prémisse et de chercher furieusement un lien entre moi et la bombe qui a explosé la semaine dernière dans le Wisconsin. Et même si ce n'est pas le cas, je dois accepter le fait qu'ils vont s'occuper de moi pendant longtemps encore. Ils vont poser des questions, creuser dans ma vie, ils découvriront qui sont mes amis et, tôt ou tard, le nom de Sachs viendra à la surface. En d'autres termes, tout le temps que je passerai ici dans le Vermont à rédiger ce récit, ils le consacreront à écrire leur histoire. Ce sera mon histoire, et dès qu'ils l'auront terminée, ils en sauront autant sur moi que moi-même.

Ma femme et ma fille sont rentrées à la maison deux heures environ après le départ des hommes du FBI. Elles étaient parties tôt le matin passer la journée chez des amis et j'étais content qu'elles n'aient pas été ici au moment de la visite de Harris et Worthy. Ma femme et moi mettons presque tout en commun, mais dans ce cas-ci je crois que je ne dois pas lui dire ce qui est arrivé. Iris a toujours eu beaucoup d'affection pour Sachs, mais je passe en premier pour elle, et si elle découvrait que je vais m'attirer des ennuis avec le FBI à cause de lui, elle s'efforcerait de m'en empêcher. Je ne peux courir ce risque en ce moment. Même si je réussissais à la persuader que j'ai raison d'agir comme je le fais, vaincre sa résistance prendrait du temps et le temps est un luxe qui m'est refusé, je dois consacrer chaque minute à la tâche que je me suis assignée. D'ailleurs, si elle cédait, elle s'en rendrait malade d'inquiétude et je ne vois pas quel bien pourrait en sortir. Un jour ou l'autre, elle apprendra de toute façon la vérité ; quand le moment sera venu, les dessous de cette histoire seront révélés. Ce n'est pas que je veuille la tromper, je souhaite simplement l'épargner le plus longtemps possible. Les choses étant ce qu'elles sont, je ne pense pas que ce sera très difficile. Je suis venu ici dans le but d'écrire, après tout, et si Iris croit que je suis en train de m'adonner à mon occupation habituelle, jour après jour, dans mon petit cabanon, quel mal y aurait-il à cela ? Elle supposera que je suis en train de noircir les pages de mon prochain roman, et quand elle verra combien j'y passe de temps, combien mes longues heures de travail font avancer l'ouvrage, ça lui fera plaisir. Iris est un élément de l'équation, elle aussi, et si je ne la savais pas heureuse je ne crois pas que j'aurais le courage de commencer.

Cet été est le deuxième que nous passons ici. Jadis, quand Sachs et sa femme avaient l'habitude d'y séjourner tous les ans en juillet et août, ils m'invitaient parfois à leur rendre visite, mais il ne s'agissait jamais que de brèves excursions et je suis rarement resté plus de trois ou quatre nuits. Depuis notre mariage, il y a neuf ans, Iris et moi avons fait plusieurs fois le voyage ensemble, et en une occasion nous avons même aidé Fanny et Ben à repeindre l'extérieur de la maison. Les parents de Fanny ont acheté la propriété pendant la grande crise, à une époque où on pouvait avoir des fermes comme celle-ci pour presque rien. Elle comptait plus de quarante hectares et un étang privé, et bien que la maison fût délabrée, elle était spacieuse et bien aérée, et des aménagements mineurs ont suffi à la rendre habitabl~ Les Goodman étaient instituteurs à New York et, après avoir acheté la maison, ils n'ont jamais eu les moyens d'y faire beaucoup de travaux, de sorte qu'elle a conservé au long des années la simplicité de son caractère primitif : les lits de fer, le fourneau pansu dans la cuisine, les craquelures aux plafonds et aux murs, les planchers peints en gris. Pourtant, il y a quelque chose de solide dans ce délabrement et on pourrait difficilement ne pas se sentir bien ici. Pour moi, le grand atout de la maison est son isolement. Elle est installée au sommet d'une petite montagne, à quatre miles du village le plus proche, par une petite route de terre battue. Les hivers doivent être féroces sur cette montagne, mais en été tout est vert, on est entouré d'oiseaux chanteurs, et les prés sont pleins de fleurs innombrables : épervières orange, trèfle rouge, œillets sauvages roses, boutons-d'or. A une trentaine de mètres de la maison se trouve une petite annexe qui servait à Sachs de lieu de travail pendant ses séjours ici. Ce n'est guère qu'une cabane, avec trois petites pièces, un coin-cuisine et un cabinet de toilette, et depuis qu'un hiver, il y a douze ou treize ans, elle a été victime de vandalisme, elle est en très mauvais état. Les tuyauteries ont claqué, l'électricité a été coupée, le linoléum se décolle du plancher. J'en parle parce que c'est là que je me trouve en ce moment — assis à une table verte au milieu de la plus grande pièce, un stylo à la main. Tout le temps que je l'ai connu, Sachs a passé ses étés à écrire à cette même table, et c'est dans cette pièce que je l'ai vu pour la dernière fois, quand il m'a ouvert son cœur et fait partager son terrible secret. Si je me concentre avec assez d'intensité sur le souvenir de cette nuit, j'arrive presque à me donner l'illusion qu'il est encore ici. C'est comme si ses paroles étaient restées en suspens dans l'air qui m'entoure, comme si je pouvais encore tendre la main et le toucher. Cette conversation a été longue et douloureuse, et quand nous en avons enfin atteint le terme (à cinq ou six heures du matin), il m'a fait promettre de ne pas laisser son secret sortir des murs de cette pièce. Tels ont été ses mots exacts : que rien de ce qu'il avait dit ne s'échappe de cette pièce. Dans un premier temps, je pourrai tenir ma promesse. Jusqu'à ce que vienne pour moi le moment de montrer ce que j'ai écrit ici, je pourrai me consoler en pensant que je ne mange pas ma parole.

La première fois que nous nous sommes rencontrés, il neigeait. Plus de quinze ans ont passé depuis ce jour-là, et pourtant je me le remémore quand je veux. Bien que tant d'autres choses m'aient échappé, je me souviens de cette rencontre avec Sachs aussi nettement que de n'importe quel événement de ma vie.

C'était un samedi après-midi de février ou de mars, et nous avions tous deux été invités à donner une lecture de nos œuvres dans un bar du West Village. Je n'avais jamais entendu parler de Sachs, et la personne qui m'avait appelé était trop débordée pour répondre à mes questions au téléphone. C'est un romancier, m'avait-elle dit. Son premier livre a été publié il y a quelques années. Nous étions un mercredi soir, trois jours à peine avant la date prévue pour la lecture, et elle avait dans la voix quelque chose comme de la panique. Michael Palmer, le poète sur lequel elle comptait pour ce samedi, venait d'annuler son voyage à New York et elle se demandait si j'accepterais de le remplacer. Malgré le caractère un peu intempestif de sa proposition, je lui avais répondu que je viendrais. Je n'avais pas publié grand-chose à cette époque de ma vie — six ou sept récits dans de petits magazines, une poignée d'articles et de recensions de

22

livres — et ce n'était pas comme si les gens avaient réclamé à grands cris le privilège de m'entendre leur faire la lecture. J'avais donc accepté l'offre de cette femme à bout de nerfs et, pendant deux jours, en proie à la panique à mon tour, j'avais cherché fiévreusement dans l'univers minuscule de mes œuvres complètes un récit dont je ne rougirais pas, une page d'écriture assez bonne pour être présentée devant une salle pleine d'inconnus. Le vendredi après-midi, j'étais allé dans plusieurs librairies demander le roman de Sachs. Ça paraissait la moindre des choses de connaître un peu son œuvre avant de le rencontrer, mais le livre datait de deux ans déjà et personne ne l'avait en stock.

Le hasard voulut que cette lecture n'eut jamais lieu. Une formidable tempête arriva du Midwest le vendredi soir et le samedi matin cinquante centimètres de neige étaient tombés sur la ville. La réaction raisonnable eût été de téléphoner à la personne qui m'avait invité, mais j'avais sottement oublié de lui demander son numéro et, à une heure, sans nouvelles d'elle, je me dis que je devais descendre en ville le plus vite possible. Je m'emmitouflai dans mon manteau, enfilai des galoches, fourrai le manuscrit de mon dernier récit dans une des poches de mon manteau, puis me lançai dans Riverside Drive, en direction de la station de métro située au carrefour de la 116e rue et de Broadway. Si le ciel commençait à s'éclaircir, les rues et les trottoirs étaient encore encombrés de neige et il n'y avait presque pas de circulation. Quelques voitures et camions avaient été abandonnés dans des congères au bord de la chaussée, et de temps à autre un véhicule solitaire descendait lentement la rue en dérapant si le conducteur tentait de s'arrêter devant un feu rouge. D'ordinaire, je me serais amusé de cette pagaille, mais il faisait un froid si féroce que je ne sortais pas le nez de mon écharpe. La température n'avait cessé de baisser depuis le lever du soleil, et l'air était piquant, avec de folles bouffées de vent soufflant de l'Hudson, des rafales énormes qui projetaient littéralement mon corps vers le haut de la rue. Le temps d'arriver à la station, j'étais à moitié raide ; en dépit des circonstances, les trains semblaient rouler encore. Cela m'étonna, et je descendis l'escalier et achetai mon jeton en me disant que la lecture aurait lieu, après tout.

J'arrivai à ce bar dénommé *Nashe's Tavern* à deux heures dix. C'était ouvert, mais lorsque mes yeux se furent habitués à l'obscurité, je vis qu'il n'y avait personne là-dedans. Un barman en tablier blanc était debout derrière le comptoir, en train d'essuyer méthodiquement de petits verres avec un torchon rouge. C'était un solide gaillard dans la quarantaine, et il m'examina avec attention tandis que je m'approchais, presque comme s'il avait regretté cette interruption de sa solitude.

— Il ne doit pas y avoir une lecture ici dans une vingtaine de minutes ? demandai-je. A l'instant où ces mots me sortaient de la bouche, je me sentis idiot de les avoir prononcés.

— Elle a été annulée, répondit le barman. Avec toute cette gadoue, là-dehors, ça n'aurait pas eu beaucoup de sens. La poésie, c'est bien beau, mais ça ne vaut pas la peine qu'on se gèle les couilles.

Je m'installai sur un tabouret et commandai un bourbon. Je frissonnais encore d'avoir marché dans la neige, et je voulais me réchauffer les tripes avant de me relancer à l'extérieur. Je vidai mon verre en deux lampées, puis me le fis remplir car le premier m'avait paru si bon. Alors que j'en étais à la moitié de ce verre, un autre client entra dans le bar. C'était un grand jeune homme d'une maigreur extrême, avec un visage mince et une généreuse barbe brune. Je le regardai taper le sol de ses bottes deux ou trois fois, frapper l'une contre l'autre ses mains gantées et reprendre son souffle en arrivant du froid. Il avait sans conteste une drôle d'allure — énorme, dans son manteau mité, avec une casquette de base-ball des New York Knicks perchée sur la tête et une écharpe bleu marine enroulée autour de la casquette pour protéger ses oreilles. Il avait l'air d'un type souffrant d'une rage de dents, pensai-je, ou d'un de ces soldats russes à moitié morts de faim échoués aux abords de Stalingrad. Ces deux images s'imposèrent à moi en succession rapide, la première comique, la deuxième désolée. Malgré son accoutrement ridicule, il avait dans le regard une violence, une intensité qui étouffaient tout désir de rire de lui. Il ressemblait à Ichabod Crane, peut-être, mais il était aussi John Brown [1] et, dès qu'on allait au-delà de son habillement et de son corps dégingandé d'avant de basket, on voyait quelqu'un de tout à fait différent : un homme à qui rien n'échappait, un homme dans la tête duquel tournaient mille rouages.

Il s'arrêta quelques instants sur le seuil pour parcourir du regard la pièce vide, puis s'approcha du barman et lui posa plus ou moins la même question que j'avais posée quelques minutes plus tôt. Le barman lui donna plus ou moins la même réponse qu'à moi, avec cette fois un geste du pouce dans ma direction, désignant l'endroit où j'étais assis au bout du bar.

— Lui aussi, il est venu pour la lecture, dit-il. Et il ajouta : Vous êtes sans doute les deux seuls types à New York assez cinglés pour sortir de chez eux aujourd'hui.

— Pas tout à fait, répliqua l'homme à la tête enroulée d'une écharpe. Vous avez oublié de vous compter.

---

1. Ichabod Crane est le narrateur d'un conte de Washington Irving très populaire aux États-Unis, *The Headless Horseman of Sleepy Hollow* ; John Brown est un des premiers héros de la cause des Noirs. (*N.d.T.*)

— J'ai pas oublié, fit le barman. C'est juste que je ne compte pas. Moi, je dois être ici, voyez-vous, pas vous. C'est ça que je veux dire. Si je ne me pointe pas, je perds mon boulot.

— Moi aussi, je suis venu à cause d'un boulot, dit l'autre. On m'a dit que je gagnerais cinquante dollars. Maintenant ils ont annulé la lecture, et je peux me taper le prix du métro.

— Ah, c'est différent, alors, dit le barman. Si vous étiez censé lire, alors je suppose que vous ne comptez pas non plus.

— Ça fait donc un seul homme dans toute la ville qui est sorti sans obligation.

— Si c'est de moi que vous parlez, dis-je, intervenant enfin dans la conversation, alors votre liste retombe à zéro.

L'homme à la tête enroulée d'une écharpe se tourna vers moi et sourit.

— Ah, ça signifie que vous êtes Peter Aaron, n'est-ce pas ?

— Sans doute, répondis-je. Mais si je suis Peter Aaron, vous devez être Benjamin Sachs.

— Le seul et unique, répliqua-t-il avec un petit rire, comme pour se moquer de lui-même. Il vint près de l'endroit où j'étais assis et me tendit la main droite. Je suis très content que vous soyez là, dit-il. J'ai lu plusieurs choses de vous ces derniers temps, et je me réjouissais de vous rencontrer.

C'est ainsi que notre amitié a commencé : sur les tabourets de ce bar désert, où nous nous sommes mutuellement offert à boire jusqu'à ce que nos fonds à tous deux soient épuisés. Ça doit avoir duré trois ou quatre heures, car je me souviens avec netteté que lorsque, en trébuchant, nous sommes enfin ressortis dans le froid, la nuit était tombée. Maintenant que Sachs est mort, il me paraît insoutenable de penser à ce qu'il était alors, de me rappeler toute la générosité, tout l'humour, toute l'intelligence qui émanaient de lui lors de cette première rencontre. En dépit des faits, il m'est difficile d'imaginer que l'homme qui était assis avec moi dans le bar ce jour-là est le même homme qui a fini par se détruire la semaine dernière. Le chemin doit avoir été si long pour lui, si horrible, si chargé de souffrance, que je peux à peine l'évoquer sans avoir envie de pleurer. En quinze ans, Sachs a voyagé d'un bout à l'autre de lui-même, et quand il a enfin atteint ce lieu ultime, je me demande s'il savait encore qui il était. Une telle distance avait alors été parcourue, il n'est pas possible qu'il se soit rappelé où il avait commencé.

— J'essaie en général de me tenir au courant de ce qui se passe, déclara-t-il en dénouant l'écharpe sous son menton et en l'ôtant en même temps que la casquette de base-ball et son long pardessus brun. Il lança toute la pile sur le tabouret voisin et s'assit. Il y a quinze jours, je n'avais encore jamais entendu parler de vous. Maintenant, tout à coup, on dirait que vous surgissez de partout. Je suis d'abord tombé sur votre article consacré aux *Journaux* d'Hugo Ball. Je l'ai trouvé excellent, habile et bien argumenté, une admirable réflexion sur les problèmes posés. Je n'étais pas d'accord avec toutes vos idées, mais vous les défendez bien et le sérieux de votre position m'a inspiré le respect. Je me suis dit : Ce type croit trop à l'art, mais au moins il sait d'où il parle et il a l'intelligence de reconnaître que d'autres points de vue sont possibles. Et puis, trois ou quatre jours plus tard, un magazine est arrivé par la poste, et à la première page où je l'ai ouvert se trouvait une nouvelle sous votre nom. *L'Alphabet secret*, l'histoire de cet étudiant qui découvre sans cesse des messages écrits sur les murs des immeubles. J'ai adoré cette nouvelle. Je l'aimais tellement que je l'ai lue trois fois. Je me demandais : Qui est ce Peter Aaron, et où se cache-t-il ? Quand Kathy Machin m'a téléphoné pour m'annoncer que Palmer s'était défilé de la lecture, je lui ai suggéré de prendre contact avec vous.

— Alors c'est vous qui êtes responsable de m'avoir attiré jusqu'ici, dis-je, trop étourdi par les compliments qu'il m'avait prodigués pour penser à autre chose qu'à cette faible repartie.

— Eh bien, il faut admettre que ça ne s'est pas passé comme prévu.

— Ce n'est peut-être pas plus mal, dis-je. Au moins, je ne vais pas devoir me lever dans l'obscurité en écoutant mes genoux s'entrechoquer. Ça peut se défendre.

— Mère Nature à la rescousse.

— Exactement. Dame Fortune me sauve la vie.

— Je suis content que ce tourment vous soit épargné. Je n'aimerais pas me balader avec un tel poids sur la conscience.

— Merci tout de même de m'avoir fait inviter. C'est très important pour moi, et en vérité je vous en suis très reconnaissant.

— Je n'ai pas fait ça parce que je souhaitais votre gratitude. J'étais curieux, et tôt ou tard j'aurais pris contact avec vous moi-même. Mais quand cette occasion s'est présentée, il m'a semblé que le procédé serait plus élégant.

— Et me voilà installé au pôle Nord avec l'amiral Peary en personne. Le moins que je puisse faire est de vous offrir un verre.

— J'accepte votre offre, mais à une condition. Vous devez d'abord répondre à ma question.

— Volontiers, du moment que vous me dites de quelle question il s'agit. Je ne crois pas me rappeler que vous m'en ayez posé une.

— Bien sûr que si. Je vous ai demandé où vous étiez caché. Je peux me tromper, mais j'ai l'impression qu'il n'y a pas longtemps que vous habitez New York.

— J'y ai habité, et puis je suis parti. Je suis rentré depuis cinq ou six mois.

— Et où étiez-vous ?

— En France. J'y ai vécu pendant près de cinq ans.

— Voilà l'explication, alors. Mais pourquoi diable vouloir vivre en France ?

— Sans raison particulière. J'avais juste envie d'être ailleurs qu'ici.

— Vous n'y êtes pas allé dans le but de faire des études ? Ni de travailler pour l'Unesco ou une de ces grosses firmes juridiques internationales ?

— Non, rien de ce genre. Je vivais au jour le jour.

— La vieille aventure de l'expatrié, c'est ça ? Le jeune écrivain américain s'en va à Paris afin de découvrir la culture, les jolies femmes et l'expérience de s'asseoir dans des cafés et de fumer des cigarettes fortes.

— Je ne crois pas non plus que c'était ça. Il me semblait que j'avais besoin d'espace pour respirer, c'est tout. J'ai choisi la France parce que je parlais français. Si je parlais le serbo-croate, je serais sans doute allé en Yougoslavie.

— Donc vous êtes parti. Sans raison particulière, comme vous dites. Y a-t-il eu une raison particulière à votre retour ?

— Je me suis éveillé un matin, l'été dernier, en me disant qu'il était temps de rentrer. Comme ça. Tout à coup, j'ai senti que j'étais resté assez longtemps. Trop d'années sans base-ball, je suppose. Si on est privé de sa ration de *double plays* et de *homeruns*, ça peut devenir mauvais pour le moral.

— Et vous n'avez pas l'intention de repartir ?

— Non, je ne crois pas. Quoi que j'aie essayé de démontrer en partant là-bas, ça ne me paraît plus important.

— Peut-être l'avez-vous déjà démontré.

— C'est possible. Ou bien la question doit être formulée en d'autres termes. Peut-être que mes termes étaient faux depuis le début.

— Bon, fit Sachs en frappant soudain le comptoir du plat de la main. Je veux bien ce verre, maintenant. Je commence à me sentir satisfait, et ça me donne toujours soif.

— Qu'est-ce que vous prenez ?

— La même chose que vous, dit-il, sans prendre la peine de me demander ce que je buvais. Et puisque le barman doit de toute façon venir par ici, dites-lui de vous en verser un autre. Un toast s'impose. C'est votre rentrée au bercail, après tout, et nous devons célébrer dans les formes votre retour en Amérique.

Je ne crois pas que personne m'ait jamais désarmé aussi complètement que le fit Sachs cet après-midi-là. Dès le premier instant, il déferla, tel un ouragan, jusqu'au plus secret de mes donjons et de mes caches, ouvrant l'une après l'autre les portes les mieux verrouillées. Comme je l'ai appris plus tard, c'était de sa part une performance caractéristique, un exemple presque classique de la façon dont il se frayait un chemin dans le monde. Sans détour, sans cérémonie — on remonte ses manches et on se met à parler. Ce n'était rien pour lui que d'engager la conversation avec de parfaits inconnus, de s'y plonger, de poser des questions que nul autre n'aurait osé poser, et la plupart du temps ça lui réussissait. On avait l'impression qu'il n'avait jamais appris les règles et que, parce qu'il était si dépourvu de la moindre timidité, il s'attendait à ce que tout le monde soit aussi ouvert que lui. Et pourtant ses interrogations avaient toujours un côté impersonnel, comme s'il cherchait moins à établir avec vous un contact humain qu'à résoudre pour son compte un problème intellectuel. Cela donnait à ses réflexions une coloration un peu abstraite, et celle-ci inspirait confiance, disposait à lui dire des choses qu'en certains cas on ne s'était pas même dites à soi-même. Il ne jugeait jamais son interlocuteur, ne traitait personne en inférieur, ne faisait jamais de distinction entre les gens à cause de leur rang social. Il s'intéressait tout autant à un barman qu'à un écrivain, et si je ne m'étais pas montré ce jour-là, il aurait sans doute passé deux heures à bavarder avec ce même homme avec lequel je n'avais pas pris la peine d'échanger dix mots. Sachs prêtait automatiquement une grande intelligence à la personne à qui il parlait, donnant ainsi à cette personne le sentiment de sa dignité et de son importance. Je crois que c'était cette qualité que j'admirais le plus en lui, cette capacité innée de mettre en évidence ce que les autres avaient de meilleur. Il était souvent perçu comme un original, un grand escogriffe à la tête dans les nuages, distrait en permanence par des réflexions et des préoccupations obscures, et pourtant il ne cessait de vous surprendre par cent petits signes témoignant de son attention. Comme tout le monde, mais peut-être plus encore, il réussissait à combiner une multitude de contradictions en une présence d'un seul tenant. Où qu'il se trouvât, il paraissait toujours chez lui, dans son environnement, et pourtant j'ai rarement rencontré quelqu'un d'aussi gauche, d'aussi maladroit physiquement, d'aussi peu habile à négocier la moindre opération. Tout au long de notre conversation, cet après-midi-là, il ne cessa de faire tomber son manteau du tabouret. Il le fit tomber à six ou sept reprises et une fois, en se penchant pour le ramasser, il réussit à se cogner la tête au comptoir. Ainsi que je l'ai découvert par la suite, Sachs était néanmoins un excellent athlète. Il avait été le meilleur marqueur dans son équipe de basket-ball, à l'école secondaire, et dans toutes les parties à deux que nous avons jouées l'un contre l'autre au cours des années, je ne crois pas l'avoir battu plus d'une ou deux fois. Sa diction était volubile et parfois négligée, et pourtant son écriture était marquée par une grande précision, une grande économie, un don authentique pour l'expression juste. Le seul fait qu'il écrivît m'apparaissait d'ailleurs souvent comme une énigme. Il était trop extraverti, trop fasciné par autrui, trop heureux de se mêler aux foules pour une occupation aussi solitaire, me semblait-il. Mais la solitude ne le dérangeait guère, et il travaillait toujours avec une ferveur et une discipline formidables, se terrant parfois pendant des semaines d'affilée afin de mener à bien une entreprise. Compte tenu de sa personnalité et de la façon singulière dont il maintenait en mouvement ces divers aspects de lui-même, Sachs n'était pas quelqu'un qu'on se serait attendu à voir marié. Il paraissait trop dépourvu d'attaches pour la vie domestique, trop démocratique dans ses affections pour être capable de relations intimes durables avec une seule personne. Pourtant Sachs s'était marié jeune, beaucoup plus jeune que tous les gens que je connais, et il a maintenu ce mariage en vie pendant près de vingt ans. Fanny n'était pas non plus le genre de femme qui paraissait spécialement lui convenir. A la rigueur, j'aurais pu l'imaginer avec une femme docile, maternelle, une de ces épouses contentes de se tenir dans l'ombre de leur mari, de se dévouer pour protéger leur homme-enfant des dures réalités de la vie quotidienne. Mais ce n'était pas du tout le cas de Fanny. La partenaire de Sachs était son égale en tout point, une femme complexe et d'une haute intelligence, qui menait sa vie avec indépendance, et s'il a réussi à la garder pendant tant d'années, ce fut grâce à ses efforts et à l'immense talent qu'il avait de la comprendre et de l'aider à se maintenir en équilibre. S'il est certain que son bon caractère a certainement contribué à leur entente, je ne voudrais pas trop insister sur cet aspect de sa personnalité. Malgré sa gentillesse, Sachs pouvait faire preuve d'un dogmatisme intransigeant dans sa pensée, et il lui arrivait de se laisser aller à de violents coups de colère, des crises de rage vraiment terrifiantes. Celles-ci n'étaient pas dirigées contre ceux qu'il aimait mais plutôt contre le monde entier. La stupidité des gens le consternait, et sous sa désinvolture et sa bonne humeur, on devinait parfois un réservoir profond d'intolérance et de sarcasme. Dans presque tout ce qu'il écrivait, il y avait un côté grinçant, polémique, et au cours des ans il avait acquis une réputation de contestataire. Il la méritait, je suppose, mais enfin cela ne représentait qu'une petite partie de ce qu'il était. La difficulté, c'est d'essayer de le définir de façon concluante. Sachs était trop imprévisible pour ça, trop large d'esprit et trop subtil, trop plein d'idées nouvelles pour rester en place très longtemps. Je trouvais parfois épuisant d'être avec lui, mais je ne peux pas dire que ce fut jamais ennuyeux. Sachs m'a maintenu en éveil pendant quinze ans, en me mettant au défi et en me provoquant sans cesse, et maintenant que je suis assis ici, en train d'essayer de comprendre qui il était, j'ai peine à imaginer ma vie sans lui.

— Vous avez de l'avance sur moi, lui dis-je en avalant une gorgée du bourbon dont mon verre avait été rempli. Vous avez lu presque tout ce que j'ai écrit, et je n'ai pas lu un mot de vous. La vie en France avait ses avantages, mais se tenir au courant des nouveaux livres américains n'en faisait pas partie.

— Vous n'avez pas raté grand-chose, fit Sachs. Je vous le promets.

— Tout de même, je trouve ça un peu gênant. A part le titre, je ne sais rien de votre livre.

— Je vous le donne. Comme ça vous n'aurez plus d'excuse pour ne pas le lire.

— Je l'ai cherché dans quelques librairies, hier...

— Pas la peine, ne gaspillez pas votre argent. J'en ai une centaine d'exemplaires, et je suis content de m'en débarrasser.

— Si je ne suis pas trop soûl, je commence à le lire ce soir.

— Rien ne presse. Ce n'est qu'un roman, après tout, il ne faut pas le prendre trop au sérieux.

— Je prends toujours les romans au sérieux. Surtout si l'auteur m'en fait cadeau.

— Eh bien, cet auteur-ci était très jeune quand il a écrit ce livre. Peut-être trop jeune, en fait. Il regrette parfois qu'on l'ait publié.

— Mais vous vous apprêtiez à en lire des extraits cet après-midi. Vous ne pouvez pas le trouver si mauvais, alors.

— Je n'ai pas dit qu'il est mauvais. Il est jeune, c'est tout. Trop littéraire, trop imbu de sa propre subtilité. Je ne rêverais même plus d'écrire un truc comme ça aujourd'hui. Si je m'y intéresse encore un peu, c'est seulement à cause de l'endroit où il a été écrit. En lui-même, le livre ne signifie pas grand-chose, mais je suppose que je suis encore attaché à l'endroit où il est né.

— Et où était-ce ?

— En prison. J'ai commencé ce livre en prison.

— Vous voulez dire une vraie prison ? Avec des cellules verrouillées et des barreaux ? Avec des numéros imprimés sur le devant de votre chemise ?

— Oui, une vraie prison. Le pénitencier fédéral de Danbury, Connecticut. J'ai résidé dans cet hôtel pendant dix-sept mois.

— Bon Dieu ! Et comment en êtes-vous arrivé là ?

— Très simplement, en fait. J'ai refusé d'aller à l'armée quand j'ai été appelé.

— Vous étiez objecteur de conscience ?

— J'aurais bien voulu, mais ils ont refusé ma demande. Je suis sûr que vous connaissez la chanson. Si vous appartenez à une religion qui prêche le pacifisme et s'oppose à toutes les guerres, vous avez une chance qu'on examine votre cas. Mais je

34

ne suis ni quaker ni adventiste du septième jour, et la vérité c'est que je ne suis pas opposé à toutes les guerres. Seulement à celle-là. Pas de chance, c'est dans celle-là qu'on voulait que je me batte.

— Mais pourquoi la prison ? Il y avait d'autres possibilités. Le Canada, la Suède, même la France. Il y a des milliers de gens qui y sont partis.

— Parce que je suis une foutue tête de mule, voilà pourquoi. Je n'avais pas envie de m'enfuir. Je me sentais responsable, il fallait prendre position, leur dire ce que je pensais. Et je ne pouvais pas faire ça si je refusais de me présenter.

— Alors ils ont écouté votre noble déclaration, et puis ils vous ont quand même enfermé.

— Bien sûr. Mais ça valait la peine.

— Sans doute. Mais ces dix-sept mois ont dû être terribles.

— Pas si terribles que ça. Vous n'avez aucun souci à vous faire, là-dedans. On vous sert trois repas par jour, vous n'avez pas besoin de vous occuper de votre lessive, toute votre vie est planifiée d'office. Vous seriez étonné de la liberté que ça procure.

— Je suis content que vous puissiez en plaisanter.

— Je ne plaisante pas. Enfin, peut-être un tout petit peu. Mais je n'ai souffert en aucune des façons que vous imaginez probablement. Danbury n'est pas une prison de cauchemar comme Attica ou San Quentin. La plupart des pensionnaires sont là pour des délits en col blanc — détournements de fonds, fraude fiscale, chèques en bois, ce genre de choses. J'ai eu de la chance d'être envoyé là, mais mon plus grand atout, c'est que j'y étais préparé. Mon procès a traîné pendant des mois et, comme je savais depuis le début que j'allais perdre, j'ai eu le temps de m'ajuster à l'idée de la prison. Je n'étais pas de ces pauvres cloches qui broient du noir en comptant les jours, je ne barrais pas une case du calendrier chaque soir en me couchant. En entrant là-dedans, je me suis dit : C'est ici que tu vis dorénavant, mon vieux. Les limites de mon univers avaient rétréci, mais j'étais encore en vie et, tant que je pouvais continuer à respirer, à péter et à penser à ce que je voulais, quelle différence pouvait faire l'endroit où je me trouvais ?

— Étrange.

— Non, pas étrange. C'est comme cette vieille blague de Henny Youngman. Le mari rentre chez lui et, dans le salon, il voit un cigare en train de se consumer dans le cendrier. Il demande à sa femme ce qui se passe, mais elle prétend ne pas savoir. Soupçonneux, le mari commence à chercher dans toute la maison. Quand il arrive dans la chambre, il ouvre la porte du placard et y découvre un inconnu. "Qu'est-ce que vous faites dans mon placard ?" demande-t-il. "Je ne sais pas, bégaie l'homme, tremblant et transpirant. Tout le monde doit se trouver quelque part."

— D'accord, je vois ce que vous voulez dire. Mais tout de même, il devait y avoir quelques grossiers personnages avec vous dans ce placard. Ça n'a pas dû être agréable tous les jours.

— Il y a eu quelques moments plutôt scabreux, je l'admets. Mais j'ai appris à me comporter. C'est la première fois de ma vie que ma drôle d'allure m'a rendu service. Personne ne savait que penser de moi, et au bout d'un moment j'ai réussi à convaincre la plupart des autres détenus que j'étais cinglé. Vous seriez étonné de la paix royale que vous fichent les gens dès lors qu'ils vous croient dingue. Une fois que vous avez cette expression dans le regard, elle vous protège des ennuis.

— Et tout ça par fidélité à vos principes ?

— Ça n'a pas été si dur. Au moins j'ai toujours su pourquoi j'étais là. Je n'avais pas de regrets pour me torturer.

— J'ai eu de la chance comparé à vous. J'ai été

recalé à l'examen médical parce que j'avais de l'asthme, et je n'ai plus jamais eu besoin d'y penser.

— Et alors vous êtes allé en France, et je suis allé en prison. On est tous les deux allés quelque part, et on est tous les deux revenus. Si je ne me trompe, on est tous les deux assis au même endroit, maintenant.

— C'est une façon de voir les choses, je suppose.

— C'est la seule façon de les voir. Nos méthodes ont été différentes, mais le résultat est exactement le même.

Nous commandâmes une deuxième tournée. Celle-ci fut suivie d'une autre, puis d'une autre, et puis d'encore une autre. Entre-temps, le barman nous avait offert un ou deux verres aux frais de la maison, acte de générosité auquel notre réaction immédiate avait été de l'encourager à s'en servir à son tour. Ensuite la taverne commença à se remplir de clients et nous allâmes nous asseoir à une table dans un coin éloigné de la salle. Je ne me souviens pas de tout ce dont nous avons parlé, et le début de cette conversation est beaucoup plus net dans ma mémoire que la fin. Quand nous en fûmes aux deux ou trois derniers quarts d'heure, j'étais si imbibé de bourbon que je voyais réellement double. Ça ne m'était encore jamais arrivé et je n'avais aucune idée de la manière de remettre ma vision au point. Chaque fois que je regardais Sachs, il y en avait deux. Cligner des yeux ne m'était d'aucun secours, et secouer la tête ne faisait que me donner le vertige. Sachs était devenu un homme à deux têtes et à deux bouches, et quand enfin je me levai pour partir, je me souviens qu'il m'a rattrapé dans ses quatre bras juste au moment où j'allais m'écrouler. C'était sans doute une bonne chose qu'il fût si nombreux ce soir-là. J'étais presque un poids mort à ce moment, et je ne pense pas qu'un seul homme aurait pu me porter.

Je ne peux parler que de ce que je sais, de ce que j'ai vu de mes yeux et entendu de mes oreilles. Fanny exceptée, il est possible que j'aie été plus proche de Sachs que quiconque, mais cela ne fait pas de moi un expert quant aux détails de sa vie. Il allait déjà sur la trentaine quand je l'ai rencontré, et nous n'avons ni l'un ni l'autre passé beaucoup de temps à évoquer notre passé. Son enfance est pour moi un mystère, dans une large mesure, et à part quelques réflexions lâchées à l'occasion à propos de ses parents et de ses sœurs au cours des années, je ne sais pratiquement rien de sa famille. Si les circonstances étaient différentes, j'essaierais de parler à certains d'entre eux maintenant, je m'efforcerais de remplir tous les blancs que je pourrais. Mais la situation ne me permet pas de me lancer à la recherche des maîtres de Sachs à l'école primaire ou de ses amis du secondaire, de me mettre à interroger ses cousins, ses camarades d'études ou les gens avec lesquels il a été emprisonné. Je n'ai pas le temps de faire ça, et parce que je suis obligé de travailler vite, je ne peux me fier qu'à mes propres souvenirs. Je ne veux pas dire que ces souvenirs doivent être mis en doute, qu'il y ait quoi que ce soit de faux ou de déformé dans les choses que je sais de Sachs, mais je ne veux pas faire passer ce livre pour ce qu'il n'est pas. Ce n'est ni une biographie ni un portrait psychologique exhaustif, et bien que Sachs se soit souvent confié à moi au cours des années qu'a duré notre amitié, je ne prétends pas avoir plus qu'une compréhension partielle de ce qu'il était. Je veux raconter la vérité à son sujet, rapporter mes souvenirs avec toute l'honnêteté dont je serai capable, mais je ne peux exclure la possibilité que je me trompe, que la vérité soit tout autre que ce que j'imagine.

Il est né le 6 août 1945. Je suis certain de la date parce qu'il la rappelait toujours avec insistance, se désignant au hasard des conversations comme « le premier bébé Hiroshima d'Amérique », « l'authentique enfant de la bombe », « le premier Blanc venu au monde à l'âge nucléaire ». Il prétendait que le médecin l'avait saisi à l'instant précis où on lâchait *Fat Man* hors des entrailles de l'*Enola Gay* [1], mais ça m'avait toujours paru exagéré. La seule fois que j'ai rencontré la mère de Sachs, elle ne se souvenait pas de l'endroit où il était né (elle avait eu quatre enfants et disait que leurs naissances se confondaient dans sa mémoire), mais elle confirmait du moins la date, en ajoutant qu'elle se rappelait distinctement qu'on lui avait parlé d'Hiroshima *après* la naissance de son fils. Si Sachs inventait le reste, ce n'était guère de sa part qu'une innocente fabulation. Il excellait à transformer les faits en métaphores, et comme il se trouvait toujours abondance de faits à sa disposition, il pouvait vous bombarder d'une réserve infinie de coïncidences historiques étranges, accouplant les gens et les événements les plus distants les uns des autres. Par exemple, il m'a raconté un jour que lors de la première visite de Piotr Kropotkine aux États-Unis dans les années 1890, Mrs. Jefferson Davis, veuve du président confédéré, avait demandé à rencontrer le fameux prince anarchiste. C'était déjà assez bizarre, disait Sachs, mais ensuite, quelques minutes après l'arrivée de Kropotkine à la maison de Mrs. Davis, qui a-t-on vu arriver sinon Booker T. Washington ? Washington a annoncé qu'il était à la recherche de l'homme qui servait de chaperon à Kropotkine (un ami commun), et quand Mrs. Davis a appris qu'il attendait dans le vestibule, elle a demandé qu'il monte les rejoindre. Et pendant une heure ce trio inattendu a donc fait poliment la conversation autour d'une tasse de

1. *Fat Man*, c'est la bombe, *Enola Gay* est le nom de l'avion qui la portait. (*N.d.T.*)

thé : l'aristocrate russe qui cherchait à abattre tout gouvernement organisé, l'ancien esclave devenu écrivain et éducateur, et l'épouse de l'homme qui avait entraîné l'Amérique dans sa guerre la plus sanglante afin de défendre l'institution de l'esclavage. Seul Sachs pouvait savoir une chose pareille. Seul Sachs pouvait vous apprendre que quand Louise Brooks était enfant dans une petite ville du Kansas, au début de ce siècle, sa voisine et compagne de jeu était Vivian Vance, celle qui fut plus tard la vedette du show *I love Lucy*. Il était ravi de cette découverte : que les deux aspects de la femme américaine, la vamp et la souillon, le démon libidineux et la ménagère mal attifée, venaient du même endroit, de la même rue poussiéreuse en plein milieu de l'Amérique. Sachs aimait ces ironies, les vastes folies et les contradictions de l'histoire, la façon dont les faits ne cessaient de se retourner sur eux-mêmes. A force de se gorger de tels faits, il arrivait à lire le monde comme une œuvre d'imagination, à transformer des événements connus en symboles littéraires, tropes qui suggéraient quelque sombre et complexe dessein enfoui dans le réel. Je n'ai jamais très bien su dans quelle mesure il prenait ce jeu au sérieux, mais il y jouait souvent, et il semblait parfois presque incapable de s'en empêcher. L'affaire de sa naissance n'était qu'une manifestation de cette tendance. Cela ressemblait, d'un côté, à une sorte d'humour macabre, mais aussi à une tentative de définir qui il était, à une façon de s'impliquer dans les horreurs de son époque. Sachs parlait souvent de *la bombe*. Elle représentait pour lui un fait central de l'univers, une ultime démarcation de l'esprit, et à ses yeux elle nous séparait de toutes les autres générations de l'histoire. Dès lors que nous avions acquis la capacité de nous détruire nous-mêmes, la notion même de vie humaine était modifiée ; jusqu'à l'air que nous respirions était contaminé par la puanteur de la mort. Certes, Sachs n'était pas le premier à avoir cette idée, mais quand je pense à ce qui lui est arrivé il y a neuf jours, son obsession me paraît d'une étrangeté un peu surnaturelle, comme s'il s'agissait d'une sorte de calembour mortel, comme si un mot prenant en lui la place d'un autre s'était enraciné, avait proliféré jusqu'à échapper à son contrôle.

Son père était un juif d'Europe orientale, sa mère une catholique irlandaise. De même que la plupart des familles américaines, c'est le malheur qui avait conduit ici les ancêtres de Sachs (la disette de pommes de terre des années 1840, les pogromes des années 1880), mais à part ces éléments rudimentaires, je ne possède sur eux aucune information. Il racontait volontiers qu'un poète était responsable de la venue de la famille de sa mère à Boston, mais ce n'était qu'une allusion à sir Walter Raleigh, l'homme qui avait introduit la pomme de terre et, par conséquent, le fléau qui devait s'abattre trois cents ans plus tard. Quant à la famille de son père, il m'a dit un jour qu'ils étaient venus à New York à cause de la mort de Dieu. Encore une de ces énigmes chères à Sachs, qui paraissaient dépourvues de sens tant qu'on n'en avait pas saisi la logique de ritournelle. Ce qu'il voulait dire, c'était que les pogromes avaient commencé après l'assassinat du tsar Alexandre II ; qu'Alexandre II avait été tué par des nihilistes russes ; que les nihilistes étaient nihilistes parce qu'ils croyaient que Dieu n'existe pas. Une équation simple, tout compte fait, mais incompréhensible tant que l'élément central n'y avait pas été remis à sa place. La phrase de Sachs faisait penser à quelqu'un qui vous dirait que le royaume a été perdu faute d'un clou. Si vous connaissez le poème, vous comprenez. Sinon, non [1].

---

1. Allusion à un poème bien connu de la littérature enfantine ; il y a une bataille où le roi est sur son cheval, le cheval

Quand et comment ses parents se sont rencontrés, qui ils avaient été dans leur jeunesse, comment leurs familles respectives ont réagi à la perspective d'un mariage mixte, à quel moment ils sont partis dans le Connecticut, tout cela se situe en dehors du domaine dont je peux discuter. Pour autant que je sache, Sachs a reçu une éducation laïque. Il était à la fois juif et catholique, ce qui signifie qu'il n'était ni l'un ni l'autre. Je ne me souviens pas de l'avoir jamais entendu évoquer une école religieuse, et à ma connaissance on ne lui avait imposé ni confirmation ni bar-mitzvah. S'il était circoncis, cela ne représentait qu'un détail médical. En plusieurs occasions, il a néanmoins évoqué une crise religieuse pendant son adolescence, crise qui, manifestement, avait fait long feu. J'ai toujours été impressionné par sa connaissance de la Bible (l'Ancien et le Nouveau Testament), et peut-être en avait-il commencé la lecture à cette époque, pendant cette première période de lutte intérieure. Sachs portait plus d'intérêt à la politique et à l'histoire qu'aux questions spirituelles, cependant ses opinions politiques étaient teintées de quelque chose que je qualifierais de religieux, comme si l'engagement politique était davantage qu'une façon d'affronter les problèmes ici et maintenant, comme s'il s'agissait en même temps d'un moyen de salut personnel. Je crois que ceci est important. Les idées politiques de Sachs n'entraient jamais dans aucune des catégories conventionnelles. Il se méfiait des systèmes et des idéologies, et bien qu'il pût en parler avec une intelligence et une subtilité considérables, l'action politique se réduisait pour lui à une question de conscience. C'est ce qui explique sa décision d'affronter la prison, en 1968. Non parce qu'il pen-

perd un fer, il tombe, le roi tombe, la bataille est perdue : enchaînement de petites causes — grand effet. (*N.d.T.*)

sait pouvoir y accomplir quelque chose, mais parce qu'il savait qu'il ne supporterait plus de vivre avec lui-même s'il s'y dérobait. S'il me fallait résumer son attitude à l'égard de ses propres convictions, je commencerais par citer les transcendantalistes du XIXe siècle. Thoreau était son modèle, et sans l'exemple de *La Désobéissance civile*, je ne suis pas certain qu'il aurait évolué comme il l'a fait. Je ne veux plus seulement parler de la prison, mais de son attitude générale envers la vie, une attitude d'impitoyable vigilance intérieure. Au hasard d'une conversation où il était question de *Walden*, Sachs m'a confié un jour qu'il portait une barbe « parce que Henry David en avait une » — ce qui m'a donné une intuition soudaine de la profondeur de son admiration. A l'instant où j'écris ces mots, il me vient à l'esprit qu'ils ont vécu tous deux le même nombre d'années. Thoreau est mort à quarante-quatre ans, et Sachs ne l'aurait dépassé que le mois prochain. Je ne pense pas qu'il y ait rien à tirer de cette coïncidence, mais c'est le genre de choses que Sachs aimait, un petit détail à noter pour mémoire.

Son père dirigeait un hôpital à Norwalk et d'après ce que j'ai pu en savoir, sa famille n'était ni riche ni particulièrement dans la gêne. Il y avait d'abord eu deux filles, puis Sachs était arrivé, et puis une troisième fille, tous quatre en l'espace de six ou sept ans. Sachs semble avoir été plus proche de sa mère que de son père (elle est encore en vie, lui non), mais je n'ai jamais eu l'impression qu'il y avait eu de gros conflits entre père et fils. En exemple de sa stupidité de petit garçon, Sachs m'a un jour raconté combien il avait été bouleversé en apprenant que son père ne s'était pas battu pendant la Deuxième Guerre mondiale. A la lumière des positions adoptées ensuite par Sachs, cette réaction paraît presque comique, mais qui sait à quel point sa déception avait été sévère à l'époque ?

Tous ses amis se vantaient des exploits guerriers de leurs pères, et il leur enviait les trophées militaires qu'ils allaient chercher pour jouer aux soldats dans leurs jardins des faubourgs : les casques et les cartouchières, les étuis à revolver et les cantines, les plaques d'identité, les chapeaux, les médailles. La raison pour laquelle son père n'avait pas été à l'armée ne m'a jamais été expliquée. D'autre part, Sachs parlait toujours avec fierté de la politique socialiste de son père dans les années trente, laquelle comportait apparemment l'organisation d'un syndicat ou quelque autre tâche liée au mouvement travailliste. Si Sachs était plus attiré par sa mère que par son père, je pense que c'était à cause de leurs personnalités si semblables : tous deux volubiles et fonceurs, tous deux doués d'un talent peu ordinaire pour amener les gens à se livrer. D'après Fanny (qui m'en a autant dit sur tout cela que le fit jamais Ben), le père de Sachs était plus silencieux et plus évasif que sa mère, plus renfermé, moins disposé à vous laisser voir à quoi il pensait. Un lien solide devait néanmoins exister entre eux. La preuve la plus sûre que je puisse en évoquer vient d'une histoire que Fanny m'a un jour racontée. Peu de temps après l'arrestation de Ben, un journaliste local est venu chez eux interviewer son beau-père à propos du procès. Le journaliste avait manifestement en vue une histoire de conflit de générations (un grand sujet à l'époque), mais dès que Mr. Sachs a subodoré cette intention, cet homme d'habitude réservé et taciturne a abattu son poing sur l'accoudoir de son fauteuil, regardé le journaliste droit dans les yeux et déclaré : « Ben est un gosse épatant. Nous lui avons toujours appris à défendre ses convictions, et je serais fou de ne pas me sentir fier de ce qu'il fait en ce moment. S'il y avait plus de jeunes gens comme mon fils dans ce pays, ce serait un sacrément beau pays. »

Si je n'ai jamais rencontré son père, je me souviens très bien d'un *Thanksgiving* [1] que j'ai passé chez sa mère. C'était quelques semaines après l'élection de Ronald Reagan à la présidence, donc en novembre 1980 — bientôt dix ans, maintenant. C'était une mauvaise époque de ma vie. Mon premier mariage avait capoté deux ans auparavant, et je ne devais pas rencontrer Iris avant la fin de février : encore trois bons mois à courir. Mon fils David venait d'avoir trois ans, et sa mère et moi étions convenus qu'il passerait ce jour de fête avec moi, mais les projets que j'avais faits pour nous s'étaient révélés irréalisables à la dernière minute. Les perspectives étaient plutôt maussades : ou bien nous irions quelque part au restaurant, ou bien nous partagerions un plat de dinde surgelée dans mon petit appartement de Brooklyn. Alors que je commençais à m'apitoyer sur mon sort (ce pouvait être déjà le lundi ou le mardi), Fanny avait sauvé la situation en nous invitant chez la mère de Ben dans le Connecticut. Tous les neveux et nièces seraient là, m'avait-elle dit, et ce serait sûrement très amusant pour David.

Mrs. Sachs s'est installée depuis lors dans une maison de retraite, mais à cette époque elle habitait encore la maison de New Canaan où Ben et ses sœurs avaient passé leur enfance. C'était une grande maison, juste en dehors de la ville, qui paraissait avoir été construite dans la deuxième moitié du XIXe siècle, un de ces labyrinthes victoriens avec des offices, des escaliers de service et de drôles de petits couloirs à l'étage. Elle était sombre à l'intérieur, et le salon était encombré de livres, de journaux et de magazines. Mrs. Sachs pouvait avoir alors entre soixante-cinq et soixante-dix ans,

---

1. *Thanksgiving Day* : fête d'action de grâces célébrée aux États-Unis le quatrième jeudi de novembre, au Canada le deuxième lundi d'octobre. (*N.d.T.*)

mais elle n'avait rien d'une vieille dame ni d'une grand-mère. Elle avait été assistante sociale pendant de nombreuses années dans les quartiers pauvres de Bridgeport, et on devinait sans peine que cette femme extravertie, aux opinions nettes, au sens de l'humour hardi et saugrenu, devait avoir fait merveille dans ce métier. Beaucoup de choses semblaient l'amuser, elle ne paraissait pas sujette à la sentimentalité ni à la mauvaise humeur, mais si on se mettait à parler politique (comme on l'a fait souvent ce jour-là), on s'apercevait qu'elle avait la langue acérée et cinglante. Certaines de ses répliques étaient carrément salaces et quand, à un moment donné, elle a appelé les associés de Nixon qui venaient d'être reconnus coupables « le genre d'hommes qui plient leur caleçon avant de se mettre au lit », une de ses filles m'a lancé un regard embarrassé, comme pour s'excuser du manque de tenue de sa mère. Elle n'aurait pas dû s'en faire. Je me suis pris ce jour-là d'une immense affection pour Mrs. Sachs. C'était une matriarche subversive, qui prenait encore plaisir à envoyer des vannes au monde entier et paraissait aussi disposée à rire d'elle-même que de tous les autres — ses enfants et petits-enfants inclus. Peu de temps après mon arrivée, elle m'avait avoué qu'elle était une cuisinière épouvantable et qu'elle avait donc délégué à ses filles la responsabilité de préparer le dîner. Mais, avait-elle ajouté (en s'approchant pour me chuchoter à l'oreille), ses trois filles n'étaient pas très efficaces en cuisine, elles non plus. Après tout, c'était elle qui leur avait appris tout ce qu'elles savaient, et si le professeur était une lourdaude distraite, que pouvait-on espérer de ses élèves !

Il est vrai que le repas était affreux, mais nous n'avons guère eu le temps de nous en apercevoir. Avec tout le monde qu'il y avait dans la maison ce jour-là et le chahut incessant de cinq enfants de moins de dix ans, nos bouches se trouvaient plus occupées de paroles que de nourriture. La famille de Sachs était plutôt bruyante. Ses sœurs et leurs maris venaient d'arriver en avion de différents coins du pays, et comme la plupart d'entre eux ne s'étaient pas vus depuis longtemps, la conversation, autour de la table, était bientôt devenue une mêlée générale où tout le monde parlait en même temps. A tout moment, quatre ou cinq dialogues distincts coexistaient, mais comme les gens ne parlaient pas nécessairement à ceux qui étaient assis à leurs côtés, ces dialogues s'entrecroisaient, provoquant des échanges abrupts de partenaires, de sorte que tous paraissaient participer à toutes les conversations à la fois, chacun bavardant avec abondance à propos de soi-même tout en écoutant ce que racontaient tous les autres. Si l'on ajoute à cela de fréquentes interventions des enfants, les allées et venues des plats successifs, le service du vin, les assiettes cassées, les verres renversés et les condiments répandus, ce dîner commence à ressembler à une scène de vaudeville compliquée, improvisée à la hâte.

Une famille solide, me disais-je, un groupe d'individus taquins et querelleurs, pleins d'affection les uns pour les autres, mais pas accrochés à l'existence qu'ils ont partagée dans le passé. Je trouvais rafraîchissant de constater combien il y avait peu d'animosité entre eux, peu de vieilles rivalités, de vieilles rancunes faisant surface et pourtant, en même temps, il n'y avait guère d'intimité, ils ne me semblaient pas aussi unis que les membres de la plupart des familles réussies. Je sais que Sachs aimait bien ses sœurs, mais seulement de manière conventionnelle et un peu distante, et je ne crois pas qu'il ait été particulièrement proche d'aucune d'elles au cours de sa vie d'adulte. Il y a peut-être un rapport avec le fait qu'il était le seul garçon, en tout cas, chaque fois que mes yeux se sont posés sur lui pendant cet après-midi et cette longue soirée, il était en train de parler soit avec sa mère, soit avec Fanny, et il a sans doute manifesté plus d'intérêt à mon fils David qu'à aucun de ses propres neveux ou nièces. Je ne pense pas que j'attache à ce souvenir une signification particulière. Des observations aussi partielles sont sujettes à toutes sortes d'erreurs d'interprétation, mais le fait est que Sachs se comportait en solitaire parmi les siens, en homme qui se tient légèrement à l'écart des autres. Je ne veux pas dire qu'il les fuyait, mais par moments je le sentais mal à l'aise, presque ennuyé d'être obligé de se trouver là.

D'après le peu que j'en sais, son enfance n'a rien eu de remarquable. A l'école, il n'était pas particulièrement bon élève, et s'il s'y est gagné quelques titres de gloire, ce n'est que dans la mesure où il excellait à faire des blagues. Il semble avoir affronté l'autorité avec intrépidité et, à en croire ses récits, avoir vécu de six à douze ans environ dans une continuelle effervescence de sabotage créatif. C'était lui qui inventait les attrape-nigauds, qui accrochait sur le dos du professeur les mots *Frappez-moi*, qui faisait éclater des pétards dans les poubelles de la cantine. Durant ces années, il a passé des centaines d'heures assis dans le bureau du principal, mais les punitions n'étaient qu'un petit prix à payer pour la satisfaction qu'il retirait de ces triomphes. Les autres garçons le respectaient pour son courage et son inventivité, ce qui constituait sans doute pour lui la première des incitations à prendre de tels risques. J'ai vu quelques photos de Sachs enfant, et il est incontestable que c'était un vilain canard, une vraie verrue, un assemblage de perches avec de grandes oreilles, les dents en avant et un sourire loufoque, de travers. Le ridicule potentiel devait être énorme; Sachs devait représenter une cible ambulante pour toutes sortes de plaisanteries et de piques cruelles. S'il a réussi à éviter ce destin, c'est parce qu'il s'est contraint à se montrer un peu plus indiscipliné que tous les autres. Ce rôle ne devait pas être des plus plaisants à jouer, mais il s'était efforcé d'en acquérir la maîtrise et, au bout de quelque temps, il régnait incontesté sur son territoire.

Un appareil arrangea ses dents désordonnées ; son corps s'épanouit ; ses membres apprirent peu à peu à lui obéir. Lorsqu'il entra dans l'adolescence, Sachs commençait à ressembler à celui qu'il allait devenir par la suite. En sport, sa taille jouait à son avantage, et quand il se mit au base-ball, vers treize ou quatorze ans, il ne tarda pas à se révéler un joueur prometteur. Les mauvaises farces et les bouffonneries rebelles cessèrent alors, et si ses performances académiques dans le secondaire furent tout sauf remarquables (il s'est toujours décrit comme un élève paresseux n'éprouvant qu'un intérêt minime pour l'obtention de bonnes notes), il lisait sans arrêt et commençait déjà à se considérer comme un futur écrivain. De son propre aveu, ses premières œuvres étaient terribles — « des sondages d'âme romantico-absurdes », m'en a-t-il dit un jour, de misérables petits récits et poèmes qu'il ne révélait absolument à personne. Mais il s'y acharnait et, à l'âge de dix-sept ans, pour attester ses progrès en gravité, il alla s'acheter une pipe. C'était là le signe distinctif de tout écrivain véritable, pensait-il, et pendant sa dernière année d'école secondaire il passa toutes ses soirées assis à sa table de travail, le stylo dans une main, la pipe dans l'autre, à remplir sa chambre de fumée.

Ces histoires m'ont été racontées par Sachs lui-même. Elles m'ont aidé à préciser ma perception de ce qu'il avait été avant notre rencontre, mais aujourd'hui que je répète ses commentaires, je me rends compte qu'elles étaient peut-être tout à fait fausses. Le dénigrement de soi constituait un élément important de sa personnalité, et il se prenait souvent pour cible de ses propres plaisanteries. Surtout quand il parlait du passé, il aimait à se décrire dans les termes les moins flatteurs. Il était toujours le gosse ignorant, le sot vaniteux, le faiseur d'embrouilles, le gaffeur. Peut-être souhaitait-il me donner de lui cette image, peut-être aussi éprouvait-il un plaisir pervers à me mener en bateau. Car le fait est qu'il faut une très grande confiance en soi pour se tourner ainsi en ridicule, et que ce genre de confiance en soi est rarement l'apanage d'un sot ou d'un gaffeur.

De cette première période, il n'y a qu'une histoire qui m'inspire un peu de confiance. Je l'ai entendue vers la fin de ma visite dans le Connecticut, en 1980, et parce qu'elle venait autant de sa mère que de lui, elle s'inscrit dans une catégorie différente des autres. En elle-même, cette anecdote est moins spectaculaire que certaines de celles que Sachs m'a racontées, mais aujourd'hui, vue dans la perspective de sa vie entière, elle se détache avec un relief particulier — comme l'annonce d'un thème, l'exposition initiale d'une phrase musicale qui allait le hanter jusqu'à ses derniers instants sur terre.

Après qu'on eut débarrassé la table, ceux des convives qui n'avaient pas participé à la préparation du repas s'étaient vu confier la corvée rangement de la cuisine. Nous étions quatre : Sachs, sa mère, Fanny et moi. C'était un gros travail, déchets et vaisselle s'empilaient sur toutes les surfaces, et tout en raclant, savonnant, rinçant et essuyant chacun à notre tour, nous bavardions de choses et d'autres, dérivant sans dessein de sujet en sujet. Au bout d'un moment, nous nous sommes mis à discuter de *Thanksgiving*, ce qui nous a entraînés à un commentaire des autres fêtes américaines qui, à son tour, a amené quelques réflexions superficielles sur les symboles nationaux. La statue de la

50

Liberté a été évoquée et alors, presque comme si la mémoire leur était revenue à tous deux en même temps, Sachs et sa mère ont commencé à se rappeler une excursion qu'ils avaient faite à Bedloe's Island au début des années cinquante. Fanny n'avait jamais entendu cette histoire, et nous avons donc joué le rôle du public, debout, nos torchons à la main, tandis qu'ils nous interprétaient ensemble leur petite comédie.

— Tu te souviens de ce jour-là, Benjy ? a commencé Mrs. Sachs.

— Bien sûr, je m'en souviens, a fait Sachs. Ç'a été un des moments décisifs de mon enfance.

— Tu n'étais qu'un tout petit bonhomme à cette époque. Pas plus de six ou sept ans.

— C'était l'été de mes six ans. 1951.

— Moi j'avais quelques années de plus, mais je n'étais jamais allée à la statue de la Liberté. Je me suis dit qu'il était grand temps et un beau jour je t'ai fourré dans la voiture et on est partis pour New York. Je ne sais pas où étaient les filles ce matin-là, mais je suis à peu près sûre qu'il n'y avait que nous deux.

— Il n'y avait que nous deux. Et Mme Trucmuche-stein et ses deux fils. On les a retrouvés là-bas en arrivant.

— Doris Saperstein, ma vieille amie du Bronx. Elle avait deux garçons à peu près de ton âge. De vrais petits galopins, une paire d'Indiens sauvages.

— Des gosses normaux, simplement. Ce sont eux qui ont provoqué toute la bagarre.

— Quelle bagarre ?

— Ça, tu l'as oublié, hein ?

— Oui, je ne me souviens que de ce qui s'est passé après. Ça a effacé tout le reste.

— Tu m'avais obligé à porter ces affreuses culottes courtes avec des chaussettes blanches. Tu me faisais toujours beau quand on sortait, et j'avais horreur de ça. Je me trouvais l'air d'une mauviette dans cet accoutrement, un Fauntleroy en grande tenue. C'était déjà pénible lors de sorties en famille, mais l'idée de me présenter ainsi devant les fils de Mrs. Saperstein me paraissait intolérable. Je savais qu'ils seraient en T-shirts, en salopettes et en chaussures de sport, et je ne savais pas comment les affronter.

— Tu avais l'air d'un ange, habillé comme ça, a dit sa mère.

— C'est possible, mais je n'avais pas envie d'avoir l'air d'un ange. J'avais envie d'avoir l'air d'un garçon américain normal. Je t'ai suppliée de me laisser mettre autre chose, mais tu as été inébranlable. Visiter la statue de la Liberté, ce n'est pas comme jouer dans le jardin, m'as-tu dit. Elle est le symbole de notre pays, et nous devons lui témoigner le respect approprié. Même alors, l'ironie de la situation ne m'a pas échappé. Nous nous préparions à rendre hommage au concept de liberté, et moi j'étais dans les chaînes. Je vivais sous une dictature absolue, et aussi loin que remontent mes souvenirs, mes droits avaient été piétinés. J'ai essayé de te parler des autres garçons, mais tu refusais de m'écouter. Ne dis pas de bêtises, répondais-tu, ils auront leurs beaux habits, eux aussi. Tu étais si fichtrement sûre de toi que j'ai fini par prendre mon courage à deux mains et te proposer un marché. D'accord, j'ai dit, je resterai comme ça aujourd'hui. Mais si les autres ont des salopettes et des baskets, c'est la dernière fois que j'y serai obligé. A partir de ce moment, tu me permettras de m'habiller comme je veux.

— Et je t'ai donné mon accord ? Je me suis laissée aller à marchander avec un gamin de six ans ?

— C'était juste pour me calmer. Tu n'envisageais même pas l'éventualité de perdre ce pari. Mais voilà, lorsque Mrs. Saperstein est arrivée à la statue de la Liberté avec ses deux fils, ils étaient habillés exactement comme je l'avais prédit. Et c'est ainsi que je suis devenu maître de ma garde-robe. Ç'a été la première grande victoire de ma vie. J'avais l'impression d'avoir frappé un coup en faveur de la démocratie, de m'être dressé au nom des peuples opprimés du monde entier.

— Maintenant je comprends pourquoi tu aimes tant les blue-jeans, a remarqué Fanny. Tu avais découvert le principe d'autodétermination, et du coup tu as décidé de t'habiller mal pendant le restant de tes jours.

— Précisément, a répondu Sachs. J'avais acquis le droit d'être négligé, et je n'ai cessé d'en porter la bannière avec fierté.

— Et alors, a repris Mrs. Sachs, impatiente de poursuivre son histoire, nous avons commencé à grimper.

— L'escalier en colimaçon, a ajouté son fils. On a trouvé les marches et on s'est mis à monter.

— Ce n'était pas si mal au début, a dit Mrs. Sachs. Doris et moi avons laissé les garçons prendre de l'avance, et nous avons abordé les marches bien tranquillement, en nous tenant à la rampe. Nous sommes arrivées à la couronne, nous avons regardé le port pendant quelques minutes, et tout allait plus ou moins. Je me disais que ça y était, que nous allions redescendre et prendre une glace quelque part. Mais on pouvait encore monter dans la torche à cette époque, ce qui supposait un autre escalier — en plein dans le bras de la commère. Les garçons étaient fous à cette idée. Ils n'arrêtaient pas de crier et de gémir qu'ils voulaient tout voir, et nous leur avons donc cédé, Doris et moi. Il se trouve que, contrairement à l'autre, cet escalier-ci n'avait pas de rampe. C'était le petit assemblage de barreaux de fer le plus étroit et le plus tordu que vous ayez jamais vu, une barre de pompiers avec des bosses, et quand on regardait en bas on avait l'impression de se trouver à trois mille lieues dans les airs. On était entouré d'un pur néant, le grand vide des cieux. Les garçons se sont carapatés tout seuls en haut de la torche mais moi, aux deux tiers de la montée, je me suis rendu compte que je n'y arriverais pas. Je m'étais toujours considérée comme plutôt costaude. Je n'étais pas de ces hystériques qui poussent des cris dès qu'elles voient une souris. J'étais une bonne femme solide, réaliste, pas née de la dernière pluie, mais ce jour-là, debout sur ces marches, je me suis sentie toute faible, j'ai eu des sueurs froides, j'ai cru que j'allais vomir. A ce moment-là, Doris non plus n'était pas bien dans son assiette, et nous nous sommes donc assises sur une des marches avec l'espoir que ça nous calmerait les nerfs. Ça a été un peu mieux, mais pas beaucoup, et même le derrière planté sur quelque chose de solide je gardais cette impression d'être sur le point de tomber, l'impression que d'une seconde à l'autre j'allais me retrouver précipitée jusqu'en bas la tête la première. De ma vie je n'ai éprouvé une panique pareille. Je me sentais complètement dérangée, retournée. Mon cœur était dans ma gorge, ma tête dans mes mains, mon estomac dans mes pieds. J'ai attrapé une telle peur en pensant à Benjamin que je me suis mise à lui hurler de redescendre. C'était horrible. Ma voix résonnait dans toute la statue de la Liberté, semblable au brame de quelque âme en peine. Les garçons ont fini par quitter la torche et nous sommes tous redescendus sur les fesses, une marche à la fois. Doris et moi tentions d'en faire un jeu pour les garçons en prétendant que c'était la façon la plus amusante de se déplacer. Rien ne m'aurait persuadée de me remettre debout sur ces marches. J'aurais sauté dans le vide plutôt que de me le permettre. Ça a dû nous prendre une demi-heure de parvenir en bas, et alors je n'étais plus qu'une ruine, un petit tas de chair et d'os. Ce soir-là, Benjy et moi avons logé chez les Saperstein, sur le Grand

Concourse, et depuis lors j'ai une peur mortelle des endroits élevés. Je préférerais mourir plutôt que de mettre le pied dans un avion, et dès que je me trouve plus haut que le deuxième ou le troisième étage d'un immeuble, je me sens toute molle à l'intérieur. Qu'est-ce que vous dites de ça? Et tout ça a commencé ce jour-là, quand Benjamin était petit, en grimpant dans la statue de la Liberté.

— Ç'a été ma première leçon de théorie politique, a dit Sachs en détournant les yeux de sa mère pour nous regarder, Fanny et moi. J'ai appris que la liberté peut être dangereuse. Si vous ne faites pas attention, elle peut vous tuer.

Je ne veux pas accorder trop d'importance à cette histoire, mais en même temps je ne pense pas qu'on puisse la négliger totalement. En soi, ce n'était qu'un épisode mineur, un peu de folklore familial, et Mrs. Sachs la racontait avec humour, en se moquant d'elle-même, et en balayait ainsi les implications plutôt terrifiantes. Nous avons tous ri quand elle a eu fini, et puis la conversation est passée à autre chose. Sans le roman de Sachs (celui-là même qu'il avait apporté malgré la neige à notre lecture avortée, en 1975), je l'aurais peut-être complètement oubliée. Mais dans la mesure où ce livre est plein d'allusions à la statue de la Liberté, il est difficile d'ignorer la possibilité qu'il existe un rapport — comme si cette expérience enfantine : avoir été témoin de la panique de sa mère, se trouvait en quelque manière au cœur de ce qu'il avait écrit en tant qu'adulte, vingt ans après. Je lui ai posé la question dans la voiture, tandis que nous rentrions en ville, ce soir-là, mais il n'a fait qu'en rire. Il ne s'était même pas souvenu de cette partie de l'histoire, m'a-t-il dit. Puis, écartant ce sujet une fois pour toutes, il s'est lancé dans une diatribe comique contre les pièges de la psychanalyse. Finalement, rien de tout cela n'a d'importance. Ce n'est pas parce que Sachs le nie que ce rapport n'existe pas. Nul ne peut dire d'où vient un livre, surtout pas celui qui l'écrit. Les livres naissent de l'ignorance, et s'ils continuent à vivre après avoir été écrits, ce n'est que dans la mesure où on ne peut les comprendre.

Le Nouveau Colosse est l'unique roman que Sachs ait jamais publié. C'est aussi le premier texte de lui que j'ai lu, et il est hors de doute qu'il a joué un rôle considérable dans l'essor de notre amitié. Avoir aimé Sachs en personne était une chose, mais lorsque je me suis aperçu que je pouvais aussi admirer son œuvre, je n'en ai été que plus impatient de le connaître, plus désireux de le revoir et de lui parler encore. Dès l'abord, il se distinguait de tous les gens que j'avais rencontrés depuis mon retour en Amérique. Il était davantage qu'un compagnon de beuverie en puissance, découvrais-je, davantage qu'une simple connaissance de plus. Une heure après avoir ouvert le livre de Sachs, il y a quinze ans, j'ai compris qu'il nous serait possible de devenir amis.

Je viens de passer la matinée à le reparcourir (il y en a plusieurs exemplaires ici dans la cabane), et je suis étonné de voir à quel point mes sentiments à son égard ont peu changé. Je ne crois pas devoir en dire beaucoup plus que ça. Le livre existe encore, on le trouve dans les librairies et les bibliothèques et qui le souhaite peut le lire sans difficulté. Il est sorti en édition de poche quelques mois après ma première rencontre avec Sachs, et depuis lors il est resté disponible la plupart du temps, vivant dans les marges de la littérature récente une vie calme mais saine ; ce livre fou, ce pot-pourri a conservé sa petite place sur les étagères. La première fois que je l'ai lu, cependant, j'ai été pris au dépourvu. Après avoir entendu Sachs, dans le bar, j'avais cru comprendre qu'il avait écrit un premier roman conventionnel, une de ces tentatives à peine voilées de romancer l'histoire de sa propre vie. Je n'avais pas l'intention de lui en tenir rigueur, mais il avait parlé du livre en termes si peu favorables que je pensais devoir me préparer à une quelconque déception. Il m'en avait dédicacé un exemplaire ce jour-là, dans le bar, mais sur le moment la seule chose que j'avais remarquée était son épaisseur, il faisait plus de quatre cents pages. J'en ai commencé la lecture l'après-midi suivant, vautré sur mon lit après avoir bu six tasses de café dans l'espoir de me débarrasser de la gueule de bois due aux excès du samedi. Ainsi que Sachs m'en avait averti, c'était le livre d'un jeune homme — mais en aucune des façons auxquelles je m'attendais. *Le Nouveau Colosse* n'avait rien à voir avec les années soixante, rien à voir avec le Viêt-nam ni avec le mouvement contre la guerre, rien à voir avec les dix-sept mois que Ben avait passés en prison. Que j'aie cru y trouver tout cela provenait d'une insuffisance de mon imagination. L'idée de la prison me paraissait si terrible que je trouvais inconcevable que quelqu'un qui y avait été pût ne pas écrire là-dessus.

Comme tous les lecteurs le savent, *Le Nouveau Colosse* est un roman historique, un livre issu de recherches méticuleuses, situé en Amérique entre 1876 et 1890 et fondé sur des faits authentiques et vérifiables. La plupart des personnages sont des gens qui ont réellement vécu à cette époque, et même lorsqu'ils sont imaginaires, ce sont moins des inventions que des emprunts, des silhouettes volées aux pages d'autres romans. A part cela, tous les événements sont véridiques — véridiques au sens de conformes à l'histoire — et aux endroits où celle-ci fait défaut, aucune liberté n'est prise avec les lois de la probabilité. Tout est rendu plausible, évident, banal même dans la justesse des descriptions. Et néanmoins Sachs désarçonne sans cesse le lecteur en mêlant dans la conduite de son récit tant de genres et de styles que le livre finit par ressembler à un jeu électronique, une de ces fabuleuses machines avec des lumières clignotantes et quatre-vingt-dix-huit effets sonores différents. D'un chapitre à l'autre, il saute de la narration traditionnelle, rédigée à la troisième personne, aux pages de journal intime et aux lettres, des tableaux chronologiques aux petites anecdotes, des articles de journaux aux essais ou aux dialogues dramatiques. C'est un tourbillon, un marathon de la première ligne à la dernière, et quoi qu'on puisse penser du livre dans son ensemble, il est impossible de ne pas respecter l'énergie de l'auteur, l'incontestable audace de son ambition.

Parmi les personnages qui apparaissent dans le roman, on trouve Emma Lazarus, Sitting Bull, Ralph Waldo Emerson, Joseph Pulitzer, Buffalo Bill Cody, Auguste Bartholdi, Catherine Weldon, Rose Hawthorne (la fille de Nathaniel), Ellery Channing, Walt Whitman et William Tecumseh Sherman. Mais il y a aussi Raskolnikov (venu tout droit de l'épilogue de *Crime et Châtiment* — sorti de prison et récemment arrivé comme immigrant aux États-Unis, où son nom a été anglicisé en Ruskin), de même que Huckleberry Finn (un marginal entre deux âges qui se lie d'amitié avec Ruskin) et l'Ismaël de *Moby Dick* (dans un petit rôle de figuration comme barman à New York). *Le Nouveau Colosse* commence l'année du centenaire de l'Amérique et se poursuit au long des principaux événements des quinze années suivantes : la défaite de Custer à Little Big Horn, l'édification de la statue de la Liberté, la grève générale de 1877, l'exode des juifs de Russie en Amérique en 1881, l'invention du téléphone, les émeutes de Haymarket à Chicago, la propagation de la religion de la *Ghost Dance* chez les Sioux, le massacre de Wounded Knee. Mais de moindres événements sont aussi rapportés et ce sont eux, en fin de compte, qui donnent au livre sa texture, faisant de lui quelque chose de plus qu'une mosaïque de faits historiques. Le chapitre d'ouverture illustre bien ceci. Invitée à séjourner chez Emerson, Emma Lazarus se rend à Concord, dans le Massachusetts. Là, elle fait la connaissance d'Ellery Channing, qui l'accompagne lors d'une visite à Walden Pond et lui parle de son amitié avec Thoreau (alors décédé depuis quatorze années). Attirés l'un par l'autre, ils deviennent amis, encore une de ces juxtapositions inattendues que Sachs aimait tant : le vieil homme aux cheveux blancs de Nouvelle-Angleterre et la jeune poétesse juive du *Millionaire's Row*, à New York. Lors de leur dernière rencontre, Channing offre un cadeau à Emma Lazarus, en lui demandant de ne l'ouvrir que lorsqu'elle sera dans le train qui la ramènera chez elle. Quand elle déballe le paquet, elle découvre un exemplaire du livre de Channing sur Thoreau, et aussi une relique que le vieil homme avait conservée précieusement depuis la mort de son ami : la boussole de poche de Thoreau. C'est un moment superbe, traité par Sachs avec une grande sensibilité, et qui plante dans l'esprit du lecteur une image importante, récurrente sous des dehors multiples tout au long du livre. Bien que non explicite, le message ne saurait être plus clair. L'Amérique a perdu le nord. Thoreau était le seul homme capable de lire la boussole pour nous, et à présent qu'il a disparu, nous n'avons aucun espoir de jamais nous y retrouver.

Il y a l'étrange histoire de Catherine Weldon, cette petite-bourgeoise qui est partie dans l'Ouest et devenue l'une des épouses de Sitting Bull. Il y a une description burlesque du tour des États-Unis effectué par le grand-duc Alexis de Russie — une chasse aux buffles avec Bill Cody, une descente du Mississippi avec le général et Mrs. George Armstrong Custer. Il y a le général Sherman, dont le deuxième prénom rend hommage à un guerrier indien, qui se voit chargé en 1876 (un mois après le dernier combat de Custer) « d'assurer le contrôle militaire de toutes les réserves du pays sioux, en y traitant les Indiens comme des prisonniers de guerre » et puis, un an plus tard, prié par le Comité américain pour la statue de la Liberté « de décider si la statue doit être placée sur Governor's ou sur Bedloe's Island ». Il y a la mort d'Emma Lazarus, à trente-sept ans, des suites d'un cancer, veillée par son amie Rose Hawthorne — qui, transformée par cette expérience, se convertit au catholicisme, entre dans l'ordre de saint Dominique sous le nom de sœur Alphonsa et consacre les trente dernières années de sa vie à s'occuper des malades en phase terminale. Il y a des douzaines de tels épisodes dans le livre. Tous sont véridiques, chacun est fondé sur la réalité, et pourtant Sachs les agence de telle manière qu'ils prennent un caractère de plus en plus fantastique, presque comme s'il esquissait un cauchemar ou une hallucination. Au fur et à mesure qu'on s'avance dans le livre, son allure devient de plus en plus instable — il est plein d'associations et de départs imprévisibles, marqué de changements de ton de plus en plus rapides — jusqu'à un moment où l'on a l'impression que tout cela est pris de lévitation, commence à s'élever lourdement au-dessus du sol à la façon d'un gigantesque ballon-sonde. Au dernier chapitre, on a voyagé si haut dans les airs qu'on se rend compte qu'on ne pourra plus redescendre sans tomber, sans s'écraser.

Il y a néanmoins des faiblesses, c'est certain. Bien que Sachs se soit donné du mal pour les dissimuler, il y a des endroits où le roman paraît trop construit, trop mécanique dans l'orchestration des événements, et les personnages n'atteignent que rarement à une vie véritable. A mi-chemin de ma première lecture, je me souviens de m'être fait la réflexion que Sachs était un penseur plus qu'un artiste, et la lourdeur de sa main me gênait souvent — sa façon d'assener ses arguments, de manipuler ses personnages de manière à souligner ses idées au lieu de les laisser créer eux-mêmes l'action. Pourtant, en dépit du fait qu'il n'écrivait pas sur lui-même, je comprenais à quel point ce livre devait lui avoir été profondément personnel. L'émotion dominante y était la colère, une colère épanouie, déchirante, qui surgissait presque à chaque page : colère contre l'Amérique, colère contre l'hypocrisie politique, colère en tant qu'arme de destruction des mythes nationaux. Compte tenu que la guerre du Viêt-nam durait encore à cette époque, et que Sachs avait fait de la prison à cause de cette guerre, il n'était pas difficile de comprendre d'où venait cette colère. Elle donnait au livre un ton véhément et polémique, mais je crois qu'elle était aussi le secret de sa force, le moteur qui faisait avancer le livre et vous donnait envie d'en poursuivre la lecture. Sachs n'avait que vingt-trois ans quand il a commencé *Le Nouveau Colosse*, et il y a consacré cinq années au cours desquelles il en a rédigé sept ou huit versions. La version publiée compte quatre cent trente-six pages, et je les avais toutes lues avant de m'endormir le mardi soir. Les quelques réserves que j'avais pu faire étaient écrasées par mon admiration pour ce qu'il avait accompli. En rentrant du travail le mercredi après-midi, je me suis mis aussitôt à lui écrire une lettre. Je lui disais qu'il avait écrit un grand roman. S'il lui venait l'envie de partager avec moi une autre bouteille de bourbon, je me sentirais honoré de lui tenir tête, verre pour verre.

Après ça, nous avons commencé à nous voir régulièrement. Sachs n'avait pas d'emploi, et ça le rendait plus disponible que la plupart des gens que je connaissais, moins contraint par ses habitudes. La vie sociale à New York tend à une grande rigidité. L'organisation d'un simple dîner doit se faire plusieurs semaines à l'avance, et les meilleurs amis peuvent parfois passer des mois sans le moindre contact. Mais avec Sachs, les rencontres impromptues étaient la règle. Il travaillait quand l'inspiration le poussait (très souvent tard dans la nuit), et le reste du temps il errait librement, parcourant les rues de la ville comme un *flâneur* [1] du XIXe siècle, suivant le bout de son nez là où il l'entraînait. Il marchait, visitait musées et galeries d'art, allait au cinéma en plein après-midi, lisait sur les bancs dans les parcs. Il n'était pas, comme la plupart des gens, assujetti à la pendule et par conséquent n'avait jamais l'impression de perdre son temps. Cela ne signifie pas qu'il était improductif, mais la cloison entre travail et loisir s'était effritée pour lui au point qu'il la remarquait à peine. Je pense qu'en tant qu'écrivain tout cela lui était utile, car ses meilleures idées semblaient lui venir quand il était loin de sa table. En un sens, tout entrait donc pour lui dans la catégorie du travail. Manger, c'était travailler, regarder des matchs de base-ball était travailler, se trouver à minuit dans un bar en compagnie d'un ami était travailler. En dépit des apparences, rares étaient les instants qu'il ne passait pas à la tâche.

Mes journées étaient loin d'avoir la même ouverture que les siennes. J'étais revenu de Paris, l'été précédent, avec neuf dollars en poche, et plutôt que de demander à mon père un prêt (qu'il m'aurait sans doute refusé de toute façon), j'avais sauté sur le premier emploi venu. A l'époque où j'ai rencontré Sachs, je travaillais chez un marchand de livres rares dans l'Upper East Side où la plupart du temps, assis dans l'arrière-boutique, je dressais

---

1. En français dans le texte. (*N.d.T.*)

des catalogues et répondais à des lettres. Je m'y rendais chaque matin à neuf heures et en sortais à une heure. L'après-midi, chez moi, je traduisais une histoire de la Chine moderne publiée par un journaliste français qui avait vécu quelque temps en poste à Pékin — un livre bâclé, mal écrit, qui exigeait plus d'efforts qu'il n'en méritait. Je caressais l'espoir de quitter mon emploi chez ce libraire et de gagner ma vie comme traducteur, mais il n'était pas encore évident que ce projet serait réalisable. En attendant, j'écrivais aussi des nouvelles, je faisais à l'occasion des critiques de livres et, l'un dans l'autre, je ne dormais guère. Je voyais pourtant Sachs plus souvent qu'il ne paraît possible aujourd'hui, compte tenu des circonstances. Par bonheur, il se trouvait que nous habitions le même quartier et pouvions sans peine nous rendre à pied l'un chez l'autre. Il en est résulté bon nombre de retrouvailles dans des bars de Broadway tard dans la soirée et puis, après que nous nous fûmes découvert une passion commune pour le sport, les samedis et dimanches après-midi aussi, car les matchs étaient toujours diffusés dans ces endroits et nous ne possédions ni l'un ni l'autre un poste de télévision. Presque du jour au lendemain, je me suis mis à voir Sachs en moyenne deux fois par semaine, bien plus que je ne voyais personne d'autre.

Peu de temps après le début de ces rencontres, il m'a présenté sa femme. Fanny préparait alors un doctorat d'histoire de l'art à Columbia, elle enseignait en *General Studies* [1] et terminait une thèse sur les peintres paysagistes américains du XIX siècle. Elle et Sachs s'étaient connus dix ans auparavant à l'université du Wisconsin, où ils étaient littéralement entrés en collision lors d'un meeting

---

1. Ensemble de cours de culture générale existant dans la plupart des universités. (*N.d.T.*)

pacifiste organisé sur le campus. Au moment de l'arrestation de Sachs, au printemps 1967, il y avait déjà près d'un an qu'ils étaient mariés. Ils avaient vécu chez les parents de Ben à New Canaan pendant la durée du procès, et une fois le jugement rendu et Ben parti en prison (au début de 1968), Fanny était retournée habiter à Brooklyn chez ses parents. Au cours de cette période, elle s'était inscrite à Columbia, et l'université lui avait accordé une bourse qui comprenait la gratuité des cours, une allocation de plusieurs milliers de dollars et la charge de quelques heures d'enseignement. Elle avait passé la fin de l'été à travailler comme employée de bureau temporaire à Manhattan, s'était trouvé un petit appartement dans la 112e rue ouest à la fin d'août, et avait commencé ses cours en septembre, le tout en faisant la navette en train chaque dimanche pour aller voir Ben à Danbury. Je raconte tout cela parce qu'il se trouve que je l'ai vue plusieurs fois dans le courant de cette année-là — sans me douter le moins du monde de qui elle était. J'étais encore en licence à cette époque, et mon appartement ne se trouvait qu'à cinq rues de chez elle, dans la 107e rue ouest. Par hasard, deux de mes meilleurs amis habitaient dans son immeuble et plusieurs fois, en leur rendant visite, je suis tombé sur elle dans l'ascenseur ou dans le hall d'entrée. A part cela, il y avait les jours où je la voyais marcher dans Broadway, les jours où je la trouvais devant moi à la cantine où j'achetais mes cigarettes, les jours où je l'apercevais à l'instant où elle entrait dans un des bâtiments du campus. Au printemps, nous avons même suivi un cours ensemble, un cours magistral sur l'histoire de l'esthétique que faisait un professeur du département de philosophie. Je la remarquais en toutes ces occasions parce que je me sentais attiré par elle, mais je n'ai jamais trouvé le courage de lui adresser la parole. Son élégance avait quelque chose d'intimidant, quelque chose d'un rempart qui dissuadait les inconnus de l'approcher. L'alliance à sa main gauche y était pour quelque chose, sans doute, mais même si elle n'avait pas été mariée, je ne suis pas sûr qu'il en eût été autrement. Je faisais néanmoins des efforts délibérés pour m'asseoir derrière elle dans cette classe de philosophie, à seule fin de pouvoir passer une heure par semaine à la regarder du coin de l'œil. Une ou deux fois, nous avons échangé un sourire en quittant la salle de conférences, mais j'étais trop timide pour en tirer parti. Quand Sachs me l'a présentée en 1975, nous nous sommes immédiatement reconnus. Je m'en suis senti bouleversé, il m'a fallu plusieurs minutes pour récupérer mon sang-froid. Un mystère du passé se trouvait soudain résolu. Sachs était le mari absent de cette femme que j'avais contemplée avec tant d'attention six ou sept ans auparavant. Si j'étais demeuré dans le voisinage, il est presque certain que j'aurais rencontré Ben après sa sortie de prison. Mais j'avais obtenu ma licence en juin, et lui n'était arrivé à New York qu'en août. A ce moment-là, j'avais déjà abandonné mon appartement et je faisais route vers l'Europe.

Il est incontestable que ces deux-là formaient un couple étrange. Sur presque tous les plans auxquels je peux penser, Ben et Fanny semblaient exister dans des univers incompatibles. Ben était tout en bras et en jambes, angles aigus et protubérances osseuses, tel un assemblage de Meccano, tandis que Fanny était petite et ronde, avec un visage lisse et une peau olivâtre. Ben paraissait rougeaud en comparaison, avec sa tignasse frisée et sa peau sujette aux coups de soleil. Il prenait beaucoup de place, n'arrêtait pas de remuer, son visage changeait d'expression toutes les cinq ou six secondes, tandis que Fanny était équilibrée, sédentaire, avec quelque chose d'un chat dans sa façon d'habiter son corps. A mes yeux, elle était moins belle qu'exotique, bien que ce mot soit peut-être trop fort pour ce que je tente d'exprimer. Une capacité de fasciner serait sans doute plus proche de ce que je cherche, un air de se suffire à elle-même qui donnait envie de la regarder même lorsqu'elle était assise à ne rien faire. Elle n'était pas drôle comme Ben pouvait l'être, elle n'était pas vive, elle ne s'emballait jamais. Et pourtant j'ai toujours eu l'impression qu'elle était la plus mûre des deux, la plus intelligente, celle qui possédait la meilleure faculté d'analyse. L'intelligence de Ben était toute d'intuition. C'était un esprit audacieux, pas particulièrement subtil, épris des risques, des sauts dans l'obscurité, des rapprochements impro-bables. Fanny, d'autre part, aimait aller au fond des choses, sans passion, elle avait une patience inépuisable, aucune tendance aux jugements hâtifs ni aux réflexions à la légère. Elle était une érudite, et lui un petit malin ; elle était un sphinx, et lui une plaie béante ; elle était une aristocrate, et lui le peuple. Se trouver en leur compagnie reve-nait à assister au mariage d'une panthère et d'un kangourou. Fanny, toujours superbement vêtue, élégante, marchant à côté d'un homme qui la dépassait d'une bonne tête, un gosse démesuré en baskets noires, blue-jeans et sweatshirt gris à capuche. En surface, ça paraissait absurde. Quand on les voyait ensemble, la première réaction était de les prendre pour des étrangers.

Mais ça, ce n'était qu'en surface. Sous son appa-rente maladresse, Sachs comprenait remarquable-ment les femmes. Non seulement Fanny, mais toutes les femmes qu'il rencontrait, et j'étais constamment surpris de voir combien elles se sen-taient naturellement attirées par lui. Le fait d'avoir grandi avec trois sœurs y était peut-être pour quel-que chose, comme si l'intimité apprise dans l'enfance l'avait imprégné d'une connaissance occulte, lui donnant accès aux secrets féminins que les autres hommes passent leur vie entière à tenter de découvrir. Fanny avait ses moments difficiles, et je n'imagine pas qu'elle ait jamais été simple à vivre. Son calme extérieur était souvent le masque d'une turbulence intérieure, et j'ai eu plusieurs occasions de constater à quelle vitesse elle pouvait sombrer dans des humeurs noires, dépressives, soudain envahie par quelque indéfinissable angoisse qui la mettait au bord des larmes. Sachs alors la protégeait, usait envers elle d'une tendresse et d'une discrétion qui pouvaient être très émouvantes, et je pense que Fanny avait appris à compter sur lui à cause de cela, à savoir que personne n'était capable de la comprendre aussi profondément que lui. Le plus souvent, cette compassion était exprimée de manière indirecte, dans un langage impénétrable pour les tiers. La première fois que je suis allé chez eux, par exemple, nous avons abordé pendant le dîner le sujet des enfants — faut-il ou non en avoir et, si oui, quel est le meilleur moment, combien de changements ils entraînent, et ainsi de suite. Je me souviens que j'ai défendu avec vigueur l'idée d'en avoir. Sachs, par contre, s'est lancé dans un long numéro manifestant son désaccord. Ses arguments étaient assez conventionnels (le monde est un endroit trop affreux, il y a trop de surpopulation, on y perdrait trop de liberté) mais il les exposait avec tant de véhémence et de conviction que j'en ai inféré qu'il parlait pour Fanny aussi et qu'ils étaient tous deux catégoriquement opposés à l'idée de devenir parents. Des années plus tard, je me suis rendu compte que la vérité était tout le contraire. Ils avaient voulu désespérément avoir des enfants, mais Fanny ne pouvait pas concevoir. Après d'innombrables tentatives de la mettre enceinte, ils avaient consulté des médecins, essayé des remèdes de fertilité, tâté de toute une série de plantes médicinales, mais rien n'y avait fait. Ç'avait été un coup terrible pour Fanny. Ainsi qu'elle me l'a confié plus tard, c'était son plus grand chagrin, une perte qu'elle pleurerait jusqu'à la fin de sa vie. Plutôt que de la faire parler de cela devant moi ce premier soir, Sachs avait concocté une mixture de mensonges spontanés, un nuage de vapeur et d'air chaud afin d'oblitérer la question. Je n'ai entendu qu'un fragment de ce qu'il disait en réalité, parce que je pensais qu'il s'adressait à moi. Comme je l'ai compris plus tard, c'était à Fanny qu'il parlait du début à la fin. Il lui disait qu'elle n'avait pas besoin de lui donner un enfant pour qu'il continue à l'aimer.

Je voyais Ben plus souvent que Fanny et, quand je la voyais, Ben était toujours là, mais nous sommes peu à peu devenus amis, elle et moi. En un sens, mon ancien béguin rendait cette intimité inévitable, mais il dressait aussi une barrière entre nous et plusieurs mois s'écoulèrent avant que je puisse la regarder sans ressentir de l'embarras. Fanny, c'était un rêve, le fantôme d'un désir secret enfoui dans mon passé, et maintenant qu'elle s'était matérialisée inopinément dans un rôle nouveau — une femme de chair et de sang, la femme de mon ami — j'avoue que je me sentais déstabilisé. Cela m'a amené à énoncer quelques stupidités les premières fois que je me suis trouvé en sa présence, et ces gaffes ne faisaient que renforcer mon impression de culpabilité et ma confusion. Pendant l'une des premières soirées que j'ai passées chez eux, je lui ai même déclaré que je n'avais pas écouté un seul mot du cours que nous avions suivi ensemble. Chaque semaine, je passais l'heure entière à te contempler, lui ai-je dit. La pratique est plus importante que la théorie, après tout, et je pensais : Pourquoi perdre mon temps à écouter des causeries sur l'esthétique quand la beauté est assise là, juste devant moi ?

Je crois que c'était censé représenter une manière d'excuse pour mon comportement passé, mais en m'entendant dire ça j'ai été horrifié. Il y a des choses qu'on ne devrait jamais dire, en aucune circonstance, et surtout pas d'un ton désinvolte. Elles imposent à la personne à qui on s'adresse un fardeau terrible, et aucun bien ne peut en advenir. A l'instant où je prononçais ces mots, je me suis rendu compte que Fanny était choquée par ma rudesse.

— Oui, a-t-elle dit avec un petit sourire forcé, je me souviens de ce cours. C'était plutôt austère.

— Les hommes sont des monstres, ai-je poursuivi, incapable de m'arrêter. Ils ont des fourmis où je pense, et la tête bourrée de cochonneries. Surtout quand ils sont jeunes.

— Pas des cochonneries, a fait Fanny. Simplement des hormones.

— Ça aussi. Mais parfois, c'est difficile de voir la différence.

— Tu avais toujours un air si pénétré. Je me souviens d'avoir pensé que tu devais être quelqu'un de très sérieux. Un de ces jeunes gens qui allaient soit se tuer, soit changer le monde.

— Jusqu'ici, je n'ai fait ni l'un ni l'autre. Je suppose que ça signifie que j'ai abandonné mes vieilles ambitions.

— Et c'est heureux! Il ne faut pas demeurer accroché au passé. La vie est trop intéressante pour ça.

A sa façon énigmatique, Fanny me donnait l'absolution — en même temps qu'un avertissement. Tant que je me conduirais convenablement, elle ne me tiendrait pas rigueur de mes péchés anciens. Ça me donnait l'impression d'être en sursis, mais le fait est qu'elle avait toutes les raisons de se méfier du nouvel ami de son mari, et je ne peux pas lui reprocher de m'avoir maintenu à distance. Quand nous avons commencé à mieux nous connaître, la gêne s'est estompée. Entre autres choses, nous nous sommes aperçus que nous avions la même date de naissance, et bien que nous n'ayons que faire, ni l'un ni l'autre, de l'astrologie, cette coïncidence a contribué à créer un lien entre nous. Qu'elle fût d'un an mon aînée m'autorisait à lui témoigner une déférence complice chaque fois qu'il en était question, blague obligée qui ne manquait jamais de la faire rire. Comme ce n'était pas quelqu'un qui avait le rire facile, je voyais là un signe de mes progrès. Plus important, il y avait son travail, et mes discussions avec elle à propos de la peinture américaine du passé ont suscité en moi une passion durable pour des artistes tels que Ryder, Church, Blakelock et Cole — que je connaissais à peine avant de rencontrer Fanny. Elle a soutenu sa thèse à Columbia en automne 1975 (une des premières monographies qui aient été publiées sur Albert Pinkham Ryder) et a été aussitôt engagée comme conservateur adjoint au département d'art américain du musée de Brooklyn, où elle a toujours travaillé depuis. Au moment où j'écris ces mots (le 11 juillet), elle n'a encore aucune idée de ce qui est arrivé à Ben. Elle est partie en Europe le mois dernier et son retour n'est pas prévu avant le *Labor Day* [1]. Je suppose qu'il me serait possible de la joindre, mais je n'en vois pas l'utilité. Il n'y a hélas plus rien qu'elle puisse faire pour lui au point où nous en sommes, et à moins que le FBI ne découvre la clef du mystère avant son retour, il vaut sans doute mieux que je garde ça pour moi. Au début, j'ai pensé qu'il était de mon devoir de la prévenir, mais maintenant que j'ai eu le temps de ruminer cette idée, j'ai décidé de ne pas lui gâcher ses vacances. Elle a assez souffert comme ça, et le téléphone n'est vrai-

1. *Labor Day* : la fête du Travail, célébrée le premier lundi de septembre aux États-Unis et au Canada. (*N.d.T.*)

ment pas le meilleur moyen de communiquer ce genre de nouvelles. Je vais me tenir coi jusqu'à son retour, et alors je la ferai asseoir et je lui raconterai moi-même ce que je sais.

Quand je me rappelle aujourd'hui ces premiers temps de notre amitié, je suis surtout frappé par l'admiration qu'ils m'inspiraient tous deux, à la fois séparément et en tant que couple. J'avais été très impressionné par le livre de Sachs et, si j'aimais Ben pour ce qu'il était, j'étais aussi flatté par l'intérêt qu'il portait à mon travail. Il n'avait que deux ans de plus que moi et pourtant, en comparaison de ce qu'il avait déjà accompli, je me sentais tout à fait débutant. J'avais manqué les revues de presse du *Nouveau Colosse*, mais de toute évidence le livre avait suscité un très vif intérêt. Certains critiques l'avaient démoli — en grande partie pour des raisons politiques, condamnant Sachs pour ce qu'ils percevaient comme son « anti-américanisme » flagrant — mais d'autres l'avaient porté aux nues, le désignant comme l'un des plus prometteurs des jeunes romanciers apparus depuis des années. S'il ne s'était pas passé grand-chose au plan commercial (les ventes avaient été modestes, et il avait fallu deux ans avant qu'on ne l'édite en poche), le nom de Sachs avait pris place sur la carte littéraire. On pourrait penser que tout ça lui faisait plaisir et pourtant, ainsi que je l'ai bientôt découvert, Sachs pouvait être d'une indifférence exaspérante dans de tels domaines. Il parlait peu de lui-même à la manière des autres écrivains, et j'avais l'impression qu'il n'était que peu ou pas intéressé par la poursuite de ce que les gens appellent une « carrière littéraire ». Il n'avait pas l'instinct de compétition, ne se souciait pas de sa réputation, n'était pas imbu de son talent. C'était un des côtés de sa personnalité qui m'attiraient le plus : la pureté de ses ambitions, la simplicité absolue de son attitude envers son œuvre. Ça le rendait parfois entêté et bourru, mais ça lui donnait aussi le courage de faire exactement ce qu'il voulait. Après le succès de son premier roman, par exemple, il avait aussitôt commencé à en écrire un autre et puis, arrivé à une centaine de pages, il avait déchiré le manuscrit et l'avait brûlé. Inventer des histoires est une imposture, avait-il déclaré et, juste comme ça, il avait décidé de renoncer à la fiction. C'était vers la fin de 1973 ou le début de 1974, un an environ avant notre rencontre. Après cela, il s'était mis à écrire des essais, toutes sortes d'essais et d'articles sur des sujets multiples et variés : politique, littérature, sports, histoire, culture populaire, gastronomie, quoi qu'il eût en tête cette semaine ou ce jour-là. Ses textes étaient très demandés, il n'avait donc aucune peine à trouver des magazines où les publier, mais sa façon de procéder avait quelque chose de désordonné. Il écrivait avec une ferveur égale pour des magazines nationaux et pour d'obscures revues littéraires, remarquant à peine que certaines publications payaient ses articles un bon prix et que d'autres ne payaient rien du tout. Il refusait de travailler avec un agent car il avait l'impression que cela corrompait le processus et par conséquent il gagnait beaucoup moins qu'il n'aurait dû. J'ai longtemps débattu avec lui de cette question, mais ce n'est qu'au début des années quatre-vingt qu'il a finalement cédé et engagé quelqu'un pour mener en son nom ses négociations.

J'étais toujours étonné par la rapidité avec laquelle il travaillait, par sa capacité de pondre des articles sous la pression des dates limites, de produire tant sans paraître s'épuiser. Ce n'était rien pour Sachs que de rédiger dix ou douze pages d'un trait, de commencer et de terminer un texte entier sans relever la tête une seule fois de sa machine. Le travail ressemblait chez lui à une compétition d'athlétisme, une course d'endurance entre le corps et l'esprit, et il était capable d'une telle concentration dans l'approfondissement de sa pensée, d'une telle unité de propos dans la réflexion que les mots semblaient se trouver toujours à sa disposition, comme s'il avait découvert un passage secret menant droit de sa tête au bout de ses doigts. « Je tape pour des dollars », disait-il parfois, mais seulement parce qu'il ne pouvait résister à l'envie de se moquer de lui-même. Sa production n'était jamais moins que bonne, à mon avis, et le plus souvent elle était brillante. Mieux je connaissais Sachs, plus sa productivité m'impressionnait. J'ai toujours été un bûcheur, un type qui s'angoisse et se débat à chaque phrase, et même les meilleurs jours je ne fais que me traîner, ramper à plat ventre tel un homme perdu dans le désert. Le moindre mot est pour moi entouré d'arpents de silence et lorsque j'ai enfin réussi à le tracer sur la page, il a l'air de se trouver là comme un mirage, une particule de doute scintillant dans le sable. Le langage ne m'a jamais été accessible de la façon dont il l'était pour Sachs. Un mur me sépare de mes propres pensées, je me sens coincé dans un no man's land entre sentiment et articulation, et en dépit de tous mes efforts pour tenter de m'exprimer, j'arrive rarement à mieux qu'un bégaiement confus. De telles difficultés n'existaient pas pour Sachs. Pour lui, les choses et les mots correspondaient, tandis que pour moi ils ne cessent de se séparer, de voler en éclats dans toutes les directions. Je passe presque tout mon temps à ramasser les fragments et à les recoller ensemble, mais Sachs n'a jamais eu à trébucher ainsi, à fouiller les tas d'ordures ou les poubelles en se demandant s'il ne s'est pas trompé dans la juxtaposition des pièces. Ses incertitudes étaient d'un autre ordre, mais si pénible que la vie ait pu lui devenir sur d'autres plans, les mots n'ont jamais été son problème. L'acte d'écrire lui était remarquablement indolore, et quand il travaillait bien, il pouvait tracer les mots sur la page aussi vite qu'il les aurait prononcés. C'était un curieux talent, et parce que Sachs lui-même en avait à peine conscience, il semblait vivre dans un état de parfaite innocence. Presque comme un enfant, me disais-je parfois, un prodigieux enfant jouant avec ses jouets.

II

La phase initiale de notre amitié a duré un an et demi environ. Alors, à quelques mois d'intervalle, nous avons tous deux quitté l'Upper West Side, et un nouveau chapitre a commencé. Fanny et Ben sont partis les premiers, pour s'installer dans un appartement du quartier de Park Slope, à Brooklyn. Il était plus spacieux et plus confortable que l'ancien logement d'étudiante de Fanny près de Columbia, et elle pouvait désormais se rendre à pied à son travail, au musée. C'était à l'automne de 1976. Entre le moment où ils ont trouvé leur appartement et celui de leur installation, ma femme Délia s'est aperçue qu'elle était enceinte. Presque aussitôt, nous avons commencé à faire, nous aussi, des projets de déménagement. Notre studio de Riverside Drive était trop exigu pour accueillir un enfant, et entre nous les choses commençaient déjà à se gâter un peu ; nous nous sommes figuré que ça irait mieux si nous quittions carrément la ville. Je consacrais tout mon temps à traduire des livres à cette époque et, du point de vue de mon travail, l'endroit où nous vivions ne faisait aucune différence.

Je ne peux pas dire que j'aie la moindre envie de parler de mon premier mariage maintenant. Pourtant, dans la mesure où il touche à l'histoire de

Sachs, je ne vois pas comment je pourrais éviter le sujet. Une chose en entraîne une autre et, que ça me plaise ou non, j'ai pris part à ce qui s'est passé autant que quiconque. Sans l'échec de mon mariage avec Délia Bond, je n'aurais jamais rencontré Maria Turner, et si je n'avais pas rencontré Maria Turner, je n'aurais jamais entendu parler de Lillian Stern, et si je n'avais pas entendu parler de Lillian Stern, je ne serais pas assis ici, en train d'écrire ce livre. Chacun de nous est, d'une certaine manière, associé à la mort de Sachs, et il ne me sera pas possible de raconter son histoire sans raconter en même temps toutes les nôtres. Tout se tient, chaque histoire déborde sur les autres. Si pénible qu'il me soit de le dire, je comprends maintenant que c'est moi qui nous ai tous rassemblés. Autant que Sachs lui-même, je suis le lieu où tout commence.

Les événements s'enchaînent comme ceci : pendant sept ans, j'ai fait à Délia une cour intermittente (1967-1974), je l'ai persuadée de m'épouser (1975), nous nous sommes installés à la campagne (mars 1977), notre fils David est né (juin 1977), nous nous sommes séparés (novembre 1978). Pendant les dix-huit mois que j'ai passés loin de New York, j'ai gardé le contact avec Sachs mais nous nous voyions moins souvent qu'auparavant. Des cartes postales et des lettres remplaçaient nos discussions nocturnes dans les bars, et nos rapports étaient forcément plus limités et plus formels. Fanny et Ben venaient parfois passer le week-end avec nous à la campagne, et Délia et moi avons fait un bref séjour chez eux un été dans le Vermont, mais ces réunions ne possédaient pas la qualité anarchique et improvisée de nos rencontres passées. Néanmoins, l'amitié n'en a pas souffert. Il me fallait régulièrement venir à New York pour affaires : remise de manuscrits, signature de contrats, travail à emporter, projets à discuter avec les éditeurs. Cela se produisait deux ou trois fois par mois, et chaque fois je passais la nuit chez Fanny et Ben à Brooklyn. La stabilité de leur couple exerçait sur moi un effet calmant et pendant cette période j'ai réussi à conserver un semblant d'équilibre. Repartir vers Délia le lendemain n'était pas facile, cependant. Le spectacle du bonheur domestique dont je venais d'être témoin me faisait comprendre à quel point j'avais bousillé ma propre vie. J'avais de plus en plus peur de replonger dans notre tumulte, dans les épais fourrés de confusion qui avaient poussé autour de nous.

Je ne me lancerai pas dans des spéculations sur les raisons de notre faillite. L'argent s'était fait rare pendant nos deux dernières années de vie commune, mais je ne voudrais pas citer cela comme une cause directe. Un mariage heureux peut supporter n'importe quelle pression extérieure, un mariage malheureux se brise. Dans notre cas, le cauchemar a commencé dès les premières heures après notre départ de la ville et, quel qu'il fût, le lien fragile qui avait existé entre nous s'est rompu définitivement.

Vu nos petits moyens, notre projet original avait été très prudent : louer une maison quelque part et voir si la vie à la campagne nous convenait ou non. Si oui, nous pourrions rester; sinon, nous reviendrions à New York dès la fin du bail. Mais alors le père de Délia est intervenu en proposant de nous avancer dix mille dollars comme acompte pour l'achat d'une maison à nous. On trouvait des maisons à la campagne pour pas plus de trente ou quarante mille dollars à cette époque, et cette somme représentait beaucoup plus qu'elle ne le ferait aujourd'hui. C'était un geste généreux de la part de Mr. Bond, mais à la fin il a joué contre nous, en nous enfermant dans une situation que nous n'étions ni l'un ni l'autre prêts à affronter. Après avoir cherché durant quelques mois, nous avons trouvé quelque chose de pas cher dans le comté de Dutchess, une vieille maison un peu branlante, très spacieuse, avec un splendide massif de lilas dans le jardin. Le lendemain de notre emménagement, un orage féroce a éclaté sur la ville. La foudre a frappé la branche d'un arbre à côté de la maison, la branche a pris feu, le feu s'est communiqué à une ligne électrique qui passait dans l'arbre, et nous avons été privés de courant. A l'instant même, la pompe d'évacuation s'est coupée et en moins d'une heure la cave était inondée. J'ai passé une bonne partie de la nuit, dans l'eau froide jusqu'aux genoux, à écoper avec des seaux. Quand l'électricien est arrivé, le lendemain après-midi, pour évaluer les dégâts, nous avons appris que toute l'installation électrique devait être remplacée. Ça nous a coûté plusieurs centaines de dollars, et quand la fosse septique a lâché le mois suivant, il nous a fallu débourser plus de mille dollars pour débarrasser notre jardin de l'odeur de merde. Nous n'avions pas les moyens de telles réparations, et ces assauts sur notre budget nous laissaient étourdis d'appréhension. J'ai accéléré l'allure de mes travaux de traduction, acceptant tout ce qui se présentait, et à la moitié du printemps j'avais pratiquement abandonné un roman en chantier depuis trois ans. Délia était alors enceinte jusqu'aux dents, mais elle continuait à s'acharner sur son propre travail (de la correction d'épreuves en indépendante), et pendant la dernière semaine avant l'accouchement, elle est restée du matin au soir assise à son bureau, à revoir un manuscrit de plus de neuf cents pages.

Après la naissance de David, la situation n'a fait qu'empirer. L'argent est devenu mon obsession unique, exclusive, et j'ai vécu cette année-là dans un état de panique continuelle. Délia ne pouvant plus guère y contribuer, nos revenus avaient diminué au moment précis où nos dépenses commençaient à croître. Je prenais au sérieux les responsabilités de la paternité, et l'idée d'être incapable de subvenir aux besoins de ma femme et de mon fils me remplissait de honte. Un jour, comme un éditeur tardait à me payer un travail que je lui avais remis, j'ai pris la voiture, je suis descendu à New York, et j'ai fait irruption dans son bureau en le menaçant de violence physique s'il ne me signait pas un chèque sur-le-champ. Je suis même allé jusqu'à l'empoigner par le col de sa chemise et à le pousser contre le mur. Un tel comportement était complètement inconcevable de ma part, un reniement de toutes mes convictions. Je ne m'étais plus battu avec personne depuis mon enfance, et si je me suis laissé emporter par mes sentiments dans le bureau de cet homme, ça prouve à quel point j'étais désemparé. J'écrivais tous les articles que je pouvais, j'acceptais tous les travaux de traduction qu'on me proposait, mais ça ne suffisait pas. Me disant que mon roman était mort, que c'en était fini de mes rêves de devenir écrivain, je me suis mis en quête d'un emploi permanent. Mais les temps étaient durs alors, et les possibilités réduites à la campagne. Le collège local, qui avait publié une annonce demandant quelqu'un pour enseigner l'écriture à tout un lot d'étudiants de première année contre un salaire minable de huit mille dollars par an, avait reçu pour ce poste plus de trois cents demandes. Faute de la moindre expérience dans ce domaine, j'ai été rejeté sans même une entrevue. Ensuite j'ai essayé d'obtenir un poste à la rédaction de l'un des magazines pour lesquels j'avais écrit, pensant que je pourrais faire la navette avec la ville si nécessaire, mais les responsables s'étaient contentés de se moquer de moi en traitant mes lettres de plaisanteries. Ce n'est pas un boulot pour un écrivain, me répondaient-ils, vous ne pourriez que perdre votre temps. Mais je n'étais plus un écrivain, j'étais un homme en train de se noyer. J'étais un homme au bout du rouleau.

Délia et moi étions tous deux épuisés et avec le temps nos disputes étaient devenues automatiques, un réflexe que nous n'arrivions ni l'un ni l'autre à contrôler. Elle me harcelait et je boudais ; elle discourait et je ruminais ; nous passions des jours entiers sans trouver le courage de nous parler. David était la seule chose qui parût encore nous donner du plaisir, et nous parlions de lui comme s'il n'existait plus d'autre sujet, attentifs à ne pas franchir les limites de cette zone neutre. Dès que nous en sortions, les tireurs d'élite reprenaient place dans leurs tranchées, des rafales s'échangeaient, et la guerre d'usure reprenait. Elle semblait s'éterniser, conflit subtil sans objectif défini, armé de silences, de malentendus et de regards blessés, abasourdis. Malgré tout, je crois que nous n'étions ni l'un ni l'autre prêts à nous rendre. Nous avions pris position en vue d'un long effort, et l'idée d'abandonner ne nous avait jamais effleurés.

Tout a basculé d'un coup à l'automne 1978. Un soir où nous étions assis au salon avec David, Délia m'a demandé d'aller lui chercher ses lunettes sur une étagère de son bureau, à l'étage, et en entrant dans la pièce j'ai vu son journal, ouvert, sur sa table de travail. Délia tenait un journal depuis l'âge de treize ou quatorze ans, et il comportait alors des douzaines de cahiers, remplis les uns après les autres par la saga continue de sa vie intérieure. Elle m'en avait souvent lu des passages mais, jusqu'à ce soir-là, je n'avais même jamais osé le regarder sans sa permission. A ce moment-là, pourtant, je me suis senti poussé par un besoin terrible de lire ces pages. Rétrospectivement, je comprends que cela signifiait déjà la fin de notre vie commune, que le fait d'être disposé à enfreindre cette confiance prouvait que j'avais abandonné tout espoir pour notre couple, mais au moment même je ne m'en rendais pas compte.

Tout ce que je ressentais, c'était de la curiosité. Les pages s'étalaient sur la table, et Délia venait de me demander d'entrer dans cette pièce. Elle devait savoir que je les remarquerais. A supposer que ce fût le cas, cela revenait presque à m'inviter à lire ce qu'elle avait écrit. De toute façon, telle est l'excuse que je me suis donnée ce soir-là et, même aujourd'hui, je ne suis pas certain que je me trompais. Ç'aurait bien été dans son caractère d'agir de manière indirecte, de provoquer une crise dont elle n'aurait jamais à revendiquer la responsabilité. C'était son talent particulier : prendre les choses en main, et cependant se persuader qu'elle avait les mains propres.

J'ai donc baissé les yeux vers le journal, et sitôt franchi ce seuil, je n'ai plus été capable de les détourner. J'ai vu que j'étais le sujet du jour, et ce que je découvrais là était un catalogue exhaustif de doléances et de reproches, un petit document sévère formulé dans le langage d'un compte rendu de laboratoire. Délia avait tout énuméré, de ma façon de m'habiller aux aliments que je mangeais et à mon incorrigible manque de compréhension humaine. J'étais morbide et égocentrique, frivole et dominateur, rancunier, paresseux et distrait. Même si tout cela avait été vrai, le portrait qu'elle traçait de moi manquait à tel point de générosité, son ton sonnait si hargneux que je n'arrivai même pas à éprouver de la colère. Je me sentais triste, vidé, étourdi. Lorsque j'ai atteint le dernier paragraphe, sa conclusion paraissait déjà évidente, elle n'avait plus besoin d'être exprimée. « Je n'ai jamais aimé Peter, écrivait-elle. Je me suis trompée en croyant que je pourrais l'aimer. Notre vie commune est une imposture, et plus nous continuons ainsi, plus nous nous rapprochons de notre destruction mutuelle. Nous n'aurions pas dû nous marier. Je me suis laissé persuader par Peter, et depuis je n'ai cessé de le payer. Je ne l'aimais pas alors, et je ne l'aime pas aujourd'hui. Si longtemps que je reste avec lui, je ne l'aimerai jamais. »

Tout cela était si abrupt, si définitif que je m'en suis senti presque soulagé. Comprendre qu'on est l'objet d'un tel mépris élimine toute excuse à s'apitoyer sur soi-même. Le doute ne m'était plus permis quant à la situation, et quel que fût mon désarroi en ces premiers instants, j'étais conscient de m'être attiré ce désastre. J'avais gaspillé onze ans de ma vie à la recherche d'une fiction. Ma jeunesse entière avait été sacrifiée à une illusion et pourtant, au lieu de m'effondrer en pleurant ce que je venais de perdre, je me sentais étrangement revigoré, libéré par la franchise et la brutalité des mots de Délia. Tout ça, aujourd'hui, me paraît inexplicable. Mais le fait est que je n'ai pas hésité. Je suis redescendu avec les lunettes de Délia, je lui ai dit que j'avais lu son journal, et le lendemain matin je quittais la maison. Elle a été stupéfaite de ma fermeté, je crois, mais si l'on considère à quel point nous nous étions toujours mal interprétés, c'était sans doute prévisible. En ce qui me concernait, il n'y avait plus rien à discuter. L'acte avait été commis, et il n'y avait plus de place pour des repentirs.

Fanny m'aida à trouver une sous-location dans le bas Manhattan et à Noël j'habitais de nouveau New York. Un peintre de ses amis allait partir en Italie pour un an, et elle l'avait convaincu de me louer une chambre pour cinquante dollars seulement par mois — ce qui représentait la limite absolue de mes possibilités. Cette chambre était située juste en face de son loft (qu'occupaient d'autres locataires), sur le même palier, et jusqu'à ce que je m'y installe elle avait servi de débarras. Toutes sortes de bric-à-brac et d'épaves s'y trouvaient empilés : bicyclettes cassées, toiles inachevées, une vieille machine à laver, des bidons de térébenthine vides, des journaux, des magazines, et d'innombrables morceaux de fil de cuivre. Je poussai tout ça d'un côté de la pièce, récupérant ainsi la moitié de l'espace habitable, ce qui, après une brève période d'adaptation, se révéla bien suffisant. Mes seules possessions domestiques cette année-là étaient un matelas, une petite table, deux chaises, une plaque électrique, un minimum d'ustensiles de cuisine et un unique carton de livres. Il s'agissait de survie rigoureuse, élémentaire, mais la vérité est que j'étais heureux dans cette chambre. Comme le dit Sachs la première fois qu'il vint m'y rendre visite, c'était un sanctuaire d'intériorité, une chambre où la seule activité possible était la pensée. Il y avait un évier et des toilettes, mais pas de baignoire, et le plancher était en si mauvais état que j'attrapais des échardes chaque fois que je marchais pieds nus. Mais dans cette chambre je recommençai à travailler à mon roman, et peu à peu ma chance tourna. Un mois après mon installation, je reçus une bourse de dix mille dollars. Il y avait si longtemps que j'en avais fait la demande que je l'avais complètement oubliée. Et puis, deux semaines à peine après ça, je gagnai une seconde bourse de sept mille dollars, pour laquelle j'avais postulé dans le même élan désespéré que pour la première. Tout à coup, les miracles devenaient dans ma vie une occurrence banale. J'envoyai la moitié de l'argent à Délia, et il m'en restait encore assez pour me maintenir dans un état de splendeur relative. Chaque semaine, je faisais un aller-retour à la campagne pour voir David, en passant la nuit chez un voisin. Cet arrangement dura neuf mois environ et ensuite, après la vente de notre maison en septembre, Délia s'installa dans un appartement à Brooklyn sud et il me fut possible de consacrer plus de temps à David. Nous avions alors chacun un avocat, et notre divorce suivait son cours.

Fanny et Ben manifestaient un intérêt actif à ma carrière de célibataire. Dans la mesure où je parlais de mes intentions, ils étaient mes confidents, ceux que j'informais de mes allées et venues. Ils avaient tous deux été bouleversés de ma rupture avec Délia, Fanny moins que Ben, je crois, bien qu'elle fût celle qui s'inquiétait le plus pour David, se focalisant sur ce problème dès qu'elle avait compris que Délia et moi n'avions aucune chance de reprendre la vie commune. Sachs, de son côté, avait fait tout ce qu'il pouvait pour me persuader de tenter un autre essai. Il s'était obstiné pendant plusieurs semaines et puis, après que je fus revenu en ville et installé dans ma nouvelle existence, il avait cessé d'insister. Délia et moi n'avions jamais laissé nos différends apparaître en public et notre séparation avait causé un choc à la plupart des gens que nous connaissions, surtout à des amis proches, tel Sachs. Fanny paraissait cependant avoir eu des soupçons depuis le début. Quand j'annonçai la nouvelle, la première nuit que je passai chez eux après avoir quitté Délia, elle resta un moment silencieuse à la fin de mon récit, puis elle dit : C'est dur à avaler, Peter, mais en un sens c'est peut-être mieux ainsi. Avec le temps, je pense que tu seras beaucoup plus heureux.

Ils organisèrent un grand nombre de dîners cette année-là, auxquels j'étais presque toujours convié. Fanny et Ben connaissaient une quantité stupéfiante de gens, et il semble que tout New York soit venu, à un moment ou à un autre, s'asseoir autour de la grande table ovale de leur salle à manger. Artistes, écrivains, professeurs, critiques, éditeurs, propriétaires de galeries, tous cheminaient jusqu'à Brooklyn pour s'y gorger de la cuisine de Fanny, boire et parler bien avant dans la nuit. Sachs se conduisait toujours en maître des cérémonies, en fou exubérant qui entretenait le bourdonnement des conversations par l'à-propos de ses plaisanteries et ses boutades provocatrices, et je me mis à dépendre de ces dîners comme de ma principale source de distraction. Mes amis veillaient sur moi, ils faisaient tout ce qui était en leur pouvoir pour montrer au monde que je me trouvais de nouveau en circulation. Ils ne parlaient jamais explicitement de me trouver l'âme sœur, mais on voyait assez de femmes non mariées chez eux ces soirs-là pour que je comprenne que mes intérêts leur tenaient à cœur.

Au début de 1979, trois ou quatre mois environ après mon retour à New York, je rencontrai là quelqu'un qui a joué un rôle central dans la mort de Sachs. Maria Turner avait alors vingt-sept ou vingt-huit ans ; c'était une grande jeune femme très posée, avec des cheveux blonds coupés court et un visage osseux, anguleux. Elle était loin d'être belle, mais il y avait dans ses yeux gris une intensité qui m'attirait, et j'aimais sa façon de porter ses vêtements, avec une grâce discrète, sensuelle, une réserve qui se démasquait en brefs éclairs d'oubli érotique — lorsqu'elle laissait sa jupe glisser contre ses cuisses tandis qu'elle croisait et décroisait les jambes, par exemple, ou qu'elle m'effleurait la main pendant que je lui allumais sa cigarette. Il ne s'agissait pas de coquetterie ni de provocation explicite. Elle me faisait l'effet d'une fille de la bonne bourgeoisie qui, tout en maîtrisant parfaitement les règles du comportement social, aurait cessé d'y croire, aurait été porteuse d'un secret qu'elle pourrait, ou non, désirer partager avec vous, selon son humeur du moment.

Elle habitait un loft dans Duane Street, pas très loin de ma chambre de Varick Street, et à la fin de la soirée nous partageâmes la course en taxi de Brooklyn à Manhattan. Ce fut le commencement de ce qui devait devenir une alliance sexuelle de plus de deux ans. J'utilise cette expression comme une description précise, clinique, mais cela ne veut pas dire que nos relations n'étaient que physiques, que nous n'éprouvions pas d'intérêt l'un pour l'autre au-delà des plaisirs que nous trouvions au lit. Tout de même, ce qui existait entre nous ne comportait ni pièges romantiques ni illusions sentimentales, et la nature de notre accord ne se modifia guère après cette première nuit. Maria n'avait pas faim de ces sortes d'attachements que semblent désirer la plupart des gens, et l'amour au sens traditionnel lui était étranger, passion située en dehors de la sphère de ses capacités. Compte tenu de mon propre état intérieur à l'époque, j'étais tout à fait disposé à accepter les conditions qu'elle m'imposait. Nous n'exigions rien l'un de l'autre, ne nous retrouvions que de façon intermittente, menions des existences strictement indépendantes. Néanmoins, une solide affection existait entre nous, une intimité que je n'ai réussi à égaler avec personne d'autre. Il m'avait pourtant fallu un petit temps pour entrer dans le jeu. Au début, elle me faisait un peu peur, je la soupçonnais d'un rien de perversité (qui rendait nos premiers contacts assez excitants), mais avec le temps je compris qu'elle était seulement une excentrique, un être peu orthodoxe, vivant sa vie en fonction d'un ensemble de rites bizarres et personnels. Pour elle, chaque expérience était systématisée, représentait une aventure en soi, créatrice de ses propres risques et de ses propres limites, et chacune de ses entreprises entrait dans une catégorie différente, distincte de toutes les autres. Quant à moi, j'appartenais à la catégorie du sexe. Elle m'avait institué son partenaire au lit, ce premier soir, et telle est la fonction que je continuai à remplir jusqu'à la fin. Dans l'univers des compulsions de Maria, je ne représentais qu'un rituel parmi beaucoup d'autres, mais le rôle qu'elle m'avait attribué me plaisait et je n'ai jamais trouvé aucune raison de m'en plaindre.

Maria était une artiste, et pourtant son activité n'avait rien à voir avec la création de ce qu'on appelle en général des œuvres d'art. Certains la disaient photographe, d'autres la qualifiaient de conceptualiste, d'autres encore voyaient en elle un écrivain, mais aucune de ces descriptions ne convenait et tout bien considéré je pense qu'il était impossible de la ranger dans une case. Son travail était trop fou pour cela, trop singulier, trop personnel pour être perçu comme appartenant à une technique ou à une discipline particulières. Des idées s'imposaient à elle, elle menait à bien des projets, des réalisations concrètes pouvaient être exposées dans des galeries, mais cette activité naissait moins d'un désir de création artistique que du besoin de céder à ses obsessions, de vivre sa vie exactement comme elle l'entendait. Vivre lui paraissait toujours primordial, et un grand nombre des entreprises auxquelles elle consacrait le plus de son temps n'étaient destinées qu'à elle-même et n'étaient jamais montrées à personne.

Depuis l'âge de quatorze ans, elle avait conservé tous les cadeaux d'anniversaire qui lui avaient été offerts — encore emballés, rangés bien en ordre sur des étagères en fonction des années. Adulte, elle organisait chaque année en son propre honneur un dîner d'anniversaire, où le nombre des convives correspondait à son âge. Certaines semaines, elle s'imposait ce qu'elle appelait « le régime chromatique », se limitant à des aliments d'une seule couleur par jour. Orange le lundi : carottes, melon, crevettes bouillies. Rouge le mardi : tomates, grenades, steak tartare. Blanc le mercredi : turbot, pommes de terre, fromage frais. Vert le jeudi : concombres, brocolis, épinards — et ainsi de suite, jusqu'au dernier repas du dimanche inclus. D'autres fois, elle observait des divisions analogues fondées sur les lettres de l'alphabet. Des journées entières s'écoulaient sous le signe du *b*, du *c* ou du *w* et puis, aussi brusquement qu'elle l'avait commencé, elle abandonnait le jeu et passait à autre chose. Ce n'étaient que des caprices, je suppose, des mini-expériences sur le thème de la classification et de l'habitude, mais des jeux similaires pouvaient aussi bien se prolonger pendant des années. Il y avait, par exemple, le projet à long terme d'habiller Mr. L., un inconnu rencontré dans une soirée. Maria le considérait comme l'un des hommes les plus beaux qu'elle eût jamais vus, mais vraiment trop mal fagoté, pensait-elle, et elle avait donc pris sur elle, sans annoncer ses intentions à personne, d'améliorer sa garde-robe. Chaque année à Noël elle lui envoyait un cadeau anonyme — une cravate, un chandail, une chemise élégante — et parce que Mr. L. fréquentait plus ou moins les mêmes cercles qu'elle, elle le rencontrait de temps à autre, remarquant avec plaisir les modifications spectaculaires de son apparence vestimentaire. Car le fait était que Mr. L. arborait toujours ce que Maria lui avait envoyé. Elle allait même vers lui, dans ces réunions, et le complimentait sur ce qu'il portait, mais ça n'allait pas plus loin et il ne soupçonna jamais qu'elle était responsable de ces cadeaux de Noël.

Elle avait passé son enfance à Holyoke, dans le Massachusetts, fille unique de parents divorcés quand elle avait six ans. Après avoir terminé ses études secondaires en 1970, elle était venue à New York avec l'idée de s'inscrire aux Beaux-Arts et de devenir peintre, mais ça avait cessé de l'intéresser au bout d'un trimestre et elle avait laissé tomber. Elle avait acheté d'occasion une fourgonnette Dodge et était partie faire le tour du continent américain, à raison de quinze jours exactement dans chaque État, en se dénichant en chemin des emplois temporaires chaque fois que possible — comme serveuse, comme saisonnière dans des fermes, comme ouvrière dans des usines —, gagnant juste de quoi continuer sa route d'un lieu à un autre. C'était le premier de ses plans fous, issus d'une impulsion irrésistible, et en un sens c'est la chose la plus extraordinaire qu'elle ait jamais accomplie : un acte sans aucune signification, tout à fait arbitraire, auquel elle a consacré deux années de sa vie. Sa seule ambition consistait à passer quinze jours dans chaque État, et à part cela elle était libre de faire ce qu'elle voulait. Opiniâtre, sans passion, sans jamais s'interroger sur l'absurdité de sa tâche, Maria l'avait menée à son terme. Elle venait d'avoir dix-neuf ans quand elle était partie — une jeune fille, toute seule — et pourtant elle avait réussi à se débrouiller et à éviter les catastrophes, à vivre le genre d'aventure dont les garçons du même âge se contentent de rêver. A un moment de ce voyage, un compagnon de travail lui avait donné un vieil appareil 24×36 et, sans le moindre apprentissage, sans expérience, elle s'était mise à la photographie. Quand elle avait retrouvé son père à Chicago, quelques mois plus tard, elle lui avait dit qu'elle avait enfin découvert une chose qu'elle aimait faire. Elle lui avait montré certaines de ses photos et, au vu de ces premières tentatives, il lui avait proposé un marché. Si elle continuait dans cette voie, il s'engageait à couvrir ses frais jusqu'à ce qu'elle soit en mesure d'y subvenir elle-même. Peu importait le temps que cela prendrait, mais elle n'était pas autorisée à abandonner. Telle est en tout cas l'histoire qu'elle me raconta, et je n'ai jamais eu aucune raison de la mettre en doute. Tout au long des années de notre liaison, un virement de mille dollars apparaissait sur le compte de Maria le premier de chaque mois, transmis directement d'une banque de Chicago.

Elle était revenue à New York, avait vendu sa fourgonnette et s'était installée dans le loft de Duane Street, une grande pièce vide située à l'étage au-dessus d'un grossiste en œufs et beurre.

Pendant les premiers mois, elle s'était sentie solitaire et désorientée. Elle n'avait pas d'amis, pas de vie digne de ce nom, et la ville lui paraissait menaçante et étrangère, comme si elle n'y avait encore jamais vécu. Sans motivation consciente, elle s'était mise à suivre des inconnus dans les rues, choisissant quelqu'un au hasard quand elle sortait de chez elle le matin et laissant ce choix déterminer où elle irait pendant le reste de la journée. C'était devenu une méthode pour trouver de nouvelles idées, pour remplir le vide qui paraissait l'avoir engloutie. Au bout de quelque temps, elle s'était mise à emporter son appareil et à prendre des photos des gens qu'elle suivait. Le soir, rentrée chez elle, elle s'asseyait à sa table et écrivait à propos des endroits où elle avait été et de ce qu'elle avait fait, se servant des itinéraires de ces inconnus pour tenter de se représenter leur existence et, dans certains cas, leur composer de brèves biographies imaginaires. C'est ainsi, plus ou moins, que Maria avait déboulé dans sa carrière artistique. D'autres travaux avaient suivi, tous engendrés par le même esprit d'investigation, le même goût passionné du risque. Son sujet était l'œil, la dramaturgie de l'œil qui regarde en étant regardé, et ses œuvres manifestaient les mêmes qualités qu'on trouvait chez Maria : une attention méticuleuse au détail, la confiance accordée aux structures arbitraires, une patience frisant l'insoutenable. Afin de réaliser l'un de ses projets, elle avait chargé un détective privé de la suivre à travers la ville. Pendant plusieurs jours, cet homme avait pris des photos d'elle tandis qu'elle faisait ses rondes, il avait noté dans un petit carnet ses moindres mouvements sans rien omettre dans son rapport, pas même les événements les plus banals, les plus éphémères : traversée d'une rue, achat d'un journal, arrêt café. C'était un exercice tout à fait artificiel, et pourtant Maria avait trouvé gri-

sant que quelqu'un s'intéresse à elle aussi activement. Des actions microscopiques y trouvaient des
significations nouvelles, les gestes les plus routi-
niers se chargeaient d'une rare émotion. Au bout
de quelques heures, elle s'était prise d'affection
pour le détective au point d'avoir presque oublié
qu'elle le payait. Quand il lui avait remis son rapport à la fin de la semaine elle avait eu l'impression, en examinant les photographies d'elle-même
et en lisant les chronologies exhaustives de ses
faits et gestes, qu'elle était devenue quelqu'un
d'inconnu, qu'elle s'était transformée en une créa-
ture imaginaire.

Pour son projet suivant, Maria avait trouvé un
emploi temporaire de femme de chambre dans un
grand hôtel du centre de la ville. Son but consistait
à rassembler, sans toutefois se montrer importune
ni se compromettre, des informations sur les
clients. En fait, elle évitait délibérément ceux-ci, se
limitant à ce que pouvaient lui apprendre les
objets éparpillés dans leurs chambres. A nouveau,
elle prenait des photos ; à nouveau, elle inventait
des vies à ces gens sur la base des indices dont elle
disposait. C'était une archéologie du présent, pour
ainsi dire, une tentative de reconstituer l'essence
de quelque chose à partir des fragments les plus
nus : le talon d'un ticket, un bas déchiré, une tache
de sang sur le col d'une chemise. Quelque temps
plus tard, un homme avait fait des avances à Maria
dans la rue. Le trouvant très antipathique, elle
l'avait repoussé. Le soir même, par pure coïncidence, elle le rencontrait à un vernissage dans une
galerie de Soho. Ils s'étaient parlé à nouveau et il
lui avait appris cette fois qu'il partait le lendemain
en voyage à La Nouvelle-Orléans avec sa petite
amie. Maria avait alors décidé d'y aller aussi et de
le suivre partout avec son appareil photographique
pendant la durée entière de son séjour. Il ne lui
inspirait aucun intérêt, et la dernière chose qu'elle

cherchait était une aventure amoureuse. Elle avait l'intention de rester cachée, d'éviter tout contact avec lui, d'explorer son comportement visible sans prétendre interpréter ce qu'elle verrait. Le lendemain, elle avait pris l'avion à La Guardia pour La Nouvelle-Orléans, s'était installée dans un hôtel et avait fait l'acquisition d'une perruque noire. Pendant trois jours, elle s'était adressée à des douzaines d'hôtels afin de découvrir où il logeait. Elle avait fini par le dénicher et, pendant le reste de la semaine, elle avait marché derrière lui comme une ombre en prenant des centaines de photographies, en détaillant chaque lieu où il se rendait. Elle rédigeait également un journal, et une fois arrivé le moment où l'homme devait rentrer à New York, elle était revenue par le vol précédent — de manière à l'attendre à l'aéroport et à réaliser une dernière série de photos lorsqu'il descendrait de l'avion. Ç'avait été pour elle une expérience complexe et troublante, dont elle était sortie avec l'impression d'avoir abandonné sa vie pour une sorte de néant, comme si elle avait photographié quelque chose qui n'existait pas. Au lieu d'un instrument enregistrant des présences, son appareil était devenu un moyen de faire disparaître l'univers, une technique permettant de rencontrer l'invisible. Voulant à tout prix annuler le processus qu'elle avait déclenché, Maria s'était embarquée dans une nouvelle entreprise quelques jours après son retour à New York. Un après-midi où elle se promenait à Times Square, son appareil à la main, elle avait engagé la conversation avec le portier d'un bar-discothèque topless. Il faisait chaud, et Maria était vêtue d'un short et d'un T-shirt, une tenue plus légère qu'à son habitude. Mais elle était sortie ce jour-là avec l'envie qu'on la remarque. Elle souhaitait affirmer la réalité de son corps, faire tourner les têtes, se prouver qu'elle existait encore aux yeux des autres. Maria était bien bâtie, avec de longues jambes et de jolis seins, et les sifflements et réflexions obscènes qu'on lui avait adressés ce jour-là lui avaient remonté le moral. Le portier lui avait dit qu'elle était une belle fille, aussi belle que celles qu'on voyait à l'intérieur, et au fil de la conversation elle s'était soudain entendu proposer un emploi. L'une des danseuses s'était fait porter malade, disait le portier, et si elle voulait prendre sa place, il la présenterait au patron et on verrait bien si ça pouvait s'arranger. Presque sans réfléchir, Maria avait accepté. C'est ainsi que naquit son œuvre suivante, qui fut connue finalement sous le titre : *La Dame nue*. Maria avait demandé à une amie de venir ce soir-là prendre des photos d'elle pendant son exhibition — sans intention de les montrer à qui que ce fût, juste pour elle-même, afin de satisfaire sa propre curiosité quant à son apparence. Elle se muait délibérément en objet, en image anonyme du désir, et il lui paraissait capital de comprendre avec précision en quoi consistait cet objet. Elle n'avait fait cela que cette seule fois, travaillant par périodes de vingt minutes de huit heures du soir à deux heures du matin, mais elle n'y avait mis aucune retenue et, tout le temps qu'elle avait passé sur scène, perchée derrière le bar avec des lumières stroboscopiques colorées rejaillissant sur sa peau nue, elle avait dansé de tout son cœur. Vêtue d'un string orné de strass et chaussée de talons aiguilles, elle agitait son corps au rythme d'un rock and roll assourdissant en regardant les hommes la fixer. Elle tortillait du cul vers eux, se passait la langue sur les lèvres, leur faisait des clins d'œil aguichants tandis qu'ils l'encourageaient à continuer en lui glissant des billets de banque. Comme dans toutes ses entreprises, Maria était bonne à ce jeu. Du moment qu'elle était lancée, on n'aurait guère pu l'arrêter.

Pour autant que je sache, il ne lui est arrivé

qu'une seule fois d'aller trop loin. C'était au printemps 1976, et les effets ultimes de son erreur de calcul devaient se révéler catastrophiques. Deux vies au moins ont été perdues, et même s'il a fallu des années pour en arriver là, on ne peut nier le rapport existant entre le passé et le présent. Maria a été le lien entre Sachs et Lillian Stern, et sans l'habitude qu'avait Maria de chercher les ennuis en toute circonstance, Lillian Stern ne serait jamais entrée dans le tableau. Après l'apparition de Maria chez Sachs en 1979, une rencontre entre Sachs et Lillian Stern est devenue possible. Il a fallu plusieurs autres coups de pouce improbables avant que cette possibilité se réalise, mais on peut attribuer à Maria l'origine de chacun d'entre eux. Longtemps avant qu'aucun d'entre nous ne la connaisse, elle est sortie un matin afin d'acheter des films pour son appareil, a aperçu un petit carnet d'adresses noir gisant sur le sol et l'a ramassé. Tel est l'événement qui a déclenché toute cette lamentable histoire. Maria a ouvert le carnet, et le diable en a surgi, fléau de violence, de folie et de mort.

C'était l'un de ces petits carnets standard fabriqués par la *Schaeffer Eaton Company*, environ dix centimètres de haut et six de large, avec une couverture souple en imitation cuir, une reliure en spirale et des onglets pour chaque lettre de l'alphabet. Un objet fatigué, rempli de deux bonnes centaines de noms, adresses et numéros de téléphone. Le fait que certains avaient été barrés et récrits et que toutes sortes d'instruments différents avaient été utilisés sur presque toutes les pages (stylo à bille bleu, feutre noir, crayon vert) suggérait que son propriétaire le possédait depuis longtemps. Maria pensa d'abord le lui retourner, mais comme cela arrive souvent pour des objets personnels, il avait négligé de marquer son nom sur le carnet. Elle regarda à tous les endroits logiques — l'intérieur de la couverture, la première page, la dernière — mais ne découvrit aucun nom. Alors, ne sachant qu'en faire, elle fourra le carnet dans son sac et le rapporta chez elle.

La plupart des gens en auraient oublié l'existence, je suppose, mais Maria n'était pas fille à se dérober devant une occasion inattendue, à ignorer les suggestions du hasard. En se mettant au lit ce soir-là, elle avait déjà concocté sa prochaine entreprise. Ce serait une opération complexe, beaucoup plus difficile et plus raffinée que tout ce qu'elle avait tenté auparavant, et dont la seule envergure la mettait dans un état d'extrême excitation. Elle était quasi certaine que le propriétaire du carnet d'adresses était un homme. L'écriture avait une allure masculine ; les listes comptaient plus d'hommes que de femmes ; le carnet était en piteux état, comme s'il avait été traité sans douceur. En l'un de ces éclairs soudains et ridicules auxquels tout le monde est sujet (mais Maria plus que quiconque), elle imagina qu'elle était destinée à aimer le propriétaire du carnet. Cela ne dura qu'une seconde ou deux, durant lesquelles elle se le figura comme l'homme de ses rêves : beau, intelligent, chaleureux ; un homme meilleur que tous ceux qu'elle avait aimés. La vision s'effaça, mais à ce moment il était déjà trop tard. Le carnet s'était mué pour elle en un objet magique, réserve de passions obscures et de désirs informulés. Le hasard l'avait amenée à le découvrir, et maintenant qu'il était à elle, elle y voyait un instrument du destin.

Elle en étudia le contenu ce premier soir et n'y trouva aucun nom qui lui fût familier. Elle avait le sentiment que cela constituait le point de départ idéal. Elle allait démarrer dans l'obscurité, sans savoir quoi que ce fût, et elle parlerait, l'un après l'autre, à tous les gens répertoriés dans le carnet. En découvrant qui ils étaient, elle commencerait à apprendre quelque chose sur l'homme qui l'avait perdu. Ce serait un portrait en creux, une silhouette esquissée autour d'un espace vide, et peu à peu un personnage émergerait de l'arrière-plan, composé de tout ce qu'il n'était pas. Elle espérait retrouver sa trace de cette manière, mais même si elle ne le retrouvait pas, l'effort serait sa propre récompense. Elle comptait encourager les gens à s'ouvrir à elle quand elle les rencontrerait, à lui raconter des histoires d'enchantements, de désirs et d'émois amoureux, à lui confier leurs secrets les plus intimes. Elle s'attendait tout à fait à travailler à ces interviews pendant des mois, peut-être même des années. Il y aurait des milliers de photographies à prendre, des centaines de déclarations à transcrire, un univers entier à explorer. C'est ce qu'elle pensait. En réalité, son projet dérailla dès le lendemain.

A une seule exception près, tous les noms figurant dans le carnet étaient des noms de famille. Au milieu des L, pourtant, se trouvait quelqu'un du nom de Lilli. Maria supposa qu'il s'agissait d'un prénom de femme. Si tel était le cas, alors cette unique dérogation au style du répertoire pouvait signifier quelque chose, indiquer une intimité particulière. Et si Lilli était la petite amie de l'homme qui avait perdu le carnet d'adresses ? Ou sa sœur, ou même sa mère ? Au lieu de suivre les noms en ordre alphabétique comme elle l'avait d'abord projeté, Maria décida de sauter d'un coup aux L et de rendre visite en premier à la mystérieuse Lilli. Si son intuition était correcte, elle se trouverait peut-être en situation d'apprendre qui était l'homme.

Elle ne pouvait s'adresser à Lilli directement. Trop de choses dépendaient de cette rencontre, et elle craignait de détruire ses chances en s'y hasardant sans préparation. Il lui fallait se faire une idée de la personnalité de cette femme avant de lui parler, voir de quoi elle avait l'air, la suivre quelque temps et découvrir quelles étaient ses habitudes.

Le premier matin, elle gagna les East Eighties afin de repérer l'appartement de Lilli. Elle entra dans le vestibule du petit immeuble pour examiner les sonnettes et les boîtes aux lettres, et juste à ce moment, alors qu'elle commençait à étudier la liste des noms sur le mur, une femme sortit de l'ascenseur et ouvrit la porte intérieure. Maria se retourna pour la regarder et, avant même d'avoir vu son visage, elle entendit la femme dire son nom. « Maria ? » Le mot était prononcé comme une question, et un instant plus tard Maria comprenait qu'elle se trouvait devant Lillian Stern, sa vieille amie du Massachusetts. « Je ne peux pas y croire, disait Lillian. C'est vraiment toi, n'est-ce pas ? »

Il y avait plus de cinq ans qu'elles s'étaient perdues de vue. Après le départ de Maria pour son étrange voyage à travers l'Amérique, elles avaient cessé de correspondre, mais jusqu'alors elles avaient été très intimes, leur amitié remontait à l'enfance. A l'école secondaire, elles étaient presque inséparables, deux originales qui se débattaient ensemble dans l'adolescence en projetant leur évasion de cette vie provinciale. Maria était la plus sérieuse, l'intellectuelle tranquille, celle qui avait du mal à se faire des amis, tandis que Lillian était la fille de mauvaise réputation, l'indisciplinée qui couchait, se droguait et séchait les cours. Avec tout cela, des alliées irréductibles, qu'en dépit de leurs différences beaucoup plus de choses rapprochaient que le contraire. Maria m'a un jour confié que Lillian avait représenté un grand exemple pour elle, et que ce n'était qu'à son contact qu'elle avait appris à être elle-même. Mais cette influence semblait s'être exercée dans les deux sens. C'était Maria qui avait persuadé Lillian de s'installer à New York après l'école secondaire, et pendant plusieurs mois elles avaient partagé un minuscule appartement infesté de cafards dans le Lower East Side. Pendant que Maria apprenait la peinture, Lillian suivait des cours d'art dramatique et travaillait comme serveuse. Elle s'était aussi liée avec un batteur de rock nommé Tom qui, à l'époque où Maria était partie de New York avec sa fourgonnette, s'était installé à demeure dans l'appartement. Pendant ses deux années sur les routes, Maria avait envoyé des quantités de cartes postales à Lillian qui, faute d'adresse, n'avait jamais pu lui répondre. Une fois revenue en ville, Maria avait fait tout ce qu'elle pouvait pour retrouver son amie, mais quelqu'un d'autre habitait leur ancien appartement, et son nom ne figurait pas à l'annuaire des Téléphones. Les parents de Lillian, qu'elle avait essayé d'appeler à Holyoke, semblaient avoir quitté la ville et elle s'était soudain aperçue qu'il n'y avait pas de solution. Quand elle se retrouva face à Lillian dans ce vestibule, ce jour-là, elle avait abandonné tout espoir de jamais la revoir.

Cette rencontre leur parut à toutes deux extraordinaire. Maria me l'a raconté : elles poussèrent des cris, tombèrent dans les bras l'une de l'autre et puis fondirent en larmes. Dès qu'elles furent à nouveau capables de parler, elles prirent l'ascenseur et passèrent le restant de la journée dans l'appartement de Lillian. Elles avaient tant à rattraper, m'expliquait Maria, elles débordaient de choses à se dire. Elles partagèrent le repas de midi, puis le dîner, et quand enfin Maria rentra chez elle et s'écroula dans son lit, il était près de trois heures du matin.

Il était arrivé des choses étranges à Lillian au cours de ces années, des choses que Maria n'aurait jamais crues possibles. Je ne les connais qu'indirectement, mais depuis ma conversation avec Sachs, l'été dernier, je pense que le récit que m'en a fait Maria était vrai pour l'essentiel. Elle peut s'être trompée sur des points de détail (de même que Sachs), mais dans l'ensemble c'est sans importance. Même si on ne peut pas toujours faire confiance à Lillian, si son penchant pour l'exagération est aussi prononcé qu'on me l'a dit, les faits fondamentaux ne sont pas discutables. A l'époque de sa rencontre fortuite avec Maria en 1976, Lillian gagnait sa vie depuis trois ans en exerçant le métier de prostituée. Elle recevait ses clients dans son appartement de la 87e rue est et travaillait entièrement à son compte — professionnelle à temps partiel, indépendante, aux affaires florissantes. Tout cela est certain. Ce qui demeure douteux, c'est la façon exacte dont ça avait commencé. Il semble que son ami Tom y ait été pour quelque chose, mais la portée de sa responsabilité n'est pas claire. Dans les deux versions de l'histoire, Lillian le décrivait comme sérieusement drogué, accro à l'héroïne au point d'avoir été chassé du groupe où il jouait. D'après ce qu'elle avait dit à Maria, Lillian était restée éperdument amoureuse de lui. C'était elle qui avait concocté cette idée, offert de coucher avec d'autres hommes afin de procurer de l'argent à Tom. Elle s'était aperçue que c'était rapide et sans douleur, et aussi longtemps qu'elle assurerait satisfaction à Tom, elle savait qu'il ne la quitterait pas. A ce moment de sa vie, disait-elle, elle était prête à n'importe quoi pour le garder, même si cela signifiait sa propre dégringolade. Onze ans plus tard, elle devait raconter à Sachs une tout autre histoire. C'était Tom qui l'avait persuadée de faire ça, prétendrait-elle alors, et parce qu'elle avait peur de lui, parce qu'il avait menacé de la tuer si elle n'obtempérait pas, elle n'avait pas eu le choix. Selon cette seconde version, c'était Tom qui organisait ses rendez-vous, se servant de sa petite amie en véritable maquereau afin de financer son vice. Finalement, je pense qu'il importe peu de savoir quelle histoire était la vraie. Elles étaient aussi sordides l'une que l'autre, et elles aboutissaient au même résultat. Après six ou sept mois,

Tom avait disparu. Dans l'histoire de Maria, il était parti avec quelqu'un d'autre ; dans celle de Sachs, il était mort d'une overdose. De toute façon, Lillian s'était retrouvée seule. De toute façon, elle avait continué à coucher avec des hommes pour payer ses factures. Ce qui étonnait Maria, c'était la simplicité avec laquelle Lillian lui en parlait — sans honte ni embarras. Ce n'était qu'un boulot comme un autre, disait-elle, et, si on en venait au pire, ça valait sacrément mieux que de verser à boire ou de servir à table. Où que vous alliez, les hommes vous faisaient du gringue, il n'y avait pas moyen de les en empêcher. Il était beaucoup plus raisonnable de se faire payer que de se battre contre eux — et d'ailleurs, un petit supplément de baise n'a jamais fait de mal à personne. A la limite, Lillian paraissait fière de s'être si bien débrouillée. Elle ne recevait ses clients que trois fois par semaine, elle avait de l'argent à la banque, elle habitait un appartement confortable dans un quartier agréable. Deux ans auparavant, elle s'était réinscrite au cours d'art dramatique. Elle sentait qu'elle faisait désormais des progrès et avait commencé, depuis quelques semaines, à passer des auditions pour des rôles, surtout dans de petits théâtres du centre de la ville. Quelque chose ne manquerait pas de se présenter d'ici peu, disait-elle. Dès qu'elle aurait réussi à amasser encore dix ou quinze mille dollars, elle avait l'intention de fermer boutique et de se lancer à plein temps dans le théâtre. Elle avait à peine vingt-quatre ans, après tout, et la vie entière devant elle.

Maria avait emporté son appareil, ce jour-là, et elle prit un certain nombre de photos de Lillian pendant le temps qu'elles passèrent ensemble. Trois ans plus tard, tandis qu'elle me racontait cette histoire, elle étala ces images devant moi tout en parlant. Il devait y en avoir une trentaine ou une quarantaine, des photos noir et blanc, en grand format, montrant Lillian sous des angles variés et à diverses distances — certaines posées, d'autres pas. Ces portraits furent ma seule et unique rencontre avec Lillian Stern. Plus de dix années ont passé depuis ce jour-là, mais je n'ai jamais oublié l'effet que m'a fait la vision de ces photos. L'impression qu'elles m'ont laissée était à ce point forte, à ce point durable.

— Elle est belle, hein? fit Maria.

— Oui, extrêmement belle, dis-je.

— Elle s'en allait faire son marché quand nous nous sommes rentré dedans. Tu vois comment elle est habillée. Un sweat, des jeans, de vieilles savates. Ce qu'on enfile pour un aller-retour de cinq minutes au magasin du coin. Pas de maquillage, pas de bijou, pas le moindre artifice. Et pourtant elle est belle. Belle à te couper le souffle.

— C'est parce qu'elle est brune, dis-je, cherchant une explication. Les brunes n'ont pas besoin de beaucoup se maquiller. Regarde comme ses yeux sont grands. Les longs cils les mettent en valeur. Et son ossature est belle, aussi, il ne faut pas l'oublier. L'ossature, ça fait toute la différence.

— C'est plus que ça, Peter. Il y a une sorte de force intérieure qui apparaît toujours à la surface chez Lillian. Je ne sais pas comment appeler ça. Le bonheur, la grâce, une gaieté animale. Ça lui donne l'air plus vivante que les autres. Une fois qu'elle a attiré ton attention, il est difficile de cesser de la regarder.

— On a l'impression qu'elle est à l'aise devant l'objectif.

— Lillian est toujours à l'aise. Elle est complètement bien dans sa peau.

Je regardai encore d'autres photos, et j'arrivai à une série qui montrait Lillian debout devant un placard ouvert, à des degrés successifs de déshabillage. Sur l'une, elle ôtait son jean; sur une autre, son sweatshirt; sur la suivante, il ne lui restait qu'un slip blanc minuscule et une chemisette blanche sans manches ; sur la suivante, le slip avait disparu ; ensuite, la chemisette en avait fait autant. Plusieurs photos de nu suivaient. Sur la première, elle se tenait face à l'objectif, la tête rejetée en arrière, et elle riait, ses seins menus presque aplatis contre son torse, tétons dressés saillant à l'horizon ; le bassin basculé vers l'avant, elle avait empoigné des deux mains l'intérieur de ses cuisses, encadrant de la blancheur de ses doigts repliés sa touffe de poils sombres. Sur la suivante, elle s'était retournée et, le cul au premier plan, déhanchée d'un côté, regardait l'objectif par-dessus l'autre épaule, riant toujours, affectant la posture classique d'une pin-up. Il était manifeste qu'elle s'amusait, manifeste que cette occasion de se faire valoir l'enchantait.

— Plutôt osé, tout ça, commentai-je. Je ne savais pas que tu donnais dans la photo coquine.

— On s'apprêtait à sortir pour le dîner, et Lillian a voulu se changer. Je l'ai suivie dans sa chambre pour qu'on puisse continuer à bavarder. J'avais toujours mon appareil, et quand elle a commencé à se déshabiller, j'ai pris encore quelques photos. Juste comme ça. Je n'en avais pas l'intention jusqu'au moment où je l'ai vue s'effeuiller.

— Et ça ne la dérangeait pas ?

— Tu trouves que ça a l'air de la déranger ?

— Ça t'excitait ?

— Bien sûr que ça m'excitait. Je suis pas en bois, tu sais.

— Et puis qu'est-ce qui s'est passé ? Vous n'avez pas couché ensemble, si ?

— Oh non, je suis bien trop prude pour ça.

— Je ne suis pas en train d'essayer de t'extorquer une confession. Ton amie me paraît assez irrésistible. Pour une femme autant que pour un homme, j'imagine.

— Je dois reconnaître que j'étais émue. Si Lillian avait pris les devants, à ce moment-là, il se serait peut-être passé quelque chose. Je n'ai jamais couché avec une femme, mais ce jour-là, avec elle, je l'aurais peut-être fait. L'idée m'a effleurée, en tout cas, et c'est la seule fois que j'ai jamais ressenti ça. Mais Lillian se contentait de s'amuser devant l'objectif et on n'est jamais allées au-delà du strip-tease. Tout ça, c'était pour rire, et on n'arrêtait pas de rire, toutes les deux.

— Est-ce que tu as fini par lui montrer le carnet d'adresses ?

— A la fin, oui. Je crois que c'était après qu'on fut rentrées du restaurant. Lillian a passé un bon moment à le parcourir, mais elle ne pouvait vraiment pas dire à qui il pouvait appartenir. Ce devait être un client, évidemment : Lilli était son nom de travail, mais en dehors de ça elle n'était pas sûre.

— Ça réduisait la liste des possibilités, quand même.

— Vrai, mais ça pouvait être un homme qu'elle n'avait jamais rencontré. Un client potentiel, par exemple. Un des clients satisfaits de Lillian avait peut-être passé son nom à quelqu'un. Un ami, un associé, une relation d'affaires, qui sait ? C'est comme ça que Lillian se faisait de nouveaux clients, par le bouche-à-oreille. Ce type avait écrit son nom dans son carnet, mais ça ne voulait pas dire qu'il lui avait déjà téléphoné. Celui qui lui avait donné son nom n'avait peut-être pas encore appelé, lui non plus. C'est comme ça, les croqueuses — leurs noms circulent en vagues concentriques, en d'étranges réseaux d'information. Certains hommes, il leur suffit de trimbaler un ou deux de ces noms dans leur petit carnet noir. Pour mémoire, on pourrait dire. Au cas où leur femme les quitterait, ou en prévision de crises subites d'envie de baiser ou de frustration.

— Ou s'il leur arrive de passer en ville.

— Exactement.

— N'empêche, tu avais tes premiers indices. Jusqu'à l'apparition de Lillian, le propriétaire du carnet pouvait être n'importe qui. Là, tu avais au moins une ouverture.

— Je suppose. Mais ça ne s'est pas passé comme ça. Dès que j'ai commencé à en parler à Lillian, tout le projet s'est modifié.

— Tu veux dire qu'elle t'a refusé la liste de ses clients ?

— Non, pas du tout. Elle me l'aurait donnée si je la lui avais demandée.

— Alors, quoi ?

— Je ne suis plus très sûre de la façon dont c'est arrivé, mais plus nous parlions, plus notre plan se précisait. Ça ne venait ni de l'une ni de l'autre. Ça flottait là, dans l'air, comme une chose qui paraissait déjà exister. Notre rencontre y était pour beaucoup, je crois. C'était si merveilleux, si inattendu, nous étions un peu folles. Tu dois comprendre à quel point nous avions été proches. Des amies de cœur, des sœurs, copines pour la vie. On s'aimait vraiment, et je pensais connaître Lillian aussi bien que je me connaissais. Et puis qu'est-ce qui arrive ? Après cinq ans, je découvre que ma meilleure amie s'est faite pute. J'étais renversée. Je prenais ça vraiment mal, je me sentais presque trahie. Mais en même temps — et c'est ici que ça devient trouble — je me rendais compte que je l'enviais aussi. Lillian n'avait pas changé. C'était toujours la même fille formidable que j'avais toujours connue. Dingue, bourrée d'impertinence, passionnante. Elle ne se considérait ni comme une putain ni comme une fille perdue, elle avait la conscience nette. C'est ça qui m'impressionnait tellement : sa liberté intérieure totale, sa façon de vivre en accord avec ses propres règles en se foutant pas mal de ce que tout le monde pense. J'avais déjà fait certaines choses plutôt excessives, à ce moment-là. Le truc à La Nouvelle-Orléans, la *Dame nue*, je poussais chaque fois un peu plus loin, j'expérimentais les limites de ce dont j'étais capable. Mais à côté de Lillian je me faisais l'effet d'une vieille fille de bibliothécaire, d'une vierge pathétique qui n'avait jamais tâté de grand-chose. Je me suis dit : Si elle peut le faire, pourquoi pas moi ?

— Tu te fiches de moi.

— Attends, laisse-moi finir. C'était plus compliqué que ça. Quand j'ai parlé à Lillian du carnet d'adresses et des gens que j'allais interviewer, elle a trouvé ça fantastique, le truc le plus formidable qu'elle ait jamais entendu. Elle a voulu m'aider. Elle voulait aller trouver les gens du carnet, juste comme j'en avais eu l'intention. Elle était actrice, rappelle-toi, et l'idée de se faire passer pour moi la mettait dans tous ses états. Ça l'inspirait, carrément.

— Alors vous avez changé de place. C'est ça que tu essaies de m'expliquer ? Lillian t'a persuadée de troquer ton rôle contre le sien ?

— Personne n'a persuadé personne. Nous avons décidé ensemble.

— Pourtant...

— Pourtant rien. Nous étions des partenaires égales du début à la fin. Et le fait est que l'existence de Lillian en a été transformée. Elle est tombée amoureuse d'un des types du carnet, tant et si bien qu'elle l'a épousé.

— De plus en plus étrange.

— Étrange, en effet. Lillian est partie avec un de mes appareils et le carnet d'adresses, et la cinquième ou sixième personne qu'elle a rencontrée était l'homme qui est devenu son mari. Je savais qu'il y avait une histoire cachée dans ce carnet — mais c'était l'histoire de Lillian, pas la mienne.

— Et tu as réellement connu ce type ? Ce n'était pas une invention ?

— J'étais témoin à leur mariage au *City Hall*. Pour autant que je sache, Lillian ne lui a jamais raconté comment elle avait gagné sa vie, mais pourquoi devrait-il le savoir? Ils habitent à Berkeley, maintenant, en Californie. Il est prof à l'université, et terriblement sympathique.

— Et pour toi, comment ça s'est passé?

— Pas si bien. Pas bien du tout, même. Le jour où Lillian est partie avec mon deuxième appareil, elle avait rendez-vous dans l'après-midi avec un de ses clients réguliers. Quand il a appelé le matin pour confirmer, elle lui a expliqué que sa mère était malade et qu'elle devait quitter la ville. Elle avait demandé à une amie de la remplacer, et s'il ne voyait pas d'inconvénient à avoir affaire à quelqu'un d'autre pour une fois, elle garantissait qu'il ne le regretterait pas. Je ne me souviens pas de ses termes exacts, mais c'était l'idée générale. Elle a fait un battage monstre et s'est montrée si doucement persuasive que le gars s'est laissé convaincre. Donc me voilà, cet après-midi-là, assise dans l'appartement de Lillian, en train d'attendre qu'on sonne à la porte en me préparant à baiser un mec que j'avais jamais vu. Il s'appelait Jérôme, c'était un petit trapu dans la quarantaine, avec des poils sur les phalanges et des dents jaunes. Un représentant quelconque. Alcools en gros, je crois, mais ç'aurait aussi bien pu être des crayons ou des ordinateurs. Ça fait aucune différence. Il a sonné à trois heures pile, et dès l'instant où il est entré dans la pièce je me suis rendu compte que j'y arriverais jamais. S'il avait eu le moindre charme, j'aurais pu rassembler mon courage, mais avec un séducteur comme Jérôme, ce n'était tout simplement pas possible. Il était pressé et regardait sans cesse sa montre, impatient de s'y mettre, d'en finir et de filer. Je jouais le jeu, ne sachant que faire d'autre; on est allés dans la chambre et pendant qu'on se déshabillait, je cherchais une idée. J'avais bien dansé nue dans un bar topless, mais me retrouver là avec ce gros représentant velu, c'était d'une telle intimité que je ne parvenais même pas à le regarder dans les yeux. J'avais caché mon appareil dans la salle de bains, et je me suis dit que si je voulais au moins retirer de ce fiasco quelques photos, il fallait agir tout de suite. Je me suis donc excusée et je me suis tirée au petit coin, en laissant la porte un peu entrouverte. J'ai fait couler les deux robinets du lavabo, empoigné mon appareil chargé, et commencé à prendre des photos de la chambre. L'angle était parfait. Je voyais Jérôme étalé sur le lit. Il regardait le plafond en tortillant son pénis dans sa main pour essayer de se faire bander. C'était dégoûtant mais comique aussi, en un sens, et j'étais contente de mettre ça en boîte. Je pensais avoir le temps de prendre dix ou douze photos, mais après six ou sept, Jérôme a tout à coup bondi du lit, marché vers la salle de bains et ouvert la porte à la volée avant que j'aie une chance de la refermer. En me voyant là, debout avec mon appareil dans les mains, il est devenu dingue. Vraiment dingue, je veux dire, hors de lui. Il s'est mis à crier, à m'accuser de prendre des photos dans le but de le faire chanter et de détruire son mariage, et avant que j'aie compris ce qui se passait il m'avait arraché l'appareil des mains et l'écrasait contre la baignoire. J'ai voulu m'enfuir, mais il m'a rattrapée par le bras avant que je réussisse à sortir, et alors il a commencé à me frapper à coups de poing. Un cauchemar. Bagarre entre deux inconnus à poil, dans une salle de bains carrelée de rose. Tout en cognant, il grondait, criait, hurlait à tue-tête, et puis il m'en a mis un qui m'a envoyée dans les pommes. Il m'a fracturé la mâchoire, crois-le si tu peux. Mais ce n'était qu'une partie des dégâts. J'avais aussi un poignet cassé, quelques côtes brisées et des bleus sur tout le corps. J'ai passé dix jours à l'hôpital, et puis je suis restée pendant six semaines la mâchoire bloquée, muselée par du fil de fer. Le petit Jérôme m'avait réduite en compote. Il m'avait pilée à mort.

Quand j'ai rencontré Maria chez Sachs en 1979, elle n'avait plus couché avec un homme depuis près de trois ans. C'est le temps qu'il lui avait fallu pour se remettre du choc de ce tabassage, et son abstinence résultait moins d'un choix que d'une nécessité, c'était le seul remède possible. Autant que l'humiliation physique qu'elle avait subie, l'incident avec Jérôme constituait une défaite spirituelle. Pour la première fois de sa vie, Maria avait été échaudée. Elle avait outrepassé ses propres limites et la brutalité de cette expérience avait altéré sa perception d'elle-même. Jusqu'alors, elle s'était crue capable de tout : de n'importe quelle aventure, de n'importe quelle transgression, de n'importe quel défi. Elle s'était sentie plus forte que les autres, immunisée contre les ravages et les échecs qui affligent le reste de l'humanité. A la suite de cet échange de rôles avec Lillian, elle avait compris à quel point elle s'était trompée. Elle était faible, elle s'en apercevait, cernée par ses peurs et ses contraintes personnelles, aussi vulnérable et incertaine que quiconque.

Il avait fallu trois ans pour réparer les dégâts (dans la mesure où ils furent jamais réparés), et lorsque nos chemins se croisèrent ce soir-là chez Sachs, elle était plus ou moins prête à émerger de sa coquille. Si elle m'offrit son corps, à moi, c'est seulement parce que le hasard me faisait survenir au bon moment. Maria s'est toujours moquée de cette interprétation, en affirmant que j'étais le seul homme dont elle aurait pu vouloir, mais je serais fou d'imaginer que je possédais un charme surnaturel. Je n'étais qu'un homme parmi de nombreux hommes possibles, en piteux état, moi aussi, et si je correspondais à ce qu'elle cherchait à ce moment précis, tant mieux pour moi. Ce fut elle qui fixa les règles de notre amitié, et je m'y conformai de mon mieux, en complice empressé de ses caprices et de ses exigences. A la demande de Maria, je tombai d'accord que nous ne coucherions jamais ensemble deux soirs de suite, que je ne lui parlerais jamais d'aucune autre femme, que je ne la prierais jamais de me présenter à aucun de ses amis. Je tombai d'accord d'agir comme si notre relation était un secret, un drame clandestin qu'il fallait dissimuler au reste du monde. Aucune de ces contraintes ne me gênait. Je portais les vêtements que Maria souhaitait me voir porter, je me rangeais à son goût des lieux de rendez-vous étranges (guichets du métro, comptoirs de pari mutuel, toilettes de restaurants), je mangeais les mêmes repas monochromes qu'elle. Tout était jeu pour elle, appel à invention constante, et aucune idée ne paraissait trop extravagante pour être tentée au moins une fois. Nous nous aimions habillés et déshabillés, lumières allumées et lumières éteintes, à l'intérieur et à l'extérieur, sur son lit et sous son lit. Nous nous vêtions de toges, nous déguisions en hommes des cavernes, louions des smokings. Nous prétendions ne pas nous connaître, nous nous prétendions mariés. Nous interprétions des numéros de docteur-et-infirmière, de serveuse-et-client, de maître-et-élève. Tout cela était assez puéril, je suppose, mais Maria prenait ces fantaisies au sérieux — non comme des divagations mais comme des expériences, des observations sur la nature changeante de la personnalité. Si elle n'avait été si convaincue, je ne crois pas que j'aurais pu entrer dans son jeu comme j'y suis entré. Je voyais d'autres femmes pendant cette période, mais Maria était la seule qui comptait pour moi, la seule qui fait encore partie de ma vie aujourd'hui.

En septembre de cette année (1979), quelqu'un acheta enfin la maison du comté de Dutchess, et

Délia et David revinrent à New York et emména-
gèrent dans un immeuble en pierre brune du quartier de Cobble Hill, à Brooklyn. A mon point de
vue, la situation s'en trouvait à la fois simplifiée et
compliquée. Je pouvais voir mon fils plus souvent,
et cela signifiait aussi des contacts plus fréquents
avec ma future ex-femme. Notre divorce approchait alors de son terme, mais Délia commençait à
ressentir des appréhensions et pendant ces derniers mois, avant que l'acte fût rendu, elle fit une
tentative obscure et pas très convaincue de me
récupérer. S'il n'y avait eu David dans le tableau,
j'aurais été capable de résister à cette campagne
sans difficulté. Mais il était manifeste que le petit
garçon souffrait de mon absence et je me sentais
responsable de ses cauchemars, de ses crises
d'asthme et de ses larmes. Le sentiment de culpabilité est un aiguillon puissant, et Délia appuyait
sur les boutons avec un instinct sûr chaque fois
que j'étais là. Un jour, par exemple, après qu'un
homme qu'elle connaissait fut venu dîner chez
elle, elle me raconta que David s'était pelotonné
sur ses genoux en lui demandant s'il allait devenir
son nouveau père. Délia ne me jetait pas cet
incident à la figure, elle voulait simplement partager avec moi ses préoccupations, mais chaque fois
que j'entendais l'une de ces histoires, je m'enfon-
çais un peu plus profondément dans les sables
mouvants de mes remords. La question n'était pas
que j'eusse envie de vivre à nouveau avec Délia,
mais de savoir s'il ne fallait pas m'y résigner, si
mon destin n'était pas, après tout, d'être marié
avec elle. J'attachais plus de prix au bien-être de
David qu'au mien, et pourtant ça faisait près d'un
an que je batifolais comme un imbécile avec Maria
Turner et les autres en évitant toute réflexion
concernant l'avenir. Je trouvais difficile de m'en
justifier à mes propres yeux. Il n'y a pas que le
bonheur qui compte, me disais-je. Dès lors qu'on

est parent, il y a des devoirs qu'on ne peut esquiver, des obligations qu'il faut remplir, quel qu'en soit le prix.

C'est Fanny qui m'a sauvé de ce qui aurait pu être une décision terrible. Je peux l'affirmer aujourd'hui, à la lumière de ce qui s'est passé par la suite, mais à l'époque je ne voyais pas clair. Au terme de ma sous-location de Varick Street, je trouvai un appartement à Brooklyn, à six ou sept rues de chez Délia. Je n'avais pas eu l'intention de m'installer si près de chez elle, mais à Manhattan les prix étaient trop raides pour moi et lorsque j'avais entrepris de chercher de l'autre côté du fleuve, tous les appartements qu'on me montrait paraissaient se trouver dans son voisinage. Je finis par me décider pour un trois-pièces en enfilade un peu miteux à Carroll Gardens, dont le loyer était abordable et la chambre à coucher assez vaste pour deux lits — un pour moi et un pour David. Il vint dès lors passer deux ou trois nuits par semaine chez moi, ce qui en soi constituait une amélioration, mais me mettait aussi dans une position précaire vis-à-vis de Délia. Je m'étais laissé retomber dans son orbite, et je sentais que ma résolution commençait à faiblir. Par une coïncidence malencontreuse, Maria avait quitté la ville pour quelques mois à l'époque de mon déménagement, et Sachs aussi était parti — en Californie, pour travailler à un scénario d'après *Le Nouveau Colosse*. Un producteur indépendant avait acheté les droits cinématographiques de son roman, et Sachs avait été engagé pour écrire le scénario en collaboration avec un scénariste professionnel qui vivait à Hollywood. Je reviendrai plus tard sur cette histoire, mais pour l'instant l'important c'est que je me retrouvais seul, en panne à New York sans mes compagnons habituels. Mon avenir entier semblait remis en question, et j'avais besoin de quelqu'un à qui parler, besoin de m'entendre réfléchir à haute voix.

Un soir, Fanny m'appela à ma nouvelle adresse pour m'inviter à dîner. Je supposai que ce serait l'une de ses soirées habituelles, avec cinq ou six autres convives, mais en arrivant chez elle le lendemain je m'aperçus qu'elle n'avait invité que moi. Ce fut une surprise. Depuis des années que nous nous connaissions, Fanny et moi n'avions jamais passé un moment en tête à tête. Ben était toujours là et, sauf aux moments où il quittait la pièce ou allait répondre au téléphone, nous ne nous étions pratiquement jamais parlé sans que quelqu'un écoute ce que nous disions. Je m'étais si bien habitué à cette situation que je ne songeais pas à la remettre en question. Fanny avait toujours été pour moi un personnage lointain et idéalisé, et il me semblait juste que nos relations demeurent indirectes, toujours sous la médiation d'autrui. En dépit de l'affection qui s'était développée entre nous, je me sentais toujours un peu nerveux en sa présence. Cette nervosité m'inspirait un comportement fantasque, et souvent je me mettais en quatre pour la faire rire en déballant des blagues idiotes ou d'atroces contrepèteries qui traduisaient mon embarras par un enjouement espiègle et puéril. Tout cela me troublait, car je ne m'étais jamais conduit ainsi envers personne. Je ne suis pas un blagueur, et je savais que je lui donnais de moi une impression fausse, mais ce ne fut que ce soir-là que je compris pourquoi je m'étais toujours caché d'elle. Certaines pensées sont trop dangereuses, on ne peut se permettre de s'en approcher.

Je me souviens du chemisier de soie blanche qu'elle portait ce soir-là, et des perles blanches autour de son cou brun. Je crois qu'elle devinait combien son invitation m'intriguait, mais elle n'en laissa rien paraître et se comporta comme s'il était parfaitement normal pour des amis de dîner ainsi ensemble. Ce l'était, sans doute, mais pas de mon point de vue, pas avec le passé de dérobades qui existait entre nous. Je lui demandai s'il y avait une chose particulière dont elle souhaitait me parler. Elle me répondit que non, qu'elle avait simplement envie de me voir. Elle avait travaillé dur depuis que Ben était parti et la veille, en s'éveillant le matin, elle avait tout à coup réalisé que je lui manquais. C'était tout. Je lui manquais, et elle avait envie de savoir comment j'allais.

On commença par prendre un verre dans le salon et, pendant les premières minutes, la conversation tourna surtout autour de Ben. Je parlai d'une lettre qu'il m'avait adressée la semaine précédente, et puis Fanny décrivit un coup de téléphone qu'ils avaient eu plus tôt dans la journée. Elle pensait que le film ne serait jamais réalisé, disait-elle, mais Ben était bien payé pour ce scénario et ça ne pouvait être que profitable. Leur maison du Vermont avait besoin d'un toit neuf, et ils pourraient peut-être entreprendre de lui en donner un avant que le vieux s'écroule. Nous avons dû parler du Vermont, après cela, ou de son travail au musée, je ne m'en souviens pas. D'une manière ou d'une autre, au moment de nous mettre à table nous en étions à mon livre. J'expliquai à Fanny que j'avançais encore, mais moins que précédemment dans la mesure où plusieurs jours par semaine étaient entièrement consacrés à David. Nous vivons comme deux vieux célibataires, racontai-je, qui traînaillent en pantoufles dans l'appartement et, le soir, fument leurs pipes en discutant philosophie devant un verre de cognac tout en observant les braises dans l'âtre.

— Un peu comme Holmes et Watson, dit Fanny.

— Ça viendra. La défécation est encore un sujet capital ces temps-ci, mais sitôt mon collègue sorti des langes, je suis certain que nous aborderons d'autres sujets.

— Ça pourrait être pire.

— Bien sûr. Tu ne m'entends pas me plaindre, si ?

— Lui as-tu fait faire la connaissance de certaines de tes amies ?

— Maria, par exemple ?

— Par exemple.

— J'y ai pensé, mais le moment ne me paraissait jamais convenir. Sans doute n'en ai-je pas envie. J'ai peur que ça ne le perturbe.

— Et Délia ? Est-ce qu'elle voit d'autres hommes ?

— Je crois que oui, mais elle n'est guère expansive quant à sa vie privée.

— Pas plus mal, à mon avis.

— Je ne sais pas vraiment. Si je me fie aux apparences, elle a l'air assez contente que je me sois installé dans les parages.

— Grand Dieu ! Tu ne l'encourages pas en ce sens ?

— Je ne suis pas sûr. C'est pas comme si j'envisageais de me marier avec quelqu'un d'autre.

— David n'est pas une raison suffisante, Peter. Si tu retournais auprès de Délia maintenant, tu te mettrais à te détester de l'avoir fait. Tu deviendrais un vieux type amer.

— C'est peut-être ce que je suis déjà.

— Ne dis pas de bêtises.

— J'essaie de m'en empêcher, mais j'ai de plus en plus de peine à regarder le gâchis que j'ai provoqué sans me sentir un parfait idiot.

— Tu te sens responsable, c'est tout. Ça te tiraille en des sens opposés.

— Chaque fois que je m'en vais, je me dis que j'aurais dû rester. Quand je reste, je me dis que j'aurais dû partir.

— C'est ce qu'on appelle l'ambivalence.

— Entre autres. Si c'est le terme que tu as envie d'utiliser, je veux bien.

— Ou, comme ma grand-mère l'a un jour dit à ma mère : Ton père serait un homme merveilleux, si seulement il était différent.

— Ah !

— Oui, ah ! Une épopée de chagrin et de souffrance réduite à une seule phrase.

— Le mariage : un marais, un exercice d'automystification qui dure la vie entière.

— Tu n'as simplement pas encore rencontré la bonne personne, Peter. Donne-toi un peu plus de temps.

— Tu veux dire que je ne sais pas ce qu'est l'amour. Et qu'une fois que je le saurai, je changerai d'avis. C'est gentil de ta part de penser ça, mais... si ça n'arrive jamais ? Si ça ne se trouve pas dans les cartes, pour moi ?

— Ça s'y trouve, je te le garantis.

— Et qu'est-ce qui te rend si sûre ?

Fanny se tut un instant, déposa son couteau et sa fourchette et puis, tendant le bras à travers la table, me saisit la main.

— Tu m'aimes, n'est-ce pas ?

— Bien sûr, je t'aime, fis-je.

— Tu m'as toujours aimée, n'est-ce pas ? Depuis le premier instant où tu m'as aperçue. C'est vrai, non ? Tu m'as aimée pendant toutes ces années, et tu m'aimes encore maintenant.

Je retirai ma main et contemplai la table, étourdi et embarrassé.

— C'est quoi, dis-je, une confession forcée ?

— Non, j'essaie seulement de démontrer que tu as épousé une femme qui n'était pas la bonne.

— Tu étais mariée à quelqu'un d'autre, tu te rappelles ? J'ai toujours pensé que ça t'éliminait de la liste des candidates.

— Je ne dis pas que tu aurais dû m'épouser. Mais tu n'aurais pas dû te marier avec elle.

— Tu tournes en rond, Fanny.

— Ce que je dis est l'évidence même. Simplement, tu n'as pas envie de comprendre.

— Non, ton raisonnement ne tient pas. Je t'accorde qu'épouser Délia était une erreur. Mais le fait de t'aimer ne prouve en rien que je peux aimer quelqu'un d'autre. Suppose que tu sois la seule femme que je puisse aimer. Je pose cette question comme une hypothèse, bien entendu, mais elle est d'une importance cruciale. Si c'est le cas, ton raisonnement n'a aucun sens.

— Ce n'est pas comme ça que ça se passe, Peter.

— C'est comme ça que ça se passe pour toi et Ben. Pourquoi faire une exception en ce qui vous concerne ?

— Je n'en fais pas.

— Et ça veut dire quoi, ça ?

— Tu as vraiment besoin que je t'épelle tout ?

— Je te demande pardon, je commence à me sentir un peu perdu. Si je ne savais pas que c'est à toi que je parle, je jurerais que tu me fais des avances.

— Tu veux dire que tu ne serais pas d'accord ?

— Bon Dieu, Fanny, tu es la femme de mon meilleur ami.

— Ben n'a rien à voir là-dedans. Ceci est strictement entre nous.

— Non, ce n'est pas vrai. Ça a tout à voir avec lui.

— Et qu'est-ce que tu crois que Ben est en train de faire en Californie ?

— Il écrit un scénario.

— Oui, il écrit un scénario. Et en même temps il baise une certaine Cynthia.

— Je ne te crois pas.

— Pourquoi ne lui téléphones-tu pas pour en avoir le cœur net ? Demande-le-lui. Il te dira la vérité. Dis-lui simplement : Fanny prétend que tu baises une certaine Cynthia ; qu'est-ce que ça veut dire, mon vieux ? Il te répondra sans détour, j'en suis sûre.

— Je crois que cette conversation est une erreur.

— Et puis demande-lui de te parler des autres,

avant Cynthia. Grace, par exemple. Et Nora, et Martine, et Val. Ce sont les premiers noms qui me viennent à l'esprit, mais si tu m'accordes une minute, j'en retrouverai d'autres. Ton ami est un sacré cavaleur, Peter. Tu ne le connaissais pas sous cet angle, hein ?

— Ne parle pas comme ça. C'est dégoûtant.

— Je te dis ce qui est. C'est pas comme si Ben me le cachait. Il a ma permission, vois-tu. Il peut faire ce qu'il veut. Et je peux faire ce que je veux.

— A quoi bon rester mariés, alors ? Si tout ça est vrai, vous n'avez aucune raison de vivre ensemble.

— Parce que nous nous aimons, tiens !

— Ça n'en a vraiment pas l'air.

— Et pourtant si. C'est l'arrangement que nous avons conclu. Si je ne lui donnais pas sa liberté, je ne pourrais jamais retenir Ben.

— Alors il court où il veut pendant que tu restes ici à attendre sans bouger le retour de ton mari prodigue. Je ne trouve pas votre arrangement très équitable.

— Il l'est. Il est équitable parce que je l'accepte, parce que j'en suis contente. Même si je ne fais guère usage de ma liberté, elle existe, elle m'appartient. C'est un droit que je peux exercer quand ça me plaît.

— Comme en ce moment.

— C'est ça, Peter. Tu vas finalement avoir ce dont tu as toujours eu envie. Et tu n'as pas à te sentir traître envers Ben. Ce qui se passe ce soir est strictement entre toi et moi.

— Tu l'as déjà dit.

— Peut-être que tu le comprends un petit peu mieux maintenant. Tu n'as pas besoin de te nouer comme ça. Si tu me veux, tu peux m'avoir.

— Tout simplement.

— Oui, tout simplement.

Son assurance me démontait, me semblait incompréhensible. Si je n'avais été si dérouté, je me serais sans doute levé de table, je serais parti, mais là, je restai assis sur ma chaise sans un mot. Bien sûr, j'avais envie de coucher avec elle. Elle l'avait toujours su, et en cet instant où je me voyais dévoilé, où elle avait transformé mon secret en une proposition brutale et vulgaire, je ne savais quasi plus qui elle était. Fanny était devenue quelqu'un d'autre. Ben était devenu quelqu'un d'autre. En l'espace d'une brève conversation, toutes mes certitudes concernant l'univers s'étaient écroulées.

Fanny me reprit la main, et au lieu d'essayer de la contredire, je réagis par un faible sourire embarrassé. Elle dut interpréter ça comme une capitulation, car un moment plus tard elle se levait et contournait la table pour venir vers moi. Je lui ouvris les bras, et sans un mot elle se nicha sur mes genoux, planta solidement ses hanches sur mes cuisses, et me saisit le visage entre ses mains. Nous nous mîmes à nous embrasser. Bouches ouvertes, langues frénétiques, mentons mouillés, nous nous mîmes à nous embrasser comme deux adolescents sur le siège arrière d'une voiture.

Ça dura trois semaines. Presque tout de suite, Fanny me redevint reconnaissable, tel un point d'immobilité familier et énigmatique. Elle n'était plus la même, bien sûr, mais en aucune des façons qui m'avaient étourdi ce premier soir, et l'agressivité qu'elle avait alors manifestée ne réapparut jamais. Je commençai à oublier tout ça, à m'habituer à nos relations modifiées, à la ruée continue du désir. Ben n'était pas revenu en ville et, sauf quand David logeait chez moi, je passais toutes mes nuits chez lui à coucher dans son lit et à faire l'amour à sa femme. Il me paraissait aller de soi que j'allais épouser Fanny. Même si cela signifiait la fin de mon amitié avec Sachs, j'étais tout à fait prêt à aller de l'avant. Dans l'immédiat, je gardais pourtant cette conviction pour moi-même. Je me sentais encore trop impressionné par la force de mes sentiments, et je ne voulais pas en accabler Fanny en lui parlant trop tôt. Telle était, en tout cas, la justification que je me donnais de mon silence, mais en vérité Fanny se montrait peu disposée à parler d'autre chose que du quotidien, de la logistique de la prochaine rencontre. Nous faisions l'amour en silence, intensément, vertigineusement pâmés au cœur de l'immobilité. Fanny était toute langueur et tout acquiescement, et je tombai amoureux de la douceur de sa peau, de sa façon de fermer les yeux quand je me glissais derrière elle pour embrasser sa nuque. Pendant les deux premières semaines, je ne désirai rien de plus. La toucher me suffisait, et je vivais pour les ronronnements à peine audibles qui venaient de sa gorge, pour sentir son dos se cambrer lentement contre mes paumes.

J'imaginais Fanny en belle-mère de David. Je nous imaginais tous deux nous installant dans un autre quartier et y habitant pour le restant de nos jours. J'imaginais des tempêtes, des scènes dramatiques, d'immenses échanges de cris avec Sachs avant que rien de tout ça ne devienne possible. Peut-être en arriverions-nous aux coups, pensais-je. Je me sentais prêt à tout, même pas choqué à l'idée de me battre avec mon ami. Je pressais Fanny de me parler de lui, avide d'écouter ses doléances afin de me justifier à mes propres yeux. Si je pouvais établir qu'il avait été un mauvais mari, cela donnerait à mon projet de lui voler sa femme le poids et la sainteté d'une raison morale. Il ne s'agirait plus d'un vol mais d'un sauvetage, et je garderais la conscience nette. Ce que ma naïveté m'empêchait de comprendre, c'est que l'hostilité peut être aussi une dimension de l'amour. Fanny souffrait du comportement sexuel de Ben ; ses errements et peccadilles étaient pour elle la source d'un chagrin constant, mais lorsqu'elle se mit à me raconter tout cela, l'amertume à laquelle je me serais attendu de sa part ne dépassa jamais un ton de douce réprimande. Se confier à moi semblait l'avoir libérée d'une certaine tension interne, et du moment qu'elle avait péché, elle aussi, elle se sentait peut-être capable de lui pardonner les péchés qu'il avait commis envers elle. Telle était l'économie de la justice, si l'on peut dire, le *quid pro quo* qui transforme la victime en coupable, l'acte qui équilibre les plateaux de la balance. A la fin, Fanny m'apprit beaucoup de choses sur Ben, mais sans jamais me fournir les munitions que j'espérais. A la limite, ses révélations eurent l'effet opposé. Une nuit, par exemple, où nous nous étions mis à parler de la période qu'il avait passée en prison, je découvris que ces dix-sept mois avaient été bien plus terribles pour lui qu'il ne m'avait jamais permis de le soupçonner. Je ne pense pas que Fanny essayait spécialement de le défendre, mais en entendant ce qu'il avait subi (tabassages sans motif, harcèlement et menaces perpétuels, peut-être un incident de viol homosexuel), il me paraissait difficile d'éprouver envers lui le moindre ressentiment. Sachs vu par les yeux de Fanny semblait un personnage plus compliqué, moins sûr de lui que celui que je croyais connaître. Il n'y avait pas seulement cet extraverti bouillant et doué qui était devenu mon ami, il y avait aussi un homme qui se cachait des autres, un homme chargé de secrets jamais partagés avec personne. J'espérais un prétexte pour me retourner contre lui, mais au long de ces semaines passées avec Fanny, je me sentis aussi proche de lui qu'auparavant. Chose étrange, rien de tout cela n'intervenait dans mon amour pour elle. Cet amour était simple, même si tout ce qui l'entourait paraissait chargé d'ambiguïté. C'était elle qui s'était jetée à ma tête, après tout, et pourtant plus je la tenais serrée, moins je me sentais sûr de ce que je tenais.

L'aventure coïncida exactement avec l'absence de Ben. Quelques jours avant la date prévue pour son retour, je soulevai enfin la question de ce que nous allions faire lorsqu'il serait de nouveau à New York. Fanny proposa que nous continuions de la même façon, en nous voyant quand nous en aurions envie. Je répondis que ce n'était pas possible, qu'il lui faudrait rompre avec Ben et s'installer avec moi si nous voulions continuer. Il n'y avait pas de place pour la duplicité, affirmai-je. Nous devions raconter à Ben ce qui s'était passé, résoudre les problèmes le plus vite possible, et puis organiser notre mariage. Il ne m'était jamais venu à l'esprit que ce n'était pas ce que Fanny souhaitait, mais ça prouve simplement combien j'étais ignorant, à quel point, dès le départ, j'avais mal interprété ses intentions. Elle ne quitterait pas Ben, me dit-elle. Elle n'avait jamais envisagé de le quitter. Malgré tout son amour pour moi, c'était une chose qu'elle n'était pas prête à faire.

Cela devint une discussion affreusement douloureuse qui dura plusieurs heures, un tourbillon d'arguments circulaires qui ne menaient nulle part. Nous pleurâmes beaucoup, tous les deux, chacun suppliant l'autre d'être raisonnable, de céder, de considérer la situation sous un autre angle, et pourtant rien n'y fit. Peut-être n'y avait-il rien à faire, mais au moment même j'avais l'impression que c'était la pire conversation de ma vie, un moment de ruine absolue. Fanny ne voulait pas quitter Ben, et je ne voulais rester avec elle que si elle le quittait. Il fallait que ce soit tout ou rien, répétais-je. Je l'aimais trop pour me contenter d'une partie d'elle. En ce qui me concernait, toute solution partielle équivaudrait à rien, à une douleur avec laquelle je ne parviendrais jamais à vivre. J'obtins donc ma douleur et mon rien, et l'aventure s'acheva ce soir-là, avec cette conversation. Au cours des mois qui suivirent, il n'y eut guère d'instant où je ne le regrettai pas, où je ne me lamentai pas de mon entêtement, mais il n'y eut jamais aucune chance de revenir sur ce que mes paroles avaient eu de définitif.

Aujourd'hui encore, je suis bien en peine de comprendre le comportement de Fanny. On pourrait disposer de toute l'affaire, j'imagine, en disant qu'elle s'était simplement offert un amusement passager pendant que son mari était parti. Mais si c'était le sexe qui l'intéressait, il eût été absurde de me choisir moi comme partenaire. Compte tenu de mon amitié avec Ben, j'étais la dernière personne vers qui elle aurait dû se tourner. Elle aurait pu agir dans un esprit de vengeance, bien entendu, en se servant de moi pour équilibrer ses comptes avec Ben, mais au bout du compte je ne crois pas que cette explication aille bien loin. Elle présuppose une sorte de cynisme que Fanny n'a jamais vraiment possédé, et laisse trop de questions sans réponse. Il est possible aussi qu'elle ait cru savoir ce qu'elle faisait, et puis qu'elle ait pris peur. Un cas classique de trac, en quelque sorte, mais alors comment expliquer qu'elle n'ait jamais hésité, jamais laissé filtrer le moindre signe de regret ou d'indécision? Jusqu'au tout dernier instant, il ne m'était jamais venu à l'idée qu'elle pût avoir des doutes à mon sujet. Si notre histoire s'est terminée avec une telle brusquerie, ce devait être parce qu'elle s'y attendait, parce qu'elle savait depuis le début que ça se passerait ainsi. Cette hypothèse est parfaitement plausible. Le seul problème, c'est qu'elle contredit tout ce que Fanny avait fait et dit pendant les trois semaines que nous avions passées ensemble. Elle paraît éclairante, et n'est finalement qu'un écueil de plus. Dès l'instant qu'on l'accepte, on se retrouve en pleine énigme.

Tout cela ne fut pas que négatif pour moi, cependant. Quelle que fût sa fin, l'épisode eut un certain nombre de résultats positifs, et je le considère aujourd'hui comme une articulation critique de mon histoire personnelle. Pour n'en citer qu'un, j'abandonnai toute idée de reprendre mon mariage. Mon amour pour Fanny m'avait démontré à quel point c'eût été vain, et je mis ces pensées au rancart une fois pour toutes. Il me paraît incontestable que Fanny était directement responsable de ce changement d'avis. Sans elle, je ne me serais jamais trouvé en situation de rencontrer Iris, et dès lors mon existence se serait déroulée de façon tout à fait différente. Pis, j'en suis convaincu, d'une façon qui m'aurait entraîné vers l'amertume contre laquelle Fanny m'avait mis en garde la première nuit que nous avions passée ensemble. En m'éprenant d'Iris, j'ai accompli sa prophétie de cette nuit-là — mais avant de pouvoir croire à cette prophétie, il fallait que j'aime Fanny. Était-ce là ce qu'elle avait tenté de me démontrer ? Était-ce le motif caché sous toute notre folle histoire ? Cette seule suggestion paraît extravagante, et pourtant elle correspond à la réalité mieux que toute autre explication. Ce que je dis, c'est que Fanny s'est offerte à moi pour me sauver de moi-même, qu'elle a fait ce qu'elle a fait pour m'empêcher de retourner à Délia. Une telle chose est-elle possible ? Quelqu'un peut-il aller aussi loin pour le bien de quelqu'un d'autre ? Dans ce cas, l'attitude de Fanny ne devient rien de moins qu'extraordinaire, un geste pur et lumineux de sacrifice de soi. De toutes les interprétations auxquelles j'ai réfléchi au cours des années, celle-ci est ma préférée. Ça ne signifie pas qu'elle est vraie, mais dans la mesure où elle le pourrait, j'aime à penser qu'elle l'est. Onze ans après, c'est la seule réponse qui garde encore un sens.

Une fois Sachs rentré à New York, j'avais l'intention d'éviter de le voir. Je ne savais pas du tout si Fanny allait lui dire ce qui s'était passé, mais même si elle gardait le secret, la perspective de devoir moi aussi dissimuler envers lui me paraissait intolérable. Nos rapports avaient toujours été trop honnêtes, trop directs pour cela, et je ne me sentais pas d'humeur à commencer de raconter des histoires. Je pensais qu'il me percerait à jour, de toute façon, et que si jamais Fanny lui parlait de ce que nous avions fait, je m'exposerais à toutes sortes de désastres. D'une manière ou d'une autre, je n'étais pas prêt à le revoir. S'il savait, agir comme s'il ne savait pas constituerait une insulte. Et s'il ne savait pas, alors chaque minute en sa compagnie serait une torture.

Je travaillais à mon roman, je m'occupais de David, j'attendais le retour en ville de Maria. En temps normal, Sachs m'aurait appelé au bout de deux ou trois jours. Nous passions rarement plus de temps que ça sans nous voir, et maintenant qu'il était revenu de son aventure hollywoodienne, je m'attendais à un signe de lui. Mais trois jours s'écoulèrent, et puis encore trois jours, et peu à peu je compris que Fanny l'avait mis au courant. Aucune autre explication ne paraissait possible. J'en déduisis que c'était la fin de notre amitié et que je ne le verrais plus jamais. Juste quand je commençais à affronter cette idée (vers le septième ou le huitième jour), le téléphone sonna, et au bout de la ligne se trouvait Sachs, apparemment en grande forme, plaisantant avec plus d'enthousiasme que jamais. Je m'efforçai de faire écho à sa bonne humeur, mais je me sentais trop pris au dépourvu pour m'en tirer très bien. Ma voix tremblait, et je ne disais que des bêtises. Quand il m'invita à dîner le soir même, j'inventai une excuse et dis que je rappellerais le lendemain pour convenir d'un autre arrangement. Je ne rappelai pas. Un jour ou deux passèrent encore et puis Sachs retéléphona, d'une voix toujours aussi gaie, comme s'il n'y avait rien de changé entre nous. Je fis de mon mieux pour me débarrasser de lui, mais cette fois il ne voulait pas entendre parler d'un refus et, avant d'avoir pu imaginer une manière de m'en tirer, je m'entendis accepter son invitation. Moins de deux heures plus tard, nous devions nous retrouver chez *Costello*, un petit restaurant de Court Street, à quelques rues de chez moi. Si je ne me montrais pas, il viendrait chez moi frapper à ma porte. Je n'avais pas été assez rapide, et maintenant il me fallait faire face.

Il était déjà là quand j'arrivai, assis dans une stalle au fond du restaurant. Il paraissait absorbé dans la lecture du *New York Times*, étalé devant lui sur la table en formica, et fumait une cigarette dont il secouait distraitement les cendres par terre après chaque bouffée. C'était en 1980, l'époque du drame des otages en Iran, des atrocités commises par les Khmers rouges au Cambodge, de la guerre en Afghanistan. Les cheveux de Sachs avaient blondi au soleil de Californie, et son visage bronzé était constellé de taches de rousseur. Il avait bonne mine, pensai-je, l'air plus reposé que la dernière fois que je l'avais vu. En me dirigeant vers sa table, je me demandai jusqu'où il me faudrait approcher avant qu'il remarque ma présence. Plus tôt ce serait, plus pénible serait notre conversation, me disais-je. S'il levait la tête, cela dénoterait qu'il était anxieux — preuve que Fanny lui avait déjà parlé. D'autre part, s'il restait le nez enfoui dans son journal, cela démontrerait qu'il était calme, ce qui pouvait signifier que Fanny ne lui avait rien dit. Chaque pas que je faisais dans cette salle encombrée représentait un signe en ma faveur, me semblait-il, un faible indice suggérant qu'il ne savait encore rien, qu'il ignorait encore ma trahison. Et, en vérité, je parvins auprès de lui sans avoir reçu un regard.

— Un joli bronzage que vous avez là, Mr. Hollywood, fis-je.

Comme je me glissais sur la banquette en face de

lui, Sachs releva soudain la tête, me fixa quelques instants d'un air absent, puis sourit. On eût dit qu'il ne s'était pas attendu à me voir, que j'étais apparu tout à coup par hasard. C'était aller un peu fort, pensai-je, et dans le court silence qui précéda sa réponse, l'idée me vint qu'il avait seulement feint d'être distrait. Dans ce cas, le journal n'était qu'un accessoire. Pendant tout le temps qu'il était resté là à attendre mon arrivée, il n'avait fait que tourner les pages, parcourir les mots sans les voir, sans se donner la peine de les lire.

— Tu n'as pas trop mauvaise mine, toi non plus, dit-il. Le froid doit te convenir.

— Il ne me dérange pas. Après l'hiver dernier à la campagne, le climat d'ici me paraît tropical.

— Et qu'est-ce que tu as fait de bon depuis que je suis allé là-bas massacrer mon livre ?

— J'ai massacré mon propre livre, répondis-je. Chaque jour, j'ajoute quelques paragraphes à la catastrophe.

— Tu dois en avoir un bon paquet, maintenant.

— Onze chapitres sur treize. Je suppose que ça veut dire que la fin est en vue.

— Tu as une idée du temps que ça te prendra ?

— Pas vraiment. Trois ou quatre mois, sans doute. Mais peut-être douze. Ou bien peut-être deux. Ça devient de plus en plus difficile de faire des prédictions.

— J'espère que tu me laisseras le lire quand il sera terminé.

— Bien sûr que tu pourras le lire. Tu es le premier à qui je le donnerai.

Là-dessus, la serveuse arriva pour prendre la commande. C'est ainsi que je m'en souviens, en tout cas : dès le début, une interruption, une brève pause dans le courant de notre conversation. Depuis que j'habitais ce quartier, je venais déjeuner chez *Costello* à peu près deux fois par semaine, et la serveuse me connaissait. C'était une femme immensément grosse et amicale qui se dandinait entre les tables en uniforme vert pâle avec, en tout temps, un crayon jaune fiché dans ses cheveux gris. Elle ne se servait jamais de ce crayon pour écrire, elle en utilisait un autre qu'elle conservait dans la poche de son tablier, mais elle aimait le savoir à portée de main en cas d'urgence. J'ai oublié le nom de cette femme, à présent ; elle avait l'habitude de m'appeler « mon chou » et de rester près de moi à bavarder chaque fois que j'arrivais — jamais à propos d'un sujet particulier, mais toujours d'une façon qui me donnait l'impression d'être le bienvenu. Même devant Sachs, cet après-midi-là, nous nous livrâmes à un de nos échanges typiquement prolixes. Peu importe de quoi nous parlions, je ne raconte ça que pour montrer de quelle nature semblait être l'humeur de Sachs ce jour-là. Non seulement il ne bavarda pas avec la serveuse (ce qui était tout à fait contraire à ses habitudes), mais à l'instant même où elle s'éloignait avec nos commandes, il reprit la conversation exactement où nous l'avions laissée, comme si nous n'avions jamais été interrompus. C'est alors seulement que j'ai commencé à comprendre à quel point il devait être agité. Plus tard, quand le repas nous fut servi, je crois qu'il n'en mangea pas plus de deux ou trois bouchées. Il fumait et buvait du café, en noyant ses cigarettes dans les soucoupes inondées.

— Ce qui compte, c'est le travail, déclara-t-il en repliant le journal et en le jetant sur la banquette à côté de lui. Je voudrais juste que tu saches ça.

— Je crois que je ne te suis pas, fis-je, conscient de ne le suivre que trop bien.

— Je veux dire que tu ne dois pas t'en faire, c'est tout.

— M'en faire ? Pourquoi je m'en ferais ?

— Tu ne dois pas, dit Sachs avec un sourire chaleureux, étonnamment rayonnant. Pendant quelques instants, il eut l'air presque béat. Mais je te connais depuis assez longtemps pour être à peu près certain que tu t'en fais.

— Il y a quelque chose qui m'échappe, ou on a décidé de parler par énigmes aujourd'hui ?

— Tout va bien, Peter. C'est la seule chose que j'essaie de te dire. Fanny m'a raconté, et tu n'as pas besoin de te trimbaler avec mauvaise conscience.

— Raconté quoi ? C'était une question ridicule, mais j'étais trop ahuri devant son calme pour dire autre chose.

— Ce qui s'est passé pendant que j'étais parti. Le coup de foudre. Le foutre et la baise. Tout le sacré bordel.

— Je vois. Pas beaucoup de place pour l'imagination.

— Non, vraiment pas beaucoup.

— Alors quoi, maintenant ? C'est le moment où tu me tends ta carte en me demandant de me trouver des témoins ? On se retrouvera à l'aube, bien entendu. Un bon endroit, un endroit qui ait une valeur scénique appropriée. La passerelle du pont de Brooklyn, par exemple, ou bien le monument de la guerre de Sécession à Grand Army Plaza. Quelque chose de majestueux. Un endroit où on peut se sentir tout petits sous le ciel, où le soleil peut faire étinceler nos pistolets dressés. Qu'est-ce que tu en dis, Ben ? C'est comme ça que tu veux que ça se passe ? Ou tu préfères en finir tout de suite ? A l'américaine. Tu te penches par-dessus la table, tu me flanques un coup de poing sur le nez, et puis tu t'en vas. L'un ou l'autre me convient. Je te laisse le choix.

— Il y a aussi une troisième possibilité.

— Ah, la troisième voie ! fis-je, tout en ironie rageuse. Je ne me rendais pas compte qu'autant d'options s'offraient à nous.

— Bien sûr que si. Plus que nous ne pouvons en compter. Celle que j'envisage est très simple. On attend que le repas arrive, on le mange, et puis je paie la note et on s'en va.

— Ça ne suffit pas. Il n'y a pas de drame là-dedans, pas de confrontation. Il faut qu'on tire les choses au clair. Si on recule maintenant, je ne m'en contenterai jamais.

— On n'a pas de raison de se disputer, Peter.

— Si, on en a. On a toutes les raisons de se disputer. J'ai demandé à ta femme de m'épouser. Si ce n'est pas une raison valable de se disputer, alors nous ne méritons ni l'un ni l'autre de vivre avec elle.

— Si tu as envie de vider ton sac, vas-y. Je suis tout à fait prêt à t'écouter. Mais tu n'as pas besoin d'en parler si tu n'as pas envie.

— Personne ne peut se fiche à ce point de sa propre vie. C'est presque criminel, une telle indifférence.

— Ce n'est pas de l'indifférence. C'est juste que ça devait arriver de toute façon, un jour ou l'autre. Je ne suis pas idiot, à la fin! Je sais ce que tu éprouves envers Fanny. C'est comme ça depuis le début. C'est écrit sur ta figure chaque fois que tu t'approches d'elle.

— C'est Fanny qui a pris les devants. Si elle ne l'avait pas voulu, rien ne serait arrivé.

— Je ne te reproche rien. A ta place, j'aurais fait la même chose.

— Ça ne veut pas dire que c'est bien.

— Il n'est pas question de bien ni de mal. C'est ainsi que va le monde. Tout homme est prisonnier de sa queue, on n'y peut rien, merde. On essaie de lutter, parfois, mais c'est toujours une bataille perdue.

— C'est un aveu de culpabilité, ou tu essaies de me dire que tu es innocent?

— Innocent de quoi?

— De ce que Fanny m'a raconté. Tes aventures. Tes activités extra-conjugales.

128

— Elle t'a dit ça ?

— En long et en large. Elle m'en a mis plein les oreilles. Noms, dates, description des victimes, le grand jeu. Ça a fait son effet. Depuis lors, j'ai complètement changé d'idée sur ce que tu es.

— Je ne suis pas certain qu'il faille croire tout ce qu'on entend.

— Tu traites Fanny de menteuse ?

— Bien sûr que non. Simplement, elle n'a pas toujours une perception très nette de la vérité.

— Il me semble que ça veut dire la même chose. Tu le formules autrement, c'est tout.

— Non, je veux dire que Fanny n'y peut rien si elle pense ça. Elle s'est persuadée que je suis infidèle, et tout ce que je pourrais lui dire ne la ferait pas changer d'avis.

— Et tu prétends que ce n'est pas vrai ?

— J'ai eu des faiblesses, mais jamais dans les proportions qu'elle s'imagine. Rien de bien grave, si on considère depuis combien de temps nous vivons ensemble. Nous avons connu des hauts et des bas, Fanny et moi, pourtant il n'y a jamais eu un instant où je n'avais pas envie d'être marié avec elle.

— Alors d'où sort-elle les noms de toutes ces autres femmes ?

— Je lui raconte des histoires. Ça fait partie d'un jeu que nous jouons. J'invente des histoires sur mes conquêtes imaginaires, et Fanny écoute. Ça l'excite. Les mots ont un pouvoir, après tout. Pour certaines femmes, il n'existe pas de meilleur aphrodisiaque. Tu dois t'être aperçu de ça, à propos de Fanny, maintenant. Elle adore qu'on lui raconte des cochonneries. Et plus c'est imagé, plus ça lui fait de l'effet.

— Ce n'était pas mon impression. Chaque fois que Fanny m'a parlé de toi, elle était tout à fait sérieuse. Pas question de "conquêtes imaginaires". Tout ça était très réel à ses yeux.

— Parce qu'elle est jalouse, et qu'une partie d'elle s'obstine à croire au pire. C'est arrivé plusieurs fois, maintenant. A n'importe quel moment, elle m'embarque dans une liaison passionnée avec l'une ou l'autre. Il y a des années que ça dure, et la liste des femmes avec qui j'ai couché ne cesse de s'allonger. Au bout d'un certain temps, j'ai appris qu'il était vain de nier. Ça ne faisait que renforcer ses soupçons et donc, au lieu de lui dire la vérité, je lui raconte ce qu'elle a envie d'entendre. Je mens pour lui faire plaisir.

— Plaisir n'est pas le terme que j'utiliserais.

— Pour nous maintenir ensemble, alors. Pour nous maintenir plus ou moins en équilibre. Ces histoires y contribuent. Ne me demande pas pourquoi, mais dès que je commence à les lui raconter, les choses s'éclaircissent entre nous. Tu croyais que je m'étais détourné de la fiction, eh bien, j'y suis toujours. Mon public est réduit à une personne, maintenant, mais c'est la seule qui compte vraiment.

— Et tu supposes que je vais te croire ?

— Ne va pas t'imaginer que je m'amuse. Ce n'est pas facile de parler de ça. Mais il me semble que tu as le droit de savoir, et je fais de mon mieux.

— Et Valérie Maas ? Tu prétends qu'il n'y a jamais rien eu entre vous ?

— C'est un nom qui est revenu souvent. Elle est rédactrice dans un des magazines pour lesquels j'ai écrit. Il y a un an ou deux, nous avons déjeuné ensemble plusieurs fois. Strictement business. On discutait de mes textes, on parlait de mes projets, ce genre de choses. A la longue, Fanny s'est fourré dans la tête que Val et moi avions une liaison. Je ne peux pas dire qu'elle ne me plaisait pas. Si les circonstances avaient été différentes, j'aurais pu faire une bêtise. Fanny le sentait, je suppose. J'ai sans doute prononcé le nom de Val une fois de trop à la maison, ou fait trop de réflexions flatteuses sur ses qualités d'éditrice. Mais la vérité, c'est que les hommes n'intéressent pas Val. Il y a cinq ou six ans qu'elle vit avec une autre femme, et si j'avais essayé je ne serais arrivé à rien.

— Tu n'as pas dit ça à Fanny?

— Ça n'aurait servi à rien. Du moment qu'elle a une idée en tête, on ne peut pas la persuader du contraire.

— Tu la fais paraître si instable. Fanny n'est pas comme ça. C'est quelqu'un de solide, l'être le moins sujet aux illusions de tous ceux que je connais.

— C'est vrai. En bien des sens, elle est aussi forte qu'on peut l'être. Mais elle a aussi beaucoup souffert, et ces dernières années ont été dures pour elle. Elle n'a pas toujours été comme ça, tu comprends. Jusqu'il y a quatre ou cinq ans, elle n'avait pas une once de jalousie en elle.

— Il y a cinq ans, c'est quand je l'ai rencontrée. Officiellement, je veux dire.

— C'est aussi quand le médecin lui a annoncé qu'elle n'aurait jamais d'enfant. Tout a changé pour elle, après ça. Elle suit une thérapie depuis quelques années, mais je n'ai pas l'impression que ça lui fasse beaucoup de bien. Elle se sent indésirable. Elle se figure qu'il est impossible qu'un homme puisse l'aimer. C'est pour ça qu'elle s'imagine que j'ai des aventures avec d'autres femmes. Parce qu'elle se croit coupable envers moi. Parce qu'elle croit que je dois la punir de m'avoir déçu. Du moment qu'on s'en veut à soi-même, il est difficile de ne pas croire que tout le monde vous en veut aussi.

— Rien de tout ça ne se devine.

— Ça fait partie du problème. Fanny ne parle pas assez. Elle renferme tout au fond d'elle-même, et quand certaines choses s'expriment, c'est toujours de manière indirecte. Ça ne fait qu'aggraver la situation. La moitié du temps, elle souffre sans s'en rendre compte.

— Jusqu'au mois dernier, je vous ai toujours considérés comme un couple parfait.

— On ne sait jamais rien de personne. Je pensais la même chose de votre couple, et regarde comment ça a tourné, pour Délia et toi. C'est assez difficile de rester lucide pour soi-même. Une fois qu'il s'agit des autres, on n'a plus la moindre idée.

— Mais Fanny sait que je l'aime. Je dois le lui avoir dit un millier de fois, et je suis sûr qu'elle me croit. Je ne peux pas imaginer le contraire.

— Elle te croit. Et c'est pour ça que je considère ce qui est arrivé comme une bonne chose. Tu lui as fait du bien, Peter. Tu as fait plus pour elle que quiconque.

— Alors tu me remercies d'avoir couché avec ta femme ?

— Pourquoi pas ? Grâce à toi, il y a une chance que Fanny reprenne confiance en elle.

— Suffit d'appeler le docteur Miracle, hein ? Il répare les mariages brisés, guérit les âmes blessées, sauve les couples en détresse. Aucun rendez-vous nécessaire, visites à domicile vingt-quatre heures sur vingt-quatre. Formez notre numéro vert dès à présent. C'est le docteur Miracle. Il vous donne son cœur et ne demande rien en échange.

— Je ne peux pas te reprocher de te sentir amer. Ça doit être très dur pour toi en ce moment mais, quoi que tu puisses en penser, Fanny trouve que tu es le type le plus formidable qui ait jamais existé. Elle t'aime. Elle ne cessera jamais de t'aimer.

— Ce qui ne change rien au fait qu'elle veut rester mariée avec toi.

— Ça remonte trop loin, Peter. Nous avons vécu trop de choses ensemble. Nos vies entières y sont mêlées.

— Et moi, qu'est-ce que je deviens ?

— Ce que tu as toujours été. Mon ami. L'ami de Fanny. L'être que nous aimons le plus au monde.

— Alors tout recommence comme avant.

— Si tu le souhaites, oui. Du moment que tu peux le supporter, c'est comme si rien n'avait changé.

J'étais soudain au bord des larmes.

— Ne fous pas tout en l'air, lui dis-je. Je n'ai rien d'autre à te demander. Ne fous pas tout en l'air. Prends bien soin d'elle. Il faut que tu me le promettes. Si tu ne tiens pas parole, je crois que je te tuerai. Je te pourchasserai et je t'étranglerai de mes deux mains.

Je fixais mon assiette et luttais pour recouvrer le contrôle de moi-même. Quand enfin je relevai les yeux, je vis que Sachs me dévisageait. Son regard était sombre, son expression figée dans une attitude douloureuse. Avant que j'aie pu me lever pour quitter la table, il me tendit la main droite et la maintint en l'air, refusant de la baisser jusqu'à ce que je la saisisse.

— Je te le promets, dit-il, en serrant fort, en accentuant progressivement sa poigne. Je te donne ma parole.

Après ce déjeuner, je ne savais plus que croire. Fanny m'avait dit une chose, Sachs m'en avait dit une autre, et du moment que j'acceptais une version il me fallait rejeter l'autre. Telle était l'alternative. Ils m'avaient proposé deux interprétations de la vérité, deux réalités séparées et distinctes, et j'aurais beau me débattre, rien ne les réunirait. Je comprenais cela, et en même temps je me rendais compte que l'un et l'autre m'avaient convaincu. Dans la fondrière de chagrin et de confusion où je m'enfonçai plusieurs mois durant, j'hésitais à choisir entre eux. Je ne pense pas qu'il s'agissait de loyauté partagée (bien que cela pût y jouer un rôle), mais plutôt de la certitude que Fanny et Ben m'avaient tous deux dit la vérité. La vérité telle qu'ils la voyaient, sans doute, mais néanmoins la vérité. Ni l'un ni l'autre n'avait eu l'intention de me tromper; ni l'un ni l'autre n'avait volontairement menti. En d'autres termes, il n'existait pas de vérité universelle. Ni pour eux ni pour quiconque. Il n'y avait personne à blâmer ni à défendre, et la seule réaction valable était la compassion. Je les admirais depuis trop d'années pour ne pas me sentir déçu de ce que j'avais appris, mais je n'étais pas seulement déçu par eux. J'étais déçu par moi-même, j'étais déçu par la vie. Même les plus forts sont faibles, me disais-je; même les plus braves manquent de courage; même les plus sages sont ignorants.

Il m'était impossible d'encore repousser Sachs. Il s'était montré si franc pendant notre conversation lors de ce déjeuner, il avait manifesté si clairement son désir que notre amitié se poursuive que je ne serais pas arrivé à lui tourner le dos. Mais il s'était trompé en estimant que rien ne changerait entre nous. Tout avait changé et, que nous le voulions ou non, notre amitié avait perdu son innocence. A cause de Fanny, nous avions pénétré dans la vie l'un de l'autre, chacun de nous avait laissé sa marque dans l'histoire interne de l'autre, et ce qui avait un jour été pur et simple nous paraissait désormais infiniment ténébreux et complexe. Peu à peu, nous commençâmes à nous ajuster à ces conditions nouvelles, mais avec Fanny ce fut une autre histoire. Je restais à distance, ne voyais Sachs que seul, le priais toujours de m'excuser quand il m'invitait chez eux. J'acceptais le fait que la place de Fanny fût aux côtés de Ben, mais je n'étais pas pour autant prêt à la voir. Elle comprenait mes réticences, je crois, et bien qu'elle continuât à m'envoyer ses amitiés par l'intermédiaire de Sachs, elle ne me pressa jamais de faire ce que je n'avais pas envie de faire. Ce n'est qu'en novembre qu'elle finit par m'appeler, au moins six ou sept mois plus tard. C'était pour m'inviter au dîner de *Thanksgiving* chez la mère de Ben, dans le Connecticut. Entre-temps, je m'étais appliqué à me persuader qu'il n'y avait jamais eu pour nous aucun espoir, que même si elle avait quitté Ben pour vivre avec moi, ça n'aurait pas marché. C'était pure invention, bien sûr, et je n'ai aucune possibilité de savoir ce qui serait arrivé, aucune possibilité de savoir quoi que ce soit. Mais cela m'avait aidé à passer cette demi-année sans perdre la tête, et quand je réentendis soudain la voix de Fanny au téléphone, je pensai que le moment était venu de me mettre à l'épreuve en situation réelle. David et moi fîmes donc l'aller et retour dans le Connecticut, et je passai la journée entière en compagnie de Fanny. Ce ne fut pas la journée la plus heureuse de ma vie, mais je réussis à y survivre. De vieilles blessures se rouvrirent, je saignai un peu, mais en rentrant chez moi ce soir-là avec David endormi dans mes bras, je m'aperçus que j'étais encore plus ou moins en une seule pièce.

Je ne veux pas suggérer que j'ai réussi cette guérison à moi seul. Dès son retour à New York, Maria contribua pour une grande part à me maintenir sur pied, et je me replongeai dans nos escapades privées avec la même passion qu'auparavant. Et il n'y avait pas qu'elle. Quand Maria n'était pas disponible, j'en trouvais d'autres pour me faire oublier mon cœur brisé. Une nommée Dawn, danseuse, une nommée Laura, écrivain, une nommée Dorothy, étudiante en médecine. A un moment ou à un autre, chacune d'elles a occupé une place particulière dans mes affections. Chaque fois que je prenais le temps d'observer mon propre comportement, j'arrivais à la conclusion que je n'étais pas fait pour le mariage, que mes rêves de bonheur domestique avec Fanny avaient reposé dès le début sur une erreur de jugement. Je n'étais pas un être monogame, me disais-je. Je me sentais trop attiré par le mystère des premières rencontres, trop épris de la comédie de la séduction, trop avide de l'émotion de découvrir un corps, pour qu'on pût compter sur moi dans la durée. Telle était en tout cas la logique dont je me bardais, et qui fonctionnait avec efficacité, à la manière d'un écran de fumée entre ma tête et mon cœur, entre mon sexe et mon intelligence. Car en vérité je n'avais aucune idée de ce que j'étais en train de faire. J'avais perdu tout contrôle de moi-même, et je forniquais pour les mêmes raisons qui en poussent d'autres à boire : afin de noyer mon chagrin, d'étourdir mes sens, de m'oublier. J'étais l'*homo erectus*, un phallus païen en folie. En peu de temps, je me trouvai embarqué dans plusieurs liaisons simultanées, jonglant avec mes petites amies tel un acrobate dément, sautant d'un lit à un autre aussi souvent que la lune change de silhouette. Dans la mesure où elle m'occupait, je suppose que cette frénésie constituait un remède efficace. Mais c'était une vie de fou, et elle m'aurait sans doute tué si elle avait duré beaucoup plus longtemps.

Cependant, il n'y avait pas que le sexe. Je travaillais bien, et mon livre se terminait enfin. Quels que fussent les déboires que je m'attirais, je réussissais à écrire malgré tout, à poursuivre sans ralentir l'allure. Ma table de travail était devenue un sanctuaire et tant que je continuais de m'y asseoir et de lutter pour trouver le mot suivant, rien ne pouvait plus m'atteindre : ni Fanny, ni Sachs, ni moi-même. Pour la première fois depuis des années que j'écrivais, j'avais l'impression d'avoir pris feu. Je n'aurais pu dire si le livre était bon ou mauvais, mais cela ne me paraissait plus important. J'avais cessé de me poser des questions. Je faisais ce que j'avais à faire, et je le faisais de la seule façon qui m'était possible. Tout le reste en découlait. Il s'agissait moins d'avoir commencé à croire en moi que de me sentir habité par une indifférence sublime. J'étais devenu interchangeable avec mon travail, et j'acceptais ce travail selon ses propres termes, comprenant que rien ne pourrait me soulager du désir de l'accomplir. Telle fut l'épiphanie fondamentale, l'illumination dans laquelle le doute disparut peu à peu. Même si ma vie s'effondrait, j'aurais encore une raison de vivre.

J'achevai *Luna* à la mi-avril, deux mois après ma conversation avec Sachs dans ce restaurant. Je respectai ma promesse de lui donner le manuscrit, et quatre jours plus tard il m'appelait pour me dire qu'il l'avait terminé. Pour être exact, il se mit à crier dans le téléphone en me submergeant de louanges si extravagantes que je me sentis rougir à l'autre bout du fil. Je n'avais pas osé rêver d'une réaction pareille. Ce fut pour moi un tel encouragement que je fus capable de résister à la déception qui suivit, et même quand le livre se mit à faire le tour des maisons d'édition new-yorkaises en collectionnant refus sur refus, je ne me laissai pas distraire de mon travail. Le soutien de Sachs faisait toute la différence. Il continuait à m'affirmer que je n'avais aucun souci à me faire, que tout finirait par s'arranger et, en dépit des apparences, je continuais à le croire. Je commençai à écrire un second roman. Quand *Luna* fut enfin accepté (au bout de sept mois et de seize refus), j'étais déjà bien engagé dans ce nouveau projet. Cela se passa à la fin de novembre, deux jours exactement avant que Fanny ne m'invite au dîner de *Thanksgiving* dans le Connecticut. Nul doute que cela contribua à ma décision d'y aller. J'acceptai parce que je venais d'apprendre la nouvelle pour mon livre. Le succès me donnait l'impression d'être invulnérable, et je savais qu'il n'y aurait jamais un meilleur moment pour me retrouver face à elle.

Ensuite vint ma rencontre avec Iris, et la folie de ces deux années s'arrêta net. C'était le 23 février 1981 : trois mois après *Thanksgiving*, un an après la rupture avec Fanny, six ans après le début de mon amitié avec Sachs. Il me paraît à la fois étrange et juste que Maria Turner ait été la personne grâce à qui cette rencontre fut possible. Une fois de plus, cela n'eut rien d'intentionnel, rien à voir avec un désir conscient de provoquer l'événement. Mais l'événement se produisit, et n'eût été le vernissage de la seconde exposition de Maria, le soir du 23 février, dans une petite galerie de Wooster Street, je suis persuadé qu'Iris et moi ne nous serions jamais connus. Des dizaines d'années se seraient écoulées avant que nous nous retrouvions dans la même pièce, et alors l'occasion aurait été manquée. Non que Maria nous ait à proprement parler mis en présence, mais nous nous sommes rencontrés sous son influence, pour ainsi dire, et je lui en suis reconnaissant. Moins envers Maria, femme de chair et de sang, sans doute, qu'envers Maria en tant qu'esprit souverain du hasard, déesse de l'imprévisible.

Parce que notre liaison demeurait un secret, il n'était pas question que je l'accompagne ce soir-là. J'arrivai à la galerie comme n'importe quel invité, embrassai rapidement Maria pour la féliciter et puis me plantai dans la foule, un gobelet de plastique à la main, sirotant un vin blanc à bon marché tout en parcourant la pièce des yeux, en quête de visages familiers. Je ne repérai personne de connu. A un moment donné, Maria se tourna vers moi et me fit un clin d'œil, mais à part le bref sourire que je lui adressai en retour, je respectai nos conventions et évitai tout contact avec elle. Moins de cinq minutes après ce clin d'œil, quelqu'un vint me frapper l'épaule par-derrière. C'était un certain John Johnston, un type que je connaissais vaguement et que je n'avais plus vu depuis des années. Iris se trouvait auprès de lui, et après que nous nous fûmes salués, il me présenta à elle. En me fiant à son apparence, je supposai qu'elle était mannequin — une erreur que la plupart des gens font encore en la voyant pour la première fois. Iris avait alors à peine vingt-quatre ans, une présence blonde éblouissante, un mètre quatre-vingts, un ravissant visage scandinave et les yeux bleus les plus profonds, les plus joyeux qu'on puisse trouver entre le ciel et l'enfer. Comment aurais-je pu deviner qu'elle était licenciée de littérature anglaise à l'université de Columbia ?

Comment aurais-je su qu'elle avait lu plus de livres que moi et s'apprêtait à entreprendre une thèse de six cents pages sur l'œuvre de Charles Dickens ?

Présumant que Johnston et elle étaient des amis intimes, je lui serrai la main avec politesse et fis de mon mieux pour ne pas la dévisager. Johnston était marié avec une autre femme la dernière fois que je l'avais rencontré, mais je pensai qu'il avait dû divorcer, et je ne lui posai pas de questions. En fait, Iris et lui se connaissaient à peine. Nous bavardâmes à trois pendant quelques minutes, puis Johnston se détourna soudain pour se mettre à parler avec quelqu'un d'autre, me laissant seul avec Iris. C'est alors seulement que je commençai à soupçonner que leurs relations n'étaient qu'éphémères. En un geste que je ne peux expliquer, je sortis mon portefeuille et montrai à Iris des photos de David en chantant les louanges de mon petit garçon comme s'il s'était agi d'un personnage célèbre. A entendre Iris évoquer maintenant cette soirée, c'est à ce moment qu'elle a décidé qu'elle était amoureuse de moi, qu'elle a compris que j'étais l'homme qu'elle allait épouser. Il me fallut un peu plus longtemps pour reconnaître les sentiments qu'elle m'inspirait, mais pas plus de quelques heures. Nous continuâmes à parler tout en dînant dans un restaurant des environs, puis en prenant quelques verres dans un autre endroit. Il devait être plus de onze heures quand nous eûmes fini. Je fis signe à un taxi pour elle dans la rue, mais avant d'ouvrir la portière pour la faire monter, je tendis les bras, la saisis, l'attirai contre moi et l'embrassai éperdument. C'est une des choses les plus impétueuses que j'aie jamais faites, un instant de passion folle, débridée. Le taxi s'en alla, nous laissant, Iris et moi, debout au milieu de la chaussée, enveloppés dans les bras l'un de l'autre. C'était comme si nous étions les tout premiers à nous embrasser, comme si nous avions inventé ensemble ce soir-là l'art du baiser. Le lendemain matin, Iris était devenue mon dénouement heureux, le miracle advenu alors que je m'y attendais le moins. Nous nous sommes conquis dans un élan irrésistible, et plus rien n'a jamais été pareil pour moi.

Sachs fut mon témoin au mariage, en juin. Il y eut un dîner après la cérémonie, et à peu près à la moitié du repas il se leva pour porter un toast. Celui-ci fut très court et, à cause de la brièveté de son message, je peux le rapporter mot pour mot. « J'emprunte ces paroles à William Tecumseh Sherman, déclara-t-il. J'espère que le général ne m'en voudra pas, mais il est arrivé avant moi, et je ne peux imaginer une meilleure façon de dire ça. » Se tournant alors vers moi, Sachs leva son verre en disant : « Grant s'est tenu à mes côtés quand j'étais fou. Je me suis tenu à ses côtés quand il était ivre, et désormais nous serons toujours ensemble. »

III

L'époque Reagan commençait. Sachs continuait de faire ce qu'il avait toujours fait, mais dans le nouvel ordre américain des années quatre-vingt, sa position tendait à se marginaliser. S'il ne manquait pas de lecteurs, leur nombre se réduisait néanmoins et les revues qui le publiaient devenaient de

plus en plus obscures. De façon presque impercep-
tible, il en vint à être considéré comme dépassé,
comme décalé par rapport à l'esprit du temps. Le
monde autour de lui avait changé, et dans le climat
ambiant d'égoïsme et d'intolérance, d'américa-
nisme débile et triomphant, ses opinions rendaient
un son étrange de raideur et de moralisme. Il était
déjà assez inquiétant que la droite fût partout en
pleine progression ; l'écroulement de toute réelle
opposition à cette droite paraissait à Sachs plus
inquiétant encore. Le parti démocrate s'était effon-
dré ; la gauche avait pratiquement disparu ; la
presse était muette. L'autre bord s'était soudain
approprié tous les arguments, et élever la voix
contre lui passait pour de mauvaises manières.
Sachs continuait à exprimer ses idées, à affirmer
haut et fort ce qu'il avait toujours cru vrai, mais de
moins en moins de gens prenaient la peine de
l'écouter. Il prétendait que cela lui était égal, mais
je voyais bien que le combat l'épuisait et qu'alors
même qu'il tentait de trouver un réconfort dans la
conviction d'avoir raison, il perdait peu à peu
confiance en lui.

Si le film avait été réalisé, cela aurait peut-être
retourné la situation. Mais la prédiction de Fanny
se vérifia, et après six ou huit mois de révisions, de
re-négociations et de valses-hésitations, le producteur finit par laisser tomber le projet. Il est difficile
de mesurer l'ampleur de la déception de Sachs. En
surface, il affecta vis-à-vis de toute l'affaire une
attitude enjouée : il blaguait, racontait des anecdotes hollywoodiennes et riait en évoquant les
grosses sommes d'argent qu'il avait gagnées. Ce
pouvait être ou n'être pas du bluff, mais je suis
persuadé qu'une part de lui avait attaché un grand
prix à la possibilité de voir son livre porté à l'écran.
A la différence de certains écrivains, Sachs ne
méprisait nullement la culture populaire et le projet n'avait jamais suscité en lui aucun conflit. Il ne

s'agissait pas pour lui de se compromettre, il voyait là l'occasion de toucher de nombreux publics, et il n'avait pas hésité quand on le lui avait proposé. Bien qu'il ne l'eût jamais dit en clair, je sentais que l'offre de Hollywood avait flatté sa vanité, l'étourdissant d'une bouffée de puissance éphémère et enivrante. C'était une réaction tout à fait normale, mais Sachs n'a jamais manifesté de complaisance envers lui-même, et il y a des chances qu'il ait regretté par la suite ces rêves évanescents de gloire et de succès. Il dut être d'autant plus difficile pour lui d'évoquer ses sentiments réels après l'abandon du projet. Il avait vu dans Hollywood une possibilité d'échapper à la crise intérieure dont il se sentait menacé, et lorsqu'il devint évident qu'il n'y aurait pas de salut, il en souffrit à mon avis beaucoup plus qu'il ne le montra jamais.

Tout cela n'est que conjectures. Pour autant que je sache, il n'y eut aucune modification abrupte ou radicale dans le comportement de Sachs. Son emploi du temps restait dominé par la même bousculade d'obligations excessives et de délais rigoureux et, sitôt dépassé l'épisode hollywoodien, il s'était remis à produire plus que jamais, sinon davantage. Articles, essais et commentaires critiques coulaient de sa plume à une cadence vertigineuse, et on pourrait soutenir, je suppose, que bien loin de se sentir désorienté, il fonçait de l'avant à toute pompe. Si je conteste ce portrait optimiste du Sachs de ces années-là, c'est seulement parce que je sais ce qui est arrivé ensuite. D'énormes transformations se sont produites en lui et, s'il est assez facile de mettre le doigt sur l'instant où elles ont commencé à se manifester — de se focaliser sur la nuit de son accident, de rendre cet événement bizarre responsable de tout — je ne crois pas à la justesse d'une telle explication. Peut-on se métamorphoser en une nuit ? Un homme peut-il s'endormir avec une personnalité et se réveiller avec une autre ? Peut-être, et pourtant je ne le parierais pas. Non que l'accident ait été sans gravité, mais il peut exister des milliers de façons différentes de réagir au fait d'avoir frôlé la mort. Que la réaction de Sachs ait été ce qu'elle a été ne signifie pas, à mon avis, qu'il ait eu le choix en la matière. Au contraire, je la considère comme un reflet de son état d'esprit avant l'accident. En d'autres termes, même si la situation de Sachs paraissait alors assez bonne, même si, pendant les mois et les années qui ont précédé cette nuit-là, il ne semblait que vaguement conscient de sa propre détresse, je suis persuadé qu'il allait très mal. Je n'ai aucune preuve à avancer à l'appui de cette affirmation — sinon la preuve *a posteriori*. La plupart des gens auraient estimé avoir bien de la chance de survivre à ce qui était arrivé à Sachs, et puis n'y auraient plus pensé. Sachs, lui, n'oublia pas, et ce fait — ou, plus précisément, le fait qu'il ne pût oublier — suggère que l'accident l'avait moins changé, lui, qu'il n'avait mis en évidence ce qui était dissimulé. Si je me trompe en ceci, alors tout ce que j'ai écrit jusqu'ici est sans valeur, simple accumulation de conjectures gratuites. Peut-être la vie de Ben s'est-elle cette nuit-là cassée en deux, divisée en un avant et un après distincts — et dans ce cas on peut rayer de l'histoire tout ce qui précède. Mais si c'était vrai, cela signifierait que la vie humaine est dépourvue de sens. Cela signifierait qu'on ne peut jamais rien comprendre à rien.

Je n'ai pas été témoin de l'accident, mais j'étais là le soir où c'est arrivé. Nous devions être une quarantaine, une cinquantaine peut-être à cette soirée, une foule de gens entassés dans les limites d'un appartement exigu de Brooklyn Heights, suant, buvant et chahutant dans la chaleur de l'été. L'accident se produisit vers dix heures, à un moment où nous étions pour la plupart montés sur le toit pour regarder le feu d'artifice. Deux personnes seulement ont effectivement vu Sachs tomber : Maria Turner, qui se tenait avec lui sur l'échelle de secours, et une certaine Agnès Darwin qui lui fit par inadvertance perdre l'équilibre en trébuchant dans le dos de Maria. Il est incontestable que Sachs aurait pu se tuer. Compte tenu qu'il se trouvait à une hauteur de quatre étages, le contraire paraît tenir du miracle. Sans la corde à linge qui freina sa chute à un mètre cinquante du sol environ, il n'aurait jamais pu s'en tirer sans une incapacité permanente : dos brisé, fracture du crâne, l'un ou l'autre d'innombrables malheurs. En fait, la corde cassa sous le poids de son corps et, au lieu de s'écraser tête la première sur le ciment nu, il atterrit sur un fouillis moelleux de draps de bain, de couvertures et de serviettes. Le choc fut terrible néanmoins, mais rien de comparable avec ce qu'il aurait pu être. Non seulement Sachs survécut, il ressortit de l'accident relativement indemne : deux ou trois côtes enfoncées, une légère commotion, une épaule brisée et quelques méchantes plaies et bosses. On peut s'en réjouir, je suppose, mais en fin de compte le véritable dommage n'eut pas grand-chose à voir avec son corps. C'est cette idée-là que je m'efforce encore d'assimiler, ce mystère que j'essaie de résoudre. Son corps a guéri, mais lui n'a plus jamais été le même. Comme si, en ces quelques secondes avant de toucher le sol, Sachs avait tout perdu. Sa vie entière s'est éparpillée à mi-hauteur et, de ce moment à sa mort, quatre ans plus tard, il n'a jamais réussi à la reprendre en main.

C'était le 4 juillet 1986, le centième anniversaire de la statue de la Liberté. Iris était partie pour un voyage de six semaines en Chine avec ses trois sœurs (dont l'une habitait Taipei), David passait quinze jours en camp de vacances dans le comté de Bucks, et je m'étais terré dans l'appartement où je travaillais à un nouveau livre sans voir personne. En temps normal, Sachs se serait trouvé dans le Vermont à cette date, mais il avait été chargé par *The Village Voice* d'écrire un article sur les festivités et n'avait pas l'intention de quitter la ville avant d'avoir remis son texte. Trois ans auparavant, cédant enfin à mes conseils, il avait passé accord avec un agent littéraire (Patricia Clegg, qui se trouvait être aussi mon agent), et c'était Patricia qui recevait ce soir-là. Comme Brooklyn jouissait de la situation idéale pour assister au feu d'artifice, Ben et Fanny avaient accepté l'invitation de Patricia. Bien qu'invité, moi aussi, je ne comptais pas y aller. Je me sentais trop immergé dans mon travail pour avoir envie de sortir de chez moi, mais quand Fanny m'appela pour me dire qu'elle et Ben y seraient, je changeai d'avis. Je ne les avais pas vus depuis près d'un mois et, au moment où tout le monde allait se disperser pour l'été, je pensai que ce serait ma dernière occasion de bavarder avec eux avant l'automne.

En réalité, je ne parlai guère à Ben. La soirée battait son plein quand j'arrivai, et nous nous étions à peine dit bonjour pendant trois minutes quand nous fûmes repoussés à des bouts opposés de la pièce. Par pur hasard, je me retrouvai bousculé contre Fanny, et nous fûmes bientôt si absorbés par notre conversation que nous perdîmes trace de Ben. Maria Turner était là aussi, mais je ne la vis pas dans la foule. Ce n'est qu'après l'accident que j'appris qu'elle était venue à cette réception — qu'elle s'était en fait trouvée avec Sachs sur l'échelle de secours avant qu'il ne tombe — mais il régnait alors une telle confusion (invités hurlants, sirènes, ambulances, ambulanciers courant en tous sens) que je n'enregistrai pas tout ce qu'impliquait sa présence. Pendant les heures précédant ce moment, je m'étais beaucoup mieux amusé que je ne m'y étais attendu. C'était moins la soirée que la présence de Fanny, le plaisir de lui parler de nouveau, de savoir que nous étions encore amis malgré toutes les années et tous les déboires passés. A vrai dire, je me sentais en veine d'attendrissement ce soir-là, plein de pensées étrangement sentimentales, et je me souviens d'avoir contemplé le visage de Fanny en comprenant — tout d'un coup, comme si c'était la première fois — que nous n'étions plus jeunes, que nos vies nous échappaient. Sans doute à cause de l'alcool que j'avais bu, cette idée me frappa avec la force d'une révélation. Nous devenions tous vieux, et nous représentions les uns pour les autres la seule chose sur laquelle nous pouvions compter. Fanny et Ben, Iris et David : telle était ma famille. C'étaient eux les gens que j'aimais, et c'étaient leurs âmes que je portais en moi.

Nous montâmes sur le toit avec les autres et, en dépit de ma réticence initiale, je fus content de n'avoir pas manqué le feu d'artifice. Les explosions avaient métamorphosé New York en une ville spectrale, une métropole assiégée, et je savourais le délire fou du spectacle : le bruit incessant, les corolles de lumière éclatée, les couleurs flottant à travers d'immenses dirigeables de fumée. La statue de la Liberté se dressait dans le port à notre gauche, incandescente sous la gloire de ses illuminations, et il me semblait à tout moment que les immeubles de Manhattan allaient se déraciner, s'élever du sol pour ne plus revenir. Fanny et moi étions assis un peu en retrait des autres, les talons calés pour résister à la pente du toit, épaule contre épaule, et nous bavardions à bâtons rompus. De souvenirs, des lettres qu'Iris m'envoyait de Chine, de David, de l'article de Ben, du musée. Je ne veux pas en faire trop grand cas, mais quelques instants avant la chute de Ben, nous avions dérivé vers le récit que sa mère et lui nous avaient fait de leur visite à la statue de la Liberté en 1951. Compte tenu des circonstances, il était naturel que cette histoire nous revînt en mémoire, mais ce fut horrible tout de même, car à peine avions-nous ri tous deux à l'idée de tomber dans la statue de la Liberté que Ben tombait de l'échelle de secours. Une fraction de seconde plus tard, Maria et Agnès commençaient à hurler au-dessous de nous. C'était comme si le fait d'avoir prononcé le mot *chute* avait précipité une chute réelle, et bien qu'il n'y eût aucun rapport entre les deux événements, j'ai encore la nausée quand j'y pense. J'entends encore les hurlements des deux femmes, et je revois l'expression de Fanny quand quelqu'un cria le nom de Ben, la peur qui envahit ses yeux tandis que les lumières colorées des explosions continuaient à ricocher contre sa peau.

On emporta Ben à l'hôpital universitaire de Long Island, toujours inconscient. Bien qu'il se fût réveillé au bout d'une heure, on devait l'y garder près de deux semaines en le soumettant à une série d'examens du cerveau destinés à mesurer l'étendue exacte des dommages. On l'aurait laissé sortir plus tôt, à mon avis, s'il n'était resté muet pendant les dix premiers jours, sans un mot pour personne — ni pour Fanny, ni pour moi, ni pour Maria Turner (qui venait le voir chaque après-midi), ni pour les médecins, ni pour les infirmières. Sachs le volubile, l'irrépressible, était devenu silencieux, et il semblait logique de supposer qu'il avait perdu la capacité de parler, que le choc à la tête avait provoqué de graves dégâts internes.

Pour Fanny, cette période fut un enfer. Elle avait pris congé de son travail et passait toutes ses journées assise dans la chambre de Ben, mais il ne réagissait pas à sa présence, fermait souvent les yeux en faisant semblant de dormir quand elle entrait, répondait à ses sourires par des regards vides, et ne semblait retirer aucun réconfort de sa proximité. Une situation déjà difficile en devenait pour elle intolérable, et je ne crois pas l'avoir jamais vue si soucieuse, si angoissée, si proche du désespoir total. Et les visites régulières de Maria n'arrangeaient rien. Fanny leur prêtait toutes sortes de motifs dont, en fait, aucun n'était fondé. Maria connaissait à peine Ben, de nombreuses années s'étaient écoulées depuis leur dernière rencontre. Sept ans, pour être précis — cette dernière fois étant le dîner à Brooklyn où Maria et moi avions fait connaissance. L'invitation de Maria à la soirée pour la statue de la Liberté n'avait aucun rapport avec le fait qu'elle connût Ben ou Fanny, ou même moi. Agnès Darwin, une éditrice qui préparait un livre sur l'œuvre de Maria, était une amie de Patricia Clegg, et c'était elle qui avait pris l'initiative d'amener Maria ce soir-là. Voir tomber Ben avait constitué pour Maria une expérience terrifiante et elle venait à l'hôpital parce qu'elle était inquiète, parce qu'elle se faisait du souci, parce qu'il lui aurait semblé que ce n'était pas bien de ne pas venir. J'en étais conscient, mais pas Fanny, et ayant remarqué sa détresse chaque fois que Maria et elle se croisaient (je comprenais qu'elle soupçonnait le pire, qu'elle s'était persuadée que Maria et Ben entretenaient une liaison secrète), je les invitai toutes les deux à déjeuner un jour à midi à la cafétéria de l'hôpital afin de clarifier l'atmosphère.

D'après Maria, Ben et elle avaient bavardé quelque temps dans la cuisine. Il s'était montré animé et charmant, et l'avait régalée d'histoires mystérieuses sur la statue de la Liberté. Quand le feu d'artifice avait commencé, il lui avait suggéré de passer par la fenêtre et de s'installer sur l'échelle de secours pour le regarder au lieu de monter sur le toit. Elle n'avait pas eu l'impression qu'il avait trop bu, mais à un moment donné, sans crier gare, il avait bondi et, balançant les jambes par-dessus le garde-fou, s'était assis sur le rebord de la balustrade de fer, les pieds pendant sous lui dans l'obscurité. Elle avait eu peur, nous raconta-t-elle, et s'était précipitée pour l'entourer de ses bras par-derrière, enserrant son torse afin de l'empêcher de tomber. Elle avait essayé de le convaincre de redescendre, mais il s'était contenté de rire en lui disant de ne pas s'en faire. Au même instant, Agnès Darwin était entrée dans la cuisine et avait aperçu Maria et Ben par la fenêtre ouverte. Ils lui tournaient le dos et, avec tout le bruit et l'agitation qui régnaient au dehors, ne pouvaient se douter de sa présence. Boulotte et enthousiaste, et déjà prise de boisson un peu plus qu'elle n'aurait dû, Agnès s'était mis en tête de les rejoindre sur l'échelle de secours. Un verre de vin à la main, elle manœuvra pour faire passer la fenêtre à son ample personne, atterrit sur la plate-forme en coinçant le talon de sa chaussure gauche entre deux barreaux de fer, s'efforça de retrouver son équilibre et s'effondra soudain en avant. Il n'y avait guère de place là-dessus, et un demi-pas plus loin elle trébuchait dans le dos de Maria et s'affalait en plein sur son amie avec toute la force de son poids. Sous la violence du choc, Maria ouvrit les bras à la volée, et sitôt qu'elle eut cessé de le tenir, Sachs bascula par-dessus la balustrade. Juste comme ça, nous dit-elle, sans aucun avertissement. Agnès l'avait bousculée, elle avait bousculé Sachs, et un instant après il tombait tête la première dans la nuit.

Fanny se sentit soulagée d'apprendre que ses soupçons n'étaient pas fondés, mais en même temps rien ne se trouvait réellement expliqué. Et d'abord, pourquoi Ben s'était-il perché sur cette balustrade? Il avait toujours eu le vertige, et ça paraissait bien la dernière chose à faire en de telles circonstances. Et si tout avait été pour le mieux entre Fanny et lui avant l'accident, pourquoi avait-il désormais changé d'attitude envers elle, pourquoi avait-il un mouvement de recul chaque fois qu'elle entrait dans sa chambre ? Il était arrivé quelque chose, quelque chose de plus que les dommages physiques provoqués par l'accident, et aussi longtemps que Sachs resterait incapable de parler, ou ne déciderait pas qu'il voulait parler, Fanny ne saurait jamais ce que c'était.

Il fallut presque un mois avant que Sachs me raconte l'histoire de son point de vue. Il était alors rentré chez lui, encore convalescent mais plus obligé de garder le lit, et j'étais allé le voir un après-midi pendant que Fanny était au travail. C'était une journée torride du début d'août. Nous buvions de la bière dans le salon, je m'en souviens, en regardant sans le son un match de base-ball à la télévision, et chaque fois que je pense à cette conversation, je revois les joueurs silencieux sur le petit écran tremblotant, dansant en une procession de mouvements observés distraitement, contrepoint absurde aux douloureuses confidences de mon ami.

Au début, me raconta-t-il, il ne savait pas très bien qui était Maria Turner. Il l'avait reconnue en la voyant à cette soirée, mais n'avait pu se rappeler le contexte de leur rencontre précédente. Je n'oublie jamais un visage, lui avait-il déclaré, mais j'ai du mal à mettre un nom sur le vôtre. Toujours évasive, Maria s'était bornée à sourire en répondant que ça lui reviendrait sans doute après quelque temps. Je suis venue chez vous un soir, avait-elle ajouté en guise de repère, mais elle avait refusé d'en révéler davantage. Comprenant qu'elle se jouait de lui, Sachs avait plutôt apprécié sa façon de s'y prendre. Son sourire légèrement ironique l'intriguait, et il ne voyait pas d'objection à se laisser entraîner dans un petit jeu du chat et de la souris. Elle manifestait assez d'esprit pour cela, et en soi c'était déjà intéressant, cela valait la peine de poursuivre.

Si elle lui avait révélé son nom, me dit Sachs, il ne se serait sans doute pas conduit comme il l'avait fait. Il savait que Maria Turner et moi avions eu des relations avant que je rencontre Iris, et il savait que Fanny la voyait encore, puisque de temps à autre elle lui parlait des créations de Maria. Mais à la suite d'une confusion lors du dîner organisé sept ans plus tôt, Sachs n'avait jamais vraiment compris qui était Maria Turner. Trois ou quatre jeunes artistes s'étaient assises à sa table, ce soir-là, et Sachs, qui les rencontrait toutes pour la première fois, avait commis l'erreur assez courante d'embrouiller leurs noms et leurs visages, d'associer à chaque visage le nom d'une autre. Dans son esprit, Maria Turner était une petite femme aux longs cheveux bruns, et toutes les fois que je lui en avais parlé, c'était ainsi qu'il se l'était représentée.

Ils avaient emporté leurs verres à la cuisine, un peu moins encombrée que le salon, et s'étaient assis sur un radiateur devant la fenêtre ouverte, heureux de la légère brise qui leur soufflait dans le dos. Contrairement à ce qu'avait déclaré Maria au sujet de sa sobriété, Sachs me confia qu'il avait déjà beaucoup bu. Il avait la tête qui tournait et, en dépit des injonctions qu'il s'adressait de s'arrêter, il s'était encore envoyé au moins trois bourbons en l'espace d'une heure. Leur conversation était devenue l'un de ces échanges fous et elliptiques qui s'épanouissent entre deux personnes en train de flirter dans une soirée, une série d'énigmes, de coq-à-l'âne et d'assauts de mots d'esprit. Le truc consiste à ne rien livrer de soi, de façon aussi élégante et aussi détournée que possible, à faire rire son interlocuteur, à se montrer subtil. Sachs et Maria excellaient tous deux dans ce genre de choses et ils firent durer le jeu tout le temps des trois bourbons et de quelques verres de vin.

A cause de la chaleur et parce qu'elle avait hésité à se rendre à cette invitation (craignant que la soirée ne fût ennuyeuse), Maria avait revêtu la tenue la plus minuscule de sa garde-robe : en haut, un justaucorps écarlate, sans manches, au décolleté plongeant, en bas une courte mini-jupe noire, des talons aiguilles au bout de ses jambes nues, une bague à chaque doigt et un bracelet à chaque poignet. Une tenue outrageusement provocante, mais qui correspondait à l'humeur de Maria et lui garantissait, à tout le moins, qu'elle ne serait pas perdue dans la foule. Ainsi qu'il me le raconta cet après-midi-là devant la télévision silencieuse, Sachs s'imposait depuis cinq ans une conduite irréprochable. Il n'avait pas eu de tout ce temps un regard pour une autre femme, et Fanny avait réappris à lui faire confiance. Le sauvetage de leur mariage avait constitué une tâche ardue, qui avait exigé de chacun d'eux un effort immense pendant une période longue et difficile, et il s'était promis de ne plus jamais mettre en danger sa vie avec Fanny. Et voilà qu'il se retrouvait à cette soirée, assis sur un radiateur à côté de Maria, serré contre une femme à demi nue aux jambes splendides et tentatrices — un peu parti déjà, avec trop d'alcool dans le sang. Petit à petit, Sachs s'était senti envahi par un désir presque incontrôlable de toucher ces jambes, de parcourir de la main, de haut en bas, la douceur de cette peau. Un désir d'autant plus violent que Maria portait un parfum coûteux et dangereux (Sachs avait toujours eu un faible pour les parfums), et tout en poursuivant leur dialogue taquin et railleur, il s'en était trouvé réduit à se débattre contre l'envie de commettre une bêtise grave et humiliante. Heureusement, ses inhibitions l'avaient emporté sur ses convoitises, mais cela ne l'empêchait pas d'imaginer ce qui serait arrivé si elles avaient eu le dessous. Il voyait le bout de ses doigts se poser en douceur sur un point situé un peu plus haut que le genou gauche de la jeune femme; il voyait sa main se déplacer vers les régions soyeuses à l'intérieur de sa cuisse (ces minuscules étendues de peau que dissimulait encore la jupe) et puis, après avoir laissé ses doigts errer là pendant plusieurs secondes, les sentait se glisser, sous la lisière des dessous, dans un éden de fesses et de toison dense et excitante. Une performance mentale plutôt corsée, mais dès lors que le projecteur s'était mis à tourner dans sa tête, Sachs s'était senti incapable de l'arrêter. Ce qui n'arrangeait rien, c'est que Maria semblait tout à fait consciente de ce qu'il pensait. Si elle avait paru offensée, le charme aurait pu se rompre, mais Maria appréciait manifestement de se sentir l'objet de telles pensées lascives et, à sa façon de le regarder chaque fois qu'il la regardait, Sachs se mit à soupçonner qu'elle l'encourageait en silence, qu'elle le mettait au défi de passer à l'acte, de faire ce dont il avait envie. J'intervins alors : connaissant Maria, je pouvais imaginer toutes sortes de motifs obscurs à son comportement. Ce pouvait être en rapport avec un projet auquel elle était en train de travailler, par exemple, ou bien elle s'amusait parce qu'elle savait une chose que Sachs ignorait ou encore, un peu plus perverse, elle avait décidé de le punir pour ne s'être pas souvenu de son nom. (Plus tard, quand j'ai eu l'occasion d'en parler avec elle en tête à tête, elle m'a avoué que cette dernière explication était la bonne.) Mais au moment même, Sachs ne se rendait compte de rien de tout cela. Il n'avait d'autre certitude que ce qu'il éprouvait, et ce qu'il éprouvait était très simple : il désirait cette femme étrange et attirante, et il se méprisait de la désirer.

— Je ne vois vraiment pas de quoi tu devrais avoir honte, lui dis-je. Tu es humain, après tout, et Maria peut être joliment provocante quand elle s'y met. Du moment qu'il ne s'est rien passé, il n'y a pas de raison de te faire des reproches.

— Ce n'est pas d'avoir été tenté, fit Sachs lentement, en choisissant ses mots avec soin. C'est de l'avoir tentée, moi. Tu vois, je n'allais plus jamais faire ce genre de choses. Je m'étais promis que c'était fini, et je me retrouvais en train de le faire.

— Tu confonds les pensées avec les actes, répliquai-je. Il y a un monde de différence entre faire une chose et y penser. Sans cette distinction, la vie serait impossible.

— Ce n'est pas de ça que je parle. Ce que je veux dire, c'est que j'avais envie de faire une chose dont un instant avant je n'étais pas conscient d'avoir envie. Ce n'était pas une question d'infidélité envers Fanny, c'était une question de connaissance de moi-même. J'étais consterné de m'apercevoir que j'étais encore capable de me leurrer comme ça. Si j'y avais mis fin sur-le-champ, ce n'aurait pas été si grave, mais même après avoir compris ce que j'éprouvais, j'ai continué à flirter avec elle.

— Mais tu ne l'as pas touchée. En définitive, c'est la seule chose qui compte.

— Non, je ne l'ai pas touchée. Mais je me suis débrouillé pour qu'elle soit obligée de me toucher. En ce qui me concerne, c'est encore pis. J'ai été malhonnête avec moi-même. Je me suis tenu à la lettre de la loi comme un bon petit scout, mais j'en ai complètement trahi l'esprit. C'est pour ça que je suis tombé de l'échelle. Ce n'était pas vraiment un accident, Peter. C'est moi qui l'ai provoqué. Je me suis comporté comme un lâche, et puis il a fallu payer.

— Tu veux dire que tu as sauté ?

— Non, rien de si simple. J'ai pris un risque stupide, c'est tout. J'ai fait une chose impardonnable parce que j'avais trop honte pour m'avouer mon envie de toucher la jambe de Maria Turner. A mon avis, un type qui se donne autant de mal pour se mentir à lui-même mérite tout ce qui peut lui arriver.

C'était pour cela qu'il l'avait entraînée sur l'échelle de secours. Cela mettait un terme à la scène embarrassante qui se déroulait dans la cuisine, et c'était aussi le premier pas d'un plan complexe, d'une ruse qui allait lui permettre de se frotter au corps de Maria Turner tout en gardant son honneur intact. C'est de cela qu'il était si furieux, rétrospectivement : non de la réalité de son désir, mais de la négation de ce désir dans le but hypocrite de le satisfaire. Tout était chaos, là-dehors, me dit-il. Cris d'enthousiasme des foules, explosions du feu d'artifice, un tintamarre frénétique lui battait dans les oreilles. Ils étaient restés un moment debout sur la plate-forme à regarder le ciel illuminé par une gerbe de fusées, puis il était passé à l'exécution de la première partie de son plan. S'avançant au bord de la plate-forme, il avait passé la jambe droite au-dessus de la balustrade, s'était stabilisé brièvement en empoignant la barre à deux mains, puis avait passé aussi la jambe gauche. Il s'était un peu balancé d'avant en arrière tandis qu'il trouvait son équilibre, et avait entendu derrière lui Maria qui réprimait un cri. Devinant qu'elle le pensait prêt à sauter, il s'était empressé de la rassurer en lui disant qu'il cherchait seulement un meilleur point de vue. Heureusement, cette réponse n'avait pas satisfait Maria. Elle l'avait supplié de redescendre et, comme il s'y refusait, elle avait fait exactement ce qu'il avait espéré qu'elle ferait, le geste même dans l'espoir duquel son stratagème téméraire avait été calculé. Se précipitant derrière lui, elle lui avait entouré le torse de ses bras. C'était tout : un petit geste d'inquiétude qui prenait l'apparence d'une étreinte pleine de passion. Si cela n'avait pas tout à fait provoqué la réaction extatique à laquelle il s'était attendu (il avait trop peur pour y faire pleinement attention), il n'en avait pas non plus été vraiment déçu. Il sentait contre sa nuque la tiédeur de l'haleine de

Maria, il sentait ses seins pressés contre sa colonne vertébrale, il sentait son parfum. Ç'avait été le plus court des instants, le plus minuscule des plaisirs minuscules et éphémères, mais avec ces bras sveltes serrés autour de lui, il avait éprouvé quelque chose qui ressemblait au bonheur, un frisson microscopique, une bouffée de béatitude transitoire. Son pari paraissait gagné. Il n'avait plus qu'à redescendre de son perchoir et toute cette comédie aurait bien valu le coup. Il avait l'intention de se pencher en arrière contre Maria et de prendre appui sur elle afin de réintégrer la plate-forme (ce qui aurait prolongé jusqu'à la toute dernière minute le contact entre eux), mais au moment précis où Sachs commençait à déplacer son poids dans le but d'exécuter ce mouvement, Agnès Darwin se coinçait le talon et dégringolait dans le dos de Maria. Sachs avait déjà relâché sa prise sur le haut de la balustrade, et quand Maria lui était rentrée dedans d'un élan violent vers l'avant, ses doigts s'étaient ouverts et ses mains avaient lâché la barre. Son centre de gravité s'était élevé, il s'était senti projeté loin de l'immeuble, et un instant plus tard il n'était plus environné que d'air.

— Je n'ai pas pu mettre bien longtemps à atteindre le sol, me dit-il. Sans doute une seconde ou deux, trois tout au plus. Mais je me souviens clairement que j'ai eu plus d'une pensée dans ce laps de temps. Il y a d'abord eu l'horreur, l'instant de conscience, celui où je me suis rendu compte que je tombais. On croirait que c'est tout, que je n'ai pas eu le temps de penser à autre chose. Pourtant l'horreur n'a pas duré. Non, ce n'est pas ça, l'horreur a persisté, mais une autre pensée est née dedans, quelque chose de plus fort que l'horreur seule. Difficile de lui donner un nom. Un sentiment de certitude absolue, peut-être. Une formi-

156

dable, irrésistible conviction, un goût d'ultime vérité. De ma vie, je ne m'étais senti aussi certain de quoi que ce soit. J'ai d'abord compris que je tombais, et puis j'ai compris que j'étais mort. Je ne veux pas dire que je savais que j'allais mourir, je veux dire que j'étais déjà mort. J'étais un mort en train de tomber et même si techniquement je vivais encore, j'étais mort, aussi mort qu'un homme enterré dans sa tombe. Je ne sais pas comment exprimer ça autrement. Pendant que je tombais, je me trouvais déjà au-delà de l'instant où je toucherais le sol, au-delà de l'impact, au-delà de l'éclatement en mille morceaux. Je n'étais plus qu'un cadavre, et au moment où j'ai heurté la corde à linge et atterri sur ces serviettes et ces couvertures, je n'étais plus là. J'avais quitté mon corps, et pendant une fraction de seconde je me suis vu disparaître.

Il y avait des questions que j'aurais alors aimé lui poser, mais je ne l'interrompis pas. Sachs avait de la peine à formuler son récit, il parlait comme en transe, avec des hésitations et des silences pénibles, et je craignais en intervenant de lui faire perdre le fil. Pour être honnête, je ne comprenais pas très bien ce qu'il tentait d'exprimer. S'il me semblait incontestable que sa chute avait été une expérience atroce, j'étais troublé par le mal qu'il se donnait pour décrire les petits événements qui l'avaient précédée. Son histoire avec Maria me paraissait banale, sans importance véritable, une comédie de mœurs dont il ne valait pas la peine de parler. Dans l'esprit de Sachs, il existait néanmoins un rapport direct. Une chose avait été la cause de l'autre, ce qui signifiait qu'il voyait moins dans sa chute un accident ou une malchance qu'une forme grotesque de châtiment. J'aurais voulu lui dire qu'il se trompait, qu'il était trop dur envers lui-même — mais je ne dis rien. Je restai là à l'écouter tandis qu'il analysait son comportement. Il s'efforçait de m'en rendre compte avec une précision absolue et, dans sa tentative d'articuler chacune des nuances de son inoffensif badinage avec Maria sur l'échelle de secours, coupait les cheveux en quatre avec la patience d'un théologien médiéval. C'était infiniment subtil, infiniment élaboré et complexe, et au bout d'un moment je commençai à comprendre que ce drame lilliputien avait pris pour lui autant d'importance que sa chute elle-même. Il n'y avait plus de différence. Une étreinte brève, risible, était devenue l'équivalent moral de la mort. Si Sachs n'y avait mis tant de sérieux, j'aurais trouvé ça drôle. Malheureusement, je n'eus pas le réflexe de rire. J'essayai de lui manifester ma sympathie, de l'écouter jusqu'au bout en acceptant ce qu'il avait à dire selon ses propres termes. Rétrospectivement, je pense aujourd'hui que je lui aurais rendu meilleur service en lui disant ce que je pensais. J'aurais dû lui éclater de rire à la figure. J'aurais dû lui dire qu'il était cinglé et le persuader de s'arrêter. S'il y a un instant où j'ai manqué à l'amitié envers Sachs, c'est cet après-midi-là, il y a quatre ans. J'avais une chance de l'aider, et j'ai laissé l'occasion me glisser entre les doigts.

Il n'avait jamais pris la décision consciente de ne pas parler, me confia-t-il. Simplement, ça s'était passé comme ça, et alors même que son silence persistait, il se sentait honteux de causer du souci à tant de gens. Il n'avait jamais eu le moindre problème de dommage au cerveau ou de choc, jamais aucun signe d'incapacité physique. Il comprenait tout ce qu'on lui disait et savait, au fond de lui, qu'il était capable de s'exprimer sur n'importe quel sujet. Le moment décisif était advenu au début, quand il avait ouvert les yeux et découvert une femme inconnue en train de le dévisager en face — une infirmière, devait-il apprendre plus tard. Il l'avait entendue annoncer à quelqu'un que Rip Van Winckle avait fini par s'éveiller — ou bien ces mots lui étaient adressés, à lui, il n'était pas certain. Il avait voulu répondre, mais son cerveau en plein tumulte se tournait dans toutes les directions à la fois et, la douleur dans ses os se faisant soudain sentir, il avait décidé qu'il se sentait encore trop faible et laissé passer l'occasion. Sachs n'avait jamais fait une chose pareille, et tandis que l'infirmière continuait à lui parler, bientôt rejointe par un médecin et une deuxième infirmière, tous trois empressés autour de son lit, l'encourageant à leur dire comment il se sentait, Sachs poursuivait ses propres pensées comme s'ils n'avaient pas été là, content de s'être libéré du fardeau d'avoir à leur répondre. Il supposait que ça n'arriverait plus, mais la même chose s'était passée la fois suivante, et puis la fois suivante, et puis encore la fois suivante. Chaque fois que quelqu'un lui adressait la parole, Sachs se sentait repris par la même envie étrange et compulsive de tenir sa langue. Les jours passant, il s'était confirmé dans son silence, se comportant comme s'il s'était agi d'un point d'honneur, d'un défi secret de fidélité à lui-même. Il écoutait les mots que les gens prononçaient à son intention, pesait soigneusement chaque phrase qui lui venait aux oreilles et alors, au lieu de répliquer, se détournait, ou fermait les yeux, ou fixait son interlocuteur comme s'il avait pu voir à travers lui. Sachs était conscient de ce que son attitude avait d'infantile et de capricieux, mais il n'en avait pas moins de difficulté à s'arrêter. Les médecins et les infirmières ne comptaient pas à ses yeux, et il ne se sentait guère de responsabilité envers Maria ou moi, ou n'importe lequel de ses autres amis. Fanny, pourtant, c'était autre chose, et en plusieurs occasions il se trouva tout près de renoncer à cause d'elle. Au minimum, un frisson de regret le traversait à chacune de ses visites. Il se rendait compte de la cruauté dont il témoignait envers elle, et se sentait envahi par la conviction qu'il ne valait rien, par un détestable arrière-goût de culpabilité. Parfois, allongé là sur son lit, en guerre avec sa conscience, il tentait faiblement de lui sourire, et il était même allé une ou deux fois jusqu'à remuer les lèvres en produisant au fond de sa gorge quelques vagues gargouillis afin de la persuader qu'il faisait de son mieux, que tôt ou tard de vraies paroles finiraient par lui échapper. Il se haïssait de simuler ainsi, mais il se passait désormais trop de choses à l'intérieur de son silence, et il n'arrivait pas à faire l'effort de volonté nécessaire pour le briser.

Contrairement à ce que supposaient les médecins, Sachs se souvenait de l'accident dans ses moindres détails. Il lui suffisait de penser à n'importe quel instant de cette soirée pour qu'elle lui revienne tout entière en mémoire, si présente que ça le rendait malade : la réception, Maria Turner, l'échelle de secours, les premières secondes de la chute, la mort certaine, la corde à linge, le ciment. Rien de tout cela n'était flou, aucun élément n'apparaissait avec moins de netteté qu'un autre. L'événement se détachait avec une clarté excessive, en une irrésistible avalanche de souvenirs. Une chose extraordinaire s'était produite, et avant qu'elle s'estompe en lui, il lui fallait y consacrer une attention sans réserve. D'où son silence. Il s'agissait moins d'un refus que d'une méthode, une façon de retenir l'horreur de cette nuit assez longtemps pour en saisir le sens. Se taire, c'était s'enfermer dans la contemplation, revivre inlassablement les instants de sa chute, comme s'il pouvait se suspendre entre ciel et terre pour le restant de ses jours — pour l'éternité à trois centimètres du sol, pour l'éternité dans l'attente de l'apocalypse du dernier instant.

Il n'avait aucune intention de se pardonner, me déclara-t-il. Sa culpabilité ne faisait pas de doute, et moins il perdrait de temps là-dessus, mieux cela vaudrait.

— A n'importe quel autre moment de ma vie, me dit-il, je me serais probablement cherché des excuses. Des accidents, après tout, ça arrive. A chaque heure de chaque jour, des gens meurent quand ils s'y attendent le moins. Ils brûlent dans des incendies, ils se noient dans des lacs, ils emboutissent leur voiture dans d'autres voitures, ils tombent par la fenêtre. On lit ça dans les journaux tous les matins, et il faudrait être idiot pour ne pas savoir que nos vies pourraient s'éteindre aussi brusquement et sans plus de raison que celles de ces pauvres gens. Mais le fait est que mon accident n'est pas dû à la malchance. Je n'ai pas seulement été victime, j'ai été complice, j'ai contribué activement à tout ce qui m'est arrivé, et je ne peux pas l'ignorer, je dois assumer la responsabilité du rôle que j'ai joué. Tu comprends ce que je veux dire, ou c'est du charabia ? Je ne prétends pas que c'était un crime de flirter avec Maria Turner. C'était un truc pas net, un petit tour méprisable, guère plus. J'aurais pu me sentir moche de l'avoir désirée, mais si l'histoire se réduisait à un caprice de mes gonades, il y a longtemps que je l'aurais oubliée. Ce que je veux dire, c'est que je ne crois pas que le sexe avait grand-chose à voir avec ce qui est arrivé ce soir-là. C'est une des conclusions auxquelles je suis arrivé à l'hôpital, pendant toutes ces journées dans ce lit sans parler. Si j'avais été vraiment sérieux dans mon envie de Maria Turner, pourquoi serais-je passé par des subterfuges aussi ridicules pour l'amener à me toucher ? Dieu sait qu'il existe des façons moins dangereuses de s'y prendre, une centaine de stratégies plus efficaces pour arriver au même résultat. Mais je me suis transformé en casse-cou sur cette échelle de secours, j'ai carrément risqué ma vie. Pour quoi ? Pour une petite étreinte dans l'obscurité, pour rien du tout. En revoyant la scène de mon lit d'hôpital, j'ai fini par comprendre que rien n'était tel que je me l'étais imaginé. J'avais tout compris de travers, tout regardé à l'envers. L'intérêt de mes folles pitreries n'était pas d'amener Maria Turner à m'entourer de ses bras, il était de risquer ma vie. Elle n'était qu'un prétexte, un instrument pour me propulser sur la balustrade, une main pour me guider à la limite de la catastrophe. La question était : pourquoi ai-je fait ça ? Pourquoi étais-je si impatient de courtiser le danger ? Je dois m'être posé cette question six cents fois par jour, et chaque fois que je me la posais, une faille terrifiante s'ouvrait en moi et je me retrouvais aussitôt en train de tomber, de plonger tête la première dans l'obscurité. Je ne voudrais pas paraître exagérément dramatique, mais ces jours d'hôpital ont été les pires de mon existence. Je me rendais compte que je m'étais mis en situation de tomber, et que je l'avais fait exprès. Voilà ce que j'ai découvert, la conclusion irréfutable qui s'est imposée dans mon silence. J'ai appris que je n'avais pas envie de vivre. Pour des raisons qui me sont encore impénétrables, j'ai grimpé sur cette balustrade ce soir-là dans le but de me tuer.

— Tu étais soûl, dis-je. Tu ne savais pas ce que tu faisais.

— J'étais soûl, et je savais exactement ce que je faisais. Simplement, je ne savais pas que je le savais.

— Ça, c'est de la mauvaise foi. Pur sophisme.

— Je ne savais pas que je savais, et l'ivresse m'a donné le courage d'agir. Elle m'a aidé à faire ce que je ne savais pas que j'avais envie de faire.

— Tu m'as raconté que tu étais tombé parce que tu n'avais pas osé toucher la jambe de Maria. Maintenant tu changes ton histoire, tu dis que tu es tombé exprès. Ça ne marche pas. Ça doit être l'un ou l'autre.

— C'est l'un et l'autre. L'un a entraîné l'autre, et on ne peut pas les séparer. Je ne prétends pas comprendre, je t'explique simplement ce qu'il en était, ce dont je suis certain que c'est vrai. J'étais prêt à me supprimer ce soir-là. Je sens encore ça dans mes tripes, et ça me fait une peur de tous les diables de trimbaler cette sensation.

— Nous avons tous en nous, quelque part, une envie de mourir, dis-je, un petit chaudron d'auto-destruction perpétuellement en train de bouillonner sous la surface. Pour une raison ou une autre, le feu brûlait trop fort pour toi, ce soir-là, et il est arrivé quelque chose de fou. Mais ce n'est pas parce que c'est arrivé une fois que ça risque de recommencer.

— Possible. N'empêche que c'est arrivé, et qu'il y avait une raison pour que ça arrive. Si j'ai pu me laisser prendre comme ça par surprise, ça doit signifier qu'il y a quelque chose de fondamentalement pourri en moi. Ça doit signifier que je ne crois plus en ma propre vie.

— Si tu n'y croyais plus, tu n'aurais pas recommencé à parler. Tu devais être parvenu à une quelconque décision. Tu devais avoir résolu certaines questions, à ce moment-là.

— Pas vraiment. Tu es entré dans la chambre avec David, il est arrivé près de mon lit et il m'a souri. Et je me suis soudain entendu lui dire bonjour. C'était aussi simple que ça. Il était tellement gentil. Une mine superbe, tout bronzé après ses semaines de camp, le parfait gamin de neuf ans. Quand il est arrivé près de mon lit tout souriant, il ne m'est jamais venu à l'esprit de ne pas lui parler.

— Tu avais les larmes aux yeux. J'ai pensé que ça voulait dire que tu avais trouvé certaines solutions, que tu étais en voie de revenir.

— Ça voulait dire que je savais que j'avais touché le fond. Ça voulait dire que j'avais compris que je devais changer de vie.

— Changer de vie, ce n'est pas la même chose que vouloir en finir.

— Je veux en finir avec la vie que j'ai menée jusqu'à maintenant. Je veux que tout change. Si je n'y réussis pas, ça ira très mal pour moi. Ma vie entière est un gâchis, une petite blague idiote, un triste chapelet d'échecs minables. J'aurai quarante et un ans la semaine prochaine, et si je ne prends pas les choses en main dès maintenant, je vais me noyer. Je vais sombrer comme une pierre jusqu'au fin fond du monde.

— Tu as juste besoin de te remettre au travail. A la minute où tu recommenceras à écrire, tu redécouvriras qui tu es.

— L'idée d'écrire me dégoûte. Ça n'a plus le moindre foutu sens pour moi.

— Ce n'est pas la première fois que tu parles comme ça.

— Peut-être. Mais cette fois-ci je le pense. Je ne veux pas passer le restant de mes jours à introduire des feuilles de papier blanc dans le rouleau d'une machine à écrire. Je veux me lever de mon bureau et faire quelque chose. Le temps d'être une ombre est passé. Il faut maintenant que j'aille dans le monde réel et que je fasse quelque chose.

— Quoi ?

— Le diable sait quoi! répliqua Sachs. Ses paroles restèrent un moment en suspens entre nous et puis, sans transition, son visage s'éclaira d'un sourire. C'était la première fois que je le voyais sourire depuis des semaines, et pendant cet instant unique et passager, il recommença presque à ressembler à lui-même.

— Quand j'aurai trouvé, dit-il, je t'écrirai.

Je repartis de chez Sachs convaincu qu'il se sortirait de cette crise. Pas tout de suite, peut-être, mais à long terme j'avais de la peine à imaginer que les choses ne reprendraient pas pour lui leur cours normal. Il avait trop de ressort, me disais-je, trop d'intelligence et de vitalité pour se laisser écraser par l'accident. Il est possible que j'aie sous-estimé le degré auquel sa confiance en lui avait été ébranlée, mais j'ai tendance à penser que non. Je voyais à quel point il était tourmenté, je voyais l'angoisse de ses doutes et des reproches qu'il s'adressait, mais en dépit des horreurs qu'il avait proférées sur lui-même cet après-midi-là, il m'avait aussi souri, et j'interprétais ce fugitif éclat d'ironie comme un signal d'espoir, une preuve que Sachs avait en lui ce qu'il fallait pour achever de guérir.

Les semaines passèrent pourtant, et puis les mois, et la situation demeurait exactement pareille à elle-même. Il est vrai qu'il avait recouvré une bonne partie de son aisance en société, et qu'avec le temps sa souffrance était devenue moins mani-feste (il ne sombrait plus dans la mélancolie en public, il ne paraissait plus tout à fait aussi absent), mais ce n'était que parce qu'il parlait moins de lui. Ce n'était plus le silence de l'hôpital, mais les effets en étaient similaires. Il parlait désormais, il ouvrait la bouche et prononçait des mots aux moments appropriés, mais il n'exprimait jamais rien de ce qui le préoccupait vraiment, rien de l'accident ni de ses suites, et peu à peu je devinai qu'il avait repoussé sa souffrance dans ses tré-fonds, enterrée en un lieu où nul ne pouvait l'apercevoir. Si tout le reste m'avait paru normal, j'aurais pu m'en sentir moins troublé. J'aurais pu apprendre à vivre avec un Sachs plus silencieux et moins extraverti, mais les signes extérieurs me semblaient trop décourageants et je ne pouvais me débarrasser de l'impression qu'ils étaient les symp-tômes d'une détresse plus générale. Il refusait des propositions d'articles dans des revues, ne faisait aucun effort pour renouveler ses contacts profes-sionnels, et s'asseoir derrière sa machine à écrire paraissait avoir perdu tout intérêt à ses yeux.

C'était ce qu'il m'avait dit à son retour chez lui après l'hôpital, mais je ne l'avais pas cru. A présent qu'il tenait parole, je commençais à avoir peur. Depuis que je le connaissais, la vie de Sachs avait toujours tourné autour de son travail, et à le voir soudain sans ce travail, on aurait dit un homme privé de sa vie. Il allait à la dérive, flottant sur une mer de jours indifférenciés et, pour autant que je sache, ça lui était bien égal de toucher terre ou non.

Entre Noël et le Nouvel An, Sachs rasa sa barbe et se coupa les cheveux à une longueur normale. C'était une transformation radicale, qui lui donnait une tout autre personnalité. Il semblait en quelque sorte avoir rétréci, avoir à la fois rajeuni et vieilli, et un bon mois s'écoula avant que je commence à m'y habituer, avant que je cesse de sursauter chaque fois qu'il entrait dans une pièce. Ce n'était pas que je l'eusse préféré sous l'un ou l'autre aspect, simplement, je regrettais le changement, le changement en soi et pour soi. Quand je lui demandai pourquoi il avait fait cela, sa première réaction fut de hausser les épaules d'un air vague. Puis, après un bref silence, comprenant que je ne me contenterais pas d'une telle réponse, il marmonna qu'il ne voulait plus se compliquer la vie. Il avait opté pour un régime de maintenance minimale, me dit-il, pour une manière simplifiée d'hygiène personnelle. D'ailleurs il voulait apporter son écot au capitalisme. En se rasant trois ou quatre fois par semaine, il soutiendrait les fabricants de lames de rasoir, c'est-à-dire qu'il contribuerait au bien-être de toute l'économie américaine, à la santé et à la prospérité de tous.

Ça ne tenait pas debout, mais après en avoir parlé cette seule fois, nous ne revînmes jamais sur le sujet. Sachs n'avait manifestement aucune envie de s'y attarder, et je ne le pressai pas de me donner une autre explication. Cela n'implique pas que c'était sans importance à ses yeux. Un homme est libre de choisir son apparence, mais dans le cas de Sachs j'avais l'impression qu'il s'agissait d'un acte d'une violence et d'une agressivité particulières, presque d'une sorte d'automutilation. Sa chute lui avait valu des blessures importantes au côté gauche du visage et du cuir chevelu, et les médecins l'avaient recousu en plusieurs endroits près de la tempe et de la mâchoire inférieure. Avec une barbe et des cheveux longs, les cicatrices de ces blessures demeuraient cachées aux regards. Une fois les cheveux disparus, les cicatrices devenaient visibles, bourrelets et entailles offerts aux regards de tous. Si je ne me suis pas gravement trompé sur son compte, c'est pour cette raison que Sachs avait modifié son apparence. Il voulait afficher ses blessures, annoncer au monde que ces cicatrices étaient désormais ce qui le définissait et pouvoir, en se regardant chaque matin dans la glace, se souvenir de ce qui lui était arrivé. Les cicatrices représentaient une amulette contre l'oubli, un signe que rien de tout cela ne disparaîtrait jamais.

Un jour de la mi-février, j'allai déjeuner à Manhattan avec mon éditeur. Le restaurant se trouvait quelque part du côté de la 20e rue ouest, et après le repas je me mis à remonter la 8e avenue vers la 34e rue, où j'avais l'intention de prendre le métro pour rentrer à Brooklyn. A cinq ou six carrefours de ma destination, j'aperçus Sachs de l'autre côté de la rue. Je ne peux pas dire que je me sente fier de ce que j'ai fait ensuite, mais au moment même ça me paraissait aller de soi. J'étais curieux de savoir à quoi il passait ses errances, j'avais une envie désespérée d'une indication quelconque sur la façon dont il occupait ses journées, et au lieu de le héler je ralentis donc et me dissimulai. L'après-midi était froid, avec un ciel gris sombre et une menace de neige dans l'atmosphère. Pendant les heures qui suivirent, je marchai derrière Sachs dans les rues, filant mon ami à travers les cañons de New York. Maintenant que je l'écris, cela me paraît bien pis que ce ne l'était au moment même, du moins dans l'idée que je m'en faisais. Je n'avais aucune intention de l'épier, aucun désir de pénétrer ses secrets. Je cherchais une raison d'espérer, une lueur d'optimisme qui apaiserait mon inquiétude. Je me disais : Il va me surprendre ; il va faire quelque chose, aller quelque part, et cela prouvera qu'il va bien. Mais deux heures s'écoulèrent sans qu'il arrive rien. Sachs se promenait dans les rues comme une âme en peine, errant au hasard entre Times Square et Greenwich Village à la même allure lente et contemplative, sans jamais se presser, sans jamais paraître se soucier du lieu où il se trouvait. Il donnait la pièce à des mendiants. Il s'arrêtait tous les dix ou douze carrefours pour allumer une nouvelle cigarette. Il passa plusieurs minutes à bouquiner dans une librairie et, à un moment donné, y sortit l'un de mes livres d'un rayon pour l'examiner avec attention. Il pénétra dans une boutique porno et y feuilleta des magazines de nus. Il s'arrêta devant la vitrine d'un magasin d'électronique. Finalement, il acheta un journal, entra dans un café au coin de Bleecher et MacDougal, et s'installa à une table. C'est là que je le quittai, au moment où la serveuse venait prendre sa commande. Tout cela me paraissait si sinistre, si déprimant, si tragique, que je ne pus même pas me résoudre à en parler à Iris quand je fus rentré chez nous.

Sachant ce que je sais à présent, je me rends compte à quel point j'y voyais peu clair, en réalité. A partir d'un ensemble aléatoire de faits observables qui ne racontaient qu'une petite partie de l'histoire, je tirais des conclusions de ce qui n'était, tout compte fait, que des indices partiels. Si j'avais été mieux renseigné, j'aurais pu me former une autre image de ce qui se passait, et je me serais sans doute désespéré moins vite. Entre autres, j'ignorais tout du rôle particulier que Maria Turner assumait pour Ben. Depuis octobre, ils se voyaient régulièrement, passaient ensemble chaque jeudi de dix heures du matin à cinq heures du soir. Je ne l'ai su que deux ans plus tard. Ainsi qu'ils me l'ont tous deux raconté (au cours de conversations différentes, distantes d'au moins deux mois), le sexe n'y eut jamais aucune part. D'après ce que je sais des habitudes de Maria, et puisque le récit de Ben confirmait le sien, je ne vois aucune raison de douter de ce qu'ils m'ont dit.

Aujourd'hui, quand je considère la situation, il me paraît tout à fait logique que Sachs se soit tourné vers elle. Maria était l'incarnation de son drame, la figure centrale de la catastrophe qui avait précipité sa chute, et personne par conséquent n'aurait pu lui paraître aussi important. J'ai déjà évoqué sa détermination à garder en mémoire les événements de cette soirée. Quelle meilleure méthode pour réussir cela que de fréquenter Maria ? En se faisant d'elle une amie, il pourrait conserver sans cesse devant les yeux le symbole de sa transformation. Ses plaies resteraient béantes, et chaque fois qu'il la verrait il pourrait revivre la même succession de tourments et d'émotions qui avait été si près de le tuer. Il pourrait répéter l'expérience inlassablement, et avec assez de pratique et d'efforts, il apprendrait peut-être à la maîtriser. C'est ainsi que cela devait avoir commencé. La gageure ne consistait pas à séduire Maria ni à coucher avec elle, mais à s'exposer lui-même à la tentation pour voir s'il avait la force d'y résister. Sachs était en quête d'un traitement, d'un moyen de guérir son amour-propre, et seules les mesures les plus draconiennes suffiraient. Afin de découvrir ce qu'il valait, il lui fallait à nouveau tout risquer.

Il n'y avait pas que cela, cependant. Il ne s'agissait pas seulement pour lui d'un exercice symbolique, c'était aussi un pas en avant dans une amitié véritable. Sachs avait été ému par les visites de Maria à l'hôpital et dès ce moment, dès les premières semaines de sa guérison, je crois qu'il avait compris à quelle profondeur elle avait été affectée par son accident. Tel fut le lien initial entre eux. Ils avaient tous deux vécu un moment terrible, et ne se sentaient ni l'un ni l'autre disposés à faire une croix dessus comme sur un simple coup du sort. Surtout, Maria était consciente du rôle qu'elle avait joué dans ce qui était arrivé. Elle savait qu'elle avait encouragé Sachs au cours de cette soirée, et était assez honnête envers elle-même pour reconnaître ce qu'elle avait fait, pour comprendre qu'il eût été mal, moralement, de se chercher des excuses. A sa façon, elle était aussi bouleversée que Sachs par l'événement, et quand il finit par l'appeler en octobre pour la remercier d'être venue si souvent à l'hôpital, elle vit là une chance de se racheter, de réparer en partie les dégâts dont elle avait été cause. Je ne dis pas ça à la légère. Maria ne m'a rien dissimulé quand nous en avons parlé l'an dernier, et toute l'histoire vient droit de sa bouche.

« La première fois que Ben est venu chez moi, m'a-t-elle dit, il m'a posé plein de questions sur mon travail. Simple politesse, sans doute. Tu sais comme ça va : on est embarrassé, on ne sait pas de quoi parler, alors on se met à poser des questions. Tout de même, après un moment, j'ai vu que ça commençait à l'intéresser. J'ai sorti quelques vieux travaux pour les lui montrer, et j'ai été frappée par l'intelligence de ses commentaires, beaucoup plus perspicaces que la majorité des trucs que j'entends. Ce qui semblait lui plaire particulièrement, c'était la combinaison du documentaire et du jeu, l'objectivation d'états intérieurs. Il comprenait que toutes mes réalisations sont des histoires, et que même si ce sont des histoires vraies, elles sont aussi inventées. Ou que, même si elles sont inventées, elles sont vraies. On a donc discuté de ça pendant quelque temps, et puis on est passé à toutes sortes d'autres choses, et quand il est parti j'étais déjà en train de concocter une de mes inventions bizarres. Ce type paraissait si perdu, si malheureux, j'ai pensé que ce serait peut-être un bon plan de travailler ensemble sur un projet. A ce stade, je n'avais pas encore d'idée spécifique — simplement que ce serait à propos de lui. Il est revenu quelques jours plus tard, et quand je lui ai dit ce que j'avais en tête, il a tout de suite paru accrocher. J'étais un peu étonnée. Je n'ai pas eu besoin d'argumenter ni de discourir pour le convaincre. Il s'est contenté de dire oui, ça m'a l'air d'une idée prometteuse, et ça y était, on était lancés. A partir de ce moment-là, on a passé tous les jeudis ensemble. Pendant quatre ou cinq mois, on a passé tous les jeudis à travailler à ce projet. »

Dans la mesure où je suis capable d'en juger, celui-ci n'aboutit jamais à grand-chose. A la différence des autres travaux de Maria, il n'avait ni principe organisateur ni but clairement défini, et au lieu de démarrer avec une idée fixe, à la manière de toutes ses entreprises antérieures (suivre un inconnu, par exemple, ou rechercher les gens dont le nom figurait dans un carnet d'adresses), la série des *Jeudis avec Ben* était essentiellement dépourvue de forme : une suite d'improvisations, un album d'images sur les journées qu'ils passaient en compagnie l'un de l'autre. Ils étaient convenus dès l'abord de ne s'imposer aucune règle. La seule condition était que Sachs arrive chez Maria ponctuellement à dix heures, et à partir de là ils improvisaient. Dans la plupart des cas, Maria prenait des photos de lui, environ deux ou trois rouleaux, et puis ils bavardaient pendant le reste de la journée. Quelquefois, elle lui demandait de revêtir un déguisement. D'autres fois, elle enregistrait leurs conversations et ne prenait pas du tout de photos. Quand Sachs s'était coupé la barbe et raccourci les cheveux, je l'appris, il avait agi sur les conseils de Maria et l'opération s'était déroulée dans son loft. Elle avait tout fixé sur pellicule : l'avant, l'après, et les étapes successives entre les deux. Ça commence avec Sachs devant un miroir, serrant dans la main droite une paire de ciseaux. A chaque photo, un petit peu plus de ses cheveux et de sa barbe a disparu. On le voit alors passer de la mousse sur le chaume de ses joues et puis se raser. A ce stade, Maria avait posé son appareil (pour apporter la touche finale à cette coupe), et puis il y a une dernière image de Sachs : les cheveux courts et sans barbe, souriant à l'objectif à la façon de ces jeunes gens gominés qu'on voit aux murs chez les coiffeurs. Cette image me plut. Non seulement elle était drôle en elle-même, elle prouvait aussi que Ben était capable d'apprécier le comique de la situation. Après avoir vu cette photographie, je compris qu'il n'existait pas de solution simple. J'avais sous-estimé Sachs, et l'histoire de cette période était finalement beaucoup plus complexe que je ne m'étais permis de le croire. Ensuite vinrent les photos de Sachs à l'extérieur. En janvier et en février, Maria l'avait suivi dans les rues avec son appareil. Sachs lui avait dit qu'il souhaitait savoir quelle impression ça fait d'être surveillé, et dans ce but Maria avait ressuscité un de ses vieux scénarios : sauf que, cette fois, il était interprété à l'envers. Sachs jouait le rôle qu'elle s'était attribué, et elle faisait le détective privé. C'était sur cette scène que j'étais tombé par hasard à Manhattan quand j'avais vu Sachs déambuler de l'autre côté de la rue. Maria aussi s'était trouvée là, et ce que j'avais pris pour un indice concluant de l'affliction de mon ami n'était en fait qu'une comédie, un petit jeu de rôles, une reprise un peu sotte d'*Espion contre espion*[1]. Dieu sait comment je m'étais débrouillé pour ne pas apercevoir Maria, ce jour-là. Je devais être si concentré sur Sachs que j'étais aveugle à tout le reste. Mais elle m'avait vu, et quand elle a fini par me le raconter au cours de notre conversation, l'automne dernier, je me suis senti écrasé de honte. Heureusement, elle n'avait réussi à prendre aucune photo de Sachs et de moi ensemble. Tout aurait alors été révélé, mais je l'avais suivi de trop loin pour qu'elle puisse nous saisir tous les deux à la fois.

Elle avait pris plusieurs milliers de photos de lui, dont la plupart étaient encore en planches-contact quand je les ai vues en septembre dernier. Même si ces séances du jeudi n'aboutirent jamais à une réalisation cohérente et continue, elles exercèrent sur Sachs un effet thérapeutique — et c'était là tout ce que Maria en avait attendu dès l'abord. Quand Sachs était venu la voir en octobre quatre-vingt-six, elle s'était rendu compte qu'il était au bout du rouleau. Il s'était alors enfoncé si profondément dans son mal qu'il n'était plus capable de se voir. J'entends ceci au sens phénoménologique, de même qu'on parle de conscience de soi et de la façon dont on se forme une image de soi. Sachs avait perdu le pouvoir de sortir de ses pensées et de faire le point de l'endroit où il se trouvait, de mesurer avec précision les dimensions de l'espace autour de lui. Ce que Maria accomplit au cours de ces quelques mois fut de l'attirer hors de lui-même. La tension sexuelle y fut pour quelque chose, mais il y avait aussi l'appareil photographique, les assauts constants de ce cyclope mécanique. Chaque fois que Sachs posait pour une photo, il était obligé de se mettre en scène, de

---

1. *Spy versus Spy*, bande dessinée paraissant régulièrement dans *Mad*, qui raconte les aventures muettes de deux espions, l'un vêtu de noir, l'autre de blanc, éternels rivaux. (*N.d.T.*)

jouer ce jeu qui consistait à faire semblant d'être ce qu'il était. Après quelque temps, cela dut exercer un effet sur lui. A force de répéter ce processus, il dut arriver un moment où il commença de se voir à travers le regard de Maria, où toute l'entreprise se retourna pour lui et où il redevint capable de se retrouver face à face avec lui-même. On dit que la photographie peut voler à quelqu'un son âme. Dans ce cas-ci, je crois que ce fut exactement le contraire. Grâce à ces photographies, je crois que, peu à peu, l'âme de Sachs lui a été rendue.

Il allait mieux, mais ça ne veut pas dire qu'il allait bien, qu'il redeviendrait un jour l'homme qu'il avait été. Il avait la conviction profonde qu'il ne pourrait jamais reprendre son existence d'avant l'accident. Il avait tenté de me l'expliquer lors de la conversation que nous avions eue en août, et je n'avais pas compris. J'avais cru qu'il parlait travail — écrire ou ne pas écrire, abandonner ou non sa carrière — mais en fait il s'agissait de tout : non seulement de lui, mais aussi de sa vie avec Fanny. Moins d'un mois après sa sortie de l'hôpital, je crois qu'il cherchait déjà un moyen de se libérer de son mariage. C'était une décision unilatérale, provenant de son besoin d'effacer l'ardoise et de recommencer de zéro, et Fanny n'y figurait qu'en tant que victime innocente de la purge. Les mois passèrent, néanmoins, sans qu'il pût se résoudre à lui en parler. C'est ce qui explique sans doute une bonne partie des contradictions incompréhensibles dans son comportement pendant cette période. Il ne voulait pas faire souffrir Fanny, et pourtant il savait qu'il allait la faire souffrir, et cette certitude ne pouvait qu'augmenter son désespoir, que l'amener à se haïr davantage. D'où cette longue période de tergiversations et d'inaction, de progrès et de déclin simultanés. Toute autre considération mise à part, j'y vois un signe de sa vraie générosité de cœur. Il s'était convaincu que sa survie dépendait d'un acte de cruauté, et pendant plusieurs mois il préféra ne pas commettre cet acte, s'enliser dans les profondeurs de son tourment privé afin d'épargner à sa femme la brutalité de sa décision. Il fut bien près de se détruire par compassion. Ses valises étaient bouclées, et pourtant il restait, parce que les sentiments de Fanny comptaient autant pour lui que les siens.

Quand la vérité se manifesta enfin, ce fut sous une forme à peine reconnaissable. Sachs ne put jamais se résoudre à dire à Fanny qu'il voulait la quitter. Il était trop démoralisé, il éprouvait une honte trop profonde pour parvenir à exprimer une telle pensée. Au lieu de cela, d'une façon beaucoup plus indirecte et contournée, il entreprit de suggérer à Fanny qu'il n'était plus digne d'elle, qu'il ne méritait plus d'être marié avec elle. Il lui gâchait la vie, disait-il, et avant qu'il ne l'entraîne avec lui dans un malheur sans fond, elle devait arrêter les frais et prendre la fuite. A mon avis, il n'y a aucun doute qu'il en était persuadé. Délibérément ou non, il avait fabriqué une situation dans laquelle il pouvait tenir de tels propos en toute bonne foi. Après des mois de conflits et d'indécision, il avait trouvé ce moyen d'éviter de faire de la peine à Fanny. Il n'aurait pas à la blesser en lui annonçant son intention de la quitter. En inversant les termes du dilemme, il la convaincrait plutôt de le quitter. Elle prendrait l'initiative de son propre salut; il l'aiderait à se défendre, à sauver sa propre vie.

Même si Sachs n'était pas conscient de ses motivations, il était enfin arrivé à manœuvrer de façon à se placer en position d'obtenir ce qu'il voulait. Je ne voudrais pas paraître cynique, mais il me semble qu'il a infligé à Fanny un tas de fausses justifications et d'inversions subtiles analogues à celles dont il avait usé avec Maria sur l'échelle de secours l'été précédent. Une conscience raffinée à l'excès, une prédisposition à se sentir coupable face à ses désirs entraînaient cet homme de bien à des comportements curieusement sournois, qui déniaient ses propres qualités. Tel est, à mon avis, le nœud de la catastrophe. Il acceptait les faiblesses de tout le monde, mais pour lui-même il exigeait la perfection, une rigueur quasi surhumaine jusque dans les actions les plus insignifiantes. Il en résultait une déception, une conscience accablante de son humaine imperfection, qui l'amenaient à plus de rigueur encore dans ce qu'il exigeait de sa conduite, ce qui à son tour donnait lieu à des déceptions encore plus écrasantes. S'il avait appris à s'aimer un peu mieux, il n'aurait pas eu un tel pouvoir de provoquer le malheur autour de lui. Mais Sachs se sentait assoiffé de pénitence, avide d'assumer sa culpabilité comme celle du monde entier et d'en porter les marques dans sa chair. Je ne lui reproche pas ce qu'il a fait. Je ne lui reproche pas d'avoir dit à Fanny de le quitter ni d'avoir souhaité changer de vie. Je le plains seulement, je le plains plus que je ne puis l'exprimer, à cause du destin terrible qu'il s'est attiré.

Pendant un certain temps, sa stratégie resta sans effet. Mais qu'est-ce qu'une femme est censée croire quand son mari lui conseille de tomber amoureuse d'un autre, de se débarrasser de lui, de le fuir et de ne jamais revenir ? Dans le cas de Fanny, elle refusait de considérer ces propos qu'elle tenait pour paroles en l'air, preuve supplémentaire de l'instabilité croissante de Ben. Elle n'avait nulle intention de rien faire de tout cela, et à moins qu'il ne lui dise carrément qu'il en avait assez, qu'il ne voulait plus rester avec elle, elle était décidée à tenir bon. Cette situation s'éternisa pendant quatre ou cinq mois. Un temps qui me paraît intolérablement long, mais Fanny refusait de s'incliner. Il la mettait à l'épreuve, pensait-elle, s'efforçait de l'expulser de sa vie afin de voir avec quelle ténacité elle résisterait, et si elle cédait maintenant, les pires craintes qu'il éprouvait sur son propre compte se réaliseraient. Telle était la logique circulaire de sa lutte pour sauver leur couple. Tout ce que Ben lui disait, elle l'interprétait comme s'il avait voulu dire le contraire. Pars signifiait ne pars pas ; aimes-en un autre signifiait aime-moi ; renonce signifiait ne renonce pas. A la lumière de ce qui est arrivé par la suite, je ne suis pas certain qu'elle se trompait. Sachs croyait savoir ce qu'il voulait, mais lorsqu'il l'a obtenu, il l'a trouvé sans valeur. Mais alors il était trop tard. Ce qu'il avait perdu, il l'avait perdu pour toujours.

D'après ce que m'a raconté Fanny, il n'y eut jamais entre eux de rupture décisive. Au lieu de cela, Sachs usa Fanny, l'épuisa par son opiniâtreté, l'affaiblit lentement jusqu'à ce qu'elle n'ait plus la force de se défendre. Quelques scènes hystériques s'étaient produites au début, m'a-t-elle dit, quelques crises de larmes et de cris, mais avec le temps tout cela avait cessé. Peu à peu, elle s'était trouvée à court de contre-arguments, et lorsque Sachs prononça enfin les mots magiques, lorsqu'il lui déclara un jour au début de mars qu'une séparation à l'essai pourrait être une bonne idée, elle se contenta d'opiner et de lui emboîter le pas. A l'époque, je ne savais rien de tout cela. Ni l'un ni l'autre ne s'était ouvert à moi de leurs difficultés, et comme ma propre vie était alors particulièrement frénétique, il ne m'était pas possible de les voir aussi souvent que j'aurais voulu. Iris était enceinte ; nous cherchions un nouveau logement ; je faisais des allers et retours à Princeton deux fois par semaine pour y enseigner, et je travaillais dur à mon prochain livre. Néanmoins, il semble que j'aie joué sans le savoir un rôle dans leurs négociations conjugales. Mon intervention consista à procurer à Sachs un prétexte, une possibilité de quitter Fanny sans paraître avoir claqué la porte. Cela remontait à cette journée de février où j'avais suivi Ben dans les rues. Je venais de passer deux heures et demie en compagnie de mon éditrice, Nan Howard, et dans le courant de la conversation le nom de Sachs avait été prononcé plus d'une fois. Nan savait combien nous étions proches. Elle avait assisté à la soirée du 4 juillet, et puisqu'elle était au courant de l'accident de Ben et de la mauvaise passe qu'il traversait depuis, elle m'avait tout naturellement demandé de ses nouvelles. Je lui confiai que j'étais encore préoccupé — moins par son humeur que parce qu'il n'avait plus écrit un mot. Ça fait sept mois maintenant, lui dis-je, des vacances trop prolongées, surtout pour un type comme Ben. Nous parlâmes donc travail pendant quelques minutes en nous demandant ce qu'il faudrait pour le remettre en selle, et au moment de commencer le dessert, Nan eut une idée qui me parut excellente.

— Il devrait rassembler tous ses vieux textes et les publier en un volume, suggéra-t-elle. Ça ne devrait pas être très difficile. Il n'aurait qu'à choisir les meilleurs, retoucher peut-être une phrase ici ou là. Mais une fois qu'il se sera replongé dans ce qu'il a écrit autrefois, qui sait ce qui peut se passer ? Cela pourrait lui donner envie de recommencer.

— Tu veux dire que la publication de ce livre t'intéresserait ?

— Je ne sais pas, répondit-elle. J'ai dit ça ?

Nan se tut un instant et rit.

— Je suppose que oui, n'est-ce pas ?

Puis elle se tut de nouveau, comme pour se ressaisir avant d'aller trop loin.

— Et alors, pourquoi pas ? Ce n'est pas comme si je ne connaissais pas les trucs de Ben. Bon Dieu, je le lis depuis le lycée. Il est peut-être temps que quelqu'un lui force un peu la main pour l'obliger à s'y mettre.

Une demi-heure plus tard, lorsque j'aperçus Sachs sur la 8e avenue, je pensais encore à cette conversation avec Nan. L'idée de ce livre s'était alors bien installée en moi et j'avais repris courage, je me sentais plus optimiste que je ne l'avais été depuis longtemps. Cela explique sans doute que je me sois ensuite senti si déprimé. Je découvrais un homme qui semblait vivre dans un état de déchéance totale, et je ne pouvais me résoudre à accepter ce que je voyais : mon ami si brillant jadis, errant pendant des heures à moitié en transe, à peine différent de ces épaves d'hommes et de femmes qui l'abordaient dans les rues en mendiant. Je rentrai chez moi ce soir-là dans un état affreux. La situation échappe à tout contrôle, me disais-je, et si je ne me dépêche pas d'agir, on n'aura plus le moindre espoir de sauver Sachs.

La semaine suivante, je l'invitai à déjeuner. A peine fut-il assis sur sa chaise que je me lançai et commençai à parler du livre. C'était une idée avec laquelle nous avions joué plus d'une fois dans le passé, mais Sachs avait toujours éprouvé de la réticence à s'y engager. Il estimait que les textes qu'il donnait aux revues étaient liés à l'actualité, écrits pour des raisons spécifiques à des moments spécifiques, et qu'un livre serait pour eux un lieu trop permanent. Il faut les laisser mourir de mort naturelle, m'avait-il dit un jour. Que les gens les lisent une fois et puis les oublient — nul besoin de leur ériger un tombeau. Habitué à ce plaidoyer, je ne présentai pas la suggestion en termes littéraires. J'en parlai strictement comme d'une proposition financière, une affaire de gros sous. Il vivait depuis sept mois aux crochets de Fanny, rappelai-je, et il était peut-être temps pour lui de se reprendre en charge. S'il n'était pas disposé à partir à la recherche d'un travail, il pouvait au moins publier ce livre. Cesse de penser à toi pour une fois, lui dis-je. Fais ça pour elle.

Je ne crois pas lui avoir jamais parlé avec une telle emphase. J'étais si tendu, si débordant d'un bon sens passionné que Sachs se mit à sourire avant que je sois arrivé à la moitié de ma harangue. Si mon comportement avait ce jour-là, je le suppose, un côté comique, c'était seulement parce que je ne m'étais pas attendu à une victoire aussi facile. En réalité, Sachs ne fut pas difficile à convaincre. Il accepta l'idée de ce livre sitôt que je lui eus rapporté ma conversation avec Nan, et tout ce que je pus ajouter ensuite était superflu. Il essaya de m'interrompre mais, croyant que cela signifiait qu'il n'avait pas envie d'en parler, je continuai à discourir, un peu comme si j'avais voulu convaincre quelqu'un de manger un repas déjà descendu dans son estomac. Je suis sûr qu'il me trouva risible, mais cela n'a plus d'importance désormais. Ce qui compte, c'est que Sachs décida de faire le livre, et au moment même je pris cela pour une victoire majeure, un pas gigantesque dans la bonne direction. Je ne savais rien de Fanny, bien entendu, et ne soupçonnais pas que ce projet ne représentait aux yeux de Ben qu'une astuce, un élément d'une stratégie élaborée dans le but de faciliter leur rupture. Cela ne veut pas dire que Sachs n'avait pas l'intention de publier l'ouvrage, mais ses motifs étaient très différents de ceux que j'imaginais. Je voyais dans ce livre un moyen pour lui de revenir au monde, tandis qu'il le considérait comme une chance de s'échapper, comme un dernier geste de bonne volonté avant de s'éclipser dans l'obscurité et de disparaître.

C'est ça qui lui donna le courage de suggérer à Fanny une séparation à l'essai. Il irait travailler à son livre dans le Vermont, elle resterait en ville, et pendant ce temps ils auraient tous deux l'occasion de réfléchir à ce qu'ils souhaitaient. Le livre offrait à Sachs la possibilité de quitter Fanny avec sa bénédiction, leur permettait à tous deux d'ignorer la vraie raison de ce départ. Au cours de la quinzaine qui suivit, Fanny organisa le voyage de Ben dans le Vermont comme s'il s'était encore agi d'un de ses devoirs d'épouse, s'activant à démanteler leur mariage comme si elle avait cru qu'ils resteraient mariés éternellement. L'habitude de s'occuper de lui était alors si automatique, si profondément enracinée dans sa personnalité qu'il ne lui vint sans doute jamais à l'esprit de prendre le temps de considérer ce qu'elle était en train de faire. C'était le paradoxe de la fin. J'avais vécu quelque chose de similaire avec Délia : cet étrange post-scriptum, quand un couple n'est plus uni ni désuni, quand la seule chose qui vous lie encore est le fait que vous soyez séparés. Fanny et Ben ne se comportaient pas autrement. Elle l'aidait à s'en aller de sa vie, et il acceptait cette aide comme la chose la plus naturelle au monde. Elle descendit à la cave et en remonta pour lui des liasses de vieux articles ; elle fit des photocopies d'originaux jaunis qui tombaient en miettes ; elle se rendit à la bibliothèque pour rechercher dans des rouleaux de microfilms des textes égarés : elle rangea par ordre chronologique toute cette masse de coupures, de feuilles perforées et de pages arrachées. Le dernier jour, elle alla même acheter des cartons de classement afin d'y ranger les papiers et, le lendemain matin, quand fut venu pour Sachs le moment de partir, elle l'aida à descendre ces boîtes et à les enfourner dans la malle de la voiture. Curieuse netteté pour une cassure. Curieux signaux prétendus sans ambiguïté. A ce stade, je pense que ni l'un ni l'autre n'aurait été capable d'autre chose.

Cela se passait vers la fin de mars. Acceptant en

toute innocence ce que Sachs m'avait dit, je pensais qu'il partait dans le Vermont dans le but de travailler. Il y était déjà allé seul, et je ne voyais rien d'anormal à ce que Fanny demeure à New York. Elle avait son boulot, après tout, et puisque personne n'avait parlé du temps que durerait l'absence de Sachs, je supposai qu'il s'agissait d'un voyage relativement court. Un mois sans doute, six semaines tout au plus. La réalisation de ce livre ne constituerait pas une tâche difficile, et je ne voyais pas comment elle pourrait lui prendre plus longtemps que cela. Et même si elle lui prenait plus longtemps, rien n'empêcherait Fanny d'aller lui rendre visite dans l'intervalle. Je ne m'interrogeai donc pas sur leurs arrangements. Ils me paraissaient logiques, et lorsque Sachs vint nous dire au revoir le dernier soir, je lui déclarai combien j'étais content qu'il parte. Bonne chance, fis-je, et à bientôt. Et ce fut tout. Quelles qu'aient pu alors avoir été ses intentions, il ne prononça pas un mot suggérant qu'il ne reviendrait pas.

Après le départ de Sachs pour le Vermont, mes pensées se tournèrent ailleurs. Elles furent occupées par mon travail, la grossesse d'Iris, les difficultés de David à l'école, la mort de membres de nos deux familles, et le printemps passa très vite. Peut-être me sentais-je soulagé par la décision qu'il avait prise, je ne sais pas, en tout cas il ne fait aucun doute que la vie à la campagne lui avait remonté le moral. Nous nous téléphonions à peu près une fois par semaine, et je retirais de ces conversations l'impression que les choses se passaient bien pour lui. Il m'annonça qu'il avait commencé à travailler à quelque chose de nouveau, et je vis là un événement si capital, un tel revirement par rapport à son état antérieur que je m'autorisai soudain à ne plus me faire de souci pour lui. Même quand il se mit à retarder sans cesse son retour à New York, prolongeant son absence d'avril à mai, et puis de mai à juin, je n'éprouvai aucune inquiétude. Sachs écrivait de nouveau, me disais-je, Sachs avait recouvré la santé, et en ce qui me concernait, cela signifiait qu'il se sentait de nouveau bien dans la vie.

Ce printemps-là, nous vîmes Fanny en plusieurs occasions, Iris et moi. Je me souviens au moins d'un dîner, d'un *brunch* dominical et de quelques sorties au cinéma. En toute honnêteté, je ne détectai chez elle aucun signe de détresse ni de gêne. Il est vrai qu'elle parlait très peu de Sachs (ce qui aurait dû me mettre la puce à l'oreille), mais lorsqu'elle le faisait, elle paraissait contente, et même excitée par ce qui se passait dans le Vermont. Non seulement il s'est remis à écrire, nous disait-elle, mais il écrit un roman. C'était bien mieux que tout ce qu'elle aurait pu imaginer, et peu importait que le livre d'essais eût été mis de côté. Il était en pleine inspiration, disait-elle, et s'accordait à peine le temps de manger ou de dormir, et que ces rapports fussent ou non exagérés (soit par Sachs, soit par elle), ils mettaient fin à toutes nos questions. Iris et moi ne lui demandions jamais pourquoi elle n'allait pas voir Ben. Nous ne le lui demandions pas, car la réponse était évidente. Il était bien lancé dans son travail, et après avoir attendu si longtemps que cela arrive, elle n'allait pas intervenir.

Elle ne nous disait pas tout, bien sûr, mais le plus significatif, c'est que Sachs non plus n'était pas dans le coup. Je ne l'ai su que plus tard, mais pendant tout le temps qu'il a passé dans le Vermont, il semble qu'il ait été aussi ignorant que moi de ce que Fanny pensait vraiment. On n'aurait guère pu s'attendre à ce qu'elle réagît ainsi. Théoriquement, il leur restait encore de l'espoir, mais après que Ben eut chargé ses affaires dans la voiture et pris la route de la campagne, elle s'est rendu compte que c'en était fini d'eux. Il n'a pas fallu plus d'une semaine ou deux pour que cela se produise. Elle l'aimait toujours et lui souhaitait tout le bien possible, mais elle n'éprouvait plus aucun désir de le voir, aucun désir de lui parler, aucun désir de lutter encore. Ils étaient convenus de laisser la porte ouverte, mais il semblait désormais que cette porte eût disparu. Non qu'elle fût refermée, mais, tout simplement, elle n'existait plus. S'apercevant qu'elle fixait un mur aveugle, Fanny s'est détournée. Ils n'étaient plus mariés, et ce qu'elle faisait de sa vie à partir de ce moment ne concernait qu'elle.

En juin, elle a rencontré un certain Charles Spector. Je n'ai pas le sentiment d'avoir le droit d'en parler, mais dans la mesure où Sachs en a été affecté, il me paraît impossible de l'éviter. L'essentiel ici n'est pas que Fanny ait fini par épouser Charles (ils se sont mariés voici quatre mois) mais que, lorsqu'elle a commencé à tomber amoureuse de lui cet été, elle n'ait pas cru bon d'en avertir Ben. Une fois encore, il n'est pas question de porter un blâme. Elle avait des raisons de se taire, et compte tenu des circonstances je pense qu'elle a agi correctement, sans le moindre égoïsme, sans dissimulation. Sa rencontre avec Charles l'avait prise à l'improviste, et dans ces premiers temps elle était encore trop désorientée pour reconnaître ses sentiments. Plutôt que de se hâter de parler à Ben d'une chose qui pouvait ne pas durer, elle a décidé d'attendre quelque temps, de lui épargner de nouveaux drames jusqu'à ce qu'elle soit certaine de ce qu'elle voulait. Sans qu'il y eût de sa faute, cette période d'attente a duré trop longtemps. C'est par hasard que Ben s'est aperçu de l'existence de Charles — en rentrant chez lui à Brooklyn une nuit, il l'a trouvé au lit avec Fanny — et cela n'aurait pu se passer à un plus mauvais moment. Si l'on considère que c'était Sachs qui avait, le premier, cherché à provoquer la séparation, cette découverte n'aurait pas dû avoir d'importance. Mais elle en a eu. D'autres facteurs sont également intervenus, mais celui-ci a compté autant que n'importe quel autre. Il a entretenu la musique, si on peut dire, et ce qui aurait pu en rester là s'est poursuivi. La valse des catastrophes a continué, et ensuite il n'y a plus eu moyen de l'arrêter.

Mais ça, ce fut plus tard, et je ne veux pas anticiper. En surface, les choses allaient leur train, ainsi qu'elles le faisaient depuis plusieurs mois. Sachs écrivait son roman dans le Vermont. Fanny se rendait à son travail au musée, et Iris et moi attendions la naissance de notre bébé. Après l'arrivée de Sonia (le 27 juin), j'ai perdu contact avec tout le monde pendant six à huit semaines. Iris et moi vivions au Babyland, un pays où le sommeil est interdit et le jour impossible à distinguer de la nuit, un royaume clos de murs, gouverné par les caprices d'un monarque minuscule et absolu. Nous avions demandé à Fanny et à Ben d'être parrain et marraine, et ils avaient tous deux accepté avec force déclarations de fierté et de gratitude. Après quoi les cadeaux s'étaient mis à pleuvoir, Fanny venant en personne apporter les siens (vêtements, couvertures, hochets) et la poste livrant ceux de Ben (livres, ours en peluche, canards en caoutchouc). Je me sentais particulièrement ému de la réaction de Fanny, de sa façon de passer après son travail pour le seul plaisir de cajoler Sonia pendant un quart d'heure, vingt minutes, en roucoulant toutes sortes de petits mots affectueux. Avec le bébé dans les bras, elle semblait s'illuminer, et cela m'attristait toujours de penser que rien de tout cela n'avait été possible pour elle. « Ma petite beauté », disait-elle à Sonia, « mon ange », « ma sombre fleur de la passion », « mon cœur ». A sa façon, Sachs ne se montrait pas moins enthousiaste qu'elle, et je considérais les petits paquets qui ne cessaient d'arriver par la poste comme autant de signes d'un progrès réel, preuve décisive qu'il allait de nouveau bien. Au début du mois d'août, il commença à nous presser de venir le voir dans le Vermont. Il se disait prêt à me montrer la première partie de son livre, et il voulait que nous lui présentions sa filleule. « Vous me l'avez cachée assez longtemps, déclarait-il, comment voulez-vous que je m'occupe d'elle si je ne sais pas de quoi elle a l'air ? »

Nous louâmes donc une voiture et un siège de bébé, Iris et moi, et prîmes la route vers le Nord pour passer quelques jours avec lui. Je me souviens que j'ai demandé à Fanny si elle voulait se joindre à nous, mais apparemment le moment était mal choisi. Elle venait de commencer la rédaction de son catalogue pour l'exposition Blakelock qu'elle organisait au musée l'hiver suivant (sa plus importante à ce jour) et se sentait angoissée par les délais. Elle avait l'intention d'aller voir Ben sitôt qu'elle en aurait terminé, nous expliqua-t-elle, et parce que l'excuse paraissait légitime je n'insistai pas pour qu'elle vienne. Une fois de plus, je me trouvais confronté à un indice évident, et une fois de plus je l'ignorai. Fanny et Ben ne s'étaient plus vus depuis cinq mois, et l'idée ne se fit pas jour dans ma tête qu'ils étaient en difficulté. Si je m'étais donné la peine d'ouvrir les yeux pendant cinq minutes, j'aurais peut-être remarqué quelque chose. Mais j'étais trop occupé de mon bonheur, trop absorbé dans mon petit univers, et je n'y fis pas attention.

Tout de même, ce voyage fut un succès. Après avoir passé quatre jours et trois nuits en sa compagnie, j'arrivai à la conclusion que Sachs avait recouvré son équilibre, et en repartant je me sentais aussi proche de lui que je l'avais jamais été dans le passé. Je suis tenté de dire que c'était juste comme avant, mais cela ne serait pas tout à fait exact. Il lui était arrivé trop de choses depuis sa chute, il y avait eu trop de changements en chacun de nous pour que notre amitié fût exactement ce qu'elle avait été. Pour autant, cela ne veut pas dire que la situation actuelle valait moins que l'ancienne. Sous bien des rapports, elle valait mieux. Bien mieux, même, dans la mesure où je retrouvais quelque chose que je croyais avoir perdu, que j'avais désespéré de jamais retrouver.

Sachs n'avait jamais été quelqu'un de très organisé, et je fus surpris de voir avec quel soin il avait préparé notre visite. Il y avait des fleurs dans la chambre où Iris et moi couchions, des serviettes d'invités étaient pliées sur la commode, et il avait fait le lit avec toute la précision d'un aubergiste chevronné. En bas, la cuisine était bien approvisionnée, il y avait du vin et de la bière en abondance et, nous nous en aperçûmes chaque soir, les menus des repas avaient été composés d'avance. Ces petites attentions me parurent significatives, et elles contribuèrent à donner le ton de notre séjour. La vie quotidienne était plus facile ici pour Sachs qu'à New York, et il avait réussi peu à peu à se reprendre en main. Ainsi qu'il me l'expliqua au cours d'une de nos conversations vespérales, c'était un peu comme de se retrouver en prison. Il ne se sentait plus entravé par des préoccupations étrangères. La vie se trouvait réduite à l'essentiel, et il n'avait plus à s'interroger sur la façon dont il passait son temps. Chaque journée répétait plus ou moins la journée précédente. Aujourd'hui ressemblait à hier, demain ressemblerait à aujourd'hui, et ce qui se passerait la semaine prochaine se confondrait avec ce qui s'était passé cette semaine. Il trouvait là un certain confort. L'élément surprise éliminé, il se sentait l'esprit plus aigu, capable de mieux se concentrer sur son travail.

— C'est bizarre, remarqua-t-il, mais les deux fois que je me suis attelé à l'écriture d'un roman, j'étais coupé du reste du monde. La première fois en prison, quand je n'étais qu'un gosse, et maintenant ici, dans le Vermont, où je vis comme un ermite dans les bois. Je me demande ce que ça peut bien vouloir dire.

— Ça veut dire que tu ne peux pas vivre sans les autres. Quand ils sont à ta portée en chair et en os, le monde réel te suffit. Quand tu es seul, tu es obligé d'inventer des personnages imaginaires. Tu en as besoin pour leur compagnie.

Pendant tout notre séjour, nous fûmes tous trois très occupés à ne rien faire. Nous mangions et buvions, nous nagions dans le lac, nous bavardions. Sachs avait aménagé derrière la maison un terrain de basket utilisable en toute saison et pendant une heure environ, chaque matin, nous tirions des paniers et jouions l'un contre l'autre (il me battait chaque fois à plates coutures). L'après-midi, pendant la sieste d'Iris, lui et moi portions Sonia à tour de rôle dans le jardin et, tout en parlant, la bercions pour l'endormir. Le premier soir, je veillai tard afin de lire le manuscrit de son livre en train de naître. Les deux autres soirs, nous veillâmes ensemble, à discuter de ce qu'il avait écrit jusque-là et de ce qui restait à venir. Le soleil brilla trois des quatre jours, les températures étaient chaudes pour la saison. L'un dans l'autre, tout cela était bien proche de la perfection.

Sachs n'avait encore rédigé qu'un tiers de son livre, et ce qu'il me donna à lire était loin d'être fini. Sachs en était conscient, et quand il me confia le manuscrit le premier soir, il n'était pas en quête de critiques détaillées ni de suggestions sur la façon d'améliorer tel ou tel passage. Il voulait seulement savoir si je pensais qu'il devait continuer. « Je suis arrivé à un point où je ne sais plus ce que je fais, me dit-il. Je ne peux pas dire si c'est bon ou mauvais. Je ne peux pas dire si c'est ce que j'ai jamais fait de meilleur ou un tas de merde. »

Ce n'était pas de la merde. Cette évidence s'imposa à moi dès la première page et ensuite, en poursuivant ma lecture, je me rendis compte aussi que Sachs avait entrepris quelque chose de remarquable. Ce livre était celui que j'avais toujours imaginé qu'il pouvait écrire, et s'il avait fallu un désastre pour le faire démarrer, peut-être ce désastre n'en était-il pas un. C'est du moins ce dont je me persuadai au moment même. Même si quelques défauts m'étaient apparus dans le manuscrit, même s'il fallait y pratiquer, en fin de compte, quelques coupures et modifications, l'essentiel était que Sachs eût commencé, et je n'allais pas le laisser s'arrêter. « Continue à écrire sans retours en arrière, lui conseillai-je le lendemain matin au petit déjeuner. Si tu arrives à le mener à bien, ce sera un grand livre. Tu peux me croire : un livre grand et mémorable. »

Il m'est impossible de savoir s'il aurait pu aboutir. A l'époque, j'étais certain qu'il réussirait, et quand nous lui avons dit au revoir, Iris et moi, le dernier jour, il ne me serait pas venu à l'esprit d'en douter. Les pages que j'avais lues étaient une chose, mais Sachs et moi avions aussi parlé, et en me fondant sur ce qu'il m'avait dit du livre les deux derniers soirs, j'étais convaincu qu'il avait la situation bien en main, qu'il savait ce qu'il avait devant lui. Si c'est vrai, alors je ne peux rien imaginer de plus vertigineux ni de plus terrible. De toutes les tragédies que mon pauvre ami a attirées sur lui-même, l'abandon de ce livre inachevé devient la plus insupportable. Je ne veux pas prétendre que les livres sont plus importants que la vie, mais le fait est que tout le monde meurt, tout le monde finit par disparaître, et si Sachs avait réussi à finir son roman, celui-ci aurait eu une chance de lui survivre. C'est en tout cas ce que j'ai choisi de croire. Tel qu'il est aujourd'hui, ce livre n'est qu'une promesse de livre, un livre en puissance enterré au fond d'une caisse remplie de pages de manuscrit désordonnées et d'un ramassis de notes. C'est tout ce qu'il en reste, avec nos deux conversations nocturnes en plein air, assis sous un ciel sans lune bourré d'étoiles. Je pensais que sa vie prenait un nouveau départ, qu'il était parvenu à l'aube d'un avenir merveilleux, alors qu'en fait il touchait presque à la fin. Moins d'un mois après notre séjour dans le Vermont, Sachs a arrêté de travailler à son livre. Il est parti se promener par un après-midi de la mi-septembre, et soudain la terre l'a avalé. En un mot comme en cent, c'est tout ce qu'on peut en dire, et à partir de ce jour-là il n'a plus écrit un mot.

En hommage à ce qui n'existera jamais, j'ai donné à mon livre le titre même que Sachs avait l'intention d'utiliser pour le sien : *Léviathan*.

IV

Je ne l'ai pas revu pendant près de deux ans. Maria était seule à savoir où il était, et Sachs lui avait fait promettre de n'en rien dire. La plupart des gens auraient passé outre à cette promesse, à mon avis, mais Maria avait donné sa parole et, si dangereux qu'il fût pour elle de la respecter, elle a tenu sa langue. Je dois l'avoir rencontrée une demi-douzaine de fois au cours de ces deux années, mais même lorsque nous parlions de Sachs, elle n'a jamais laissé paraître qu'elle en savait plus que moi sur sa disparition. L'été dernier, quand j'ai enfin appris tout ce qu'elle m'avait caché, j'ai été pris d'une telle colère que j'ai eu envie de la tuer. Mais ça, c'était mon problème, pas celui de Maria, et je n'avais aucun droit de passer ma fureur sur elle. Une promesse est une promesse, après tout, et bien que son silence ait fini par causer beaucoup de mal, je ne crois pas qu'elle ait eu tort d'agir comme elle l'a fait. S'il fallait que quelqu'un parle, ce devait être Sachs. C'était lui le responsable de ce qui se passait, et c'était son secret que Maria protégeait. Mais Sachs n'a rien dit. Pendant deux années entières, il est resté caché sans jamais dire un mot.

Nous savions qu'il était vivant et pourtant, au fur et à mesure que les mois passaient, nous perdions même cette certitude. Ne demeuraient que bribes et morceaux, quelques faits fantomatiques. Nous savions qu'il avait quitté le Vermont, que ce n'était pas au volant de sa voiture, et que pendant une minute affreuse Fanny l'avait vu à Brooklyn. A part cela, tout était conjectures. Comme il n'avait pas téléphoné pour lui annoncer sa venue, nous supposions qu'il avait eu quelque chose d'urgent à lui dire mais, quoi que ce fût, ils n'avaient pas pu en parler. Il était juste tombé du ciel en pleine nuit (« tout angoissé et les yeux fous », selon le récit de Fanny) et avait fait irruption dans la chambre à coucher de leur appartement. D'où la scène horrible à laquelle j'ai déjà fait allusion. S'il avait fait sombre dans la pièce, la situation aurait pu être moins embarrassante pour eux tous, mais plusieurs lampes se trouvaient allumées, Fanny et Charles étaient nus, au-dessus des couvertures, et Ben avait tout vu. C'était manifestement la dernière chose qu'il s'attendait à découvrir. Avant que Fanny ait pu lui dire un mot, il était sorti de la chambre à reculons en bégayant qu'il était désolé, qu'il ne savait pas, qu'il n'avait pas voulu la déranger. Elle avait sauté du lit, mais le temps qu'elle atteigne le vestibule, la porte d'entrée claquait et Ben descendait l'escalier quatre à quatre. Ne pouvant sortir sans rien sur elle, elle s'était précipitée au salon, avait ouvert la fenêtre et l'avait appelé dans la rue. Sachs s'était arrêté un instant et lui avait fait signe de la main. « Ma bénédiction à vous deux ! » avait-il crié. Il lui avait envoyé un baiser, puis avait tourné les talons et disparu en courant dans la nuit.

Fanny nous avait immédiatement téléphoné. Elle pensait qu'il était peut-être en route vers chez nous, mais cette intuition ne s'était pas vérifiée. Nous avions veillé la moitié de la nuit à l'attendre, Iris et moi, mais Sachs ne s'était pas montré. A partir de ce moment, il n'y eut plus aucune indication de l'endroit où il se trouvait. Fanny appelait obstinément la maison dans le Vermont, mais jamais personne ne répondait. C'était notre dernier espoir et, les jours passant, il paraissait de moins en moins probable que Sachs retourne là-bas. La panique s'installait ; une contagion de pensées morbides nous gagnait. Ne sachant que faire d'autre, Fanny avait loué une voiture dès le week-end suivant pour se rendre à la maison. Ainsi qu'elle me l'avait raconté au téléphone après son arrivée, elle s'était trouvée devant une énigme. La porte d'entrée n'avait pas été fermée à clef, la voiture était garée à sa place habituelle dans le jardin, et le travail de Ben s'étalait sur le bureau dans la cabane : les pages terminées du manuscrit empilées d'un côté, les stylos éparpillés, une feuille engagée dans la machine à écrire. En d'autres termes, tout donnait l'impression qu'il allait revenir d'une minute à l'autre. S'il avait eu l'intention de s'en aller pour quelque temps, disait-elle, la maison aurait été fermée. Les tuyauteries auraient été vidées, l'électricité aurait été coupée, le frigo vidé. « Et il aurait emporté son manuscrit, ajoutai-je. Même s'il avait oublié tout le reste, il est impensable qu'il soit parti sans son manuscrit. »

La situation récusait toute explication. Si consciencieusement que nous l'analysions, nous nous retrouvions toujours devant le même casse-tête. D'un côté, le départ de Sachs n'avait pas été prémédité. De l'autre, il s'en était allé de son plein gré. Sans cette rencontre fugitive avec Fanny à New York, nous aurions peut-être soupçonné un malheur, mais Sachs était arrivé indemne en ville. Un peu hagard, peut-être, mais indemne, pour l'essentiel. Et pourtant, s'il ne lui était rien arrivé, pourquoi n'était-il pas retourné dans le Vermont? Pourquoi avait-il laissé en plan sa voiture, ses vêtements, son livre? Iris et moi ne cessions d'en discuter avec Fanny, d'examiner l'une après l'autre toutes les possibilités, mais sans arriver jamais à une conclusion satisfaisante. Il y avait trop de blancs, trop de variables, trop de choses que nous ignorions. Après un mois de piétinement, je suggérai à Fanny d'aller déclarer à la police la disparition de Ben. L'idée lui répugnait, cependant. Elle n'avait plus aucun droit sur lui, disait-elle, ce qui signifiait qu'elle n'avait plus le droit de s'en mêler. Après ce qui s'était passé à l'appartement, il était libre de faire ce qu'il voulait, et ce n'était pas à elle de vouloir le ramener de force. Charles (avec qui nous avions alors fait connaissance, et qui se trouvait avoir de la fortune) proposa d'engager à ses frais un détective privé. « Juste pour nous assurer que Ben va bien, expliquait-il. Il n'est pas question de le forcer à revenir, il est question de s'assurer qu'il a disparu parce qu'il avait envie de disparaître. » Iris et moi trouvions tous deux l'idée de Charles raisonnable, mais Fanny refusa qu'il la mette en pratique. « Il nous a donné sa bénédiction, dit-elle. C'est comme s'il nous avait fait ses adieux. J'ai passé vingt ans avec lui et je connais sa façon de penser. Il n'a pas envie que nous le cherchions. Je l'ai déjà trahi une fois, je n'ai pas l'intention de recommencer. Nous devons lui fiche la paix. Il reviendra quand il sera prêt à revenir, et jusque-là nous devons attendre. Croyez-moi, c'est la seule chose à faire. Il faut attendre, et apprendre à vivre comme ça. »

Des mois passèrent. Puis cela fit un an, puis

deux ans, et l'énigme demeurait entière. Quand Sachs réapparut enfin dans le Vermont en août dernier, j'avais depuis longtemps cessé de penser que nous trouverions une réponse. Iris et Charles le croyaient mort, tous les deux, mais ma désespérance ne reposait sur rien d'aussi spécifique. Si je n'ai jamais éprouvé le sentiment profond que Sachs était vivant ou mort — ni intuition soudaine, ni brutale conviction extra-sensorielle, ni expérience mystique — j'étais plus ou moins persuadé que je ne le reverrais jamais. Je dis « plus ou moins » car je n'étais certain de rien. Dans les premiers mois après sa disparition, je passai par toutes sortes de réactions violentes et contradictoires, mais ces émotions s'apaisèrent peu à peu, et à la fin des termes tels que *tristesse*, *colère* ou *chagrin* me paraissaient hors de propos. J'avais perdu le contact avec lui, et je ressentais de moins en moins son absence comme une affaire personnelle. Chaque fois que j'essayais de penser à lui, l'imagination me manquait. C'était comme si Sachs était devenu un trou dans l'univers. Il n'était plus seulement mon ami disparu, il était un symptôme de mon ignorance en toutes choses, un emblème de l'inconnaissable. Ceci paraît vague, sans doute, mais je ne puis faire mieux. Iris me disait que j'étais en train de me transformer en bouddhiste, et je suppose que cela décrit ma position aussi justement que n'importe quoi d'autre. Fanny était chrétienne, disait Iris, puisqu'elle n'avait jamais cessé de croire que Sachs finirait par revenir; elle et Charles étaient des athées; et moi j'étais un acolyte zen, croyant au pouvoir du néant. Depuis des années qu'elle me connaissait, c'était la première fois que je n'avais pas exprimé d'opinion.

La vie changeait, la vie continuait. Nous avions appris, ainsi que Fanny nous l'avait demandé, à vivre comme ça. Elle et Charles étaient ensemble désormais, et malgré nous Iris et moi avions dû reconnaître que c'était un type bien. Proche de la cinquantaine, architecte, marié une première fois et père de deux garçons, éperdument amoureux de Fanny, irréprochable. Peu à peu, nous avions réussi à nous lier d'amitié avec lui, et une nouvelle réalité s'était installée pour nous tous. Au printemps dernier, quand Fanny nous annonça qu'elle n'avait pas l'intention d'aller dans le Vermont pendant l'été (elle ne pourrait tout simplement pas, disait-elle, et ne le pourrait sans doute plus jamais), l'idée lui vint soudain qu'Iris et moi aimerions peut-être profiter de la maison. Elle voulait nous la laisser pour rien, mais nous insistâmes pour payer un loyer quelconque, et nous trouvâmes donc un arrangement qui couvrirait au moins ses frais — une participation proportionnelle aux taxes, aux frais d'entretien et ainsi de suite. C'est ainsi que j'étais présent lorsque Sachs a surgi l'été dernier. Il est arrivé sans avertissement, dans une vieille Chevy bleue déglinguée cahotant à travers le jardin, a passé ici les deux jours suivants et puis a redisparu. Dans l'intervalle, il a parlé intarissablement, il a tant parlé que ça me faisait presque peur. Mais c'est alors que j'ai entendu son histoire, et compte tenu de sa détermination à me la raconter, je ne crois pas qu'il m'en ait tu quoi que ce soit.

Il avait continué à travailler, m'a-t-il raconté. Une fois Iris et moi repartis avec Sonia, il avait continué à travailler pendant trois ou quatre semaines encore. Nos conversations sur *Léviathan* lui avaient apparemment été profitables, et il s'était remis au manuscrit le matin même, résolu à ne pas quitter le Vermont avant d'avoir achevé une première mouture du livre entier. Il progressait de jour en jour, heureux de sa vie de moine, plus heureux qu'il ne l'avait été depuis des années. Et puis, par un début de soirée de la mi-septembre, il décida d'aller se promener. Le temps avait changé ces jours-là, l'air était vif, imprégné des senteurs de l'automne. Il revêtit sa veste de chasse en laine et partit à grands pas vers le sommet de la colline derrière la maison, en direction du nord. Il avait calculé qu'il lui restait une heure de jour et qu'il pouvait donc marcher une demi-heure avant d'avoir à revenir sur ses pas. En temps normal, il aurait passé cette heure à jouer au basket, mais on était alors en plein changement de saison et il voulait aller regarder ce que ça donnait dans les bois : voir les feuilles rouges et jaunes, admirer les rayons obliques du soleil couchant entre les hêtres et les érables, se promener dans l'embrasement des couleurs en suspens. Il était donc parti faire sa petite balade sans autre souci en tête que ce qu'il allait se préparer à manger dès son retour.

Une fois dans la forêt, cependant, il devint distrait. Au lieu de regarder les feuilles et les oiseaux migrateurs, il se mit à réfléchir à son livre. Des passages écrits dans le courant de la journée lui revenaient en force, et avant de s'en être rendu compte, il était déjà en train de composer mentalement de nouvelles phrases, de prévoir le travail qu'il voulait exécuter le lendemain matin. Il allait de l'avant, marchant dans les feuilles mortes et à travers des broussailles épineuses, parlant tout seul, se récitant les mots de son livre, sans prêter attention à l'endroit où il se trouvait. Il aurait pu continuer comme ça pendant des heures, me dit-il, s'il ne s'était aperçu à un moment donné qu'il y voyait mal. Le soleil était couché et, à cause de l'épaisseur des bois, la nuit tombait rapidement. Il regarda autour de lui avec l'espoir de s'y reconnaître, mais rien ne lui parut familier, et il se rendit compte qu'il n'était encore jamais venu à cet endroit. Il se sentait idiot ; faisant demi-tour, il se mit à courir dans la direction d'où il était venu. Il ne lui restait que quelques minutes avant que tout disparût, et il savait qu'il n'y arriverait jamais. Il n'avait ni lampe de poche, ni allumettes, ni rien à manger dans ses poches. Passer la nuit dehors promettait d'être une expérience désagréable, mais il ne pouvait penser à aucune autre possibilité. Il s'assit sur une souche et se mit à rire. Il se trouvait ridicule, un personnage du plus haut comique. Et puis la nuit tomba vraiment, il ne voyait plus rien. Il attendit l'apparition de la lune, mais au lieu d'elle ce furent des nuages qui envahirent le ciel. Il rit de nouveau. Il n'allait pas se désoler pour si peu, décida-t-il. Là où il se trouvait, il ne risquait rien, et s'il se gelait le cul pendant une nuit, il n'en mourrait pas. Il s'efforça donc de s'installer aussi confortablement que possible. Il se coucha par terre, se couvrit tant bien que mal de feuilles et de branchages, et essaya de penser à son livre. Peu après, il réussit même à s'endormir.

Il se réveilla au point du jour, glacé jusqu'aux os et grelottant, les vêtements trempés de rosée. La situation ne paraissait plus aussi drôle. Son humeur était exécrable, ses muscles douloureux. Il se sentait affamé, hirsute, et la seule chose dont il eût envie était de se tirer de là et de retrouver le chemin de sa maison. Il s'engagea dans un sentier qu'il prenait pour celui par où il était arrivé la veille mais, après une heure de marche, il commença à soupçonner qu'il s'était trompé. Il envisagea de revenir sur ses pas jusqu'à l'endroit d'où il était parti, mais il n'était pas certain de le retrouver — et même s'il le retrouvait, il y avait peu de chances qu'il le reconnût. Le ciel était maussade ce matin-là, d'épaisses masses de nuages cachaient le soleil. Sachs n'avait jamais eu grand-chose de l'homme des bois, et sans boussole pour s'orienter, il n'aurait pu dire s'il marchait vers l'est, l'ouest, le nord ou le sud. D'autre part, ce n'était pas comme s'il s'était trouvé piégé au fond d'une forêt vierge. Les bois devaient bien se terminer tôt ou tard, et peu importait la direction qu'il suivrait du moment qu'il allait en ligne droite. Dès qu'il arriverait sur une route à découvert, il frapperait à la porte de la première maison qu'il verrait. Avec un peu de chance, ses occupants pourraient lui indiquer où il était.

Il fallut longtemps avant que cela ne se vérifie. N'ayant pas de montre, il ne sut jamais exactement combien de temps, entre trois et quatre heures environ, d'après son estimation. Il en avait alors complètement assez et, pendant les derniers miles, maudit sa stupidité avec une fureur croissante. Une fois parvenu à la lisière de la forêt, sa mauvaise humeur s'apaisa néanmoins et il cessa de s'apitoyer sur son sort. Il se trouvait sur une route étroite de terre battue, et même s'il ne savait pas où il était, même s'il n'y avait pas la moindre maison en vue, il pouvait se consoler à l'idée que le pire était passé. Il marcha encore pendant dix minutes, un quart d'heure en pariant avec lui-même sur la distance à laquelle il s'était égaré. Si ça faisait moins de cinq miles, il achèterait à Sonia un cadeau de cinquante dollars. Si ça faisait plus de cinq miles mais moins de dix, il monterait à cent dollars. Pour plus de dix, ce serait deux cents. Au-delà de quinze, ce serait trois cents, au-delà de vingt, quatre cents, et ainsi de suite. Tandis qu'il faisait pleuvoir sur sa filleule ces cadeaux imaginaires (pandas en peluche, maisons de poupée, poneys), il entendit au loin derrière lui le ronflement d'une voiture. Il s'arrêta et attendit qu'elle s'approche. C'était en fait un pick-up rouge, roulant bon train. Se disant qu'il n'avait rien à perdre, Sachs leva la main pour attirer l'attention du conducteur. Le camion passa en trombe à côté de lui, mais stoppa pile avant qu'il ait eu le temps de se retourner. Dans le vacarme du gravier volant et la poussière qui s'élevait de tous côtés, il entendit une voix qui l'appelait, lui demandait s'il voulait monter.

Le chauffeur était un jeune homme d'une vingtaine d'années. Un gars du pays, se dit Sachs, cantonnier ou apprenti plombier, sans doute, et bien qu'il ne se sentît d'abord guère enclin à bavarder, le jeune homme se montra si amical et si plein de bonne volonté qu'ils engagèrent bientôt la conversation. Une batte de soft-ball en métal gisait sur le sol devant le siège de Sachs, et quand le garçon posa le pied sur l'accélérateur pour faire repartir le camion, la batte tressauta et frappa Sachs à la cheville. Cela servit d'ouverture, si l'on peut dire, et après s'être excusé de ce désagrément, le chauffeur se présenta : Dwight (Dwight McMartin, ainsi que Sachs l'apprendrait plus tard), et ils se lancèrent dans une discussion à propos de soft-ball. Dwight lui raconta qu'il jouait dans une équipe patronnée par les pompiers volontaires de Newfane. La saison officielle s'était achevée la semaine précédente, et le premier match « off » était prévu pour le soir même — « si le temps se maintient, ajouta-t-il à plusieurs reprises, si le temps se maintient et qu'il ne se mette pas à pleuvoir ». Dwight jouait en première base, il était le meilleur batteur de son équipe et numéro deux de la ligue en nombre de *homeruns* ; il avait une allure massive à la Moose Skowron. Sachs déclara qu'il essaierait de venir assister à la rencontre, et Dwight répondit avec conviction que ça en vaudrait certainement la peine, que ce serait à coup sûr un match formidable. Sachs ne pouvait s'empêcher de sourire. Il se sentait fripé et pas rasé, avec ses vêtements semés de brindilles et de bouts de feuilles, et son nez qui coulait comme un robinet. Il avait sans doute l'air d'un vagabond, songea-t-il, et pourtant Dwight ne lui posait aucune question personnelle. Il ne lui demandait pas pourquoi il marchait sur une route déserte, il ne lui demandait pas où il habitait, il ne se souciait même pas de lui demander son nom. Sachs se fit la réflexion qu'il pouvait être un peu simplet, à moins qu'il ne fît que se montrer discret, mais quoi qu'il en fût, il était difficile de ne pas apprécier une telle discrétion. Tout à coup, Sachs regretta de s'être depuis des mois confiné dans sa solitude. Il aurait dû sortir et se mêler davantage à ses voisins; il aurait dû faire l'effort d'apprendre quelque chose sur les gens qui vivaient autour de lui. Presque comme un point d'éthique, il se dit qu'il ne pouvait pas oublier le match de soft-ball, ce soir-là. Ça lui ferait du bien, pensa-t-il, ça lui donnerait un autre sujet de réflexion que son livre. S'il avait des gens à qui parler, il risquerait sans doute moins de se perdre la prochaine fois qu'il irait marcher dans les bois.

Quand Dwight lui expliqua où ils se trouvaient, Sachs fut horrifié de voir à quel point il s'était égaré. De toute évidence, il était monté jusqu'en haut de la colline et redescendu de l'autre côté, pour aboutir deux bourgades plus à l'est que l'endroit où il habitait. Il n'avait parcouru à pied que dix miles, mais le retour en voiture en compterait bien trente. Sans raison précise, il décida de dévider toute l'histoire à Dwight. Par reconnaissance, peut-être, ou simplement parce qu'elle lui paraissait alors amusante. Le jeune homme la raconterait sans doute à ses copains de l'équipe de soft-ball, et ils riraient tous un bon coup à ses dépens. Ça lui était égal. L'histoire lui paraissait exemplaire, une blague idiote classique, et ça ne le gênait pas de faire les frais de sa propre sottise. Ce petit malin de citadin joue les Daniel Boone [1] dans la forêt du Vermont, et regardez ce qui lui arrive,

---

1. Célèbre pionnier américain — de la fin du XVIIIe et du début du XIXe siècle —, fondateur du Kentucky, dont le nom est synonyme de connaisseur des bois et de la nature. (*N.d.T.*)

les gars! Mais lorsqu'il se mit à évoquer sa mésaventure, Dwight réagit avec une sympathie inattendue. La même chose lui était un jour arrivée, raconta-t-il à Sachs, et ça n'avait pas été drôle du tout. Il n'avait que onze ou douze ans à l'époque, et il avait eu une frousse abominable, tapi la nuit entière derrière un arbre en s'attendant à être attaqué par un ours. Sachs ne pouvait en être certain, mais il soupçonnait Dwight d'inventer cette histoire afin qu'il se sente un peu moins misérable. En tout cas, le jeune homme ne se moqua pas de lui. En fait, lorsqu'il eut entendu ce que Sachs avait à dire, il proposa même de le ramener chez lui. Il était déjà un peu en retard, dit-il, mais quelques minutes de plus n'y changeraient pas grand-chose et, bon Dieu, s'il se trouvait à la place de Sachs, il aimerait bien que quelqu'un fasse ça pour lui.

A ce moment-là, ils roulaient sur une route pavée, mais Dwight déclara qu'il connaissait un raccourci vers la maison de Sachs. Ça impliquait de faire demi-tour et de revenir sur leurs pas pendant quelques miles, mais après avoir calculé mentalement, il décida que ça valait la peine de changer de direction. Il enfonça donc les freins, vira de bord au milieu de la route et repartit en sens opposé. Son raccourci n'était en réalité qu'une piste étroite et cahoteuse à une seule voie, ruban de terre tracé entre des bois sombres aux taillis denses. Peu de gens connaissaient ce chemin, expliqua Dwight, mais sauf erreur il les mènerait à une route de terre un peu plus large, et celle-ci les déverserait sur la grand-route à quelques miles de chez Sachs. Dwight savait sans doute de quoi il parlait, mais il n'eut jamais l'occasion de démontrer la justesse de sa théorie. Moins d'un mile après s'être engagés sur la première piste, ils tombèrent sur quelque chose d'inattendu. Et avant qu'ils aient pu en faire le tour, leur voyage avait pris fin.

Tout se passa très vite. Sachs vécut ça comme une nausée dans les tripes, un vertige dans la tête, un torrent de peur dans les veines. Ainsi qu'il me l'a confié, il se sentait si épuisé, et si peu de temps s'écoula du début à la fin, qu'il ne put jamais pleinement en admettre la réalité — pas même rétrospectivement, pas même alors qu'il était en train de me le raconter deux ans après. Ils roulaient à travers bois et puis, d'une seconde à l'autre, ils avaient stoppé. Un homme se dressait devant eux sur le chemin, appuyé au coffre d'une Toyota blanche, en train de fumer une cigarette. Il semblait proche de la quarantaine : plutôt grand, mince, vêtu d'une chemise de travail en flanelle et d'un pantalon kaki flottant. Le seul autre détail que Sachs remarqua fut qu'il avait une barbe — guère différente de celle que lui-même avait portée jadis, mais plus sombre. Pensant que l'homme devait avoir un problème avec sa voiture, Dwight descendit du camion et se dirigea vers lui en lui demandant s'il avait besoin d'aide. Sachs ne comprit pas la réponse de l'homme, mais le ton lui en parut désagréable, inutilement hostile en quelque sorte, et comme il continuait à les observer à travers le pare-brise, il fut surpris d'entendre l'homme répondre à la question suivante de Dwight avec encore plus de violence : Fous le camp, ou fous-moi le camp d'ici, des mots de ce genre. Ainsi que Sachs me l'a raconté, c'est alors que l'adrénaline commença à l'envahir, et qu'il ramassa instinctivement la batte métallique sur le sol. Dwight avait trop bon caractère pour se méfier, néanmoins. Il continua à marcher vers l'homme, haussant les épaules sous l'insulte comme si elle ne comptait pas, répétant qu'il voulait seulement aider. L'homme recula avec agitation, puis il courut à l'avant de la voiture, ouvrit la portière côté passager et saisit quelque chose dans la boîte à gants. Quand il se redressa et refit face à

Dwight, il tenait un revolver à la main. Il tira une fois. Le grand gosse hurla en s'empoignant l'estomac, et l'homme tira de nouveau. Le garçon hurla une deuxième fois et partit sur le chemin en trébuchant, avec des gémissements et des sanglots de douleur. L'homme se tourna pour le suivre des yeux, et Sachs sauta en bas du camion, serrant la batte dans sa main droite. Il ne réfléchissait même pas, m'a-t-il dit. Il se précipita derrière l'homme au moment précis où le troisième coup partait, empoigna solidement la batte et frappa de toutes ses forces. Il visait la tête de l'homme — avec l'espoir de lui fendre le crâne en deux, avec l'espoir de le tuer, avec l'espoir de répandre sa cervelle sur le sol. S'écrasant avec une force horrible, la batte défonça un point situé juste derrière l'oreille droite de l'homme. Sachs entendit le bruit de l'impact, un craquement de cartilages et d'os, et puis l'homme tomba. Il tomba raide mort au milieu du chemin, et tout se tut.

Sachs courut vers Dwight, mais quand il se pencha pour examiner le corps du jeune homme, il vit que la troisième balle l'avait tué. Elle était arrivée droit à l'arrière de sa tête, et son crâne avait éclaté. Sachs avait raté sa chance. C'était à l'instant près, et il avait été trop lent. S'il avait réussi à atteindre l'homme une fraction de seconde plus tôt, cette dernière balle aurait manqué son but, et au lieu de contempler un cadavre, il serait en train de bander les plaies de Dwight, de faire l'impossible pour lui sauver la vie. Un instant après avoir eu cette pensée, Sachs sentit son propre corps se mettre à trembler. Il s'assit sur le chemin, la tête entre les genoux, et s'efforça de ne pas vomir. Le temps passa. Il sentit la brise souffler à travers ses vêtements ; il entendit le cri d'un geai dans les bois ; il ferma les yeux. Quand il les rouvrit, il ramassa sur le chemin un peu de terre meuble et l'écrasa contre son visage. Il se mit de la terre dans la bouche et la mâcha, attentif au frottement du grain contre ses dents, aux cailloux sur sa langue. Il mâcha jusqu'à ce qu'il ne pût plus le supporter, et alors il se pencha pour cracher en gémissant comme un animal malade et fou.

Si Dwight avait vécu, m'a-t-il dit, toute l'histoire aurait été différente. L'idée de s'enfuir ne lui serait jamais venue à l'esprit, et une fois ce premier pas éliminé, rien de ce qui avait suivi ne se serait passé. Mais en se retrouvant là, tout seul dans les bois, Sachs était tombé soudain dans une panique profonde, incontrôlable. Deux hommes étaient morts, et la possibilité d'aller trouver la police locale lui paraissait inimaginable. Il avait fait de la prison. Il avait déjà été condamné, et sans témoin pour confirmer son dire, personne ne croirait un mot de son histoire. Tout cela était trop bizarre, trop invraisemblable. Il n'avait pas les idées très claires, bien entendu, et celles qu'il avait étaient entièrement centrées sur lui-même. Il ne pouvait plus rien pour Dwight, mais du moins pouvait-il sauver sa propre peau, et dans sa panique la seule solution qui lui vint à l'esprit fut de foutre le camp de là.

Il savait que la police devinerait qu'un troisième homme avait été présent. Il paraîtrait évident que Dwight et l'inconnu ne s'étaient pas tués l'un l'autre, puisqu'un homme qui avait trois balles dans le corps n'aurait guère eu la force d'en matraquer un autre mortellement, et même s'il l'avait eue, n'aurait pas pu après cela parcourir près de sept mètres sur le chemin, surtout avec l'une de ces balles logée en plein crâne. Sachs savait aussi qu'il laisserait sûrement des traces. Quel que soit le soin qu'il apporterait à nettoyer derrière lui, une équipe d'experts compétents n'aurait aucune difficulté à découvrir quelque chose qui leur permettrait de travailler : une trace de pas, un cheveu, un fragment microscopique. Mais tout cela serait sans importance. Du moment qu'il réussissait à effacer du camion ses empreintes digitales, du moment qu'il pensait à emporter la batte, rien ne permettrait de l'identifier au troisième homme. C'était le point capital. Il devait s'assurer que ce troisième homme pût être n'importe qui. Une fois cela fait, il serait sauvé.

Il passa plusieurs minutes à essuyer les surfaces du camion : le tableau de bord, le siège, les poignées intérieure et extérieure de la portière, tout ce qu'il put imaginer. Dès qu'il eut terminé, il recommença, et puis recommença encore pour faire bonne mesure. Après avoir ramassé la batte sur le sol, il ouvrit la portière de la voiture de l'inconnu, vit que la clef se trouvait au contact et se mit au volant. Le moteur démarra du premier coup. Il y aurait des traces de pneus, bien sûr, et ces traces rendraient impossible le moindre doute quant à la présence d'un troisième homme, mais Sachs était trop affolé pour partir à pied. C'était pourtant ce qui aurait été le plus raisonnable : partir à pied, rentrer chez lui, oublier toute cette horrible histoire. Mais son cœur battait trop vite, ses pensées se bousculaient sans ordre, et il ne lui était plus possible d'agir de manière aussi délibérée. Il avait soif de vitesse. Il avait soif de la vitesse et du bruit d'une voiture, et maintenant qu'il était prêt, il ne souhaitait plus que d'être parti, d'être assis au volant de la voiture et de rouler aussi vite que possible. Rien d'autre ne pourrait correspondre à son tumulte intérieur. Rien d'autre ne lui permettrait de réduire au silence le rugissement de la terreur dans sa tête.

Il roula vers le nord sur l'*interstate* pendant deux heures et demie, en suivant le cours du Connecticut jusqu'à la latitude de Barre. C'est là que la faim eut finalement raison de lui. Il craignait de ne pouvoir garder la nourriture, mais il n'avait plus mangé depuis plus de vingt-quatre heures et il savait qu'il devait essayer. Il quitta l'autoroute à la sortie suivante, roula pendant quinze à vingt minutes sur une route à deux voies et s'arrêta pour déjeuner dans une petite ville dont il oublia ensuite le nom. Ne voulant prendre aucun risque, il commanda des œufs à la coque avec du pain grillé. Lorsqu'il eut mangé, il alla faire un brin de toilette chez les messieurs : il se plongea la tête dans un lavabo rempli d'eau chaude et débarrassa ses vêtements des débris végétaux et des traces de terre. Après quoi, il se sentit beaucoup mieux. Quand il eut payé sa note et fut sorti du restaurant, il comprit que l'étape suivante devait consister à faire demi-tour pour rentrer à New York. Il ne lui serait pas possible de garder cette histoire pour lui seul. Il en avait désormais la conviction, et dès lors qu'il se rendait compte de la nécessité d'en parler à quelqu'un, il savait que ce ne pouvait être qu'à Fanny. Malgré tout ce qui était arrivé depuis un an, il éprouvait soudain une envie déchirante de la revoir.

En revenant à la voiture du mort, Sachs s'aperçut qu'elle était immatriculée en Californie. Il ne savait trop que conclure de cette découverte, mais il en fut tout de même surpris. Combien d'autres détails avait-il laissés échapper ? se demanda-t-il. Avant de reprendre l'autoroute en direction du sud, il s'écarta de la grand-route et alla se garer à la lisière de ce qui ressemblait à une vaste réserve forestière. L'endroit était isolé, sans personne en vue à des miles à la ronde. Sachs ouvrit les quatre portières de la voiture, s'agenouilla et se livra à une fouille systématique de l'intérieur. Bien qu'il y mît la plus grande minutie, le résultat en fut décevant. Il trouva quelques pièces de monnaie coincées sous le siège avant, quelques boulettes de papier chiffonné jetées par terre (emballages de fast-food, tickets déchirés, paquets de cigarettes froissés), mais rien qui ne fût anonyme, rien qui lui révélât le moindre fait concernant l'homme qu'il avait tué. La boîte à gants était également muette, elle ne contenait que le manuel d'entretien de la Toyota, une boîte de balles calibre trente-huit, et un carton intact de Camel filtres. Restait la malle, et quand enfin Sachs réussit à l'ouvrir, il vit que la malle, c'était tout autre chose.

Il y avait trois bagages à l'intérieur. Le plus grand était rempli de vêtements, avec un nécessaire de rasage et des cartes. Tout au fond, rangé dans une petite enveloppe blanche, se trouvait un passeport. D'un regard à la photographie sur la première page, Sachs reconnut l'homme du matin — le même homme moins la barbe. Le nom qui y figurait était Reed Dimaggio, initiale intermédiaire : N. Date de naissance : le 12 novembre 1950. Lieu de naissance : Newark, New Jersey. Le passeport avait été délivré à San Francisco en juillet de l'année précédente, et les dernières pages étaient vierges, sans timbres, sans visas, sans tampons des douanes. Sachs se demanda s'il n'était pas faux. Compte tenu de ce qui s'était passé dans les bois ce matin-là, il paraissait presque certain que Dwight n'était pas la première victime de Dimaggio. Et si l'homme était un tueur professionnel, il y avait une chance qu'il voyage avec de faux papiers. Pourtant, le nom semblait en quelque sorte trop spécial, trop inattendu pour n'être pas vrai. Il devait avoir appartenu à quelqu'un et, faute d'autres indications concernant son identité, Sachs décida de considérer que ce quelqu'un était l'homme qu'il avait tué. Reed Dimaggio. Jusqu'à ce qu'une solution meilleure se présente, tel était le nom qu'il lui donnerait.

L'objet suivant était une valise en métal, une de ces caisses brillantes et argentées dans lesquelles les photographes transportent parfois leur équipement. La première valise s'était ouverte sans clé, mais celle-ci était verrouillée et Sachs s'acharna pendant une demi-heure à faire sauter les charnières de leurs gonds. Il les martela avec la manivelle du cric, et à chaque mouvement de la caisse il entendait brinquebaler à l'intérieur des objets métalliques. Il supposait que c'étaient des armes : couteaux, revolvers et balles, les outils de la profession de Dimaggio. Quand la valise finit par céder, cependant, elle dégorgea une ahurissante collection de bric-à-brac, pas du tout ce que Sachs s'attendait à trouver. Il y avait des rouleaux de fil électrique, des réveille-matin, des tournevis, des puces électroniques, de la ficelle, du mastic, et plusieurs rouleaux de toile isolante noire. Sachs ramassa l'un après l'autre chacun de ces objets et les examina en cherchant à tâtons quelle pouvait en être l'utilité, mais même après avoir passé au crible le contenu entier de la valise, il ne devinait toujours pas le sens de tout cela. La réponse ne lui apparut que plus tard — longtemps après qu'il eut repris la route. Cette nuit-là, en roulant vers New York, il comprit soudain qu'il s'agissait de matériel servant à construire des bombes.

Le troisième bagage était un sac de sport. Son aspect n'avait rien de remarquable (une petite sacoche de cuir à panneaux rouge, blanc et bleu, avec une fermeture à glissière et des poignées de plastique), mais Sachs en avait plus peur que des deux autres et, instinctivement, il l'avait gardé pour la fin. N'importe quoi pouvait se trouver caché là-dedans, pensait-il. Et s'il se disait que cela appartenait à un dément, à un fou meurtrier, alors ce *n'importe quoi* lui paraissait de plus en plus monstrueux à envisager. Quand il en eut terminé avec les deux valises, Sachs avait presque perdu le courage d'ouvrir ce sac. Plutôt que de faire face à ce que son imagination avait placé là-dedans, il s'était à peu près persuadé de le jeter au loin. Mais il ne le fit pas. Au moment précis où il s'apprêtait à le soulever de la malle pour le lancer dans les bois, il ferma les yeux, hésita, et puis, d'un seul trait angoissé, tira la fermeture éclair.

Il n'y avait pas de tête dans le sac. Il n'y avait pas d'oreilles coupées, pas de tronçons de doigts, pas de parties intimes. Il y avait de l'argent. Et pas juste un peu d'argent, mais des quantités, plus d'argent que Sachs n'en avait jamais vu en un seul endroit. Le sac en était bourré : des liasses épaisses de billets de cent dollars liées par des élastiques, chaque liasse représentant trois, quatre ou cinq mille dollars. Quand il eut fini de les compter, Sachs était raisonnablement certain que le total atteignait entre cent soixante et cent soixante-cinq mille dollars environ. Sa première réaction à cette découverte fut le soulagement, la gratitude parce que ses craintes étaient dissipées. Ensuite, tandis qu'il comptait les billets pour la première fois, une impression de choc et de vertige. En recomptant les billets, il s'aperçut néanmoins qu'il s'habituait à eux. C'était ça le plus étrange, à ce qu'il m'a dit : la vitesse à laquelle il digérait toute cette invraisemblable affaire. Quand il compta l'argent une troisième fois, il avait déjà commencé à le considérer comme sien.

Il garda les cigarettes, la batte de soft-ball, le passeport et l'argent. Tout le reste, il s'en débarrassa. Il éparpilla au fond du bois le contenu de la valise et du coffre métallique. Quelques minutes plus tard, il jetait les valises vides dans un dépôt d'ordures à l'entrée de la ville. Il était alors plus de quatre heures, et il avait une longue route à faire. Il s'arrêta pour manger à Springfield, dans le Massachusetts, et fuma les cigarettes de Dimaggio en s'enfilant un deuxième café, et puis il finit par arriver à Brooklyn un peu après une heure du matin. C'est alors qu'il abandonna la voiture, le long d'une des rues pavées proches du Gowanus Canal, un no man's land d'entrepôts vides peuplé de meutes de chiens errants décharnés. Il prit soin d'effacer ses empreintes de toutes les surfaces, mais ce n'était qu'une précaution supplémentaire. Les portières n'étaient pas verrouillées, la clef se trouvait au contact, et la voiture ne manquerait pas d'être volée avant la fin de la nuit.

Il parcourut à pied le reste du chemin, le sac de sport dans une main, la batte de soft-ball et les cigarettes dans l'autre. Au coin de la 5ᵉ avenue et de President Street, il glissa la batte dans une poubelle débordante en l'enfonçant entre des journaux entassés et des peaux de melon déchirées. C'était la dernière chose à laquelle il devait penser. Il lui restait un mile à faire, mais en dépit de son épuisement, il poursuivit son chemin vers chez lui en se sentant envahi par un calme croissant. Fanny serait là pour lui, se disait-il, et sitôt qu'il la verrait, le pire serait passé.

C'est ce qui explique la confusion qui s'ensuivit. Non seulement Sachs fut pris au dépourvu quand il arriva dans l'appartement, mais il n'était pas non plus en état d'absorber le moindre fait nouveau à propos de quoi que ce fût. Il se sentait le cerveau surchargé, et s'il était rentré chez Fanny c'était précisément parce qu'il pensait que là, il n'y aurait pas de surprise, parce que c'était l'unique endroit où il pouvait compter qu'on s'occuperait de lui. D'où son ahurissement, sa réaction de stupeur quand il la vit se rouler nue sur le lit avec Charles. Sa certitude se fondait en humiliation, et il réussit à peine à balbutier quelques mots d'excuse avant de se précipiter au dehors. Tout était arrivé en même temps, et même s'il parvint à se reprendre assez pour crier de la rue qu'il les bénissait, il ne s'agissait là que d'un bluff, un faible effort de dernière minute pour sauver la face. En réalité, il avait l'impression que le ciel lui était tombé sur la tête. Il avait l'impression que son cœur lui avait été arraché.

Il courut le long du trottoir, courut juste pour s'éloigner, sans penser à ce qu'il allait faire. Au coin de la 3ᵉ rue et de la 7ᵉ avenue, il aperçut un téléphone public, et ça lui donna l'idée de m'appeler pour me demander un endroit où passer la nuit. Mais quand il composa mon numéro, la ligne était occupée. Je devais être en train de parler avec Fanny à ce moment-là (elle nous avait téléphoné aussitôt après la disparition de Sachs), mais il interpréta ce fait comme un signe qu'Iris et moi avions décroché notre appareil. Cette conclusion était raisonnable, puisqu'il était peu probable que nous fussions l'un ou l'autre en train de bavarder avec quelqu'un à deux heures du matin. C'est pourquoi il ne se donna même pas la peine d'essayer une deuxième fois. Quand la machine lui retourna ses vingt-cinq cents, il s'en servit pour appeler Maria. La sonnerie arracha celle-ci à un profond sommeil, mais lorsqu'elle entendit le ton désespéré de la voix de Sachs, elle lui dit de venir tout de suite. Il n'y avait guère de métros à cette heure, et le temps qu'il en attrape un à Grand Army Plaza et arrive au loft de Maria à Manhattan, elle était déjà habillée et bien éveillée, assise à la table de la cuisine, en train de boire sa troisième tasse de café.

Il était logique qu'il aille là. Même après s'être retiré à la campagne, Sachs avait gardé le contact avec Maria, et quand j'ai enfin parlé de tout cela avec elle l'automne dernier, elle m'a montré plus d'une douzaine de lettres et de cartes postales qu'il lui avait envoyées du Vermont. A ce qu'elle m'a dit, il y avait aussi eu pas mal de conversations téléphoniques et, dans les six mois qu'il avait passés loin de la ville, elle ne pensait pas être restée plus de dix jours sans nouvelles de lui sous une forme ou une autre. La vérité, c'est que Sachs avait confiance en elle et que dès lors que Fanny disparaissait soudain de sa vie (et que mon téléphone semblait décroché), il était tout naturel qu'il se tourne vers Maria. Depuis son accident, en juillet de l'année précédente, elle était la seule personne à qui il s'était confié, la seule qui avait eu accès dans le sanctuaire de ses pensées les plus intimes. Tout bien considéré, elle était sans doute plus proche de lui en ce moment que quiconque.

Et pourtant, il allait s'avérer que c'était une erreur terrible. Non que Maria ne fût désireuse de l'aider, non qu'elle ne fût prête à laisser tout tomber jusqu'à ce qu'il sorte de sa crise, mais parce qu'elle se trouvait en possession du seul fait capable de transformer une affreuse aventure en tragédie absolue. Si Sachs n'était pas allé chez elle, je suis certain que les choses se seraient arrangées assez rapidement. Il se serait calmé après une nuit de repos, et après cela il serait allé à la police raconter la vérité. Avec l'aide d'un bon avocat, il serait ressorti de là en homme libre. Mais un nouvel élément fut ajouté à la mixture déjà détonante des dernières vingt-quatre heures, et le résultat en fut un composé mortel, un plein ballon d'acide sifflant ses menaces dans une profusion bouillonnante de fumée.

Aujourd'hui encore, il m'est difficile d'en accepter la moindre part. Et je parle comme quelqu'un qui devrait savoir, qui a réfléchi longuement et assidûment aux questions qui se posent ici. Toute ma vie d'adulte s'est passée à écrire des histoires, à placer des personnages imaginaires dans des situations inattendues et souvent invraisemblables, mais aucun de mes personnages n'a jamais vécu quoi que ce fût d'aussi improbable que Sachs, cette nuit-là, chez Maria Turner. Si faire le récit de ce qui est arrivé me bouleverse encore, c'est parce que le réel dépasse toujours ce que nous pouvons imaginer. Si débridées que nous jugions nos inventions, elles ne parviennent jamais au niveau des incessantes et imprévisibles vomissures du monde réel. Cette leçon me paraît désormais incontestable. *Il peut arriver n'importe quoi*. Et, d'une manière ou d'une autre, c'est toujours ça qui arrive.

Les premières heures qu'ils passèrent ensemble furent assez pénibles, et devaient leur laisser à tous deux le souvenir d'une sorte de tempête, d'un passage à tabac intérieur, d'un maelström de larmes, de silences et de mots à demi étouffés. Petit à petit, Sachs réussit à sortir son histoire. Maria le tint dans ses bras la plupart du temps, en l'écoutant avec une fascination incrédule lui raconter tout ce qu'il était capable de raconter. C'est alors qu'elle lui fit cette promesse, qu'elle lui donna sa parole et lui jura de garder les meurtres pour elle seule. Elle comptait le persuader, plus tard, de s'adresser à la police, mais dans l'immédiat son seul souci était de le protéger, de lui prouver sa loyauté. Sachs était en pleine débâcle, et une fois que les mots commencèrent à s'échapper de sa bouche, une fois qu'il s'entendit décrire ce qu'il avait vécu, il fut saisi d'horreur. Maria tenta de lui faire comprendre qu'il avait agi pour se défendre — qu'il n'était pas responsable de la mort de l'inconnu — mais Sachs refusait d'admettre ses arguments. Qu'on le veuille ou non, il avait tué un homme, et aucun discours ne suffirait jamais à effacer cet acte. Mais s'il n'avait pas tué l'inconnu, insistait Maria, c'est lui qui aurait été tué. C'est possible, répondait Sachs, mais à tout prendre ça aurait mieux valu que la situation où il se trouvait désormais. J'aurais préféré mourir, disait-il, j'aurais préféré être abattu ce matin-là plutôt que de vivre le restant de mes jours avec ce souvenir.

Ils continuèrent à discuter, à tourner en tous sens ces arguments torturés, à peser l'acte et ses conséquences, à revivre les heures que Sachs avait passées dans la voiture, la scène avec Fanny à

Brooklyn, sa nuit dans les bois, reprenant les mêmes choses trois ou quatre fois, l'un et l'autre incapables de dormir et puis, en plein milieu de cette conversation, tout s'arrêta. Sachs ouvrit le sac de sport pour montrer à Maria ce qu'il avait trouvé dans la malle de la voiture, et le passeport se trouvait posé là, au-dessus de l'argent. Il le prit et le lui passa, en insistant pour qu'elle y jette un coup d'œil, voulant absolument prouver que l'inconnu avait été une vraie personne — un homme avec un nom, un âge, une date de naissance. Cela rendait tout tellement concret, disait-il. Si l'homme était resté anonyme, il eût été possible de penser à lui comme à un monstre, d'imaginer qu'il avait mérité la mort, mais le passeport le démythifiait, montrait qu'il s'agissait d'un homme comme les autres. Là se trouvaient les chiffres attestant son existence, l'esquisse d'une vie réelle. Et il y avait son portrait. Cela paraissait incroyable : l'homme *souriait* sur la photographie. Ainsi que le dit Sachs en mettant le document dans la main de Maria, il était persuadé que ce sourire allait le détruire. Il aurait beau s'éloigner autant qu'il le pourrait des événements du matin, jamais il ne parviendrait à lui échapper.

Maria ouvrit donc le passeport en pensant déjà à ce qu'elle dirait à Sachs, en cherchant des mots qui le rassureraient, et elle baissa les yeux vers la photographie. Puis elle regarda à nouveau, passant et repassant du nom au portrait, et tout à coup (c'est ce qu'elle m'a raconté l'an dernier), elle eut l'impression que sa tête allait exploser. Tels sont exactement les mots qu'elle a utilisés pour décrire ce qui s'était passé : « J'ai eu l'impression que ma tête allait exploser. »

Sachs lui demanda ce qui n'allait pas. Il avait vu changer son expression, et ne comprenait pas.

— Doux Jésus, dit-elle.
— Tu vas bien ?

— C'est une blague, oui ? C'est je ne sais quelle blague idiote, c'est ça ?

— Je ne comprends pas.

— Reed Dimaggio. C'est la photo de Reed Dimaggio.

— C'est ce qui est inscrit dessous. Je ne sais pas du tout si c'est son vrai nom.

— Je le connais.

— Quoi ?

— Je le connais. Il a épousé ma meilleure amie. J'ai assisté à leur mariage. Ils ont donné mon prénom à leur petite fille.

— Reed Dimaggio.

— Il n'y a qu'un Reed Dimaggio. Et c'est sa photo. Je l'ai sous les yeux en ce moment.

— Ce n'est pas possible.

— Tu crois que j'inventerais ça ?

— Ce type était un tueur. Il a abattu un gamin de sang-froid.

— Je m'en fous. Je le connaissais. C'était le mari de mon amie Lillian Stern. Sans moi, ils ne se seraient jamais rencontrés.

L'aube approchait, mais ils continuèrent à parler pendant plusieurs heures encore, et veillèrent jusqu'à neuf ou dix heures du matin tandis que Maria racontait l'histoire de son amitié avec Lillian Stern. Sachs, dont le corps s'était décomposé de fatigue, retrouva un second souffle et refusa d'aller se coucher avant qu'elle eût fini. Il entendit le récit de la jeunesse de Maria et de Lillian dans le Massachusetts, de leur installation à New York après l'école secondaire, de la longue période où elles s'étaient perdues de vue, de leurs retrouvailles inattendues dans l'entrée de l'immeuble de Lillian. Maria conta la saga du carnet d'adresses, elle alla chercher les photos qu'elle avait prises de Lillian et les étala devant lui sur le sol, elle parla de leurs expériences d'échanges d'identité. La rencontre de

Lillian et de Dimaggio en avait directement découlé, expliqua-t-elle, ainsi que la romance échevelée qui avait suivi. Maria elle-même n'avait jamais eu l'occasion de bien le connaître, et à part le fait qu'elle l'aimait bien, elle ne pouvait pas dire grand-chose de sa personnalité. Seuls quelques détails disparates lui étaient restés en mémoire. Elle se souvenait qu'il s'était battu au Viêt-nam, par exemple, mais qu'il eût été conscrit ou engagé volontaire, cela n'était plus clair. Il devait avoir été démobilisé vers le début des années soixante-dix, néanmoins, puisqu'elle savait concrètement qu'il était entré à l'université grâce au *G.I. bill* [1], et quand Lillian avait fait sa connaissance en 1976, il avait déjà terminé sa licence et se trouvait sur le point de partir à Berkeley faire un doctorat en histoire américaine. L'un dans l'autre, Maria ne l'avait rencontré que cinq ou six fois, et plusieurs de ces rencontres avaient eu lieu tout au début, alors que Lillian et lui s'éprenaient l'un de l'autre. Un mois après, Lillian était partie avec lui en Californie, et ensuite Maria ne l'avait revu que deux fois : au mariage, en 1977, et après la naissance de leur fille, en 1981. Le mariage avait duré jusqu'en 1984. Lillian avait téléphoné plusieurs fois à Maria pendant la période de la rupture, mais depuis leurs relations étaient devenues irrégulières, avec des intervalles de plus en plus longs entre chaque coup de téléphone.

Maria disait n'avoir jamais perçu aucune cruauté en Dimaggio, rien qui suggérât qu'il fût capable de faire du mal à quelqu'un — et moins encore d'abattre un inconnu de sang-froid. Cet homme n'était pas un criminel. C'était un étudiant, un intellectuel, un enseignant, et Lillian et lui avaient mené une existence plutôt terne à Ber-

1. Loi permettant aux ex-soldats de faire des études universitaires aux frais du gouvernement. (*N.d.T.*)

keley. Il faisait cours à l'université en qualité d'assistant tout en poursuivant son doctorat ; elle étudiait l'art dramatique, travaillait à mi-temps de-ci, de-là et jouait dans des spectacles de théâtre locaux et des films d'étudiants. Ses économies leur avaient permis de vivre pendant les deux premières années environ, mais ensuite l'argent était devenu rare et le plus souvent il leur fallait se débattre pour nouer les deux bouts. Pas vraiment la vie d'un criminel, commenta Maria.

Et ce n'était pas non plus la vie qu'elle avait imaginé que son amie se choisirait. Après ces années folles à New York, il paraissait étrange que Lillian se fût rangée avec un type comme Dimaggio. Mais elle avait déjà envisagé de quitter New York, et les circonstances de leur rencontre avaient été si extraordinaires (si « extatiques », disait Maria) que l'idée de partir avec lui devait lui avoir semblé irrésistible — moins un choix qu'une affaire de destin. Il est vrai que Berkeley n'était pas Hollywood, mais Dimaggio n'avait rien non plus d'un petit rat de bibliothèque aux lunettes de fer et à la poitrine creuse. C'était un fort et beau jeune homme, et il n'y avait sans doute eu aucun problème côté attirance physique. Ce qui comptait également, c'est qu'il était plus intelligent que tous les gens qu'elle avait connus : il parlait mieux et en savait plus que les autres, et il possédait sur toutes choses toutes sortes d'opinions impressionnantes. Lillian, qui n'avait pas lu plus de deux ou trois livres dans sa vie, devait avoir été subjuguée par lui. Dans l'idée de Maria, elle s'était sans doute figurée que Dimaggio allait la transformer, que le seul fait de le connaître allait la sortir de sa médiocrité et l'aider à devenir quelqu'un. Sa carrière de star n'était de toute façon qu'un rêve enfantin. Elle avait sans doute l'allure d'une star, elle en avait même peut-être le talent — mais, ainsi que Maria l'expliqua à Sachs, Lillian était beaucoup trop paresseuse pour y arriver, trop impulsive pour s'appliquer et se concentrer, trop dépourvue d'ambition. Quand elle avait demandé conseil à Maria, celle-ci lui avait répondu sans ambages d'oublier le cinéma et de s'en tenir à Dimaggio. S'il avait envie de l'épouser, il fallait saisir la chance. Et c'est exactement ce que Lillian avait fait.

Dans la mesure de ce qu'elle en savait, Maria avait eu l'impression que c'était un mariage heureux. En tout cas Lillian ne s'en était jamais plainte, et même si Maria avait commencé à éprouver quelques doutes après un séjour en Californie en 1981 (elle avait trouvé Dimaggio morose et autoritaire, sans le moindre sens de l'humour), elle avait attribué cela aux premiers émois de la paternité et gardé ses pensées pour elle-même. Deux ans et demi plus tard, quand Lillian lui avait téléphoné pour lui annoncer leur prochaine séparation, Maria en avait été tout à fait surprise. Lillian déclarait que Dimaggio voyait une autre femme et puis, dans le même souffle, elle avait fait allusion à quelque chose, dans son passé, « qui la rattrapait ». Maria avait toujours supposé que Lillian avait raconté à Dimaggio comment elle avait vécu à New York, mais apparemment elle ne s'y était jamais résolue, et lorsqu'ils étaient partis en Californie, elle avait décidé qu'il valait mieux pour tous les deux qu'il n'en sût rien. Or le hasard avait fait qu'un soir où elle et Dimaggio dînaient dans un restaurant de San Francisco, un ancien client à elle était venu s'asseoir à la table voisine. Il était ivre, et après que Lillian eut refusé de réagir à ses regards fixes, à ses sourires et à ses clins d'œil odieux, il s'était levé en proférant à voix haute quelques réflexions insultantes qui étalaient son secret en plein devant son mari. D'après ce qu'elle avait raconté à Maria, Dimaggio s'était mis en rage dès leur retour chez eux. Il l'avait jetée à terre, lui avait envoyé des coups de pied, avait lancé des casseroles contre les murs, en criant « putain » d'une voix suraiguë. Si le bébé ne s'était réveillé, Lillian disait qu'il l'aurait peut-être tuée. Cependant, le lendemain, quand elle retéléphona à Maria, Lillian ne fit plus même allusion à cet incident. Cette fois, son histoire était « qu'elle ne pigeait plus rien à Dimaggio », qu'il passait son temps avec « une bande de radicaux imbéciles » et qu'il était devenu un « sale con ». Alors finalement elle en avait eu marre et elle l'avait chassé de chez elle. Cela faisait trois histoires différentes, remarqua Maria, un exemple caractéristique de la façon dont Lillian affrontait la réalité. Il se pouvait qu'une de ces histoires fût vraie. Il était même possible qu'elles le fussent toutes — et puis encore, il était également possible qu'elles fussent toutes fausses. On ne pouvait jamais dire, avec Lillian, expliqua-t-elle à Sachs. Pour autant qu'elle le sût, peut-être que Lillian avait été infidèle à Dimaggio, et qu'il l'avait quittée. Ce pouvait être aussi simple que ça. Et, de nouveau, peut-être pas.

Ils n'avaient jamais officiellement divorcé. Dimaggio, qui avait obtenu son doctorat en 1982, enseignait depuis deux ans dans un petit collège privé à Oakland. Après la rupture définitive avec Lillian, il avait emménagé dans un studio d'une pièce au centre de Berkeley. Pendant neuf mois, il était venu tous les samedis à la maison chercher la petite Maria pour passer la journée avec elle. Il arrivait toujours ponctuellement à dix heures du matin, et il la ramenait toujours à huit heures du soir. Et puis un jour, après un peu moins d'un an de cette routine, il n'était pas venu. Il n'y avait jamais eu aucune excuse, aucun mot d'explication. Lillian avait téléphoné chez lui à plusieurs reprises au cours des deux jours suivants, mais personne n'avait répondu. Le lundi, elle avait tenté de le joindre à son travail, et comme personne ne décrochait dans son bureau, elle avait recomposé le numéro et demandé à parler à la secrétaire du département d'histoire. C'est alors seulement qu'elle avait appris que Dimaggio avait démissionné de son poste au collège. La semaine précédente, avait dit la secrétaire, le jour où il avait remis ses notes finales pour le semestre. Il avait expliqué au président qu'on lui avait offert un poste d'assistant à Cornell, mais lorsque Lillian avait appelé le département d'histoire de Cornell, personne n'avait entendu parler de lui. Après cela, elle n'avait plus jamais revu Dimaggio. Pendant deux ans, tout s'était passé comme s'il avait disparu de la face de la terre. Il n'avait pas écrit, n'avait pas téléphoné, n'avait pas une seule fois tenté de voir sa fille. Jusqu'à sa réapparition dans les bois du Vermont le jour de sa mort, l'histoire de ces deux années était une inconnue.

Entre-temps, Lillian et Maria avaient continué de se parler au téléphone. Un mois après la disparition de Dimaggio, Maria avait suggéré à Lillian de faire sa valise et de venir à New York avec la petite Maria. Elle proposait même de payer leur billet, mais compte tenu que Lillian était alors sans un sou, elles étaient convenues que ce montant serait dépensé plus utilement à régler des factures. Maria avait donc fait virer à Lillian un prêt de trois mille dollars (tout ce qu'elle pouvait se permettre, au centime près), et le voyage avait été remis à plus tard. Deux ans après, il n'avait pas encore eu lieu. Maria ne cessait d'imaginer qu'elle irait en Californie passer quelques semaines chez Lillian, mais le moment ne paraissait jamais bienvenu, et elle n'arrivait qu'à peine à faire face à son travail. Au bout d'un an, elles avaient commencé à se téléphoner moins souvent. Un jour, Maria avait envoyé encore quinze cents dollars, mais quatre mois s'étaient écoulés depuis leur dernière conversation et elle soupçonnait Lillian d'être en assez piteuse situation. Quelle façon affreuse de traiter une amie, fit-elle en piquant soudain une nouvelle crise de larmes. Elle ne savait même plus ce que Lillian faisait, et maintenant que cette chose terrible était arrivée, elle voyait combien elle avait été égoïste, elle se rendait compte à quel point elle l'avait laissée tomber.

Un quart d'heure plus tard, étalé sur le canapé dans le studio de Maria, Sachs cédait au sommeil. Il pouvait s'abandonner à son épuisement parce qu'il s'était déjà fixé un plan, parce qu'il ne s'interrogeait plus sur ce qu'il allait faire. Lorsque Maria lui avait raconté l'histoire de Dimaggio et de Lillian Stern, il avait compris que cette coïncidence cauchemardesque représentait en réalité une solution, une ouverture en forme de miracle. L'essentiel était d'accepter l'angoissante étrangeté de l'événement — de ne pas la contester, mais de l'épouser, de l'accueillir en lui comme une force portante. Là où tout n'avait été pour lui qu'obscurité, il apercevait désormais une belle et terrible clarté. Il allait se rendre en Californie et donner à Lillian Stern l'argent qu'il avait trouvé dans la voiture de Dimaggio. Pas seulement l'argent — l'argent en tant que gage de tout ce qu'il avait à donner, de son âme entière. L'alchimie de l'expiation l'exigeait, et une fois qu'il aurait accompli ce geste, peut-être y aurait-il pour lui un peu de paix, peut-être serait-il excusable de continuer à vivre. Dimaggio avait privé un homme de sa vie ; il avait privé Dimaggio de la sienne. Son tour était venu, sa vie devait désormais lui être ôtée. Telle était la loi interne, et s'il ne trouvait pas le courage de se faire disparaître, jamais le cycle infernal ne s'interromprait. Même s'il vivait très vieux, sa vie ne lui appartiendrait plus jamais. En remettant l'argent à Lillian Stern, il se livrerait lui-même entre ses mains. Ce serait là sa pénitence : consacrer sa vie à donner la vie à autrui ; avouer ; tout risquer sur un rêve fou de pitié et de pardon.

Il ne dit rien de tout cela à Maria. Il craignait qu'elle ne le comprît pas, et détestait l'idée de la perturber, de l'effrayer davantage. Cependant, il recula autant qu'il put le moment de s'en aller. Son corps avait besoin de repos, et puisque Maria ne paraissait pas pressée d'être débarrassée de lui, il finit par passer encore trois jours chez elle. De tout ce temps, il ne mit jamais le pied hors du loft. Maria lui acheta de nouveaux vêtements ; elle allait au marché et lui préparait ses repas ; matin et soir, elle lui apportait les journaux. A part lire ces journaux et regarder la télévision, il ne faisait pratiquement rien. Il dormait. Il regardait fixement par la fenêtre. Il pensait à l'immensité de la peur.

Le second jour, il y eut dans le *New York Times* un petit article rapportant la découverte des deux corps dans le Vermont. C'est ainsi que Sachs apprit que le nom de famille de Dwight était McMartin, mais l'article était trop sommaire pour apporter des détails sur l'enquête qui semblait avoir commencé. Dans le *New York Post* de l'après-midi, il y avait un récit qui mettait l'accent sur la perplexité des autorités devant cette affaire. Rien à propos d'un troisième homme, rien sur une Toyota blanche abandonnée à Brooklyn, rien sur un indice quelconque permettant d'établir une relation entre Dimaggio et McMartin. Le titre annonçait : MYSTÈRE DANS LES FORÊTS DU NORD. Le même soir, aux informations nationales, une des chaînes présentait l'histoire, mais à part une courte interview d'assez mauvais goût avec les parents de McMartin (la mère en larmes devant la caméra, le père raide et pétrifié) et une vue de la maison de Lillian Stern (« Mrs. Dimaggio a refusé de parler aux journalistes »), il n'y avait rien de bien nouveau. Un porte-parole de la police vint déclarer que des tests à la paraffine prouvaient que Dimaggio avait tiré avec l'arme dont les balles avaient tué McMartin, mais que la mort de Dimaggio demeurait inexpliquée. Il est clair qu'un troisième homme a été mêlé à l'affaire, ajouta-t-il, mais on n'a encore aucune idée de son identité ni de l'endroit où il se trouve. En tout état de cause, l'affaire était une énigme.

Pendant tout le temps que Sachs passa chez Maria, celle-ci ne cessa d'appeler Lillian à Berkeley. La première fois, il n'y eut pas de réponse. Ensuite, quand elle réessaya une heure plus tard, elle tomba sur le signal occupé. Après plusieurs tentatives, elle appela l'opératrice et lui demanda s'il y avait des problèmes sur la ligne. Non, lui répondit-on, le téléphone a été décroché. Après le passage du reportage à la télévision, le lendemain soir, le signal occupé devint compréhensible. Lillian se protégeait des journalistes, et de tout le séjour de Sachs à New York, Maria ne réussit pas à la joindre. Finalement, ce n'était peut-être pas plus mal. Si grand que fût son désir de parler à son amie, Maria aurait été bien en peine de lui dire ce qu'elle savait : que le meurtrier de Dimaggio était un de ses amis, qu'il se tenait auprès d'elle à l'instant même où elle parlait. La situation était assez horrible sans qu'il fallût trouver les mots pour expliquer tout cela. D'autre part, il eût sans doute été utile pour Sachs que Maria réussît à parler à Lillian avant son départ. La voie lui aurait été aplanie, si on peut dire, et ses premières heures en Californie auraient été considérablement moins pénibles. Mais comment Maria aurait-elle pu savoir cela? Sachs ne lui avait rien dit de ses intentions, et à part le petit mot de remerciement qu'il déposa sur la table de la cuisine pendant qu'elle faisait les courses pour le dîner du troisième jour, il ne lui dit même pas au revoir. Ça le gênait d'agir ainsi, mais il savait qu'elle ne le laisserait pas partir sans explication, et lui mentir était la dernière chose qu'il voulait. Dès qu'elle fut sortie pour faire ses courses, il rassembla donc ses affaires et descendit dans la rue. Son bagage comprenait le sac de sport et un sac en plastique (dans lequel il avait entassé son nécessaire de rasage, sa brosse à dents, et les quelques vêtements que Maria lui avait trouvés). De là, il marcha jusqu'à West Broadway, héla un taxi et demanda au chauffeur de le conduire à Kennedy Airport. Deux heures plus tard, il montait à bord de l'avion de San Francisco.

Elle habitait une petite maison en stuc rose dans les Berkeley Flats, un quartier pauvre aux pelouses encombrées de bric-à-brac, aux façades pelées et aux trottoirs envahis de mauvaises herbes. Sachs s'y arrêta dans sa Plymouth de location un peu après dix heures du matin, mais personne n'ouvrit la porte quand il sonna. C'était la première fois qu'il venait à Berkeley, mais plutôt que de s'en aller explorer la ville et de revenir plus tard, il s'installa sur le seuil pour attendre l'arrivée de Lillian Stern. Une douceur singulière imprégnait l'atmosphère. Tout en feuilletant son numéro du *San Francisco Chronicle*, il respirait le parfum des jacarandas, du chèvrefeuille et des eucalyptus : le choc de la Californie dans son éternelle floraison. Peu lui importait combien de temps il devrait rester assis là. Parler à cette femme constituait désormais la seule obligation dans sa vie, et jusqu'à ce que cela se produise, c'était comme si le temps s'était arrêté pour lui, comme si rien ne pouvait exister que le suspense de l'attente. Dix minutes ou dix heures, se disait-il, du moment qu'elle finit par arriver, cela ne fera aucune différence.

Il y avait, dans le *Chronicle* du matin, un article sur Dimaggio qui se révéla plus long et plus complet que tout ce que Sachs avait lu à New York. D'après des sources locales, Dimaggio avait été mêlé à un groupe d'écologistes de gauche, une poignée d'hommes et de femmes qui luttaient pour l'abandon des projets de centrales nucléaires et contre les entreprises d'abattage des forêts et autres « destructeurs de la Terre ». L'article avançait que Dimaggio était peut-être en train d'accomplir une mission pour ce groupe au moment de sa mort, accusation fermement rejetée par le président de la cellule de Berkeley des Enfants de la planète, qui affirmait que l'idéologie de son organisation s'opposait à toute forme de protestation violente. Le journaliste poursuivait en suggérant que Dimaggio, en désaccord avec le groupe pour des questions de tactique, pouvait avoir renié son appartenance aux Enfants et agi de sa propre initiative. Tout cela ne reposait sur rien de concret, mais Sachs fut très frappé de découvrir que Dimaggio n'avait pas été un criminel ordinaire. Ce qu'il avait été paraissait radicalement différent : un fol idéaliste, un homme croyant à une cause, quelqu'un qui avait rêvé de changer le monde. Ça n'éliminait pas le fait qu'il eût tué un jeune gars innocent ; en un sens, ça le rendait plus grave encore. Lui et Sachs avaient cru aux mêmes choses. Dans un autre temps, un autre lieu, ils auraient pu être amis.

Sachs passa une heure à lire le journal, puis il le rejeta et se mit à contempler la rue. Des douzaines de voitures circulaient devant la maison, mais les seuls piétons étaient les très âgés ou les très jeunes : des petits enfants avec leurs mères, un vieillard noir marchant avec peine à l'aide d'une canne, une femme aux cheveux blancs, d'origine asiatique, dans un déambulateur d'aluminium. A une heure, Sachs abandonna momentanément son poste afin d'aller se chercher quelque chose à manger, mais il revint moins de vingt minutes après et avala son repas de fast-food sur les marches du seuil. Il comptait qu'elle rentrerait vers cinq heures et demie, six heures, espérant qu'elle était allée travailler quelque part, qu'elle se trouvait à son boulot comme toujours, qu'elle continuait à accomplir les gestes de son existence normale. Mais ce n'était qu'une supposition. Il ne savait pas si elle avait un emploi, et même si elle en avait un, il ne lui paraissait pas du tout certain qu'elle n'eût pas quitté la ville. Si cette femme avait disparu, son plan ne valait plus rien, et pourtant le seul moyen de s'en assurer était de demeurer assis là où il était. Il endura les premières heures de la soirée dans un tumulte d'anticipation, en regardant les nuages s'assombrir au-dessus de lui tandis que le crépuscule virait à la nuit. Cinq heures devinrent six heures, six heures devinrent sept, et à partir de là il ne lui resta qu'à se défendre d'une déception cuisante. Il repartit se chercher à manger à sept heures et demie, puis revint à la maison et se remit à attendre. Elle était peut-être au restaurant, se disait-il, ou chez des amis, ou occupée à n'importe quoi qui expliquerait son absence. Et si elle revenait, ou quand elle reviendrait, il était capital qu'il se trouve là. S'il ne lui parlait pas avant qu'elle rentre chez elle, il risquait de perdre sa chance pour toujours.

Et pourtant, quand elle finit par arriver, Sachs fut pris au dépourvu. Il était un peu plus de minuit, et parce qu'il ne l'attendait plus, il avait relâché sa vigilance. L'épaule appuyée contre la rampe de fer forgé, les yeux fermés, il était sur le point de céder au sommeil quand le bruit d'un moteur au ralenti le ranima. En ouvrant les yeux, il vit la voiture arrêtée sur un emplacement de parking juste en face de la maison. Un instant plus tard, le moteur se tut et les phares s'éteignirent. N'étant pas encore certain qu'il s'agissait de Lillian Stern, Sachs se remit sur ses pieds et attendit à son poste sur les marches — le cœur battant, le sang bourdonnant dans la tête.

Elle se dirigea vers lui en portant dans ses bras un enfant endormi, avec à peine un regard pour sa maison en traversant la rue. Sachs l'entendit chuchoter quelque chose à l'oreille de sa fille, mais il ne distingua pas ce que c'était. Il se rendit compte qu'il n'était qu'une ombre, une silhouette invisible dans l'obscurité, et qu'à l'instant où il ouvrirait la bouche pour parler, il ferait à la jeune femme une peur affreuse. Il hésita pendant quelques secondes. Puis, ne pouvant encore discerner son visage, il se lança enfin, brisant le silence alors qu'elle était à mi-chemin du chemin d'accès.

— Lillian Stern? fit-il. Il n'eut qu'à entendre ses propres paroles pour savoir que sa voix l'avait trahi. Il avait voulu poser cette question d'un ton chaleureux, amical, mais elle sonnait maladroitement, tendue et agressive comme s'il avait eu de mauvaises intentions.

Il entendit qu'elle sursautait, qu'elle reprenait brièvement son souffle. Elle s'arrêta net, réajusta l'enfant dans ses bras, puis répondit d'une voix sourde qui frémissait de colère et de frustration :

— Foutez le camp de ma maison, mec. Je ne parle à personne.

— Rien qu'un mot, dit Sachs en commençant à descendre les marches. Il agitait les mains, paumes ouvertes, en un geste de dénégation, comme pour démontrer qu'il était venu en paix. J'attends ici depuis dix heures du matin. Il faut que je vous parle. C'est très important.

— Pas de journalistes. Je ne parle à aucun journaliste.

— Je ne suis pas journaliste. Je suis un ami. Vous n'aurez pas besoin de dire un seul mot si vous n'en avez pas envie. Tout ce que je vous demande c'est de m'écouter.

— Je ne vous crois pas. Vous êtes encore un de ces salauds dégueulasses.

— Non, vous vous trompez. Je suis un ami. Je suis un ami de Maria Turner. C'est elle qui m'a donné votre adresse.

— Maria ? fit-elle. Sa voix s'était soudain nettement radoucie. Vous connaissez Maria ?

— Je la connais très bien. Si vous ne me croyez pas, entrez, vous pouvez lui téléphoner. J'attendrai ici que vous ayez fini.

Il était arrivé en bas de l'escalier, et la jeune femme s'était remise à avancer vers lui, comme si elle avait retrouvé sa liberté de mouvement lorsque le nom de Maria avait été prononcé. Ils étaient debout à moins d'un mètre l'un de l'autre sur le sentier dallé, et pour la première fois depuis son arrivée, Sachs pouvait apercevoir ses traits. Il découvrait le même visage extraordinaire qu'il avait vu en photographie chez Maria, les mêmes yeux noirs, le même cou, les mêmes cheveux courts, les mêmes lèvres pleines. Il la dépassait d'une bonne tête et en la regardant, avec la tête de sa petite fille qui reposait contre son épaule, il se rendit compte qu'en dépit des photos, il ne s'était pas attendu à la trouver si belle.

— Qui diable êtes-vous ?

— Je m'appelle Benjamin Sachs.

— Et qu'est-ce que vous me voulez, Benjamin Sachs ? Qu'est-ce que vous foutez devant ma maison au beau milieu de la nuit ?

— Maria a essayé de vous joindre. Elle vous a appelée pendant des jours, et puis comme elle n'y arrivait pas, j'ai décidé de venir.

— De New York ?

— Je n'avais pas le choix.

— Et pourquoi vous vouliez venir ?

— Parce que j'ai quelque chose d'important à vous dire.

— J'aime pas ça du tout. La dernière chose dont j'ai besoin c'est encore de mauvaises nouvelles.

— Il ne s'agit pas de mauvaises nouvelles. Étranges, sans doute, et même incroyables, mais en tout cas pas mauvaises. En ce qui vous concerne, ce sont de très bonnes nouvelles. Étonnantes, en fait. Votre existence entière est sur le point de changer en mieux.

— Vachement sûr de vous, hein ?

— Simplement parce que je sais de quoi je parle.

— Et ça ne peut pas attendre demain matin ?

— Non. Il faut que je vous parle maintenant. Donnez-moi une demi-heure, et puis je vous ficherai la paix. Je vous le promets.

Sans un mot de plus, Lillian Stern sortit un trousseau de clefs de la poche de son manteau, monta l'escalier et ouvrit la porte de la maison. Sachs franchit le seuil à sa suite et pénétra dans le vestibule obscur. Rien ne se passait comme il l'avait imaginé, et après qu'elle eut allumé la lumière, après qu'il l'eut regardée porter sa fille à l'étage pour la mettre au lit, il se demanda comment il allait trouver le courage de lui parler, de lui dire ce qu'il voulait lui dire au point d'avoir parcouru pour cela trois milliers de miles.

Il l'entendit fermer la porte de la chambre de sa fille, mais au lieu de redescendre, elle entra dans une autre chambre et se mit à téléphoner. Il l'entendit distinctement former un numéro et puis, à l'instant où elle prononçait le nom de Maria, la porte claqua et le reste de la conversation fut perdu pour lui. De la voix de Lillian ne lui parvenait à travers le plafond qu'un bourdonnement entrecoupé de soupirs, de silences et d'éclats amortis. Si anxieux fût-il de savoir ce qu'elle disait, il n'avait pas l'oreille assez fine, et il renonça à l'effort au bout d'une ou deux minutes. Plus la conversation se prolongeait, plus son anxiété croissait. Ne sachant que faire d'autre, il abandonna sa station immobile au bas de l'escalier et se mit à errer de l'une à l'autre des pièces du rez-de-chaussée. Il n'y en avait que trois, et chacune était dans un désordre affreux. De hautes piles de vaisselle sale encombraient l'évier de la cuisine ; le salon était un chaos de coussins épars, de sièges renversés et de cendriers débordants ; la table de la salle à manger s'était effondrée. Une par une, Sachs alluma les lumières et puis les éteignit. Il découvrait une maison sinistre, un lieu de malheur et de pensées inquiètes, et cette constatation le pétrifiait.

Au téléphone, la conversation dura encore quinze à vingt minutes. Lorsqu'il entendit Lillian raccrocher, Sachs se trouvait de nouveau dans le vestibule et l'attendait en bas de l'escalier. Elle descendit avec une expression sombre et maussade, et il devina au léger tremblement de sa lèvre inférieure qu'elle avait dû pleurer. Le manteau qu'elle portait en arrivant avait disparu, et elle avait remplacé sa robe par un jean noir et un T-shirt blanc. Il remarqua qu'elle était pieds nus, et qu'elle avait les orteils peints d'un rouge vif. Bien qu'il la regardât en face pendant tout le temps qu'elle descendait l'escalier, elle refusa de lui rendre son regard. Quand elle fut en bas, il fit un pas de côté pour la laisser passer et c'est alors seulement, à mi-chemin de la cuisine, qu'elle s'arrêta et s'adressa à lui en lui parlant par-dessus son épaule gauche.

— Maria vous dit bonjour, fit-elle. Elle dit aussi qu'elle ne comprend pas ce que vous foutez ici.

Sans attendre de réponse, elle continua vers la cuisine. Sachs ne savait pas si elle voulait qu'il la suive ou qu'il reste où il était, mais il décida d'y aller tout de même. Elle alluma le plafonnier, gémit doucement en voyant l'état de la pièce et puis, tournant le dos à Sachs, ouvrit une armoire. Elle en sortit une bouteille de Johnny Walker, trouva un verre vide dans une autre armoire et se servit à boire. Il eût été impossible de ne pas remarquer l'hostilité qui sous-tendait ce geste. Elle ne lui offrait pas à boire, ne lui proposait pas de s'asseoir, et Sachs comprit tout à coup qu'il risquait de perdre le contrôle de la situation. C'était lui qui avait provoqué cette scène, après tout, et maintenant qu'il se trouvait là avec elle, inexplicablement, la tête lui tournait, sa langue était muette, et il ne savait par où commencer.

Elle but une gorgée et le dévisagea à travers la cuisine.

— Maria dit qu'elle ne comprend pas ce que vous foutez ici, répéta-t-elle. Sa voix rauque était atone, et pourtant, par sa froideur même, elle exprimait la dérision, une dérision frôlant le mépris.

— Non, fit Sachs, je n'imagine pas qu'elle le comprenne.

— Si vous avez quelque chose à me dire, vous feriez bien de me le dire tout de suite. Et puis je veux que vous repartiez. Vous comprenez? Repartez, tirez-vous d'ici.

— Je ne vous causerai aucun ennui.

— Rien ne m'empêche d'appeler la police, vous savez. Tout ce que j'ai à faire c'est décrocher le téléphone, et votre vie fout le camp aux chiottes. Je veux dire, de quelle planète de merde est-ce que vous tombez, vous? Vous tirez sur mon mari, et puis vous vous amenez ici et vous voudriez que je sois gentille?

— Je n'ai pas tiré sur lui. Je n'ai jamais tenu une arme à feu de ma vie.

— Je me fous de ce que vous avez fait. Ça ne me concerne pas.

— Bien sûr que si. Ça vous concerne tout à fait. Ça nous concerne tout à fait, tous les deux.

— Vous voulez que je vous pardonne, c'est ça? C'est pour ça que vous êtes venu. Pour vous traîner à genoux en me demandant pardon. Eh bien, ça ne m'intéresse pas. C'est pas mon truc de pardonner aux gens. C'est pas mon boulot.

— Le père de votre petite fille est mort et vous prétendez que vous vous en foutez?

— Je vous dis que ça ne vous regarde pas.

— Maria ne vous a pas parlé de l'argent ?

— L'argent ?

— Elle ne vous a rien dit ?

— Je ne sais pas de quoi vous parlez.

— J'ai de l'argent pour vous. C'est pour ça que je suis ici. Pour vous donner cet argent.

— J'en veux pas de votre argent. Je ne veux rien de vous. Tout ce que je veux c'est que vous foutiez le camp d'ici.

— Vous me remballez avant d'avoir entendu ce que j'ai à dire.

— Parce que j'ai pas confiance en vous. Vous voulez quelque chose, et je ne sais pas ce que c'est. Personne ne donne de l'argent pour rien.

— Vous ne me connaissez pas, Lillian. Vous n'avez pas la moindre idée de ce que j'ai en tête.

— J'en ai appris assez. J'en ai appris assez pour savoir que je ne vous aime pas.

— Je ne suis pas venu ici pour être aimé. Je suis venu pour vous aider, c'est tout, et ce que vous pensez de moi n'a aucune importance.

— Vous êtes dingue, vous savez ? Vous parlez exactement comme un dingue.

— Ce qui serait dingue, c'est que vous refusiez d'admettre ce qui s'est passé. Je vous ai pris quelque chose, et maintenant je suis ici pour vous rendre quelque chose. C'est aussi simple que ça. Je ne vous ai pas choisie. Les circonstances vous ont mise sur mon chemin, et maintenant il faut que j'honore ma part du contrat.

— Voilà qu'il commence à parler comme Reed. Un beau parleur d'enfant de salaud, tout gonflé d'arguments et de théories stupides. Mais ça ne prendra pas, professeur. Y a pas de contrat. Tout ça c'est dans votre tête et je ne vous dois rien.

— Justement. Vous ne me devez rien. C'est moi qui ai une dette envers vous.

— Conneries.

— Si mes raisons ne vous intéressent pas, ne

pensez pas à mes raisons. Mais prenez l'argent. Si
ce n'est pas pour vous, prenez-le au moins pour
votre petite fille. Je ne vous demande rien. Tout ce
que je veux c'est qu'il soit à vous.

— Et puis alors?

— Alors rien.

— Alors je serai votre débitrice, hein? C'est ça
que vous voudriez que je pense. Une fois que
j'aurai pris votre fric, vous vous imaginez que je
vais vous appartenir.

— M'appartenir? s'écria Sachs, cédant soudain
à son exaspération. Vous, m'appartenir? Mais je
ne vous trouve même pas sympathique. Après la
façon dont vous m'avez traité ce soir, moins je
vous verrai, mieux ce sera.

A ce moment-là, sans que le moindre signe eût
permis de le prévoir, Lillian sourit. Ce fut une
interruption spontanée, une réaction tout à fait
involontaire à la guerre des nerfs qu'ils étaient en
train de se livrer. Même s'il ne dura pas plus d'une
ou deux secondes, Sachs trouva ce sourire encourageant. Quelque chose avait passé, lui semblait-il,
une brève communication s'était établie, et bien
qu'il n'eût aucune idée de ce que c'était, il sentait
que l'atmosphère s'était modifiée.

Alors il ne perdit plus de temps. Profitant de
l'occasion qui venait de se présenter, il lui dit de
rester où elle était, sortit de la pièce et puis de la
maison pour aller chercher l'argent dans sa voiture. Il ne servait à rien d'essayer de s'expliquer
avec elle. Le moment était venu de lui apporter
une preuve, d'éliminer les abstractions et de laisser
l'argent parler pour lui-même. C'était la seule
façon de la convaincre : qu'elle le touche, qu'elle le
voie de ses propres yeux.

Mais plus rien n'était simple désormais. Après
avoir ouvert le coffre de la voiture, en revoyant le
sac, il s'aperçut qu'il hésitait à céder à son impulsion. Depuis le début, il s'était vu lui donner

l'argent d'un seul geste : il entrait dans la maison, lui remettait le sac et ressortait. Un geste qu'il imaginait rapide, comme en rêve, une action qui ne devait prendre aucun temps. Il fondrait, tel un ange de miséricorde, en faisant pleuvoir sur elle la fortune, et avant qu'elle se fût rendu compte de sa présence il disparaîtrait. Mais d'avoir parlé avec elle, d'avoir eu ce face à face avec elle dans la cuisine, il voyait l'absurdité de ce conte de fées. Il se sentait effrayé et démoralisé par l'animosité de Lillian, et n'avait aucun moyen de prévoir ce qui pouvait arriver. S'il lui donnait tout l'argent d'un coup, il perdrait ce qu'il pouvait avoir d'avantage sur elle. Tout deviendrait possible, les retournements de situation les plus grotesques pourraient découler de cette erreur. Elle pourrait l'humilier en refusant de l'accepter, par exemple. Ou, pis encore, elle pourrait prendre l'argent et puis, lui tournant le dos, appeler la police. Elle l'en avait déjà menacé, et compte tenu de la profondeur de sa colère et de ses soupçons, il ne la croyait pas incapable de le trahir.

Au lieu d'emporter le sac dans la maison, il compta cinquante billets de cent dollars, les fourra dans les poches de sa veste, puis referma le sac et claqua le couvercle du coffre. Il n'avait plus aucune idée de ce qu'il était en train de faire. C'était un acte d'improvisation pure, un saut aveugle dans l'inconnu. En revenant vers la maison, il vit Lillian debout sur le seuil, petite silhouette illuminée, les mains aux hanches, qui l'observait intensément tandis qu'il vaquait à ses affaires dans la rue silencieuse. Il traversa la pelouse conscient de ce regard sur lui, empli d'une ivresse soudaine par sa propre incertitude, par la folie de ce qui pouvait désormais se passer de terrible.

Quand il fut en haut de l'escalier, elle se poussa de côté pour le laisser entrer et puis ferma la porte derrière lui. Il n'attendit pas son invitation, cette fois. Pénétrant avant elle dans la cuisine, il alla vers la table, tira une des chaises branlantes et s'assit. Un instant plus tard, Lillian s'asseyait en face de lui. Il n'y avait plus de sourire dans ses yeux, ni d'éclairs de curiosité. Elle avait fait de son visage un masque et quand il la regarda, en quête d'un signal, d'une indication quelconque qui l'aiderait à se lancer, il eut l'impression d'interroger un mur. Il n'y avait pas moyen d'établir un contact avec elle, pas moyen de pénétrer ses pensées. Ni l'un ni l'autre ne parlait. Chacun attendait que l'autre commence, et plus elle gardait le silence, plus elle semblait obstinée à lui résister. A un moment donné, sentant qu'il allait étouffer, qu'un hurlement était en train de s'amasser dans ses poumons, Sachs leva le bras droit et, d'un geste calme, balaya tout ce qui se trouvait devant lui. Assiettes sales, tasses à café, cendriers et couverts atterrirent dans un fracas féroce, se brisant et glissant sur le linoléum vert. Il la regardait droit dans les yeux mais elle refusait de réagir, demeurait assise là comme si rien ne s'était passé. C'est un instant sublime, pensa-t-il, un instant pour l'éternité, et tandis qu'ils continuaient tous deux à se fixer, il se mit à trembler de bonheur, d'un bonheur surgi de sa peur. Alors, dans le mouvement, il tira les deux liasses de ses poches, les plaqua sur la table et les poussa vers elle.

— Voilà pour vous, dit-il. C'est à vous si vous en voulez.

Elle baissa les yeux vers l'argent pendant une fraction de seconde, mais ne fit pas un geste pour y toucher.

— Des billets de cent dollars, dit-elle. Ou bien ce sont seulement ceux du dessus ?

— Ce sont tous des cent. Il y en a pour cinq mille dollars.

— Cinq mille dollars, ce n'est pas rien. Même

des gens riches ne cracheraient pas sur cinq mille dollars. Mais ce n'est pas exactement le genre de fortune qui peut changer la vie de quelqu'un.

— Ceci n'est qu'un début. Ce que vous pourriez appeler un acompte.

— Je vois. Et quel genre de solde proposez-vous?

— Mille dollars par jour. Mille dollars par jour tant que ça durera.

— C'est-à-dire?

— Longtemps. Assez longtemps pour payer vos dettes et quitter votre boulot. Assez longtemps pour déménager d'ici. Assez longtemps pour vous offrir une voiture neuve et une nouvelle garde-robe. Et après tout ça, il vous en restera encore à ne savoir qu'en faire.

— Et vous, vous êtes censé être quoi, ma fée marraine?

— Rien qu'un type qui paie une dette, c'est tout.

— Et si je vous disais que cet arrangement ne me plaît pas? Si je vous disais que je préférerais avoir tout le fric d'un coup?

— Ça, c'était le plan initial, mais il s'est modifié depuis que je suis arrivé ici. On passe au plan B, maintenant.

— Je croyais que vous vouliez être sympa avec moi.

— C'est vrai. Mais je veux l'être avec moi aussi. Si on procède comme ça, on a plus de chances de préserver un certain équilibre.

— Vous voulez dire que vous n'avez pas confiance en moi, c'est ça?

— Votre attitude me rend un peu nerveux. Je suis sûr que vous pouvez le comprendre.

— Et ça se passe comment, pendant que vous me faites ces versements quotidiens? Vous vous amenez chaque matin à heure fixe, vous me donnez le fric et vous vous tirez, ou vous envisagez aussi de rester pour le breakfast?

— Je vous l'ai déjà dit : je n'attends rien de vous. L'argent est à vous sans contrepartie, vous ne me devez rien.

— Ouais, bon, y a une chose qu'on doit mettre au point, petit malin. Je ne sais pas ce que Maria vous a raconté sur mon compte, mais ma chatte n'est pas à vendre. Quel que soit le prix. Vous comprenez ? Personne ne me force à baiser. Je couche avec qui je veux, et la fée marraine garde sa baguette chez elle. C'est clair ?

— Vous voulez dire que je ne fais pas partie de vos projets. Et je viens de vous dire que vous ne faites pas partie des miens. Je ne vois pas comment on pourrait être plus clair.

— Bon. Maintenant laissez-moi le temps de réfléchir un peu à tout ça. Je suis morte de fatigue, il faut que j'aille dormir.

— Vous n'avez pas besoin de réfléchir. Vous connaissez déjà la réponse.

— Peut-être que oui, peut-être que non. Je n'en parlerai plus ce soir. La journée a été rude et je m'écroule. Mais juste pour vous montrer combien je peux être gentille, je vais vous autoriser à dormir sur le canapé du salon. À cause de Maria — et rien qu'une fois. C'est le milieu de la nuit et vous ne trouverez jamais de motel si vous commencez à chercher maintenant.

— Rien ne vous oblige à faire ça.

— Rien ne m'oblige à rien, mais ça ne veut pas dire que je ne peux pas le faire. Si vous avez envie de rester, restez. Sinon, partez. Mais vous feriez bien de vous décider, parce que moi je monte me coucher.

— Merci. J'apprécie.

— Ne me remerciez pas, remerciez Maria. Le salon est un foutoir. S'il y a des trucs qui vous gênent, flanquez-les par terre. Vous m'avez déjà montré que vous saviez faire ça.

— Je n'ai pas l'habitude de recourir à des formes de communication aussi primitives.

— Du moment que vous n'essayez plus de communiquer avec moi cette nuit, je me fous de ce qui se passe ici en bas. Mais l'étage est *off-limits*. Vu ? J'ai un flingue dans le tiroir de ma table de nuit, et si un rôdeur s'amène, je sais m'en servir.

— Ce serait tuer la poule aux œufs d'or.

— Non. Même si vous êtes la poule, les œufs sont ailleurs. Bien au chaud dans le coffre de votre voiture, vous vous souvenez ? Même si la poule se faisait tuer, j'aurais tous les œufs dont j'ai besoin.

— Alors on recommence les menaces, c'est ça ?

— Je ne crois pas aux menaces. Je vous demande simplement d'être sympa avec moi, c'est tout. Très sympa. Et de ne pas vous fourrer d'idées bizarres dans le crâne à propos de moi. Comme ça, on pourra peut-être faire affaire ensemble. Je ne promets rien, mais si vous ne faites pas de conneries, il se pourrait même que j'apprenne à ne plus vous détester.

Il fut réveillé le lendemain matin par la caresse d'une haleine chaude contre sa joue. Quand il ouvrit les yeux, il se trouva nez à nez avec un enfant, une petite fille figée par la concentration, qui respirait par la bouche un souffle tremblotant. Elle était agenouillée à côté du canapé, la tête si près de lui que leurs lèvres se touchaient presque. De la faiblesse de la lumière filtrant à travers sa chevelure, Sachs inféra qu'il ne pouvait être plus de six ou sept heures. Il avait dormi moins de quatre heures, et en ces premiers instants après avoir ouvert les yeux, il se sentit trop sonné pour bouger, trop engourdi pour remuer un muscle. Il aurait aimé refermer les yeux, mais la petite fille posait sur lui un regard trop intense et il continua donc à la fixer, en se rendant compte peu à peu qu'il s'agissait de la fille de Lillian Stern.

— Bonjour, fit-elle enfin, interprétant son sourire comme une invite à parler. Je pensais que tu te réveillerais jamais.

— Il y a longtemps que tu es là ?

— A peu près cent ans, je crois. Je suis descendue chercher ma poupée, et je t'ai vu dormir sur le divan. Tu es très, très long, tu sais ?

— Oui, je sais. Je suis ce qu'on appelle un échalas.

— M. Echalas, répéta-t-elle, pensive. C'est bien, comme nom.

— Et toi, je parie que tu t'appelles Maria, c'est ça ?

— Pour certaines personnes, c'est ça, mais moi je préfère m'appeler Rapunzel. C'est beaucoup plus joli, tu ne trouves pas ?

— Beaucoup. Et quel âge avez-vous, miss Rapunzel ?

— Cinq ans trois quarts.

— Ah, cinq ans trois quarts. Un excellent âge.

— J'aurai six ans en décembre. Mon anniversaire est le lendemain de Noël.

— Ça veut dire que tu reçois des cadeaux deux jours de suite. Tu dois être très maligne pour avoir combiné un système pareil.

— Y a des gens qui ont toutes les chances. C'est ce que dit maman.

— Si tu as cinq ans trois quarts, tu as sans doute commencé l'école, non ?

— La maternelle. Je suis dans la classe de Mrs. Weir. Salle 104. Les enfants l'appellent Mrs. Weird [1].

— Elle ressemble à une sorcière ?

— Pas vraiment. Je crois pas qu'elle est assez vieille pour une sorcière. Mais elle a un très long nez.

— Et tu ne devrais pas être en train de te préparer à aller à la maternelle, maintenant ? Faudrait pas que tu sois en retard.

1. *Weird* signifie étrange, mystérieux, surnaturel. (*N.d.T.*)

— Pas aujourd'hui, bêta. Y a pas école le dimanche.

— Bien sûr. Je suis tellement sot, parfois, je ne sais même pas quel jour on est.

Il se sentait bien éveillé, assez éveillé pour éprouver le besoin de se mettre debout. Il demanda à la fillette si elle avait envie de déjeuner, et comme elle lui répondait qu'elle mourait de faim, il se leva rapidement du canapé et enfila ses chaussures, content d'avoir cette petite tâche en perspective. Ils firent usage à tour de rôle des toilettes du rez-de-chaussée, et lorsqu'il se fut vidé la vessie et aspergé le visage à l'eau froide, il entra dans la cuisine afin de s'y mettre. La première chose qu'il aperçut fut l'argent — les cinq mille dollars, sur la table, à l'endroit même où il les avait posés pendant la nuit. Le fait que Lillian ne les ait pas emportés en haut l'intrigua. Cela cachait-il une menace, se demanda-t-il, ou n'était-ce que le résultat d'une négligence de la jeune femme ? Heureusement, Maria se trouvait encore dans le cabinet de toilette, et avant qu'elle le rejoigne à la cuisine, il avait ôté les billets de la table et les avait rangés sur une étagère dans une des armoires.

Le petit déjeuner démarra en cahotant. Le lait avait suri dans le réfrigérateur (ce qui éliminait la possibilité de servir des céréales) et, le stock d'œufs paraissant épuisé, il ne put préparer non plus ni pains perdus ni omelette (les deuxième et troisième choix de l'enfant). Il réussit pourtant à mettre la main sur un paquet de pain complet en tranches, et après qu'il en eut jeté les quatre premières (couvertes de moisissures duveteuses et bleuâtres), ils s'attablèrent devant un repas de toasts à la confiture de fraises. Pendant que le pain grillait dans le grille-pain, Sachs découvrit au fond du congélateur une boîte givrée de jus d'orange qu'il mélangea dans une carafe en plastique (qu'il fallut d'abord laver) et servit pour compléter le menu. Il n'y avait pas de vrai café sous la main, mais une fouille systématique des armoires lui permit de dénicher un pot de café instantané décaféiné. En avalant ce breuvage amer, il se mit à grimacer en se tenant la gorge. Cette comédie fit rire Maria, ce qui lui donna l'idée de trébucher autour de la pièce, avec une série d'affreux bruits de haut-le-cœur. « Poison, chuchota-t-il en se laissant lentement glisser à terre, les salauds m'ont empoisonné. » Elle rit de plus belle, mais lorsque, son numéro terminé, il revint s'asseoir sur sa chaise, son amusement fut vite dissipé et il remarqua dans ses yeux une expression de désarroi.

— Je faisais juste semblant, dit-il.

— Je sais, répondit-elle. Mais j aime pas que les gens meurent.

Il comprit alors son erreur, mais il était trop tard pour annuler les dégâts.

— Je ne vais pas mourir, dit-il.

— Si, tu vas mourir. Tout le monde meurt.

— Je veux dire pas aujourd'hui. Ni demain. Je suis encore là pour un bon bout de temps.

— C'est pour ça que tu as dormi sur le canapé ? Parce que tu vas habiter chez nous ?

— Je ne crois pas. Mais je suis ici pour être ton ami. Et aussi celui de ta maman.

— Tu es le nouvel ami de maman ?

— Non. Juste *un* ami. Si elle veut bien, je vais l'aider un peu.

— Ça c'est bien. Elle a besoin de quelqu'un qui l'aide. On met papa dans la terre aujourd'hui, et elle est très triste.

— C'est ce qu'elle t'a dit ?

— Non, mais j'ai vu qu'elle pleurait. C'est comme ça que je sais qu'elle est triste.

— C'est là que vous allez aujourd'hui ? Voir enterrer ton papa ?

— Non, on nous a pas permis. Grand-mère et grand-père ont dit qu'on pouvait pas.

— Et où habitent ta grand-mère et ton grand-père ? Ici en Californie ?

— Je crois pas. Quelque part, très loin. Il faut prendre un avion pour y aller.

— Dans l'Est, peut-être ?

— Ça s'appelle Maplewood. Je sais pas où c'est.

— Maplewood, dans le New Jersey ?

— Je sais pas. C'est très loin. Quand papa en parlait, il disait toujours que c'était le bout du monde.

— Ça te fait de la peine de penser à ton papa, hein ?

— J'y peux rien. Maman dit qu'il nous aimait plus, mais ça m'est égal, j'aimerais bien qu'il revienne.

— Je suis sûr qu'il en avait envie.

— C'est ce que je crois. Mais il a pas pu, c'est tout. Il a eu un accident, et au lieu de revenir chez nous, il a dû aller au paradis.

Elle était si menue, pensa Sachs, et pourtant elle faisait preuve d'un sang-froid presque effrayant, avec ses petits yeux farouches braqués sur lui tout le temps de la conversation — sans une défaillance, sans le moindre frémissement de confusion. Il trouvait ahurissant qu'elle pût si bien imiter les manières des adultes, paraître si maîtresse d'elle-même alors qu'en réalité elle ne savait rien, elle ne savait absolument rien du tout. Il avait pitié d'elle pour son courage, pour ce simulacre d'héroïsme qu'exprimait son visage vif et sérieux, et il regrettait de ne pas pouvoir retirer tout ce qu'il avait dit, afin qu'elle redevînt une enfant, autre chose que cette pathétique miniature de grande personne avec sa dent manquante et la barrette ornée d'un ruban jaune qui pendillait dans ses cheveux bouclés.

Comme ils terminaient leurs dernières miettes de pain grillé, Sachs vit à la pendule de la cuisine qu'il était à peine plus de sept heures et demie. Il demanda à Maria combien de temps elle pensait que sa mère allait encore dormir, et quand elle lui répondit que cela pouvait faire deux ou trois heures, il eut soudain une idée. On va lui faire une surprise, suggéra-t-il. Si on s'y met tout de suite, on pourrait ranger tout le rez-de-chaussée avant qu'elle se lève. Ce ne serait pas bien, ça ? Quand elle descendra, elle trouvera tout net et impeccable. Ça devrait lui faire plaisir, tu ne crois pas ? La petite fille fut de cet avis. Mieux encore, elle parut ravie à cette perspective, comme soulagée que quelqu'un se fût enfin présenté pour se charger de la situation. Mais il ne faut pas faire de bruit, dit Sachs en posant un doigt sur ses lèvres. Pas plus de bruit que des lutins.

Ils se mirent donc tous deux à l'ouvrage, s'activant dans la cuisine avec une harmonie énergique et silencieuse tandis que la table était déblayée, la vaisselle brisée ramassée et l'évier rempli d'eau chaude mousseuse. Afin de réduire le vacarme autant que possible, ils grattaient les assiettes et les plats avec leurs doigts et se barbouillaient les mains de détritus en jetant restes d'aliments et mégots écrasés dans un sac en papier. C'était un travail dégoûtant et, en signe d'écœurement, ils tiraient la langue et faisaient semblant de vomir. Maria tenait largement sa part, et lorsque la cuisine fut dans un état passable, elle partit à l'assaut du salon avec un enthousiasme intact, impatiente d'aborder la tâche suivante. Il était près de neuf heures à ce moment, et le soleil entrait à flots par les fenêtres de la façade en illuminant de minces rais de poussière dans l'atmosphère. Tandis qu'ils examinaient le désordre en discutant de la meilleure façon de s'y attaquer, une expression de crainte apparut sur le visage de Maria. Sans un mot, elle leva un bras et désigna une des fenêtres. Sachs se retourna, et un instant plus tard il l'avait vu, lui aussi : un homme, debout sur la pelouse, qui regardait la maison. Il portait une cravate à carreaux et une veste brune en velours à côtes; c'était un homme plutôt jeune dont les cheveux se raréfiaient prématurément, et il semblait se demander s'il allait monter les marches et sonner. Sachs caressa la tête de Maria et lui dit de retourner à la cuisine et de se verser un autre verre de jus. Elle parut sur le point de se rebiffer, et puis, ne voulant pas le décevoir, elle fit oui de la tête et suivit son conseil à contrecœur. Sachs se fraya alors un chemin à travers le salon jusqu'à la porte d'entrée, l'ouvrit aussi silencieusement qu'il put et sortit.

— Je peux faire quelque chose pour vous? demanda-t-il.

— Tom Mueller, fit l'homme. *San Francisco Chronicle*. Je me demandais si je pourrais dire un mot à Mrs. Dimaggio.

— Je regrette. Elle n'accorde aucune interview.

— Je ne veux pas une interview, je veux simplement lui parler. Mon journal trouverait intéressant de connaître son point de vue. Nous sommes prêts à payer pour un article exclusif.

— Désolé, pas question. Mrs. Dimaggio ne parle à personne.

— Vous ne croyez pas que la dame devrait avoir une chance de me dire ça elle-même?

— Non, je ne crois pas.

— Et vous êtes qui, vous, l'attaché de presse de Mrs. Dimaggio?

— Un ami de la famille.

— Je vois. Et c'est vous qui parlez à sa place.

— C'est ça. Je suis ici pour la protéger des types comme vous. Maintenant que nous avons réglé la question, je pense qu'il est temps que vous partiez.

— Et comment me conseilleriez-vous de prendre contact avec elle?

— Vous pourriez lui écrire une lettre. C'est comme ça qu'on fait, en général.

— Bonne idée. Je vais lui écrire, comme ça vous pourrez jeter ma lettre avant qu'elle la lise.

— La vie est pleine de désappointements, Mr. Mueller. Et maintenant, excusez-moi, je pense qu'il est temps pour vous de vous en aller. Je suis certain que vous n'avez pas envie que j'appelle la police. Vous vous trouvez dans la propriété de Mrs. Dimaggio, vous savez.

— Ouais, je sais. Merci mille fois camarade. Je vous suis très obligé.

— Ne prenez pas ça trop à cœur. Ça aussi, ça va passer. Une semaine encore, et plus personne à San Francisco ne se souviendra de toute cette histoire. Si quelqu'un fait allusion à Dimaggio, le seul type que ça évoquera sera Joe.

Ce fut la fin de la conversation, mais même après que Mueller fut sorti du jardin, Sachs resta debout sur le seuil, déterminé à ne pas bouger tant qu'il ne l'aurait pas vu partir. Le journaliste traversa la rue, monta dans sa voiture et mit le moteur en marche. En guise d'adieu, il dressa le majeur de sa main droite en passant devant la maison, mais Sachs haussa les épaules, comprenant que cette obscénité importait peu, qu'elle prouvait seulement qu'il avait bien mené la confrontation. En se détournant pour rentrer, il ne put s'empêcher de sourire de la colère de son interlocuteur. Il avait moins l'impression d'avoir joué à l'attaché de presse qu'au shérif, et tout bien considéré, cette impression n'était pas vraiment désagréable.

À l'instant où il pénétrait à nouveau dans la maison, il leva les yeux et aperçut Lillian debout en haut de l'escalier. Vêtue d'un peignoir éponge blanc, les yeux bouffis et la chevelure en désordre, elle semblait lutter pour se débarrasser du sommeil.

— Je suppose que je devrais vous remercier, dit-elle en passant la main dans ses cheveux courts.

— Me remercier de quoi ? fit Sachs, feignant l'ignorance.

— D'avoir remballé ce type. Et sur du velours. Vous m'avez impressionnée.

— Ah, ça? Bof! C'est rien, ça, ma bonne dame. Je faisais que mon boulot, c'est tout. Rien que mon boulot.

Son nasillement rustique arracha à Lillian un bref sourire.

— Si c'est ça le boulot que vous voulez, vous pouvez l'avoir. Vous faites ça beaucoup mieux que moi.

— Je vous ai dit que je ne suis pas entièrement mauvais, répliqua-t-il, en reprenant sa voix normale. Si vous me donnez une chance, je pourrais même me rendre utile.

Avant qu'elle ait pu répondre à cette dernière affirmation, Maria arriva en courant dans le vestibule. Lillian détourna les yeux de Sachs et dit :

— Bonjour, ma chérie. Tu t'es levée tôt, dis donc?

— Tu devineras jamais ce qu'on a fait, déclara la petite fille. Tu croiras pas tes yeux, maman.

— Je descends dans cinq minutes. Il faut d'abord que je prenne une douche et que je m'habille. Tu te souviens qu'on va chez Billie et Dot aujourd'hui, il ne faut pas qu'on soit en retard.

Elle redisparut à l'étage, et pendant les trente à quarante minutes qu'elle mit à se préparer, Sachs et Maria se réattaquèrent au salon. Ils récupérèrent les coussins épars sur le sol, jetèrent les journaux et les magazines imbibés de café, passèrent l'aspirateur dans les interstices du tapis de laine pour en ôter les cendres de cigarette. Au fur et à mesure qu'ils parvenaient à ranger de plus grandes surfaces (se donnant ainsi plus d'espace pour se mouvoir), ils arrivaient à travailler plus rapidement, jusqu'à ce qu'à la fin, ils se mettent à ressembler à deux personnages dans un vieux film passé en accéléré.

Lillian aurait difficilement pu ne pas remarquer

la différence, mais lorsqu'elle descendit, elle réagit avec moins d'enthousiasme que Sachs ne l'avait escompté — ne fût-ce qu'à l'intention de Maria. « Bien, dit-elle en s'arrêtant un instant sur le seuil et en hochant la tête. Très bien. Faudra que je pense à faire plus souvent la grasse matinée. » Elle sourit, en une brève manifestation de gratitude, et puis, sans presque prendre la peine de regarder autour d'elle, alla dans la cuisine se chercher quelque chose à manger.

Sachs retira un infime réconfort du baiser qu'elle posa sur le front de sa fille, mais une fois Maria expédiée à l'étage pour changer de vêtements, il ne sut plus que faire de lui-même. Lillian ne lui accordait qu'un minimum d'attention et circulait à travers la cuisine dans son propre monde privé, et il resta donc debout à sa place sur le seuil tandis qu'elle extrayait du congélateur un paquet de vrai café (qu'il s'était débrouillé pour ne pas voir) et mettait une bouilloire d'eau à chauffer. Elle était habillée de façon décontractée — pantalon noir, pull blanc à col roulé, chaussures plates — mais s'était maquillé les lèvres et les yeux, et il y avait dans l'air une indiscutable fragrance de parfum. Une fois encore, Sachs n'avait aucune idée de l'interprétation à donner à ce qui se passait. Le comportement de Lillian lui demeurait insondable — d'un instant à l'autre amical, puis distant, attentif, puis absent — et plus il s'efforçait d'en découvrir le sens, moins il y comprenait.

Elle finit par l'inviter à venir prendre une tasse de café, mais presque sans un mot, même alors, en continuant à se conduire comme si elle ne savait pas si elle avait envie qu'il se trouve là ou qu'il disparaisse. Faute d'autre chose à dire, il commença à parler des cinq mille dollars qu'il avait trouvés sur la table le matin, et, ouvrant l'armoire, il désigna l'endroit où il avait rangé les billets. Cela ne parut guère impressionner Lillian. « Oh ! » fit-elle en hochant la tête à la vue de l'argent, puis elle se retourna et observa le jardin par la fenêtre tout en buvant son café en silence. Nullement intimidé, Sachs posa sa tasse et annonça qu'il allait effectuer le versement du jour. Il sortit sans attendre de réponse et alla retirer l'argent du sac de sport dans le coffre de sa voiture. Quand il rentra dans la cuisine trois ou quatre minutes plus tard, elle était encore debout dans la même position, le regard perdu par la fenêtre, une main sur la hanche, plongée dans de secrètes réflexions. Il vint droit sur elle, agita les mille dollars sous son nez et lui demanda où il devait les mettre. « Où vous voudrez », répondit-elle. Sa passivité commençait à énerver Sachs et, plutôt que de poser les billets sur le buffet, il alla au frigo, ouvrit la porte supérieure et les lança dans le congélateur. Ce geste eut l'effet désiré. Elle se tourna vers lui en lui demandant d'un air intrigué pourquoi il avait fait cela. Au lieu de lui répondre, il revint à l'armoire, retira de l'étagère les premiers cinq mille dollars et mit ce paquet aussi dans le congélateur. Alors, en flattant de la main la porte du compartiment, il fit face à Lillian et lui dit :

— Avoirs gelés. Puisque vous refusez de me dire si oui ou non vous voulez cet argent, on va mettre votre avenir au frais. Pas mal, hein ? On enfouit votre bas de laine dans la neige, et quand le printemps arrivera et que la fonte commencera, vous regarderez là-dedans et vous vous apercevrez que vous êtes riche.

Un vague sourire apparut à la commissure des lèvres de la jeune femme, signe qu'elle faiblissait, qu'il avait réussi à l'attirer dans le jeu. Elle avala encore une gorgée de café, afin de se donner un peu de temps pour préparer son entrée.

— Ça ne me paraît pas un tellement bon investissement, dit-elle enfin. Si l'argent reste là sans rien faire, il ne produira aucun intérêt, n'est-ce pas ?

— Je crains bien que non. Aucun intérêt, tant que vous ne commencerez pas à vous y intéresser. Après ça, il n'y a plus de limites.

— Je n'ai pas dit que je ne m'y intéressais pas.

— Vrai. Mais vous n'avez pas non plus dit le contraire.

— Du moment que je ne dis pas non, il se pourrait que je dise oui.

— Ou il se pourrait que vous ne disiez rien du tout. C'est pour ça qu'on ne doit plus en discuter. Tant que vous ne savez pas ce que vous voulez, on n'en parle plus, d'accord? On fait semblant de rien.

— Ça me convient.

— Bon. En d'autres termes, moins on en dira, mieux ça vaudra.

— On ne dira rien. Et un jour j'ouvrirai les yeux, et vous ne serez plus là.

— Exactement. Le génie se carapatera dans sa bouteille, et vous n'aurez plus jamais besoin de penser à lui.

Il avait l'impression que sa stratégie avait été efficace, mais sauf la modification de l'humeur générale, il trouvait difficile de se rendre compte du résultat de cette conversation. Quand Maria arriva en bondissant dans la cuisine, quelques instants plus tard, pimpante avec un chandail blanc et rose et des chaussures de cuir, il s'aperçut que ce résultat était considérable. Essoufflée et excitée, la fillette demanda à sa mère si Sachs allait les accompagner chez Billie et Dot. Non, répondit Lillian, et Sachs s'apprêtait à saisir la suggestion de prendre sa voiture et de se mettre en quête d'un motel, quand Lillian ajouta qu'il était néanmoins le bienvenu s'il désirait rester et que, puisque Maria et elle ne rentreraient que tard dans la soirée, rien ne le pressait de s'en aller. Il pouvait prendre une douche et se raser s'il le désirait, lui dit-elle, et du moment qu'il fermait bien la porte derrière lui et s'assurait qu'elle était verrouillée, peu importait quand il partirait. Sachs ne savait comment réagir à cette offre. Avant qu'il eût trouvé quelque chose à dire, Lillian avait attiré Maria par des cajoleries dans le cabinet de toilette du rez-de-chaussée pour lui brosser les cheveux, et lorsqu'elles en ressortirent la conclusion paraissait évidente qu'elles s'en iraient avant lui. Sachs trouva tout cela étonnant, un revirement qui défiait toute compréhension. Mais c'était ainsi, et la dernière chose qu'il souhaitait était d'émettre une objection. Moins de cinq minutes après, Lillian et Maria passaient la porte d'entrée et, moins d'une minute après cela, elles s'engageaient sur la chaussée avec leur Honda bleue poussiéreuse et disparaissaient dans le soleil éblouissant de la fin de matinée.

Il passa près d'une heure dans la salle de bains de l'étage — d'abord plongé dans la baignoire, puis devant le miroir tandis qu'il se rasait. Il lui parut très étrange de se trouver là, couché nu dans l'eau à contempler les affaires de Lillian : les innombrables pots de crèmes et de lotions, les tubes de rouge à lèvres, les flacons d'eye-liners, les savons, les vernis à ongles et les parfums. Il y avait là une intimité forcée à la fois excitante et repoussante. Il avait été admis dans son domaine privé, le lieu où elle pratiquait ses rites les plus secrets et cependant, même ici, au cœur de son royaume, il ne se sentait pas plus proche d'elle qu'auparavant. Il pouvait flairer, fouiller et toucher à loisir. Il pouvait se laver les cheveux avec son shampoing, se raser la barbe avec son rasoir, se brosser les dents avec sa brosse à dents — et pourtant le seul fait qu'elle l'ait autorisé à faire tout cela prouvait combien cela comptait peu pour elle.

Tout de même, le bain le détendit, lui donnant presque envie de se rendormir, et pendant quelques minutes il erra de l'une à l'autre des chambres de l'étage en se séchant distraitement les cheveux avec une serviette. Il y avait trois petites chambres : l'une était celle de Maria, une autre celle de Lillian, et la troisième, à peine plus vaste qu'un cagibi, avait manifestement servi un jour de bureau à Dimaggio. Elle était meublée d'une table de travail et d'une bibliothèque, mais on avait entassé tant de bric-à-brac dans ce maigre espace (caisses de carton, piles de vieux vêtements et de jouets usagés, un appareil de télévision noir et blanc) que Sachs ne fit guère qu'y passer la tête avant d'en refermer la porte. Il alla ensuite dans la chambre de Maria, où il passa en revue les poupées et les livres, les photos de l'école maternelle sur le mur, les jeux de société et les animaux en peluche. Si mal rangée qu'elle fût, il s'avéra que cette chambre était en moins triste état que celle de Lillian. Là se trouvait la capitale du désordre, le quartier général de la catastrophe. Sachs remarqua le lit non fait, les tas de vêtements et de linge abandonnés, la télévision portable où trônaient deux tasses à café tachées de rouge à lèvres, les revues et livres épars sur le sol. Il parcourut certains des titres à ses pieds (un guide illustré du massage oriental, une étude de la réincarnation, deux romans policiers en édition de poche, une biographie de Louise Brooks) en se demandant si on pouvait tirer la moindre conclusion de cet assortiment. Puis, presque en transe, il se mit à ouvrir les tiroirs de la commode et à inspecter les vêtements de Lillian, à examiner ses petites culottes et ses soutiens-gorge, ses bas et ses combinaisons, gardant chaque objet en main pendant un instant avant de passer au suivant. Après avoir fait la même chose avec ce qui se trouvait dans le placard, il dirigea son attention vers les tables de nuit, se rappelant soudain la menace qu'elle avait proférée la veille. Mais après avoir cherché des deux côtés du lit, il conclut qu'elle avait menti. Il n'y avait nulle part de revolver.

Lillian avait déconnecté le téléphone, et à l'instant où il rebrancha la prise, l'appareil se mit à sonner. Le bruit le fit sursauter, mais plutôt que de décrocher, il s'assit sur le lit et attendit que la personne qui appelait renonçât. La sonnerie persista pendant dix-huit à vingt minutes. A l'instant où elle s'arrêtait, Sachs empoigna le combiné et composa le numéro de Maria Turner à New York. Dès lors qu'elle avait parlé avec Lillian, il ne pouvait remettre cet appel à plus tard. Il ne s'agissait pas seulement d'éclaircir l'atmosphère entre eux, il s'agissait d'apaiser sa propre conscience. A tout le moins, il lui devait une explication, des excuses pour avoir filé de chez elle ainsi qu'il l'avait fait.

Il savait qu'elle serait en colère, mais il ne s'attendait pas au barrage d'insultes qui suivit. Dès qu'elle entendit sa voix, elle se mit à le traiter de tous les noms : idiot, salaud, traître. Il ne l'avait jamais entendue parler de cette façon — à personne, en aucune circonstance — et sa fureur prenait de telles proportions, devenait si monumentale que plusieurs minutes passèrent avant qu'elle le laissât parler. Sachs était anéanti. Tandis qu'il l'écoutait là, sans rien dire, il comprenait enfin ce dont il avait été trop stupide pour s'apercevoir à New York. Maria était amoureuse de lui, et au-delà de tous les motifs évidents qu'elle avait de lui en vouloir (son départ inopiné, l'affront que constituait son ingratitude), elle lui tenait le langage d'une maîtresse délaissée, d'une femme qui a été repoussée pour une autre. Pis encore, elle imaginait que cette autre avait un jour été sa meilleure amie. Sachs s'efforça de la détromper. Il était parti en Californie pour des raisons personnelles, lui expliqua-t-il, Lillian ne comptait pas pour lui, ce n'était pas du tout ce qu'elle pensait, et ainsi de suite — il se débattait avec maladresse et Maria l'accusa de mentir. La conversation risquait de mal tourner, mais Sachs réussit Dieu sait comment à résister à la tentation de répliquer, et à la fin l'orgueil de Maria eut raison de sa colère, c'est-à-dire qu'elle renonça à l'injurier. Elle se mit à rire de lui, ou peut-être à rire d'elle-même, et puis, sans transition perceptible, son rire se changea en larmes, en une crise de sanglots affreux qui le fit se sentir en tout point aussi malheureux qu'elle. Il fallut un certain temps pour que l'orage s'apaise, après quoi ils purent parler. Même si parler ne les menait à rien, la rancœur du moins disparut. Maria aurait voulu qu'il appelle Fanny — juste pour qu'elle sache qu'il était en vie — mais Sachs refusa de le faire. Prendre contact avec Fanny serait trop risqué, prétendit-il. S'ils commençaient à bavarder, il ne pourrait éviter le sujet de Dimaggio, et il ne voulait pas qu'elle soit impliquée dans ses problèmes. Moins elle en saurait, plus elle serait en sécurité, et pourquoi la plonger là-dedans sans nécessité? Parce que c'est ce qu'il faut faire, répliqua Maria. Sachs reprit tous ses arguments, et pendant une demi-heure ils continuèrent à discuter en rond, sans qu'aucun des deux parvienne à convaincre l'autre. Il n'y avait plus ni bien ni mal, rien que des théories et des interprétations, un marécage de mots en conflit. Pour ce que ça les avançait, ils auraient aussi bien pu garder ces mots pour eux-mêmes.

— Ça ne sert à rien, finit par déclarer Maria. Ce que je te dis ne passe pas, c'est pas vrai?

— Je t'entends, répondit Sachs. Simplement, je ne suis pas d'accord avec ce que tu dis.

— Tu ne réussiras qu'à te rendre les choses plus pénibles, Ben. Plus tu les gardes pour toi, plus ce sera difficile quand tu devras parler.

— Je ne devrai jamais parler.

— Tu n'en sais rien. On peut te retrouver, et alors tu n'auras pas le choix.

— On ne me retrouvera jamais. La seule façon dont ça pourrait arriver serait que quelqu'un me donne, et tu ne me ferais pas ça. Du moins je ne le pense pas. Je peux avoir confiance en toi, n'est-ce pas ?

— Tu peux avoir confiance. Mais je ne suis pas seule à savoir. Lillian est dans le coup aussi, maintenant, et je ne suis pas certaine qu'elle soit aussi sûre que moi en matière de promesses.

— Elle ne dira rien. Ça n'aurait aucun sens qu'elle parle. Elle a trop à y perdre.

— Ne compte pas trop sur le bon sens quand tu as affaire à Lillian. Elle ne raisonne pas comme toi. Elle ne respecte pas tes règles. Si tu ne t'es pas encore aperçu de ça, tu vas t'attirer des ennuis.

— Des ennuis, je n'ai que ça, de toute façon. Un peu plus ne me tuera pas.

— Tire-toi maintenant, Ben. Je m'en fous où tu vas ou ce que tu fais, mais monte dans ta voiture et tire-toi de cette maison. Tout de suite, avant que Lillian revienne.

— Je ne peux pas faire ça. J'ai démarré ce truc, et il faut que j'aille jusqu'au bout. C'est le seul moyen. C'est ma seule chance, et je ne peux pas la fiche en l'air parce que j'ai peur.

— Tu vas te fourrer dans le pétrin.

— J'y suis déjà. Ce qui compte, c'est de m'en sortir.

— Il y a des moyens plus simples.

— Non, pas pour moi.

Il y eut un long silence à l'autre bout, un soupir, un nouveau silence. Quand Maria se remit à parler, sa voix tremblait.

— J'essaie de décider si je dois avoir pitié de toi ou juste hurler, bouche ouverte.

— Tu n'as besoin de faire ni l'un ni l'autre.

— Non, sans doute. Je peux oublier tout ce qui te concerne, c'est ça ? Il y a toujours cette option.

— Tu peux faire ce que tu veux, Maria.

— C'est ça. Et toi, si tu veux te laisser sombrer, ça te regarde. Mais souviens-toi de ce que je t'ai dit. D'accord ? Souviens-toi simplement que j'ai essayé de te parler en amie.

Il se sentit méchamment secoué lorsqu'ils eurent raccroché. Les dernières paroles de Maria avaient sonné comme un adieu, une déclaration signifiant qu'elle n'était plus avec lui. Peu importait l'origine du désaccord : qu'il eût été provoqué par la jalousie, par un souci sincère ou par une combinaison des deux. Il en résultait que Sachs ne pourrait plus avoir recours à elle. Même si ce n'était pas ce qu'elle avait souhaité qu'il pense, même si elle eût été heureuse d'avoir encore de ses nouvelles, leur conversation avait laissé traîner trop de nuages, trop d'incertitudes. Comment pourrait-il chercher un appui auprès d'elle alors que le seul fait de parler avec lui serait douloureux pour elle ? Il n'avait pas eu l'intention d'aller si loin, mais dès lors que ces paroles avaient été prononcées, il comprenait qu'il avait perdu sa meilleure alliée, la seule personne sur qui il pouvait compter pour l'aider. Il se trouvait en Californie depuis un jour à peine, et déjà les ponts brûlaient derrière lui.

Il aurait pu réparer les dégâts en la rappelant, mais il ne le fit pas. Au lieu de cela, il retourna à la salle de bains, s'habilla, se brossa les cheveux avec la brosse de Lillian, puis il passa huit heures et demie à faire le ménage. De temps à autre, il s'arrêtait pour manger un peu, pillant le frigo et les armoires de la cuisine à la recherche de quelque chose de comestible (potage instantané, saucisses en boîte, fruits secs pour apéritif), mais à part cela il tint bon et travailla sans interruption jusqu'au-delà de neuf heures. Son objectif consistait à rendre la maison impeccable, à en faire un modèle d'ordre et de quiétude domestiques. S'il ne pouvait rien, bien sûr, pour le mobilier déglingué, pas plus que pour les plafonds craquelés des chambres ou l'émail rouillé des éviers, il pouvait du moins nettoyer. En s'attaquant aux pièces l'une après l'autre, il frotta, épousseta, récura et réagença, progressant méthodiquement du fond vers le devant, du rez-de-chaussée à l'étage, des grands chaos aux plus petits. Il lava les sanitaires, reclassa l'argenterie, plia et rangea des vêtements, récupéra des pièces de Lego, les ustensiles d'un service à thé miniature, des membres amputés de poupées en plastique. Tout à la fin, il répara les pieds de la table de la salle à manger, et les fixa en place à l'aide d'un assortiment de clous et de vis découverts au fond d'un tiroir de la cuisine. La seule pièce qu'il laissa intacte fut le bureau de Dimaggio. Il éprouvait de la réticence à l'idée d'en rouvrir la porte, et même s'il avait voulu y entrer, il n'aurait su que faire de tout ce bric-à-brac. Le temps commençait à lui manquer, il n'aurait pas le temps de mener à bien cette tâche.

Il savait qu'il devait s'en aller. Lillian avait été claire : elle voulait qu'il soit parti de la maison avant qu'elle revienne ; pourtant, au lieu de monter dans sa voiture et d'aller se chercher un motel, il revint au salon, ôta ses chaussures et s'allongea sur le canapé. Il ne voulait que se reposer quelques minutes. Le travail accompli l'avait fatigué, et s'attarder un peu lui paraissait sans gravité. Cependant, à dix heures il n'avait toujours pas fait un geste vers la porte d'entrée. Il savait que contrarier Lillian pouvait devenir dangereux, mais l'idée de sortir dans la nuit le remplissait d'appréhension. Dans la maison, il se sentait en sécurité, plus en sécurité que partout ailleurs, et même s'il n'avait pas le droit de prendre cette liberté, il soupçonnait que ce ne serait peut-être pas plus mal qu'elle le découvre là en rentrant. Elle serait choquée, sans doute, mais en même temps un point important serait établi, celui-là même qui devait l'être avant tous les autres. Elle constaterait qu'il n'avait pas l'intention de se laisser mettre à l'écart, qu'il constituait déjà dans sa vie une réalité inévitable. D'après la façon dont elle réagirait, il pourrait juger si elle le comprenait ou non.

Il avait projeté de faire semblant de dormir quand elle arriverait. Lillian rentra tard, néanmoins, bien plus tard que l'heure qu'elle avait annoncée le matin, et à ce moment-là les yeux de Sachs s'étaient fermés et il dormait pour de bon. Une défaillance impardonnable — il gisait, étalé sur le canapé, avec toutes les lumières allumées autour de lui — mais qui, en fin de compte, parut sans importance. Un bruit de porte claquée le réveilla en sursaut à une heure et demie, et la première chose qu'il vit fut Lillian, debout dans le vestibule avec Maria dans les bras. Leurs yeux se croisèrent, et pendant un très bref instant un sourire joua sur ses lèvres. Puis, sans un mot pour lui, elle monta l'escalier avec sa fille. Il supposa qu'elle redescendrait après avoir mis Maria au lit, mais comme tant de suppositions qu'il avait faites dans cette maison, celle-ci était fausse. Il entendit Lillian entrer dans la salle de bains de l'étage et se brosser les dents et puis, au bout d'un moment, il suivit le bruit de ses pas tandis qu'elle allait dans sa chambre et allumait la télévision. Le son était faible, et il ne discernait qu'un murmure de voix confuses, les pulsations de la musique vibrant dans le mur. Il s'assit sur le canapé, tout à fait conscient, s'attendant à ce qu'elle descende d'une minute à l'autre pour lui parler. Il attendit dix minutes, puis vingt minutes, puis une demi-heure, et enfin la télévision s'éteignit. Après cela, il attendit encore vingt minutes et alors, comme elle n'était toujours pas descendue, il comprit qu'elle n'avait aucune intention de lui parler, qu'elle s'était déjà endormie pour la nuit. Un triomphe, en quelque sorte, se disait-il, mais à présent que c'était arrivé, il ne savait trop que faire de sa victoire. Il éteignit les lampes du salon, s'allongea derechef sur le canapé et puis resta couché dans l'obscurité, les yeux ouverts, attentif au silence de la maison.

Après cela, il ne fut plus question qu'il aille habiter dans un motel. Le canapé du salon devint le lit de Sachs, et il y dormit toutes les nuits. Ils considéraient tous que cela allait de soi, et le fait qu'il appartînt désormais à la maisonnée ne fut même jamais mentionné. Il entrait dans la logique des événements, en phénomène ne méritant pas plus d'être discuté qu'un arbre, une pierre ou une particule de poussière dans l'atmosphère. C'était là exactement ce que Sachs avait espéré, et pourtant son rôle parmi eux ne fut jamais clairement défini. Tout se mettait en place en fonction d'un accord secret, tacite, et il savait d'instinct que ce serait une erreur d'aborder Lillian avec des questions sur ce qu'elle attendait de lui. Il lui fallait trouver seul les réponses, découvrir la place qui lui revenait à partir d'allusions ou de gestes infimes, de suggestions ou de dérobades indéchiffrables. Ce n'était pas qu'il eût peur de ce qui arriverait s'il se trompait (bien qu'il ne fît jamais aucun doute à ses yeux que la situation pouvait se retourner contre lui, que Lillian pouvait mettre sa menace à exécution et appeler la police), mais plutôt le désir que sa conduite soit exemplaire. Telle était la raison première de sa venue en Californie : réinventer sa vie, incarner un idéal de bonté qui transformerait radicalement ses relations avec lui-même. Lillian était l'instrument qu'il avait choisi, c'était par elle seulement que la métamorphose pouvait s'accomplir. Il avait envisagé cela comme un voyage, une longue expédition dans l'obscurité de son âme, mais maintenant qu'il était en chemin, il ne pouvait avoir la certitude que sa direction était la bonne.

C'eût sans doute été moins pénible pour lui si Lillian avait été quelqu'un d'autre, mais la tension qu'il éprouvait à dormir toutes les nuits sous le même toit qu'elle le maintenait en déséquilibre constant. Au bout de deux jours à peine, il avait été consterné de découvrir l'envie désespérée qu'il avait de la toucher. Il se rendait compte que le problème était moins sa beauté que le fait que sa beauté fût le seul aspect de sa personnalité qu'elle lui permît de connaître. Si elle s'était montrée moins intransigeante, moins réticente à toute relation directe et personnelle avec lui, il aurait pu penser à autre chose, l'envoûtement du désir aurait pu être levé. Mais elle refusait de se révéler à lui, ce qui veut dire qu'elle ne devint jamais plus qu'un objet, jamais plus que la somme de sa présence physique. Et cette présence physique possédait un pouvoir terrible : elle étourdissait et assaillait, elle accélérait le pouls, elle démolissait les plus nobles résolutions. Ce n'était pas le genre de combat auquel Sachs s'était préparé. Cela ne cadrait pas avec le projet qu'il avait conçu avec tant de soin dans sa tête. Son corps se trouvait désormais ajouté à l'équation, et ce qui avait un jour paru simple s'était transformé en bourbier de stratégies fiévreuses et de motifs inavoués.

Il lui dissimulait tout cela. Étant donné les circonstances, son seul recours consistait à opposer à l'indifférence de Lillian un calme imperturbable, à faire semblant d'être parfaitement heureux de l'état des choses entre eux. Il prenait un air enjoué quand il se trouvait avec elle ; il se montrait nonchalant, amical, accommodant ; il souriait souvent ; il ne se plaignait jamais. Sachant qu'elle était sur ses gardes, qu'elle le soupçonnait déjà des sentiments dont il était effectivement coupable, il attachait une importance particulière à ce qu'elle ne le vît jamais la regarder comme il avait envie de la regarder. Un simple coup d'œil pouvait entraîner sa perte, surtout avec une femme aussi expérimentée que Lillian. Elle qui avait connu toute sa vie le regard des hommes serait on ne peut plus sensible à ses expressions, au moindre soupçon d'arrière-pensée dans ses yeux. Cela provoquait en lui une tension presque intolérable dès qu'elle était présente, mais il s'accrochait bravement et ne perdait jamais l'espoir. Il ne lui demandait rien, n'attendait rien d'elle, et priait que sa patience finisse par la fléchir. C'était la seule arme dont il disposât, et il s'en servait en toute occasion, s'humiliant devant elle avec une telle détermination, un tel déni de soi que sa faiblesse même devenait une espèce de force.

Pendant les douze ou quinze premiers jours, elle lui adressa à peine la parole. Il n'avait aucune idée de ce qu'elle faisait durant ses longues et fréquentes absences de la maison, et bien qu'il eût donné n'importe quoi pour le savoir, il n'osa jamais le lui demander. La discrétion importait davantage que la connaissance, se disait-il, et plutôt que de courir le risque d'offenser Lillian, il gardait pour lui sa curiosité et attendait de voir ce qui allait se passer. Presque tous les matins, elle quittait la maison vers neuf ou dix heures. Parfois elle revenait en début de soirée, d'autres fois elle ne rentrait que très tard, bien après minuit. Parfois, elle sortait le matin, revenait à la maison le soir pour se changer, et puis disparaissait le reste de la nuit. En deux ou trois occasions, elle ne revint pas avant le lendemain matin, et ces matins-là elle entra dans la maison, changea de vêtements et repartit aussitôt. Sachs supposait qu'elle passait ces soirées prolongées en compagnie d'hommes — un homme peut-être, ou peut-être plusieurs —, mais il était impossible de savoir où elle allait pendant la journée. Il paraissait probable qu'elle avait un travail quelconque, mais ce n'était qu'une hypothèse. Pour autant qu'il le sût, elle aurait pu passer son temps à se balader en voiture, à aller au cinéma ou, debout au bord de l'eau, à regarder les vagues.

En dépit de ces allées et venues mystérieuses, elle ne manquait jamais de lui dire quand il pouvait s'attendre à la voir revenir. C'était à l'intention de Maria plus que pour lui, et même si les heures qu'elle donnait n'étaient qu'approximatives (« Je rentrerai tard », « On se verra demain matin »), cela lui permettait de structurer son propre temps et d'éviter que la maisonnée ne retombe dans la confusion. Vu la fréquence des absences de Lillian, la charge de s'occuper de Maria incombait presque entièrement à Sachs. C'était là le plus étrange des rebondissements, pensait-il, car Lillian avait beau se montrer sèche et distante quand ils étaient ensemble, le fait de ne manifester aucune hésitation à lui laisser la garde de sa fille prouvait qu'elle avait déjà confiance en lui, plus peut-être qu'elle ne s'en rendait compte. Cette anomalie aidait Sachs à se remonter le moral. Il ne fit jamais de doute pour lui que, sur un plan, elle abusait de lui — en se déchargeant de ses responsabilités sur une dupe consentante — mais sur un autre plan le message paraissait très clair : elle se sentait en sécurité avec lui, elle savait qu'il n'était pas là pour lui nuire.

Maria devint sa compagne, son prix de consolation, sa récompense indélébile. Il lui préparait chaque matin son déjeuner, la conduisait à l'école, allait la rechercher l'après-midi, lui brossait les cheveux, lui donnait son bain, la bordait dans son lit le soir. C'étaient des plaisirs qu'il n'aurait pu prévoir, et au fur et à mesure que s'affirmait la place qu'il occupait dans l'emploi du temps de la fillette, l'affection entre eux ne cessait de croître. Auparavant, Lillian avait compté sur une voisine pour s'occuper de Maria, mais si aimable que fût Mrs. Santiago, elle avait de son côté une famille nombreuse et faisait rarement très attention à Maria sauf quand l'un de ses enfants l'ennuyait. Deux jours après l'installation de Sachs, Maria annonça solennellement qu'elle ne retournerait jamais chez Mrs. Santiago. Elle préférait la façon dont il s'occupait d'elle, et si ça ne l'ennuyait pas trop, elle aimerait autant passer son temps avec lui. Sachs lui répondit qu'il en serait très content. Ils étaient alors dans la rue, sur le chemin de l'école à la maison, et un instant après avoir fait cette réponse, il sentit une petite main qui saisissait son pouce. Ils marchèrent en silence pendant une demi-minute, puis Maria s'arrêta et dit : « D'ailleurs, Mrs. Santiago a des enfants à elle, et toi tu n'as pas de petite fille ni de petit garçon, n'est-ce pas ? » Sachs lui avait déjà dit qu'il n'avait pas d'enfants, mais il hocha la tête pour lui montrer que son raisonnement était correct. « C'est pas juste si une personne en a trop et une autre est toute seule, n'est-ce pas ? » poursuivit-elle. Sachs hocha de nouveau la tête sans l'interrompre. « Je crois que c'est bien, conclut-elle. Tu m'auras, moi, maintenant, et Mrs. Santiago aura ses enfants, et tout le monde sera content. »

Le premier lundi, il loua une boîte postale au bureau de poste de Berkeley afin de se donner une adresse, rapporta la Plymouth au bureau local de l'agence de location et acheta pour moins de mille dollars une Buick Skylark vieille de neuf ans. Le mardi et le mercredi, il ouvrit onze comptes d'épargne dans les différentes banques de la ville. Il aurait trouvé imprudent de déposer tout l'argent au même endroit, et il lui semblait plus sage d'ouvrir des comptes multiples que d'entrer quelque part avec un paquet de plus de cent cinquante mille dollars en espèces. D'ailleurs, il se ferait moins remarquer lors de ses retraits quotidiens pour Lillian. Son affaire demeurerait en rotation constante, et cela empêcherait qu'un des caissiers ou des directeurs de banque n'en vienne à le connaître trop bien. Au début, il avait pensé se rendre à chaque banque tous les onze jours, mais quand il s'aperçut que les retraits de mille dollars nécessitaient une signature spéciale du directeur, il se mit à aller chaque jour dans deux banques différentes et à utiliser les distributeurs automatiques, où l'on pouvait retirer un maximum de cinq cents dollars par transaction. Cela correspondait à un retrait hebdomadaire de cinq cents dollars par banque, une somme insignifiante selon les normes. C'était un arrangement efficace, et en définitive il préférait de beaucoup glisser sa carte de plastique dans la fente et presser des boutons plutôt que d'avoir à parler à une personne vivante.

Les premiers jours furent difficiles pour lui, néanmoins. Il soupçonnait que l'argent découvert dans la voiture de Dimaggio était de l'argent volé — ce qui signifiait que les numéros de série des billets avaient peut-être été communiqués par informatique à toutes les banques du pays. Se trouvant obligé de choisir entre courir ce risque et garder l'argent dans la maison, il avait choisi le risque. Il était trop tôt pour savoir si on pouvait faire confiance à Lillian, et abandonner l'argent sous son nez ne semblait guère une façon intelligente de s'en assurer. Dans chacune des banques où il entra, il s'attendit sans cesse à ce que le directeur jette un coup d'œil à l'argent, le prie de l'excuser un instant, et revienne dans le bureau avec un policier à la remorque. Mais rien de pareil ne se passa. Les hommes et les femmes qui lui ouvrirent ses comptes furent d'une extrême courtoisie. Ils comptèrent ses billets avec une prestesse, une habileté de robots; ils lui sourirent, lui serrèrent la main et lui dirent combien ils étaient contents de l'accueillir au nombre de leurs clients. En guise de bonus pour des dépôts initiaux de plus de dix mille dollars, il reçut cinq mini-fours, quatre radioréveils, une télévision portative et un drapeau américain.

Quand la seconde semaine commença, ses journées avaient pris un rythme régulier. Après avoir conduit Maria à l'école, il revenait à pied à la maison, lavait la vaisselle du déjeuner, puis partait en voiture vers les deux banques figurant sur sa liste. Dès qu'il avait effectué ses retraits (avec une éventuelle visite à une troisième banque afin de prendre de l'argent pour lui-même), il entrait dans un des bars à espresso de Telegraph Avenue, s'installait dans un coin tranquille et passait une heure à parcourir le *San Francisco Chronicle* et le *New York Times* en buvant des cappuccinos. En fait, il était étonnamment peu question de l'affaire dans l'un comme dans l'autre journal. Le *Times* avait cessé de parler de la mort de Dimaggio avant même le départ de Sachs de New York, et à part une brève interview d'un capitaine de la police d'État du Vermont, ne publia plus rien. Quant au *Chronicle*, on semblait également s'y lasser de cette histoire. Après une série d'articles sur le mouvement écologique et les Enfants de la planète (tous signés Tom Mueller), le nom de Dimaggio ne fut plus mentionné. Sachs en fut rassuré, mais même si la pression diminuait, il n'alla jamais jusqu'à imaginer qu'elle ne pourrait se renforcer à nouveau. Tout au long de son séjour en Californie, il ne cessa d'étudier les journaux chaque matin. C'était devenu sa religion personnelle, sa forme de prière quotidienne. Epluche les journaux et retiens ton souffle. Assure-toi qu'on n'est pas sur tes traces. Assure-toi que tu peux continuer à vivre vingt-quatre heures encore.

Le reste de la matinée et le début de l'après-midi étaient consacrés à des tâches pratiques. Comme n'importe quelle ménagère américaine, il achetait à manger, nettoyait, portait le linge sale à la laverie, se préoccupait d'acheter la meilleure marque de beurre de cacahuètes pour les casse-croûte scolaires. Les jours où il avait du temps de reste, il passait par le magasin de jouets du quartier avant d'aller chercher Maria. Il s'amenait à l'école avec des poupées et des rubans pour les cheveux, des livres d'images et des crayons de couleur, des yoyos, du bubble-gum et des boucles d'oreilles autocollantes. Il ne faisait pas ça dans le dessein de la séduire. Ce n'était que l'expression de son affection, et mieux il apprenait à la connaître, plus il prenait au sérieux le souci de la rendre heureuse. Sachs n'avait guère fréquenté d'enfants, et il découvrait avec étonnement à quel point veiller sur eux demande des efforts. Cela exigeait d'énormes ajustements intérieurs, mais une fois qu'il eut saisi le rythme des besoins de Maria, il se mit à les accueillir avec plaisir, à se réjouir de l'effort en soi. Même lorsqu'elle n'était pas là, il continuait à s'occuper d'elle. Il s'apercevait que c'était un remède contre la solitude, une façon d'esquiver le fardeau d'avoir toujours à penser à soi.

Chaque jour, il mettait mille dollars de plus dans le congélateur. Les billets étaient rangés dans un sac en plastique qui les protégeait de l'humidité, et chaque fois que Sachs en ajoutait un nouveau lot, il les contrôlait, afin de savoir si quelques-uns avaient été enlevés. La vérité, c'est que l'argent demeurait intact. Deux semaines s'écoulèrent, et la somme continuait à croître à raison de mille dollars par jour. Sachs n'avait aucune idée de ce que pouvait signifier un tel détachement, une si curieuse indifférence envers ce qu'il avait apporté. Fallait-il comprendre que Lillian n'en voulait aucune part, qu'elle refusait d'accepter les termes de son offre? Ou lui faisait-elle entendre que l'argent importait peu, qu'il n'avait rien à voir avec sa décision de le laisser habiter chez elle? Les deux interprétations paraissaient valables, et par conséquent elles s'annulaient, le privaient de tout moyen de comprendre ce qui se passait dans l'esprit de la jeune femme, de déchiffrer les faits auxquels il se trouvait confronté.

Même son intimité grandissante avec Maria ne paraissait pas affecter Lillian. Elle ne provoquait ni crises de jalousie ni sourires d'encouragement, aucune réaction perceptible. Si elle rentrait à la maison alors que la fillette et lui lisaient un livre, pelotonnés sur le canapé, ou dessinaient, accroupis par terre, ou organisaient un goûter pour une pleine chambrée de poupées, elle se bornait à dire bonjour et à poser pour la forme un baiser sur la joue de sa fille avant de filer dans sa chambre, où elle changeait de vêtements et s'apprêtait à ressortir. Elle n'était rien de plus qu'un spectre, une belle apparition qui flottait dans la maison, arrivant et repartant à intervalles réguliers sans laisser de trace derrière elle. Il semblait à Sachs qu'elle devait savoir ce qu'elle faisait, qu'il devait y avoir une raison à ce comportement énigmatique, mais aucune des raisons qu'il parvenait à imaginer ne le satisfaisait. Au mieux, il arrivait à la conclusion qu'elle le mettait à l'épreuve, qu'elle le titillait avec ce jeu de cache-cache afin de voir combien de temps il le supporterait. Elle voulait savoir s'il allait craquer, elle voulait savoir s'il avait une volonté aussi forte que la sienne.

Et puis, sans cause apparente, tout changea soudain. Une fin d'après-midi, à la moitié de la troisième semaine, Lillian rentra à la maison chargée d'un sac de provisions et annonça qu'elle prenait le dîner en charge ce soir-là. Elle était très gaie, racontait des blagues et bavardait avec volubilité et drôlerie, et la transformation était si grande, si ahurissante que la seule explication que Sachs put concevoir fut qu'elle était droguée. Jusque-là, ils ne s'étaient jamais attablés tous les trois ensemble devant un repas, mais Lillian ne semblait pas remarquer l'extraordinaire révolution que représentait ce dîner. Elle poussa Sachs hors de la cuisine et travailla sans relâche pendant deux heures à mitonner ce qui se révéla un délicieux fricot d'agneau et de légumes. Sachs en fut impressionné, mais étant donné tout ce qui avait précédé cette performance, il ne se sentait pas prêt à se fier aux apparences. C'était peut-être un piège, se disait-il, une ruse destinée à lui faire baisser sa garde, et alors qu'il ne désirait rien tant que d'entrer dans le jeu, de se couler dans le flot de la gaieté de Lillian, il ne pouvait s'y résoudre. Il était raide et gauche, ne trouvait rien à dire, et la bonne humeur qu'il s'était si bien forcé d'affecter devant elle l'avait soudain abandonné. Lillian et Maria étaient presque seules à parler, et après un moment il ne fut plus qu'un observateur, une présence butée hésitant aux frontières de la fête. Il se haïssait pour cette attitude, et quand il refusa le second verre de vin que Lillian s'apprêtait à lui verser, il se mit à se considérer avec dégoût, comme un crétin intégral. « Ne vous en faites pas, lui dit-elle en versant néanmoins le vin dans son verre, je ne vais pas vous mordre. » « Je sais bien, répondit Sachs, je pensais seulement... » Avant qu'il pût achever sa phrase, Lillian l'interrompit. « Ne pensez pas tant, dit-elle. Buvez ce vin et savourez-le. Ça vous fera du bien. »

Le jour suivant, néanmoins, on eût dit que rien de tout cela ne s'était passé. Lillian sortit tôt, ne rentra pas avant le lendemain matin, et continua pendant le reste de la semaine à se montrer aussi rarement que possible. Sachs se sentait étourdi, perdu. Jusqu'à ses doutes lui paraissaient désormais sujets au doute, et il avait l'impression de plier peu à peu sous le poids de toute cette terrible aventure. Peut-être aurait-il dû écouter Maria Turner, se disait-il. Peut-être n'avait-il pas à se trouver là, peut-être aurait-il dû faire ses valises et s'en aller. Une nuit, il joua même pendant plusieurs heures avec l'idée de se livrer à la police. Du moins mettrait-il ainsi un terme à son angoisse. Au lieu de jeter l'argent à la tête de quelqu'un qui n'en voulait pas, il devrait sans doute engager un avocat, commencer à réfléchir aux moyens de s'éviter la prison.

Et puis, moins d'une heure après qu'il eut pensé cela, toute la situation se retourna de nouveau. C'était à peu près entre minuit et une heure du matin, et Sachs était en train de s'assoupir sur le canapé du salon. Des pas résonnèrent à l'étage. Il supposa que Lillian se rendait à la salle de bains, mais juste comme il se rendormait, il entendit que quelqu'un descendait l'escalier. Avant qu'il ait eu le temps de rejeter la couverture et de se lever, la lampe du salon était allumée et son lit improvisé inondé de lumière. Par réflexe, il se protégea les yeux, et quand il s'obligea à les rouvrir une seconde plus tard, il vit Lillian assise dans un fauteuil juste en face du canapé, vêtue de son peignoir éponge. « Il faut qu'on parle », annonça-t-elle. Il observa son visage en silence tandis qu'elle sortait une cigarette de la poche de son peignoir et y portait une allumette. La belle assurance et l'affectation d'indifférence des dernières semaines avaient disparu, et même la voix de la jeune femme lui paraissait maintenant hésitante, plus vulnérable que jamais auparavant. Elle déposa les allumettes sur la table basse, entre eux. Sachs suivit le mouvement de sa main puis, distrait un instant par les lettres d'un vert criard tracées sur fond pastel, jeta un coup d'œil au couvercle de la boîte. Il s'agissait d'une publicité pour un téléphone rose et à ce moment précis, en un de ces brefs éclairs de clairvoyance qui se produisent parfois spontanément, il lui apparut que rien n'est dépourvu de sens, que tout en ce monde est relié à tout le reste.

« J'ai décidé que je n'avais plus envie que vous me considériez comme un monstre », déclara Lillian. C'est dans ces termes qu'elle commença, et pendant deux heures elle lui en dit plus sur elle-même qu'elle ne l'avait fait au cours de toutes les semaines précédentes, lui parlant d'une façon qui éroda progressivement le ressentiment qu'il avait nourri à son égard. Elle ne lui présenta aucune excuse, et lui ne se hâta pas de croire tout ce qu'elle racontait, mais petit à petit, en dépit de sa méfiance et de son scepticisme, il comprit que les choses n'allaient pas mieux pour elle que pour lui, qu'il l'avait rendue tout aussi malheureuse que lui-même.

Il fallut un certain temps, néanmoins. Au début, il se disait que c'était de la comédie, un nouveau tour destiné à le maintenir sur les nerfs. Dans le tourbillon d'inepties qui faisait rage en lui, il réussit même à se convaincre qu'elle savait qu'il projetait de s'en aller — comme si elle pouvait lire ses pensées, comme si elle avait pénétré dans son cerveau et l'avait entendu réfléchir en ce sens. Elle n'était pas descendue pour faire la paix avec lui. Elle était venue pour l'attendrir, pour s'assurer qu'il ne décamperait pas avant de lui avoir donné tout l'argent. Il se trouvait alors au bord du délire, et si Lillian n'avait abordé d'elle-même la question de l'argent, il n'aurait jamais su à quel point il l'avait méjugée. Ce fut le tournant de la conversation. Elle commença à parler de l'argent, et ce qu'elle en dit ressemblait si peu à ce qu'il avait imaginé qu'elle dirait qu'il eut soudain honte de lui, une telle honte qu'il se mit à l'écouter pour de bon.

— Vous m'avez donné près de trente mille dollars, dit-elle. Et ça n'arrête pas, ça augmente tous les jours, et plus il y a d'argent, plus ça me fait peur. Je ne sais pas pendant combien de temps vous avez l'intention de continuer, mais trente mille dollars ça suffit. Ça suffit largement, et je crois qu'on devrait cesser avant que ça tourne mal.

— On ne peut pas cesser, s'entendit répondre Sachs. On vient à peine de commencer.

— Je ne suis pas sûre de pouvoir encore encaisser.

— Vous pouvez très bien. Je n'ai jamais rencontré personne d'aussi coriace que vous, Lillian. Du moment que vous ne vous en faites pas, vous pouvez très bien encaisser.

— Je ne suis pas coriace. Je ne suis pas coriace, et je ne suis pas bonne, et quand vous commencerez à me connaître, vous regretterez d'avoir mis le pied dans cette maison.

— Cet argent, ce n'est pas une question de bonté. C'est une question de justice, et si la justice a le moindre sens, elle doit être la même pour tout le monde, bon ou pas.

Elle se mit alors à pleurer, les yeux fixés droit sur lui et les larmes ruisselant le long des joues — sans les toucher, comme si elle ne voulait pas reconnaître leur présence. Une façon fière de pleurer, pensa Sachs, à la fois mise à nu de sa détresse et refus de s'y soumettre, et il se sentit plein de respect pour la maîtrise qu'elle conservait sur elle-même. Tant qu'elle les ignorait, tant qu'elle ne les essuyait pas, ces larmes ne l'humilieraient jamais.

Lillian fut presque seule à parler après cela, fumant cigarette sur cigarette d'un bout à l'autre d'un long monologue de regrets et de récriminations contre elle-même. La plus grande partie en était difficile à suivre pour Sachs, mais il n'osait pas l'interrompre, de peur qu'un mot malheureux ou une question mal à propos ne la fassent taire. Elle s'attarda un bon moment sur un certain Frank, puis évoqua un autre homme nommé Terry et puis, un moment plus tard, elle revint sur les dernières années de son mariage avec Dimaggio. De là, elle passa à la police (qui l'avait apparemment interrogée après la découverte du corps de Dimaggio), mais avant d'en avoir fini avec cela, elle se mit à raconter à Sachs qu'elle avait fait le projet de partir, de quitter la Californie et de recommencer ailleurs. Elle s'y était à peu près décidée, lui dit-elle, quand il était apparu sur le pas de sa porte et alors tout s'était écroulé. Elle n'arrivait plus à réfléchir, elle ne savait plus ce qu'elle voulait. Il s'attendait à ce qu'elle poursuive un peu dans cette voie, mais elle se lança dans une digression au sujet du travail, se vantant presque de la façon dont elle avait réussi à se débrouiller sans Dimaggio. Elle avait un diplôme de masseuse, elle posait pour des photos dans des catalogues de grands magasins, l'un dans l'autre elle avait réussi à se maintenir à flot. Et puis, tout d'un coup, elle avait écarté le sujet comme s'il ne comptait pas et s'était remise à pleurer.

— Tout va s'arranger, fit Sachs. Vous verrez. Tout le mauvais est derrière vous. Simplement, vous ne vous en êtes pas encore rendu compte.

C'était ce qu'il fallait dire, la conversation s'achevait ainsi sur une note positive. Rien n'était résolu, mais Lillian paraissait réconfortée par cette affirmation, touchée par cet encouragement. Quand elle l'embrassa rapidement pour le remercier avant de monter se recoucher, il résista à la tentation de l'étreindre plus qu'il ne fallait. Ce fut néanmoins pour lui un instant merveilleux, un instant de contact véritable, incontestable. Il sentit son corps nu sous le peignoir, lui donna un petit baiser tendre sur la joue et comprit qu'ils étaient désormais revenus au point de départ, que tout ce qui avait précédé cet instant était effacé.

Le lendemain matin, Lillian partit de la maison à l'heure où elle partait toujours, disparaissant pendant que Sachs et Maria étaient sur le chemin de l'école. Mais cette fois il trouva un billet dans la cuisine à son retour, un bref message qui paraissait confirmer ses espoirs les plus fous, les plus improbables. « Merci pour hier soir, lut-il. xxx. » Il apprécia qu'elle eût marqué des baisers au lieu de signer son nom. Même s'il avait été tracé là avec les intentions les plus innocentes — par réflexe, comme une variante aux salutations habituelles —

le triple x suggérait aussi d'autres choses. C'était le code pour *sexe* sur le couvercle de la boîte d'allumettes qu'il avait vue pendant la nuit, et ça l'excitait d'imaginer que c'était délibéré, qu'elle avait substitué ce signe à son nom afin de susciter cette association dans son esprit.

Fort de ce billet, il s'autorisa à faire une chose qu'il savait qu'il n'aurait pas dû faire. Alors même qu'il cédait à cette impulsion, il se rendit compte qu'il avait tort, qu'il était en train de perdre la tête, mais il n'était plus capable de s'en empêcher. Après avoir terminé ses tâches de la matinée, il rechercha l'adresse de l'institut de massage où Lillian lui avait dit qu'elle travaillait. Ça se trouvait quelque part sur Shattuck Avenue, dans le nord de Berkeley, et sans même se donner la peine de téléphoner pour prendre rendez-vous, il monta dans sa voiture et y alla. Il voulait la surprendre, arriver sans être annoncé et dire bonjour — mine de rien, comme s'ils étaient de vieux amis. Si par hasard elle était libre à ce moment, il demanderait un massage. Ce serait pour lui une excuse légitime à la sentir de nouveau le toucher, et tout en savourant le contact de ses doigts sur sa peau, il pourrait apaiser sa conscience en se prétendant qu'il l'aidait à gagner sa vie. Je n'ai jamais été massé professionnellement, lui dirait-il, et j'avais envie de savoir quelle impression ça fait. Il trouva l'endroit sans difficulté, mais quand il entra et demanda Lillian Stern à la femme qui se trouvait à l'accueil, la réponse fut brève et glaciale. « Lillian Stern m'a laissée tomber au printemps, dit la femme, et depuis, elle ne s'est plus montrée ici. »

C'était la dernière chose à laquelle il s'attendît, et il ressortit de là avec le sentiment d'avoir été trahi, écorché par le mensonge qu'elle lui avait raconté. Lillian ne rentra pas chez elle ce soir-là, et il fut presque content de se retrouver seul, d'éviter l'embarras d'avoir à lui faire face. Il ne pouvait rien dire, après tout. S'il parlait de l'endroit où il était allé dans l'après-midi, son secret serait découvert, et ce serait la ruine des quelques chances qu'il avait encore avec elle. A long terme, il avait peut-être de la veine d'être passé par là à ce moment et non plus tard. Il devait être prudent quant à ses sentiments, se dit-il. Plus de gestes impulsifs. Plus d'élans d'enthousiasme. Il avait eu besoin de cette leçon, et il espérait s'en souvenir.

Mais il l'oublia. Et pas simplement avec le temps, mais dès le lendemain. De nouveau, ce fut à la nuit tombée. De nouveau, il avait déjà mis Maria au lit et il s'était de nouveau installé sur le canapé du salon — encore éveillé, cette fois, plongé dans l'un des livres de Lillian sur la réincarnation. Il trouvait consternant qu'elle pût s'intéresser à de telles fadaises, et il poursuivait sa lecture d'un œil sarcastique et vengeur, en étudiant chaque page comme un témoignage de la stupidité de Lillian, de l'incroyable manque de profondeur de son esprit. Ce n'était qu'une ignorante sans cervelle, se disait-il, un fouillis de marottes et de notions mal digérées, et comment pouvait-il espérer qu'une femme comme elle le comprenne, qu'elle puisse saisir le dixième de ce qu'il faisait ? Et puis, au moment où il allait poser le livre et éteindre la lumière, Lillian franchit la porte d'entrée, le visage coloré par l'alcool, vêtue de la plus collante, de la plus minuscule robe noire qu'il eût jamais vue, et il ne put s'empêcher de sourire en la voyant. Elle était tellement ravissante. Elle était tellement belle à regarder, et maintenant qu'elle était debout devant lui dans la pièce, il ne pouvait en détourner les yeux.

— Salut, camarade, fit-elle. Je t'ai manqué ?

— Sans arrêt, répondit-il. Depuis l'instant où on s'est quittés jusqu'à maintenant.

Il prononça cette réplique avec assez de panache pour qu'elle sonne comme une blague, un badinage facétieux, mais en vérité il était sincère.

— Bon. Parce qu'à moi aussi, tu m'as manqué.

Elle s'immobilisa devant la table basse, laissa échapper un petit rire, et puis décrivit un cercle complet sur elle-même, les bras étendus, comme un mannequin de mode, pivotant avec adresse sur la pointe des pieds.

— Qu'est-ce que tu dis de ma robe ? demanda-t-elle. Six cents dollars en solde. Fameuse affaire, tu ne trouves pas ?

— Elle les vaut largement. Et juste la bonne taille ! Si elle était plus petite, l'imagination serait sans travail. Y aurait quasi rien d'habillé quand on la met.

— C'est ça le look. Simple et séduisant.

— Simple, je ne suis pas si sûr. L'autre chose, oui, mais simple, en tout cas, non.

— Pas vulgaire ?

— Non, pas du tout. Elle est trop bien taillée pour ça.

— Bon. Quelqu'un m'a dit qu'elle était vulgaire, et je voulais ton opinion avant de l'enlever.

— Ce qui veut dire que le défilé de mode est terminé ?

— Tout à fait terminé. Il est tard, et tu peux pas t'attendre à ce qu'une vieille nana comme moi reste sur ses pieds toute la nuit.

— Dommage. Juste quand je commençais à apprécier.

— T'es un peu lourd parfois, non ?

— Sans doute. Je suis souvent bon pour des trucs compliqués. Mais les choses simples ont tendance à m'embrouiller.

— Comme ôter une robe, par exemple. Si tu traînes encore un peu, je vais devoir l'enlever moi-même. Et ça ne serait pas aussi bien, qu'est-ce que t'en penses ?

— Non, pas aussi bien. Surtout que ça n'a pas l'air très difficile. Ni boutons ni pressions à manipuler, pas de fermeture éclair à coincer. Tirer à partir du bas et faire glisser.

— Ou partir d'en haut et faire glisser vers le bas. Le choix vous appartient, Mr. Sachs.

Un instant après, elle était assise à côté de lui sur le canapé, et encore un instant après, la robe gisait sur le sol. Lillian vint à lui dans un mélange de furie et d'enjouement, s'attaquant à son corps en vagues brèves et essoufflées, et à aucun moment il ne fit un geste pour l'arrêter. Il savait qu'elle était ivre, mais même si tout cela n'était qu'un accident, même si seuls l'alcool et l'ennui l'avaient poussée dans ses bras, il était prêt à s'en contenter. Il n'y aurait peut-être jamais d'autre occasion, se disait-il, et après quatre semaines passées à attendre précisément que ceci se produise, il aurait été inimaginable de la repousser.

Ils firent l'amour sur le canapé, et puis ils firent l'amour dans le lit de Lillian à l'étage, et même après que les effets de l'alcool se furent dissipés, elle resta aussi ardente qu'elle l'avait été dans les premiers instants, s'offrant à lui avec un abandon et une concentration qui annulaient tout doute tardif qu'il aurait pu encore avoir. Elle l'emporta, elle le vida, elle le démantela. Et le plus étonnant fut qu'à l'aube, le lendemain, quand ils s'éveillèrent et se retrouvèrent dans le lit, ils recommencèrent et cette fois, dans la lumière pâle qui se répandait vers les coins de la petite chambre, elle lui dit qu'elle l'aimait et Sachs, qui la regardait droit dans les yeux à cet instant, ne vit rien dans ces yeux qui le rendît incrédule.

Il était impossible de savoir ce qui s'était passé, et il ne trouva jamais le courage de le demander. Il se contenta de suivre, de se laisser porter par la vague d'un bonheur inexplicable, sans rien souhaiter d'autre que de se trouver exactement où il était. En une nuit, Lillian et lui étaient devenus un couple. Elle restait désormais avec lui à la maison pendant la journée, partageait les corvées ménagères, assumait de nouveau ses responsabilités de mère envers Maria, et chaque fois qu'elle le regardait, c'était comme si elle répétait ce qu'elle lui avait dit ce premier matin dans le lit. Une semaine s'écoula, et à mesure qu'un retour en arrière paraissait moins imaginable, Sachs commença à accepter ce qui arrivait. Plusieurs jours de suite, il emmena Lillian faire des achats — la couvrit de robes et de chaussures, avec des dessous de soie, avec des boucles d'oreilles d'émeraude et un collier de perles. Ils festoyaient dans de bons restaurants, buvaient des vins de prix, ils parlaient, ils faisaient des projets, ils baisaient jusqu'au chant du coq. C'était trop beau pour être vrai, sans doute, mais à ce moment il n'était plus capable de réfléchir au bon ni au vrai. En réalité, il n'était plus capable de réfléchir à quoi que ce fût.

On ne peut pas savoir combien de temps ça aurait pu durer. S'il n'y avait eu qu'eux deux, ils auraient pu bâtir quelque chose à partir de cette explosion sexuelle, de cette aventure bizarre et complètement invraisemblable. En dépit de ses implications démoniaques, Sachs et Lillian auraient peut-être réussi à s'installer quelque part et à vivre ensemble une vie véritable. Mais d'autres réalités les contraignaient, et moins de deux semaines après le début de cette nouvelle existence, elle était déjà remise en question. Ils étaient amoureux l'un de l'autre, sans doute, mais ils avaient aussi bouleversé l'équilibre de la maisonnée, et la petite Maria n'était pas du tout heureuse de cette transformation. Si sa mère lui était rendue, elle avait en même temps perdu quelque chose, et de son point de vue cette perte devait ressembler à l'écroulement d'un monde. Pendant près d'un mois, Sachs et elle avaient vécu ensemble dans une sorte de paradis. Elle avait été le seul objet de son affection, et il l'avait dorlotée et cajolée comme personne ne l'avait jamais fait auparavant. A présent, sans un mot d'avertissement, il l'avait abandonnée. Il s'était installé dans le lit de sa mère, et au lieu de rester à la maison à lui tenir compagnie, il la confiait à des baby-sitters et sortait tous les soirs. Elle était malheureuse de tout cela. Elle en voulait à sa mère de s'être mise entre eux, elle en voulait à Sachs de l'avoir laissée tomber, et après avoir supporté cela pendant trois ou quatre jours, elle qui était normalement si gentille et si affectueuse s'était muée en une affreuse petite mécanique de bouderies, de crises de larmes et de colères.

Le second dimanche, Sachs proposa une sortie en famille au Rose Garden dans les hauteurs de Berkeley. Pour une fois, Maria paraissait de bonne humeur, et après que Lillian fut allée chercher une vieille couverture dans le placard de l'étage, ils montèrent tous trois dans la Buick et s'en furent à l'autre bout de la ville. Tout se passa bien pendant la première heure. Sachs et Lillian étaient étendus sur la couverture, Maria jouait sur les balançoires, et le soleil dissipait les dernières brumes matinales. Même lorsque Maria se cogna la tête au cadre, il ne parut pas y avoir de raison de s'alarmer. Elle courut vers eux en larmes, ainsi que l'aurait fait n'importe quel enfant, et Lillian la prit dans ses bras et la consola, et embrassa la marque rouge sur sa tempe avec une tendresse toute spéciale. C'était un bon remède, pensait Sachs, le traitement confirmé par le temps, mais dans ce cas-ci, il n'eut que peu ou pas d'effet. Maria continuait de pleurer, refusait de se laisser consoler par sa mère et, bien qu'elle ne se fût fait qu'une égratignure, s'en plaignait avec véhémence, avec des sanglots si violents qu'elle faillit presque s'étouffer. Sans se laisser impressionner, Lillian la reprit dans ses bras, mais cette fois Maria s'écarta en accusant sa mère de la serrer trop fort. Sachs put voir du chagrin dans les yeux de Lillian quand cela arriva et puis, quand Maria la repoussa loin d'elle, un éclair de colère aussi. De but en blanc, ils paraissaient se trouver au bord d'une crise d'envergure. Un marchand de crème glacée s'était installé à une vingtaine de mètres de leur couverture et Sachs, pensant que la diversion pourrait être salutaire, proposa à Maria de lui en acheter un cornet. Ça te fera du bien, lui dit-il en souriant avec le plus de sympathie qu'il pouvait, puis il courut vers le parasol multicolore planté au bord du sentier juste au-dessous d'eux. Il découvrit qu'il avait le choix entre seize parfums différents. Ne sachant lequel prendre, il se décida pour une combinaison de pistache et de tutti frutti. A défaut d'autre chose, pensait-il, la sonorité des noms amusera Maria. Mais ce ne fut pas le cas. Bien que ses pleurs se fussent un peu calmés quand il revint, la fillette considéra d'un air méfiant les boules de glace verte et lorsqu'il lui donna le cornet et qu'elle commença à le lécher d'un air hésitant, l'orage reprit de plus belle. Elle fit une horrible grimace, cracha la crème glacée comme si elle croyait que c'était du poison, et déclara que c'était « dégueulasse ». Ceci provoqua une nouvelle crise de sanglots et puis, de plus en plus furieuse, Maria prit le cornet dans sa main droite et le lança vers Sachs. Le cornet l'atteignit de front, à l'estomac, en éclaboussant toute sa chemise. Comme il baissait les yeux pour reconnaître les dégâts, Lillian se précipita vers Maria et la gifla au visage.

— Sale gamine! cria-t-elle à la petite fille. Vilaine méchante petite ingrate! Je te tuerai, tu comprends? Je te tuerai, ici, en plein devant tous ces gens!

Et avant que Maria ait eu le temps de lever les mains pour se protéger, Lillian la gifla de nouveau.

— Arrête, fit Sachs. La consternation et la colère avaient durci sa voix, et la tentation l'effleura de pousser Lillian à terre. Je t'interdis de toucher à cette enfant, tu m'entends?

— Bas les pattes, mec, répliqua-t-elle, en tout point aussi furieuse que lui. C'est ma gamine, et je fais ce qui me plaît avec, merde !

— Ne la frappe pas. Je ne le permettrai pas.

— Si elle mérite que je la frappe, je le ferai, et personne ne s'en mêle, même pas toi, monsieur Je-sais-tout.

La situation s'aggrava plus vite qu'elle ne s'apaisa. Entre Sachs et Lillian, la dispute s'enfla pendant au moins dix minutes et s'ils ne s'étaient trouvés dans un lieu public, en train de se quereller devant plusieurs douzaines de spectateurs, Dieu sait jusqu'où elle aurait pu aller. Les choses étant ce qu'elles étaient, ils finirent par retrouver le contrôle d'eux-mêmes et maîtriser leur colère. Chacun fit ses excuses à l'autre, ils s'embrassèrent et se réconcilièrent, et n'en parlèrent plus de l'après-midi. Ils allèrent tous trois au cinéma puis dîner dans un restaurant chinois, et une fois rentrés chez eux, ils mirent Maria au lit, et l'incident fut pratiquement oublié. C'est du moins ce qu'ils croyaient. En fait, cet incident constituait un premier signe annonciateur de la fin, et entre l'instant où Lillian avait giflé Maria et celui où Sachs quitta Berkeley, cinq semaines plus tard, rien ne fut jamais plus pareil entre eux.

V

Le 16 janvier 1988, une bombe explosa devant le tribunal de Turnbull, dans l'Ohio, détruisant une réplique en modèle réduit de la statue de la Liberté. La plupart des gens pensèrent qu'il s'agissait d'une incartade d'adolescents, d'un acte de vandalisme gratuit, sans motivations politiques, mais parce qu'un symbole national avait été

279

atteint, les dépêches du lendemain rendirent un compte succinct de l'incident. Six jours plus tard, une autre statue de la Liberté sauta à Danburg, en Pennsylvanie. Les circonstances paraissaient identiques : une petite explosion au milieu de la nuit, pas de blessés, aucun dommage sauf à la statue. Il était néanmoins impossible de savoir si un même individu était impliqué dans les deux explosions ou si la seconde était une imitation de la première — ce qu'on appelle un *copy-cat crime* [1]. Personne ne semblait encore très préoccupé, mais un éminent sénateur conservateur fit une déclaration condamnant « ces actes déplorables » et somma les coupables de cesser immédiatement leurs canulars. « Ce n'est pas drôle, proclamait-il. Non contents de détruire des biens, vous avez profané une image nationale. Les Américains aiment leur statue, ils n'éprouvent aucune complaisance envers ce genre de plaisanteries de mauvais goût. »

L'un dans l'autre, il existe quelque cent trente modèles réduits de la statue de la Liberté, érigés dans des lieux publics d'un bout à l'autre de l'Amérique. On en trouve dans les parcs municipaux, devant les hôtels de ville, au sommet de certains immeubles. A la différence du drapeau, qui a tendance à diviser les gens autant qu'à les unir, la statue est un symbole qui ne suscite aucune controverse. Si de nombreux Américains sont fiers de leur drapeau, de nombreux autres en sont honteux, et pour chaque personne qui le considère comme un objet sacré il y en a une qui aimerait cracher dessus, ou le brûler, ou le traîner dans la boue. La statue de la Liberté n'est pas atteinte par de tels conflits. Depuis cent ans, transcendant la politique et les idéologies, elle se dresse au seuil de notre pays comme un emblème de tout ce qu'il y a de bon en nous. Elle exprime l'espoir plus que la

1. Un crime « copié » imité d'un autre. *(N.d.T.)*

réalité, la foi plus que les faits, et on serait bien en peine de découvrir une seule personne qui veuille dénoncer les valeurs qu'elle représente : démocratie, liberté, égalité devant la loi. C'est là ce que l'Amérique a de meilleur à offrir au monde, et si peiné soit-on de l'échec de l'Amérique à se montrer digne de ces idéaux, les idéaux eux-mêmes ne sont pas en question. Ils ont été la consolation de multitudes. Ils ont instillé en nous tous l'espérance de pouvoir un jour vivre dans un monde meilleur.

Onze jours après l'incident de Pennsylvanie, une autre statue fut détruite sur la place d'un village au cœur du Massachusetts. Cette fois, il y avait un message, une déclaration avait été préparée et fut téléphonée aux bureaux du *Springfield Republican* le lendemain matin. « Réveille-toi, Amérique, disait-elle. Il est temps de mettre en pratique les idées que tu prêches. Si tu ne veux plus que tes statues sautent, prouve-moi que tu n'es pas hypocrite. Fais quelque chose pour ton peuple en plus de lui construire des bombes. Sinon, mes bombes continueront à exploser. Signé : le Fantôme de la Liberté. »

Au cours des dix-huit mois suivants, neuf statues encore furent anéanties dans différentes parties du pays. Tout le monde s'en souviendra, et il n'est pas nécessaire que je rende ici un compte détaillé des activités du Fantôme. Dans certaines villes, on monta la garde vingt-quatre heures sur vingt quatre autour des statues, avec la participation de l'*American Legion*, de l'*Elk Club*, des équipes scolaires de football et d'autres organisations locales. Mais toutes les communautés ne se montraient pas aussi vigilantes, et le Fantôme continuait à échapper aux recherches. Chaque fois qu'il frappait, il observait une pause avant l'explosion suivante, une période assez longue pour que les gens se demandent si c'en était fini. Et puis, tout à coup, il tombait du ciel quelque part, à mille miles de distance, et une nouvelle bombe éclatait. Beaucoup de gens étaient scandalisés, bien entendu, mais il y en avait qui se découvraient de la sympathie pour les objectifs du Fantôme. Ils représentaient une minorité, mais l'Amérique est vaste, et leur nombre n'avait rien de négligeable. Pour eux, le Fantôme finit par devenir une sorte de héros populaire clandestin. Les messages y étaient pour beaucoup, à mon avis, ces déclarations qu'il téléphonait aux journaux et aux stations de radio le matin suivant chaque explosion. Brefs par nécessité, ils paraissaient s'améliorer avec le temps : de plus en plus concis, plus poétiques, plus originaux dans leur façon d'exprimer sa déception à l'égard du pays. « Chacun est seul, commençait l'un d'eux, et nous n'avons donc nul recours qu'en notre prochain. » Ou : « La Démocratie ne va pas de soi. Il faut se battre pour elle chaque jour, sinon nous risquons de la perdre. La seule arme dont nous disposions est la Loi. » Ou : « Négliger les enfants, c'est nous détruire nous-mêmes. Nous n'existons dans le présent que dans la mesure où nous mettons notre foi dans le futur. » Contrairement aux proclamations caractéristiques du terrorisme, avec leur rhétorique pompeuse et leurs exigences belliqueuses, les déclarations du Fantôme ne demandaient pas l'impossible. Il voulait simplement que l'Amérique fît un examen de conscience et se corrigeât. En ce sens, ses exhortations avaient presque quelque chose de biblique, et après un certain temps on commença à le percevoir moins comme un révolutionnaire politique que comme un doux prophète angoissé. Au fond, il ne faisait qu'articuler ce que beaucoup ressentaient déjà et, du moins dans certains cercles, il se trouvait des gens pour exprimer ouvertement leur soutien à son action. Ses bombes n'avaient fait de mal à personne, soutenaient-ils, et si ces explosions de rien du tout obligeaient les Américains à repenser leurs vies, eh bien, ce n'était sans doute pas une si mauvaise idée.

Pour être tout à fait honnête, je n'ai pas suivi cette histoire de très près. Des choses plus graves se passaient dans le monde à la même époque, et si d'aventure le Fantôme de la Liberté attirait mon attention, je l'écartais d'un haussement d'épaules comme un excentrique, un personnage éphémère de plus dans les annales de la folie américaine. Même si je m'y étais intéressé davantage, je ne crois pas néanmoins que j'aurais pu deviner que lui et Sachs ne faisaient qu'un. C'était beaucoup trop loin de ce que je pouvais imaginer, trop étranger à tout ce qui me paraissait possible, et je ne vois pas comment j'aurais jamais pu songer à établir un rapport entre eux. D'un autre côté (et je sais que ceci va paraître bizarre), si le Fantôme me faisait penser à quelqu'un, c'était à Sachs. Ben avait disparu depuis quatre mois quand on avait commencé à parler des premières bombes, et l'évocation de la statue de la Liberté me l'avait aussitôt ramené à l'esprit. C'était bien naturel, me semblet-il — étant donné le roman qu'il avait écrit, étant donné les circonstances de sa chute, deux ans plus tôt — et dès lors l'association s'était maintenue. Chaque fois que je lisais quelque chose à propos du Fantôme, je pensais à Ben. Des souvenirs de notre amitié me revenaient en masse, et tout à coup je me mettais à avoir mal, à trembler de sentir combien il me manquait.

Mais ça n'allait pas plus loin. Le Fantôme me rappelait l'absence de mon ami, il catalysait ma douleur privée, mais plus d'un an s'écoula avant que je devienne attentif au personnage lui-même. C'était en 1989, et cela s'est produit quand, en ouvrant la télévision, j'ai vu les étudiants du mouvement démocratique chinois dévoiler leur imitation maladroite de la statue de la Liberté sur la place T'ien an Men. J'ai compris alors que j'avais sous-estimé la force du symbole. Il représentait une idée qui appartient à tout le monde, à tout le monde dans le monde entier, et le Fantôme avait contribué de façon capitale à en raviver le sens. J'avais eu tort de le négliger. Il avait provoqué, quelque part dans les profondeurs de la terre, une perturbation dont les ondes commençaient à arriver à la surface, atteignant à la fois tous les points du sol. Il s'était passé quelque chose, il y avait dans l'atmosphère quelque chose de nouveau, et certains jours, ce printemps-là, quand je marchais dans la ville, il me semblait presque sentir les trottoirs vibrer sous mes pieds.

J'avais entrepris un nouveau roman au début de l'année, et lorsque Iris et moi avons quitté New York cet été-là pour venir dans le Vermont, j'étais enfoui dans mon récit, quasi incapable de penser à autre chose. Je me suis installé dans l'ancien studio de Sachs le 25 juin, et même cette situation virtuellement fantastique n'a pas pu perturber mon rythme. Au-delà d'un certain point, un livre prend possession de votre vie, le monde que vous avez imaginé devient plus important pour vous que le monde réel, et l'idée m'effleurait à peine que j'étais assis sur le siège même où Sachs avait eu l'habitude de s'asseoir, que j'écrivais sur la table où il avait eu l'habitude d'écrire, que je respirais le même air qu'il avait un jour respiré. Dans la mesure où j'y pensais, c'était pour moi une source de plaisir. Je me sentais heureux d'avoir à nouveau mon ami près de moi, et j'étais certain que s'il avait su que j'occupais son ancien territoire, il en aurait été content. L'ombre de Sachs était bienveillante, il n'avait laissé derrière lui dans sa cabane ni menace ni esprits mauvais. Il avait envie de ma présence, j'en étais sûr, et même si je m'étais rallié peu à peu à l'opinion d'Iris (qu'il était mort, qu'il ne reviendrait jamais), c'était comme si nous nous comprenions encore, comme si rien n'était changé entre nous.

Au début d'août, Iris est partie dans le Minnesota pour assister au mariage d'une amie d'enfance. Sonia est partie avec elle, et comme David était encore en camp de vacances jusqu'à la fin du mois, je me suis retrouvé tout seul, absorbé dans mon livre. Après quelques jours, je me suis aperçu que je me laissais aller aux mêmes schémas qui s'installent chaque fois qu'Iris et moi nous séparons : trop de travail ; pas assez à manger ; des nuits peu reposantes, insomniaques. Avec Iris près de moi dans le lit, je dors toujours, mais dès l'instant où elle s'en va j'ai peur de fermer les yeux. Chaque nuit devient un peu plus pénible que la précédente, et en un rien de temps je veille avec la lampe allumée jusqu'à une, deux ou trois heures du matin. Rien de tout cela n'a d'importance, mais c'est précisément parce que j'éprouvais de telles difficultés en l'absence d'Iris cet été que je ne dormais pas quand Sachs fit son apparition soudaine et inattendue dans le Vermont. Il était près de deux heures, et j'étais au lit, à l'étage, plongé dans un polar, une sombre histoire de meurtre qu'un hôte de la maison devait avoir laissée là des années auparavant, quand j'entendis le bruit d'un moteur essoufflé sur le chemin de terre. Je relevai les yeux de mon livre en attendant que la voiture dépasse la maison, mais alors, sans doute possible, le moteur ralentit, les phares balayèrent ma fenêtre de leurs rayons et la voiture tourna et vint s'arrêter dans la cour en raclant les buissons d'aubépine. J'enfilai un pantalon, descendis en hâte et entrai dans la cuisine quelques secondes après que le moteur se fut tu. Je n'avais pas le temps de réfléchir. J'allai droit vers les ustensiles sur le buffet, empoignai le couteau le plus long que je pus trouver puis restai debout dans le noir à attendre l'arrivée de qui que ce fût. Je supposais qu'il s'agissait d'un cambrioleur ou d'un fou, et pendant dix ou vingt secondes j'éprouvai la plus grande frousse de toute mon existence.

Il alluma la lumière avant que j'aie pu l'attaquer. C'était un geste automatique — pénétrer dans la cuisine et tourner le commutateur — et un instant après que mon embuscade eut été déjouée, je me rendis compte que c'était à Sachs que j'avais affaire. Il y eut un intervalle minuscule entre ces deux perceptions, néanmoins, et dans cet intervalle je me considérai comme mort. Il fit un ou deux pas dans la pièce puis se figea. C'est alors qu'il me vit, debout dans mon coin, le couteau encore brandi, le corps prêt à bondir.

— Bonté divine, s'exclama-t-il. C'est toi !

J'essayai de dire quelque chose, mais aucun mot ne me sortait de la bouche.

— J'ai vu la lumière, dit Sachs en me dévisageant d'un air incrédule. J'ai pensé que c'était sans doute Fanny.

— Non, dis-je. Ce n'est pas Fanny.

— Non, ça n'en a pas l'air.

— Mais ce n'est pas toi non plus. Ça ne peut pas être toi, n'est-ce pas ? Tu es mort. Tout le monde sait ça maintenant. Tu es couché dans un fossé quelque part au bord d'une route, en train de pourrir sous une montagne de feuilles.

Je mis un certain temps à récupérer du choc, mais pas beaucoup, moins que je n'aurais cru. Ben avait bonne mine, trouvai-je, l'œil vif et l'air toujours aussi en forme, et à part le gris qui envahissait à présent sa chevelure, il était pour l'essentiel tel que je l'avais toujours connu. Je dus m'en sentir rassuré. Ce n'était pas un spectre qui était revenu — c'était l'ancien Sachs, aussi vibrant et aussi volubile qu'autrefois. Un quart d'heure après son entrée dans la maison, je m'étais réhabitué à lui, j'étais prêt à admettre qu'il était vivant.

Il ne s'attendait pas à tomber sur moi, me dit-il, et avant que nous nous installions et commencions à bavarder, il s'excusa à plusieurs reprises d'avoir eu l'air si étonné. Étant donné les circonstances, je pensais que ces excuses étaient superflues.

— C'est le couteau, lui dis-je. Si en entrant ici j'avais trouvé un type prêt à me poignarder, je crois que j'aurais eu l'air étonné, moi aussi.

— C'est pas que je ne sois pas content de te voir. Je ne m'y attendais pas, c'est tout.

— Rien ne t'oblige à être content. Après tout ce temps, il n'y a pas de raison que tu le sois.

— Je ne peux pas te reprocher de m'en vouloir.

— Je ne t'en veux pas. En tout cas pas jusqu'à maintenant. Je reconnais que j'étais plutôt furieux au début, mais ça a passé au bout de quelques mois.

— Et alors?

— Alors j'ai commencé à avoir peur pour toi. Je crois que je n'ai pas cessé d'avoir peur.

— Et Fanny? Elle a eu peur, elle aussi?

— Fanny est plus courageuse que moi. Elle n'a jamais renoncé à te croire vivant.

Sachs sourit, manifestement heureux de ce que j'avais dit. Jusqu'à ce moment, je ne savais pas s'il avait l'intention de rester ou de s'en aller, mais il tira soudain une chaise de sous la table et s'assit, agissant comme s'il venait de prendre une décision importante.

— Qu'est-ce que tu fumes, ces temps-ci? me demanda-t-il en me regardant avec encore ce même sourire.

— Des Schimmelpennincks. C'est ce que j'ai toujours fumé.

— Bon. On va fumer quelques-uns de tes petits cigares, et puis peut-être boire une bouteille de quelque chose.

— Tu dois être fatigué.

— Bien sûr que je suis fatigué. Je viens de faire quatre cents miles et il est deux heures du matin. Mais tu as envie que je te parle, non?

— Ça peut attendre demain.

— Il y a un risque que je n'aie plus le courage, demain.

— Et tu es prêt à parler maintenant?

— Oui, je suis prêt à parler. Jusqu'au moment où je suis entré ici et où je t'ai vu brandir ce couteau, je n'avais pas l'intention de dire un mot. Ça a toujours été mon idée : ne rien dire, tout garder pour moi. Pourtant, je crois que maintenant j'ai changé d'avis. C'est pas que je ne peux plus vivre avec, mais il me semble tout à coup qu'il faut que quelqu'un sache. Au cas où il m'arriverait quelque chose.

— Pourquoi t'arriverait-il quelque chose?

— Parce que je suis en situation périlleuse, voilà pourquoi, et que la chance pourrait m'abandonner.

— Et pourquoi me parler à moi?

— Parce que tu es mon meilleur ami, et que je sais que tu peux garder un secret. Il se tut un moment et me regarda droit dans les yeux. Tu peux garder un secret, n'est-ce pas?

— Je crois que oui. A vrai dire, je ne suis pas sûr d'en avoir jamais connu un. Je ne suis pas sûr d'en avoir jamais eu un à garder.

C'est ainsi que cela commença : avec ces remarques énigmatiques et ces allusions à un désastre imminent. Je dénichai une bouteille de bourbon dans la réserve, pris deux verres propres sur l'évier et emmenai Sachs à travers le jardin jusqu'au studio. C'est là que je rangeais mes cigares, et pendant cinq heures il fuma et but, luttant contre l'épuisement tandis qu'il me dévidait son histoire. Nous étions tous deux assis dans des fauteuils, nous faisant face de part et d'autre de ma table de travail encombrée, et de tout ce temps aucun de nous deux ne bougea. Des bougies brûlaient autour de nous, tremblotantes et crachotantes, tandis que sa voix emplissait la pièce. Il parlait et je l'écoutais, et peu à peu j'apprenais tout ce que j'ai raconté jusqu'ici.

Avant même qu'il commence, je savais que quelque chose d'extraordinaire devait lui être arrivé. Sinon, il ne serait pas resté caché si longtemps ; il ne se serait pas donné tant de mal pour nous faire croire qu'il était mort. Cela me paraissait évident, et maintenant qu'il était revenu, je me sentais prêt à accepter les révélations les plus extravagantes et les plus scandaleuses, à écouter un récit dont je n'aurais jamais pu rêver. Non que je me sois attendu à ce qu'il me raconte *cette histoire-ci*, mais je savais que ce serait quelque chose dans ce genre, et quand Sachs commença enfin (en se laissant aller contre le dossier de son siège et en disant : « Tu as entendu parler du Fantôme de la Liberté, je suppose ? »), je tressaillis à peine. « Alors c'est ça que tu fabriquais, dis-je, l'interrompant avant qu'il pût aller plus loin. C'est toi le drôle de petit bonhomme qui a fait sauter toutes ces statues. Belle occupation pour qui peut se l'offrir, mais qui diable t'a désigné comme la conscience universelle ? La dernière fois que je t'ai vu, tu écrivais un roman. »

Il lui fallut le reste de la nuit pour répondre à cette question. Il y eut néanmoins des trous, des interruptions dans le récit, que je n'ai pas été capable de combler. D'une façon approximative, il semble que l'idée lui soit venue par étapes, à partir de la gifle dont il avait été témoin ce dimanche après-midi à Berkeley et jusqu'à la désintégration de sa liaison avec Lillian. Entre les deux, de plus en plus obsédé par la vie de l'homme qu'il avait tué, il s'était progressivement rendu à Dimaggio.

« J'ai fini par trouver le courage d'entrer dans sa chambre, me raconta Sachs. C'est comme ça que ça a commencé, je crois, c'était le premier pas vers une quelconque action légitime. Jusque-là, je n'avais même pas ouvert la porte. J'avais trop peur, j'imagine, j'avais peur de ce que je trouverais si je commençais à chercher. Mais Lillian était de nouveau partie, Maria était à l'école, et je me retrouvais tout seul dans cette maison, en train de devenir dingue. Comme il était prévisible, la chambre avait été débarrassée de la plupart des affaires de Dimaggio. Il ne restait rien de personnel — pas de lettres, aucun papier, ni agenda ni numéros de téléphone, aucune indication sur sa vie avec Lillian. Mais je suis tombé sur quelques livres. Trois ou quatre volumes de Marx, une biographie de Bakounine, un pamphlet de Trotski sur les questions raciales en Amérique, des trucs comme ça. Et puis, abandonné dans sa reliure noire au fond du tiroir inférieur du bureau, j'ai découvert un exemplaire de sa thèse. C'est ça qui a été la clef. Si je n'avais pas trouvé ça, je crois qu'aucune des autres choses ne serait arrivée.

« C'était une thèse consacrée à Alexandre Berkman — une réhabilitation de sa vie et de son œuvre en quatre cent cinquante et quelques pages. Je suis certain que ce nom te dit quelque chose. Berkman était cet anarchiste qui a tiré sur Henry Clay Frick — celui dont la maison est aujourd'hui un musée dans la 5ᵉ avenue. C'était pendant la grève de 1892, la *Homestead Steel Strike*, quand Frick a embauché une armée de *Pinkertons* et les a fait tirer sur les travailleurs. Berkman avait vingt ans à l'époque, c'était un jeune radical juif émigré de Russie depuis quelques années à peine, et il a fait le voyage jusqu'en Pennsylvanie pour tirer sur Frick à coups de revolver, dans l'espoir d'éliminer ce symbole de l'oppression capitaliste. Frick a survécu à l'attentat, et Berkman a passé quatorze ans au pénitencier de l'État. Après en être sorti, il a écrit ses *Souvenirs de prison d'un anarchiste* et s'est relancé dans des activités politiques, en particulier avec Emma Goldman. Il a dirigé la rédaction de *Mother Earth*, a participé à la fondation d'une école libertaire, a prononcé des conférences, a fait de l'agitation pour des causes telles que la grève du textile à Lawrence, et cetera. Quand l'Amérique est entrée dans la Première Guerre mondiale, il a de nouveau été mis en prison, cette fois pour s'être élevé contre la conscription. Deux ans plus tard, peu de temps après sa libération, lui et Emma Goldman ont été déportés vers la Russie. Au cours du dîner d'adieu organisé avant leur départ, la nouvelle est tombée que Frick venait de mourir le soir même. Le seul commentaire de Berkman a été : Déporté par Dieu. Merveilleux, non ? En Russie, il n'a pas tardé à se sentir déçu. Il pensait que les bolcheviks avaient trahi la Révolution ; une forme de despotisme en avait remplacé une autre, et après l'écrasement de la rébellion de Kronstadt en 1921, il s'est décidé à émigrer de Russie pour la seconde fois. Il a fini par s'installer dans le sud de la France, où il a passé les dix dernières années de sa vie. Il a écrit l'*ABC de l'anarchisme communiste*, et pour assurer sa subsistance il faisait des traductions, du boulot éditorial et de la rédaction de textes en tant que "nègre", mais il avait tout de même besoin de l'aide de ses amis. En 1936, il se sentait trop malade pour persévérer et plutôt que de continuer à vivre de charité, il a pris une arme et s'est tiré une balle dans la tête.

« C'était une bonne thèse. Un peu maladroite et didactique par moments, mais bien documentée et passionnée, un travail lucide et complet. Difficile après ça de ne pas respecter Dimaggio, de ne pas constater la réelle intelligence de cet homme. Compte tenu de ce que je savais de ses dernières activités, la thèse représentait manifestement quelque chose de plus qu'un exercice académique. C'était une étape de son développement intérieur, une façon de préciser ses propres idées sur le changement politique. Il n'allait pas jusqu'à le dire carrément, mais je sentais qu'il était d'accord avec Berkman, qu'il croyait à l'existence d'une justification morale pour certaines formes de violence politique. Le terrorisme avait sa place dans le combat, pour ainsi dire. Si on en faisait un usage correct, ce pouvait être un outil efficace pour attirer l'attention sur la cause que l'on défendait, pour éclairer le public sur la nature du pouvoir institutionnel.

« A partir de ce moment, j'ai été pris. Je me suis mis à penser sans cesse à Dimaggio, à me comparer à lui, à m'interroger à propos de notre rencontre sur cette route du Vermont. Il me semblait ressentir une sorte d'attraction cosmique, l'appel d'un destin inexorable. Lillian ne me parlait guère de lui, mais je savais qu'il avait été soldat au Viêtnam et que la guerre l'avait complètement retourné, qu'il était revenu de l'armée avec une conception nouvelle de l'Amérique, de la politique et de sa propre vie. Ça me fascinait de penser que j'avais fait de la prison à cause de cette guerre — et que lui, d'y avoir participé, avait été amené à peu près à la même position que moi. Nous étions tous deux devenus écrivains, nous savions tous deux que des modifications fondamentales étaient indispensables — mais tandis que je commençais à m'égarer, à m'agiter sottement avec mes articles à la noix et mes prétentions littéraires, Dimaggio continuait à progresser, à aller de l'avant, et à la fin il a eu le courage de mettre ses idées à l'épreuve. Ce n'est pas que faire sauter des chantiers de déboisement me parût une bonne idée, mais je l'enviais d'avoir eu assez de couilles pour agir. Je n'avais jamais levé le petit doigt en faveur de quoi que ce soit. Depuis quinze ans, je m'étais contenté de grogner et de rouspéter, et malgré toutes mes opinions vertueuses et mes prises de position engagées, je n'étais jamais monté en première ligne. J'étais un hypocrite et lui non, et quand je me comparais à lui, je commençais à avoir honte.

« J'ai d'abord pensé écrire quelque chose à son

sujet. Quelque chose d'analogue à ce qu'il avait écrit sur Berkman — en mieux, en plus profond, une véritable analyse de son âme. J'envisageais une élégie, un mémorial en forme de livre. Si je pouvais faire ça pour lui, me disais-je, j'arriverais peut-être à me racheter, et de sa mort naîtrait peut-être du bon. Il faudrait que j'interroge des tas de gens, évidemment, que je parcoure le pays en quête de renseignements, que je me ménage des entrevues avec tous ceux que je pourrais trouver : parents, famille, copains de l'armée, camarades de classe, relations professionnelles, anciennes petites amies, membres des Enfants de la planète, des centaines de gens divers. Ce serait une entreprise énorme, un livre dont l'achèvement me demanderait des années. Mais, en un sens, c'était bien ça l'idée. Aussi longtemps que je me consacrerais à Dimaggio, je le garderais en vie, pour ainsi dire, et en échange il me rendrait ma vie. Je ne te demande pas de comprendre ceci. Moi-même, je le comprenais à peine. Je tâtonnais, vois-tu, je cherchais aveuglément à quoi me raccrocher, et pendant un petit moment ceci m'a paru solide, une meilleure solution que toute autre.

« Je ne suis jamais arrivé à rien. J'ai commencé plusieurs fois à prendre des notes, mais je ne réussissais pas à me concentrer, je ne réussissais pas à organiser ma pensée. Je ne sais pas où était le problème. Je conservais sans doute trop d'espoir encore que les choses s'arrangent avec Lillian. Je ne croyais sans doute plus à la possibilité de me remettre à écrire. Dieu sait ce qui m'arrêtait, mais chaque fois que je prenais un stylo pour tenter de commencer, j'étais pris de sueurs froides, la tête me tournait, et j'avais l'impression que j'allais tomber. Exactement comme quand je suis tombé de l'échelle de secours. La même panique, le même sentiment d'impuissance, la même ruée vers l'oubli.

« Alors il m'est arrivé une chose étrange. Je marchais le long de Telegraph Avenue un matin pour reprendre ma voiture quand j'ai aperçu un type que j'avais fréquenté à New York, Cal Stewart, un rédacteur de revue pour qui j'avais écrit un ou deux articles au début des années quatre-vingt. C'était la première fois depuis mon arrivée en Californie que je voyais quelqu'un que je connaissais, et l'idée qu'il pourrait m'identifier m'a stoppé net. Si une seule personne savait où je me trouvais, j'étais fini, j'étais complètement fichu. J'ai plongé dans la première porte qui s'ouvrait à moi, rien que pour me tirer de la rue. Il se trouve que c'était un magasin de livres d'occasion, un grand machin avec des plafonds immenses et cinq ou six salles. Je suis allé me cacher tout au fond, derrière une rangée de hautes étagères, le cœur battant, en essayant de retrouver mon calme. Il y avait une montagne de livres en face de moi, des millions de mots empilés les uns sur les autres, un univers entier de littérature au rebut — les livres dont les gens ne voulaient plus, qui avaient été vendus, qui avaient perdu leur utilité. Je ne m'en suis pas rendu compte tout de suite, mais je me trouvais dans la section des romans américains, et juste là, à hauteur de mes yeux, la première chose que j'ai vue quand j'ai commencé à regarder les titres était un exemplaire du *Nouveau Colosse*, ma contribution personnelle à ce cimetière. C'était une coïncidence stupéfiante, ça m'a fait un tel choc que je l'ai ressenti comme un présage.

« Ne me demande pas pourquoi je l'ai acheté. Je n'avais aucune intention de le lire, mais lorsque je l'ai vu sur l'étagère, j'ai su qu'il me fallait ce livre. L'objet matériel, la chose en soi. Il ne coûtait que cinq dollars pour l'édition originale cartonnée, y compris la jaquette en papier glacé et les pages de garde violettes. Et avec ma trombine sur le rabat de la couverture : portrait de l'artiste en jeune con.

C'est Fanny qui avait pris cette photo, je m'en souviens. Je dois avoir vingt-six ou vingt-sept ans là-dessus, et je fixe l'objectif avec une expression d'un sérieux incroyable, des yeux pleins d'âme. Tu as vu cette photo, tu sais ce que je veux dire. Quand j'ai ouvert le livre et que je l'ai vue ce jour-là dans ce magasin, j'ai failli éclater de rire.

« Dès que la voie m'a paru libre, je suis sorti de là, j'ai pris ma voiture et je suis rentré chez Lillian. Je savais que je ne pouvais plus demeurer à Berkeley. J'avais eu une frousse abominable quand j'avais aperçu Cal Stewart, et j'ai compris d'un coup combien ma position était précaire, combien je m'étais rendu vulnérable. Quand je suis arrivé à la maison avec le livre, je l'ai posé sur la table basse du salon et je me suis assis sur le canapé. Je n'avais plus d'idées. Il fallait que je parte, mais en même temps je ne pouvais pas partir, je ne pouvais pas me décider à plaquer Lillian. Je l'avais pratiquement perdue, mais je n'avais pas envie de renoncer à elle, je ne supportais pas l'idée de ne plus jamais la voir. Je suis donc resté là sur ce canapé, en contemplation devant la couverture de mon roman, je me sentais comme un type qui vient de rencontrer un mur de briques. Je n'avais rien écrit du livre sur Dimaggio ; j'avais balancé plus du tiers de l'argent ; j'avais bousillé toutes mes chances. Par pure déprime, je gardais les yeux fixés sur le livre. Je crois que je ne le voyais même pas, et puis, après un bon moment, peu à peu, il s'est passé quelque chose. Ça doit avoir duré près d'une heure, mais une fois que l'idée s'est emparée de moi, je n'ai plus pu cesser d'y penser. La statue de la Liberté, tu te souviens ? Cet étrange dessin déformé de la statue de la Liberté. C'est comme ça que ça a commencé, et une fois que j'ai eu compris où j'allais, le reste a suivi, tout ce plan biscornu s'est mis en place.

« J'ai fermé quelques-uns de mes comptes en

banque cet après-midi-là et me suis occupé des autres le lendemain matin. Il me fallait de l'argent pour ce que j'allais entreprendre, ce qui supposait que j'inverse toutes les dispositions que j'avais prises — que je prenne pour moi ce qu'il y avait encore au lieu de le donner à Lillian. Je lui avais déjà remis soixante-cinq mille dollars, et même si ce n'était pas tout, c'était beaucoup d'argent, beaucoup plus qu'elle n'avait compté en recevoir. Les quatre-vingt-onze mille qui me restaient me permettraient d'aller loin, mais ce n'était pas comme si j'allais les flamber pour moi-même. L'utilisation que je leur avais assignée était aussi riche de sens que mon projet original. Plus riche de sens, en fait. Non seulement j'allais m'en servir afin de poursuivre l'œuvre de Dimaggio, je m'en servirais aussi pour exprimer mes propres convictions, pour prendre position en faveur de ce que je croyais, pour intervenir comme je n'avais encore jamais été capable de le faire. Tout à coup, ma vie me paraissait avoir un sens. Pas uniquement les derniers mois, mais toute ma vie, toute mon existence depuis le début. C'était une confluence miraculeuse, une étourdissante conjonction de motifs et d'ambitions. J'avais découvert le principe unificateur, et cette idée rassemblerait tous les morceaux épars de moi-même. Pour la première fois de ma vie, je serais moi, tout à fait moi.

« Je ne pourrais même pas te donner une idée de l'intensité de mon bonheur. Je me sentais de nouveau libre, dégagé de tout par ma décision. Ce n'était pas que j'eusse envie de quitter Lillian et Maria, mais j'avais désormais à m'occuper de choses plus importantes, et une fois que j'ai compris ça, l'amertume et la souffrance qui m'accablaient depuis un mois ont fondu, disparu de mon cœur. Je n'étais plus ensorcelé. Je me sentais inspiré, revigoré, purifié. Presque comme quelqu'un qui a eu la révélation d'une religion. Qui se sent appelé. Le caractère inachevé de mon existence avait soudain cessé de me paraître important. J'étais prêt à partir à l'assaut des étendues sauvages pour y porter la parole, prêt à tout recommencer.

« Avec le recul, je vois aujourd'hui combien j'avais été absurde de placer mes espoirs en Lillian. C'était une folie de m'en aller là-bas, un geste de désespoir. Ça aurait pu marcher si je n'étais pas tombé amoureux d'elle, mais du moment que c'était arrivé l'aventure ne pouvait plus que mal tourner. Je l'avais mise dans une situation impossible, et elle ne savait comment y faire face. Elle avait envie de l'argent, et elle n'en voulait pas. Ça la rendait avide, et son avidité l'humiliait. Elle avait envie que je l'aime et se haïssait de m'aimer en retour. Je ne lui reproche plus de m'avoir fait vivre un enfer. Elle est sauvage, Lillian. Pas seulement belle, tu comprends, mais incandescente. Intrépide, incontrôlée, prête à tout — et avec moi elle n'a jamais eu une chance d'être ce qu'elle était.

« A la fin, le plus remarquable n'est pas que je sois parti, mais que j'aie réussi à rester aussi longtemps. Les circonstances étaient si bizarres, si dangereuses et si déroutantes que je crois que ça l'avait excitée. C'est par ça qu'elle s'est laissé avoir : pas par moi, mais par l'excitation due à ma présence, par l'obscurité que j'incarnais. La situation était chargée de possibilités romanesques de toutes sortes, et après quelque temps elle n'a plus pu y résister, elle s'est abandonnée bien plus qu'elle n'en avait jamais eu l'intention. Ce n'était pas très différent de la façon étrange et invraisemblable dont elle avait rencontré Dimaggio. Là, ça l'avait menée au mariage. Dans mon cas, il y avait eu cette lune de miel, ces deux semaines étourdissantes durant lesquelles rien de mal ne pouvait nous arriver. Peu importe ce qui s'est passé ensuite. Ça ne pouvait pas durer, et tôt ou tard elle aurait recommencé à sortir, elle serait retombée dans son ancienne vie. Mais pendant ces deux semaines, je crois, je suis sûr qu'elle était amoureuse de moi. Dès qu'un doute me vient, je n'ai qu'à me rappeler la preuve. Elle aurait pu me livrer à la police, et elle ne l'a pas fait. Même après que je lui ai dit qu'il n'y avait plus d'argent. Même après mon départ. A défaut d'autre chose, ça prouve bien que je comptais pour elle. Ça prouve que tout ce qui m'est arrivé à Berkeley est réellement arrivé.

« Mais pas de regrets. Plus maintenant, en tout cas. Tout ça c'est derrière moi — c'est fini, c'est de l'histoire ancienne. Le plus dur a été de devoir quitter la petite fille. Je ne croyais pas en être autant affecté, elle m'a manqué longtemps, elle m'a manqué bien plus que Lillian. Chaque fois que je roulais vers l'Ouest, l'idée me revenait de pousser jusqu'en Californie — rien que pour passer la voir, pour lui rendre visite. Mais je ne l'ai jamais fait. J'avais peur de ce qui se passerait si je revoyais Lillian, et j'ai gardé mes distances avec la Californie, je n'ai plus mis le pied dans l'État depuis le matin de mon départ. Il y a de ça dix-huit, dix-neuf mois. Depuis le temps, Maria a dû m'oublier. A un moment donné, avant que les choses se dégradent avec Lillian, je pensais que je finirais par l'adopter, qu'elle deviendrait vraiment ma fille. Ç'aurait été bien pour elle, je crois, bien pour nous deux, mais il est trop tard maintenant pour y rêver. Je suppose que je n'étais pas destiné à être père. Ça n'avait pas marché avec Fanny, et ça n'a pas marché avec Lillian. Petites semences. De petits œufs et de petites semences. On a un certain nombre de chances, et puis la vie s'empare de nous, et on poursuit seul, à jamais. Je suis devenu ce que je suis aujourd'hui, et aucun retour en arrière n'est possible. Voilà où j'en suis, Peter. Tant que je peux faire durer les choses, voilà où j'en suis. »

Il commençait à radoter. Le soleil était déjà haut et un millier d'oiseaux chantaient dans les arbres : alouettes, pinsons, fauvettes, le chœur matinal dans toute sa gloire. Sachs avait parlé durant de si longues heures qu'il ne savait presque plus ce qu'il disait. Dans la lumière qui entrait à flots par les fenêtres, je voyais ses yeux se fermer. On pourra continuer plus tard, lui dis-je. Si tu ne vas pas te coucher et dormir un peu, tu vas probablement tourner de l'œil et je ne suis pas certain d'avoir la force de te porter jusqu'à la maison.

Je l'installai dans une des chambres inoccupées de l'étage, baissai les stores et repartis sur la pointe des pieds vers ma chambre. Je ne pensais guère pouvoir dormir. Il y avait trop de choses à digérer, trop d'images se bousculaient dans ma tête, mais à l'instant où ma tête touchait l'oreiller je sombrai dans l'inconscience. J'avais l'impression d'avoir été matraqué, d'avoir eu le crâne écrasé par une pierre. Il y a des histoires trop terribles, sans doute, et la seule façon de se laisser pénétrer par elles consiste à les fuir, à leur tourner le dos pour s'enfoncer dans l'obscurité.

Je me réveillai à trois heures de l'après-midi. Sachs dormit encore pendant deux heures, deux heures et demie, et dans l'intervalle, pour ne pas le réveiller, je restai hors de la maison à traînasser dans le jardin. Le sommeil ne m'avait fait aucun bien. Je me sentais encore trop engourdi pour penser, et si je réussis à m'occuper durant tout ce temps, ce ne fut qu'à réfléchir au menu pour le repas du soir. Chaque décision me coûtait un effort, j'en pesais le pour et le contre comme si le sort du monde en dépendait : fallait-il cuire le poulet au four ou sur le gril, l'accompagner de riz ou de pommes de terre, restait-il assez de vin dans l'armoire ? C'est curieux comme tout cela me revient aujourd'hui avec netteté. Sachs venait de me raconter qu'il avait tué un homme, que depuis deux ans il errait à travers le pays comme un fugitif, et tout ce que j'avais en tête était : que préparer pour le dîner ? Comme si j'avais éprouvé le besoin de prétendre que la vie était faite de tels détails familiers. Mais c'était seulement parce que j'étais conscient du contraire.

Nous veillâmes tard de nouveau cette nuit-là, continuant à parler pendant tout le repas et jusqu'aux petites heures du matin. Nous nous étions installés dehors, cette fois, assis dans ces mêmes fauteuils Adirondack où nous avions passé tant d'autres soirées au cours des années : deux voix désincarnées dans l'obscurité, invisibles l'un pour l'autre, ne nous apercevant que lorsque l'un de nous frottait une allumette et que nos visages s'illuminaient brièvement dans l'ombre. Je me souviens du bout rougeoyant des cigares, de lucioles dansant sur les buissons, d'un immense ciel étoilé au-dessus de nos têtes — les mêmes souvenirs que je garde de tant d'autres nuits dans le passé. Tout cela m'aidait à rester calme, je suppose, mais plus encore que le décor, il y avait Sachs lui-même. Son long sommeil l'avait remis en forme, et dès le début il avait pleinement maîtrisé la conversation. Il n'y avait aucune incertitude dans sa voix, rien qui eût pu me donner l'impression de ne pas pouvoir lui faire confiance. C'est cette nuit-là qu'il m'a parlé du Fantôme de la Liberté, et à aucun moment il n'a eu l'air d'un homme qui se confesse d'un crime. Il était fier de ce qu'il avait fait, inébranlablement en paix avec lui-même, et il s'exprimait avec l'assurance d'un artiste qui sait qu'il vient de créer son œuvre la plus importante.

Ce fut un long récit, une invraisemblable saga pleine de voyages et de déguisements, d'accalmies, de moments de frénésie et d'échappées belles. Avant d'avoir entendu Sachs, je n'aurais jamais deviné combien il entrait de travail dans chacune de ces explosions : les semaines de conception et de préparation, les méthodes complexes permettant de récolter à la ronde les matériaux servant à fabriquer les bombes, les alibis et faux-semblants méticuleux, les distances à parcourir. Dès qu'il avait choisi une ville, il lui fallait trouver le moyen d'y passer quelque temps sans éveiller les soupçons. La première démarche consistait à se concocter une identité et une histoire, et puisqu'il n'était jamais deux fois le même individu, ses capacités d'invention se trouvaient constamment mises à l'épreuve. Il se donnait chaque fois un nom différent, aussi quelconque et aussi neutre que possible (Ed Smith, Al Goodwin, Jack White, Bill Foster) et d'une opération à l'autre, il s'efforçait d'apporter à son aspect physique de légères modifications (imberbe une fois, barbu la suivante, les cheveux noirs à un endroit et blonds ailleurs, avec ou sans lunettes, en complet-veston ou en vêtements de travail, un nombre fixe de variables qu'il associait selon diverses combinaisons pour les différentes villes). Mais le défi fondamental, c'était de s'amener avec une raison d'être là, un prétexte plausible à demeurer plusieurs jours durant dans une communauté où personne ne le connaissait. Une fois il se fit passer pour un professeur d'université, un sociologue qui faisait des recherches en vue d'un livre sur la vie et les valeurs dans une petite ville américaine. Une autre fois, il se prétendit en voyage sentimental, enfant adopté en quête de renseignements sur ses parents biologiques. Une autre fois encore, il fut un homme d'affaires qui espérait investir dans l'immobilier commercial. Une autre, un veuf, un homme qui avait perdu sa femme et ses enfants dans un accident d'auto et envisageait de s'installer dans un nouvel environnement. Et puis, non sans une certaine perversité, lorsque le Fantôme se fut fait un nom, il se présenta dans une petite bourgade du Nebraska comme un journaliste chargé d'un article de fond sur les attitudes et les opinions des habitants d'endroits possédant leur propre réplique de la statue de la Liberté. Que pensaient-ils de cette affaire de bombes? leur demandait-il. Et que signifiait pour eux la statue? L'expérience lui avait mis les nerfs à dure épreuve, me confia-t-il, mais chaque minute en valait la peine.

Dès le début, il avait décidé que l'ouverture était la plus efficace des stratégies, le meilleur moyen d'éviter de faire mauvaise impression. Au lieu de demeurer solitaire et caché, il bavardait avec les gens, les charmait, les amenait à penser qu'il était un type sympa. Ce comportement amical lui venait tout naturellement, et ça lui donnait l'espace dont il avait besoin pour respirer. Une fois que les gens savaient pourquoi il était là, ils ne s'inquiétaient pas de le voir se balader à travers leur ville, et s'il arrivait qu'il passe plusieurs fois près de la statue au cours de ses promenades, personne n'y faisait attention. Et pas davantage lors de ses tournées nocturnes en voiture, lorsqu'il parcourait la ville calfeutrée à deux heures du matin pour se familiariser avec les habitudes de la circulation, afin de calculer les probabilités que quelqu'un se trouvât dans les parages quand il poserait sa bombe. Il pensait s'installer là, après tout, et qui lui aurait reproché d'essayer de se faire une impression de l'atmosphère après le coucher du soleil? Il se rendait compte que l'excuse était fragile, mais ces sorties nocturnes étaient indispensables, une précaution inévitable, car il n'avait pas que sa propre peau à sauver, il devait s'assurer que personne ne serait atteint. Un clochard endormi au pied du socle, deux adolescents se cajolant sur l'herbe, un homme sorti au milieu de la nuit pour promener son chien — il ne faudrait pas plus d'un fragment minuscule de pierre ou de métal pour tuer quelqu'un, et alors son entreprise entière perdrait tout son sens. C'était la plus grande crainte de

Sachs, et il se donnait un mal énorme pour se garder de tels accidents. Les bombes qu'il fabriquait étaient petites, beaucoup plus petites qu'il n'aurait aimé, et bien que le risque en fût augmenté, il ne réglait jamais la minuterie sur plus de vingt minutes après avoir fixé les explosifs à la couronne de la statue. Rien ne garantissait qu'il ne passerait personne pendant ces vingt minutes, mais compte tenu de l'heure, le risque était mince.

En plus de tout le reste, Sachs me donna cette nuit-là une grande quantité de renseignements techniques, un cours accéléré sur les procédés de fabrication des bombes. Je dois avouer que la plus grande partie me passa au travers. Je ne suis pas doué pour la mécanique, et mon ignorance me donnait de la difficulté à suivre ce qu'il disait. Je saisissais un mot de-ci, de-là, des termes comme réveil, poudre à fusil, détonateur, mais le reste m'était incompréhensible, une langue étrangère à laquelle je n'avais pas accès. Pourtant, à sa façon d'en parler, je jugeai que tout cela supposait une grande ingéniosité. Il ne se fiait pas aux formules préétablies et, soucieux en outre de couvrir sa trace, il prenait grand soin d'utiliser des matériaux familiers, de combiner ses explosifs à partir du bric-à-brac qu'on peut trouver dans n'importe quelle quincaillerie. Le processus devait être ardu : il se rendait à un endroit juste pour acheter un réveil, faisait cinquante miles de route afin de se procurer un rouleau de fil électrique, et puis allait ailleurs encore chercher du ruban adhésif. Aucun achat ne dépassait jamais vingt dollars, et il était attentif à ne jamais payer qu'en espèces — dans chaque magasin, à chaque restaurant, à chaque motel minable. Il entrait et sortait ; bonjour et au revoir. Ensuite il disparaissait, comme si son corps s'était évanoui dans l'atmosphère. Ce n'était pas simple, mais en un an et demi, il n'avait pas laissé derrière lui la moindre trace.

Il avait, dans le South Side de Chicago, un modeste appartement qu'il louait sous le nom d'Alexandre Berkman et qui lui servait de refuge plus que de foyer ; il s'y arrêtait entre ses voyages et n'y passait jamais plus d'un tiers de son temps. La seule évocation de la vie qu'il menait me mettait mal à l'aise. Le mouvement constant, l'obligation de faire toujours semblant d'être un autre, la solitude — mais Sachs haussa les épaules comme si mes angoisses étaient sans fondement. Il était trop préoccupé, me dit-il, trop absorbé par ce qu'il faisait pour penser à de telles choses. S'il s'était créé un problème, c'était de savoir comment s'arranger de ses succès. A mesure que la réputation du Fantôme grandissait, il devenait de plus en plus difficile de trouver des statues à attaquer. La plupart étaient surveillées, et alors qu'au début l'accomplissement de ses missions ne lui demandait que d'une à trois semaines, le temps moyen atteignait désormais près de deux mois et demi. Au début de l'été, il avait été obligé de renoncer à un projet à la dernière minute, et plusieurs autres avaient dû être remis à plus tard — abandonnés jusqu'à l'hiver, quand les basses températures ne manqueraient pas de réduire le zèle des gardes nocturnes. Néanmoins, pour chaque obstacle qui s'élevait, il y avait en compensation un bénéfice, une preuve de plus de l'étendue de son influence. Depuis quelques mois le Fantôme de la Liberté avait été le sujet d'éditoriaux et de sermons. Il avait été discuté dans des émissions de radio avec appels téléphoniques, caricaturé par des humoristes politiques, voué aux gémonies en tant que menace pour la société, porté aux nues en tant que héros populaire. Des T-shirts et des boutons Fantôme de la Liberté étaient en vente dans les boutiques de nouveautés, des blagues avaient commencé à circuler, et il y avait un mois à peine, dans un numéro de strip-tease, à Chicago, on avait pu voir la statue lentement déshabillée puis séduite par le Fantôme. Il était célèbre, me dit-il, bien plus célèbre qu'il ne l'avait jamais cru possible. Tant qu'il pourrait continuer, il était prêt à affronter tous les inconvénients, à foncer à travers toutes les difficultés. C'était le genre de choses que dirait un fanatique, je m'en suis rendu compte plus tard, cette façon d'admettre qu'il n'avait plus besoin d'une vie personnelle, mais il le disait avec tant de bonheur, tant d'enthousiasme et d'absence de doute qu'au moment même je compris à peine ce qu'impliquaient ses paroles.

Il restait des choses à dire. Toutes sortes de questions s'étaient accumulées dans ma tête, mais l'aube arrivait et j'étais trop épuisé pour continuer. J'aurais voulu l'interroger à propos de l'argent (combien en restait-il, qu'allait-il faire quand il n'y en aurait plus ?) ; j'aurais aimé en savoir plus sur sa rupture avec Lillian Stern ; j'aurais aimé l'interroger sur Maria Turner, sur Fanny, sur le manuscrit de *Léviathan* (auquel il n'avait même pas jeté un coup d'œil). Il y avait une centaine de fils à renouer, et il me semblait que j'avais le droit de tout savoir, qu'il avait l'obligation de répondre à toutes mes questions. Mais je n'insistai pas pour prolonger la conversation. Nous parlerions de tout ça au petit déjeuner, me disais-je, il était temps d'aller nous coucher.

Quand je m'éveillai, plus tard dans la matinée, la voiture de Sachs avait disparu. Je supposai qu'il était allé faire une course et qu'il reviendrait d'une minute à l'autre, mais après avoir attendu son retour pendant plus d'une heure, je commençai à perdre espoir. Je n'avais pas envie de croire qu'il était parti sans me dire au revoir, et pourtant je savais que tout était possible. Il avait fait le coup à d'autres avant moi, et pourquoi me serais-je imaginé qu'il se comporterait autrement avec moi ? D'abord Fanny, puis Maria Turner, puis Lillian

Stern. Sans doute ne représentais-je que le dernier d'une longue série de départs silencieux, une personne de plus rayée de sa liste.

A midi et demi, je me rendis au studio pour me remettre à mon livre. Je ne savais pas quoi faire d'autre, et plutôt que de continuer à attendre dehors en me sentant de plus en plus ridicule, planté là à guetter le bruit de la voiture de Sachs, je me dis que le travail m'aiderait à penser à autre chose. C'est alors que je trouvai sa lettre. Il l'avait déposée sur mon manuscrit, et je la vis à l'instant où je m'assis à ma table.

« Je suis désolé de filer comme ça, commençait-elle, mais je crois que nous nous sommes à peu près tout dit. Si je restais plus longtemps, ça ne ferait que compliquer les choses. Tu essaierais de me dissuader de poursuivre mon action (parce que tu es mon ami, parce que tu considérerais que tel est ton devoir en tant qu'ami), et je n'ai pas envie de me disputer avec toi, je n'ai pas assez d'estomac pour me quereller maintenant. Quoi que tu puisses penser de moi, je te suis reconnaissant de m'avoir écouté. Il fallait que cette histoire soit racontée, et plutôt à toi qu'à quiconque. Le moment venu — s'il vient —, tu sauras la raconter aux autres, tu leur feras comprendre le sens de tout cela. Tes livres en sont la preuve, et tout bien réfléchi, tu es l'unique personne sur qui je peux compter. Tu es allé tellement plus loin que je n'ai jamais été, Peter. Je t'admire pour ton innocence, pour la façon dont tu t'en es tenu toute ta vie à une seule chose. Mon problème, c'est que je n'ai jamais réussi à y croire. J'ai toujours souhaité autre chose, sans jamais savoir ce que c'était. Maintenant je sais. Après tout ce qui est arrivé d'horrible, j'ai finalement trouvé une raison de croire. C'est ça qui compte pour moi désormais. M'en tenir à cette seule chose. Je t'en prie, ne me juge pas mal — et surtout, ne me plains pas. Je vais bien. Je ne me suis jamais senti mieux. Je vais continuer à leur en faire voir aussi longtemps que je pourrai. La prochaine fois que tu liras les exploits du Fantôme de la Liberté, j'espère que tu riras un bon coup. Haut les cœurs, mon petit vieux. A bientôt. Ben. »

Je dois avoir parcouru cette lettre vingt ou trente fois. Il n'y avait rien d'autre à faire, et il me fallut au moins ce temps pour absorber le choc de son départ. Les premières lectures me laissèrent blessé, fâché contre lui d'avoir déguerpi quand j'avais le dos tourné. Et puis, très lentement, en relisant la lettre, je commençai à reconnaître à contrecœur que Sachs avait eu raison. La conversation suivante aurait été plus pénible que les autres. C'était vrai que j'avais eu l'intention de lui faire face, que j'étais décidé à lui dire tout ce que je pourrais pour le dissuader de continuer. Il l'avait pressenti, je suppose, et plutôt que de laisser de l'amertume s'installer entre nous, il était parti. Je ne pouvais pas vraiment le lui reprocher. Il avait souhaité que notre amitié survive, et puisqu'il savait que cette visite pouvait être notre dernière rencontre, il n'avait pas voulu qu'elle se termine mal. Tel était le but de sa lettre. Elle avait mené les choses à leur terme sans les achever. Elle avait été sa façon de me dire qu'il ne pouvait pas me dire au revoir.

Il vécut encore dix mois, mais ne me donna plus jamais de ses nouvelles. Le Fantôme de la Liberté frappa à deux reprises durant cette période — une fois en Virginie et une fois dans l'Utah — mais je ne ris pas. A présent que je connaissais l'histoire, je ne ressentais plus que de la tristesse, une peine incommensurable. Des transformations extraordinaires se produisirent dans le monde au cours de ces dix mois. Le mur de Berlin fut abattu, Havel devint président de la Tchécoslovaquie, la guerre froide se termina soudain. Mais Sachs continuait, quelque part, particule solitaire dans la nuit américaine, à se précipiter vers son anéantissement dans une voiture volée. Où qu'il fût, j'étais désormais avec lui. Je lui avais donné ma parole de ne rien dire, et plus je gardais son secret, moins je m'appartenais. Dieu sait d'où venait mon obstination, mais je n'en ai jamais soufflé mot à personne. Ni à Iris, ni à Fanny et à Charles, ni à âme qui vive. Je m'étais imposé pour lui le fardeau de ce silence, et à la fin j'en fus presque écrasé.

Je revis Maria Turner au début de septembre, quelques jours après qu'Iris et moi fûmes rentrés à New York. Ce fut un soulagement de pouvoir parler de Sachs avec quelqu'un, mais même à elle je ne me livrai que le moins possible. Je ne lui dis même pas que j'avais vu Ben — seulement qu'il m'avait appelé et que nous avions bavardé au téléphone pendant une heure. C'est une triste petite danse que je dansai avec Maria ce jour-là. Je l'accusai de loyauté mal comprise, de trahison envers Sachs parce qu'elle avait tenu la promesse qu'elle lui avait faite, alors que c'était exactement ce que j'étais en train de faire de mon côté. Nous avions tous deux été mis dans la confidence, mais j'en savais plus qu'elle, et je n'allais pas partager mon savoir avec elle. Il suffisait qu'elle sache que j'étais au courant de ce qu'elle savait. Après cela, elle me parla très volontiers, consciente qu'il serait vain de tenter de tricher avec moi. Cette partie de l'histoire était donc au grand jour, désormais, et je finis par en apprendre davantage sur ses relations avec Sachs que Sachs lui-même ne m'en avait jamais dit. Entre autres, c'est ce jour-là que je vis pour la première fois les photographies qu'elle avait prises de lui, ce qu'elle appelait les *Jeudis avec Ben.* Plus important encore, je découvris aussi que Maria avait vu Lillian Stern à Berkeley l'année précédente — six mois environ après le départ de Sachs. D'après ce que Lillian lui avait raconté, Ben était revenu deux fois lui rendre visite. Ceci contredisait le récit qu'il m'avait fait, mais quand je signalai à Maria cette incohérence, elle haussa les épaules.

— Lillian n'est pas seule à mentir, a-t-elle dit. Tu sais ça aussi bien que moi. Après ce que ces deux-là s'en sont fait voir, les paris sont ouverts.

— Je ne dis pas que Ben ne pourrait pas mentir, ai-je répondu. Simplement, je ne vois pas pourquoi il le ferait.

— Il semble qu'il l'ait menacée. Peut-être que ça l'embarrassait de t'en parler.

— Menacée?

— Lillian m'a dit qu'il l'avait menacée d'enlever sa fille.

— Et pourquoi diable aurait-il fait ça?

— Apparemment, il n'approuvait pas sa façon d'élever Maria. Il disait qu'elle exerçait une mauvaise influence sur la gamine, que la petite méritait d'avoir une chance de grandir dans un milieu sain. Il prenait de grands airs moralisateurs, et ils ont eu une scène pénible.

— Ça ne ressemble pas à Ben.

— Possible, mais Lillian en a eu assez peur pour prendre des mesures. Après la deuxième visite de Ben, elle a mis Maria dans un avion et l'a expédiée dans l'Est chez sa mère.

— Lillian avait sans doute des raisons à elle de vouloir s'en débarrasser.

— Tout est possible. Je ne fais que te répéter ce qu'elle m'a dit.

— Et l'argent qu'il lui a donné? Elle l'a dépensé?

— Non. En tout cas pas pour elle-même. Elle m'a dit qu'elle l'avait placé dans un compte d'épargne pour Maria.

— Je me demande si Ben lui a jamais révélé d'où venait l'argent. Ce point-là ne me paraît pas très clair, et ça pourrait avoir joué.

— Je ne suis pas sûre. Mais il y a une question plus intéressante, c'est de se demander, d'abord, d'où Dimaggio tenait cet argent. C'était une somme phénoménale à trimbaler avec lui.

— Ben pensait que c'était le produit d'un vol. Du moins au début. Ensuite il s'est dit que Dimaggio pouvait l'avoir reçu d'une organisation politique. Sinon les Enfants de la planète, alors n'importe qui. Des terroristes, par exemple. L'OLP, l'IRA, ou une douzaine d'autres groupes. Il imaginait que Dimaggio pouvait avoir été en rapport avec des gens comme ça.

— Lillian a son opinion sur les activités de Dimaggio.

— Je n'en doute pas.

— Ouais, eh bien, c'est plutôt intéressant si tu y réfléchis. A son avis, Dimaggio travaillait comme agent secret pour le gouvernement. La CIA, le FBI, une de ces bandes de barbouzes. Elle croit que ça a commencé quand il était soldat au Viêt-nam. Qu'ils l'ont embauché là-bas, et puis qu'ils lui ont payé ses études — sa licence et sa maîtrise. Pour qu'il ait les titres voulus.

— Tu veux dire que c'était un mouchard? Un agent provocateur?

— C'est ce que pense Lillian.

— Ça me paraît parfaitement tiré par les cheveux.

— Ça, c'est évident. Mais ça ne veut pas dire que ce n'est pas vrai.

— Elle a des preuves, ou c'est de la pure invention?

— Je ne sais pas, je ne le lui ai pas demandé. On n'en a pas vraiment discuté.

— Pourquoi tu ne le lui demandes pas maintenant?

— On ne se parle plus tellement.

— Ah?

— Ma visite a été orageuse, et je n'ai plus eu de contact avec elle depuis l'an dernier.

— Vous êtes brouillées ?

— Ouais, quelque chose comme ça.

— A cause de Ben, je suppose. Tu tiens encore à lui, hein ? Ça a dû être moche d'écouter ton amie te raconter combien il était amoureux d'elle.

Maria détourna brusquement la tête, et je compris que j'avais vu juste. Mais elle avait trop de fierté pour l'admettre, et un instant plus tard elle avait recouvré assez de contrôle sur elle-même pour me regarder de nouveau. Elle m'adressa un sourire dur et ironique.

— Tu es le seul homme que j'aie jamais aimé, Chiquita, me dit-elle. Mais tu m'as fait le coup du mariage, non ? Une fille qu'a le cœur brisé, faut qu'elle fasse ce qu'il faut.

Je réussis à la persuader de me donner l'adresse et le numéro de téléphone de Lillian. J'avais un nouveau livre qui paraissait en octobre, et mon éditeur avait organisé pour moi plusieurs lectures dans diverses villes un peu partout dans le pays. San Francisco était la dernière étape de la tournée, et j'aurais trouvé absurde d'y aller sans essayer de joindre Lillian. J'ignorais tout à fait si elle savait où était Sachs (et même si elle le savait, il n'était pas évident qu'elle me le dirait), mais j'imaginais que nous aurions beaucoup de choses à nous dire de toute façon. A tout le moins, je voulais la voir par moi-même, me faire ma propre opinion sur sa personnalité. Tout ce que je savais d'elle venait soit de Sachs, soit de Maria, et elle me paraissait un personnage trop important pour que je me fie à leurs témoignages. Je l'appelai le lendemain du jour où Maria m'avait donné son numéro. Elle n'était pas chez elle, mais je laissai un message sur son répondeur et, à ma grande surprise, elle me rappela au studio dans l'après-midi. La conversation fut brève mais amicale. Elle savait qui j'étais, me dit-elle. Ben lui avait parlé de moi, et il lui avait donné un de mes romans, qu'elle avoua n'avoir pas eu le temps de lire. Je n'osai pas lui poser de questions au téléphone. Il me suffisait d'être entré en contact avec elle et, allant donc droit au but, je lui demandai si elle accepterait de me rencontrer à l'occasion de mon passage dans la région de la Baie à la fin d'octobre. Elle hésita un peu, mais quand j'insistai sur l'importance que cela avait pour moi, elle céda. Téléphonez-moi dès que vous serez arrivé à l'hôtel, proposa-t-elle, et nous prendrons un verre ensemble quelque part. Aussi simple que ça. Elle avait une voix intéressante, pensai-je, un peu rauque, profonde, j'aimais le son de cette voix. Si elle avait réussi à devenir actrice, c'était le genre de voix dont les gens se seraient souvenus.

Pendant six semaines, je vécus avec la promesse de cette entrevue. Quand le tremblement de terre frappa San Francisco au début d'octobre, ma première pensée consista à me demander si ma visite devrait être annulée. J'ai honte aujourd'hui d'un tel manque de cœur, mais au moment même je m'en rendis à peine compte. Viaducs effondrés, immeubles en flammes, corps écrasés et mutilés — ces désastres ne signifiaient rien pour moi sauf dans la mesure où ils pouvaient m'empêcher de rencontrer Lillian. Heureusement, le théâtre où il était prévu que je fasse ma lecture avait été épargné, et le voyage se déroula comme prévu. Dès mon arrivée à l'hôtel, je montai dans ma chambre et demandai son numéro à Berkeley. Une femme à la voix inconnue répondit au téléphone. Quand je demandai à parler à Lillian Stern, elle me dit que Lillian n'était plus là, qu'elle était partie pour Chicago trois jours après le tremblement de terre. Quand revient-elle? demandai-je. La femme ne savait pas. Vous voulez dire qu'elle a eu tellement peur du tremblement de terre? fis-je. Oh non, répondit la femme, Lillian avait déjà l'intention de partir avant cela. Elle a fait passer l'annonce pour sous-louer sa maison au début de septembre. A-t-elle laissé une adresse où faire suivre son courrier? demandai-je. La femme dit que non, qu'elle payait son loyer directement au propriétaire. Eh bien, fis-je, en luttant pour surmonter ma déception, si jamais elle vous fait signe, je vous serais obligé de m'en informer. Avant de raccrocher, je lui donnai mes deux numéros à New York. Appelez-moi à mes frais, dis-je, quelle que soit l'heure, jour et nuit.

Je compris alors à quel point Lillian m'avait berné. Elle avait su qu'elle serait partie bien avant que j'arrive — ce qui signifie qu'elle n'avait jamais eu la moindre intention de venir à notre rendez-vous. Je me maudissais pour ma crédulité, pour le temps et l'espoir que j'avais gaspillés. Par acquit de conscience, je m'adressai aux renseignements de Chicago, mais le nom de Lillian Stern ne figurait sur aucune liste. Quand j'appelai Maria Turner à New York pour lui demander l'adresse de la mère de Lillian, elle me répondit qu'elle n'avait plus été en rapport avec Mrs. Stern depuis des années et n'avait aucune idée de l'endroit où elle habitait. La piste s'était refroidie d'un coup. Lillian était désormais aussi perdue pour moi que Sachs, et je ne parvenais même pas à imaginer par où commencer à la chercher. Si sa disparition m'offrait la moindre consolation, celle-ci provenait du mot *Chicago*. Lillian devait avoir eu une raison de ne pas vouloir me parler, et je priais que ce fût le désir de protéger Sachs. Si tel était le cas, alors ils étaient peut-être restés en meilleurs termes que je n'avais été amené à le croire. Ou peut-être la situation s'était-elle arrangée depuis le passage de Ben dans le Vermont. Et s'il était allé en Californie, et l'avait persuadée de partir avec lui? Il m'avait dit qu'il avait un appartement à Chicago, et Lillian avait dit à sa locataire qu'elle partait pour Chicago. Était-ce une coïncidence, ou avaient-ils menti, l'un ou l'autre — ou les deux ? Je ne pouvais même pas le deviner, mais j'espérais pour Sachs qu'ils vivaient désormais ensemble, embarqués dans une folle existence de hors-la-loi tandis qu'il parcourait le pays en tous sens en combinant furtivement sa prochaine opération. Le Fantôme de la Liberté et sa môme. Du moins n'aurait-il pas été seul, ainsi, et je préférais l'imaginer avec elle plutôt que solitaire, je préférais imaginer pour lui n'importe quelle vie plutôt que celle qu'il m'avait décrite. Si Lillian était aussi intrépide qu'il me l'avait affirmé, alors elle était peut-être auprès de lui, elle était peut-être assez aventureuse pour avoir fait cela.

Ensuite, je n'ai rien appris de plus. Huit mois ont passé, et quand Iris et moi sommes revenus dans le Vermont à la fin de juin, j'avais pratiquement renoncé à toute idée de retrouver Ben. Des centaines de dénouements possibles que j'imaginais, celui qui me semblait le plus plausible était qu'il ne réapparaîtrait jamais. Je n'avais pas la moindre idée du temps pendant lequel les attentats allaient se répéter, aucune prémonition du moment où viendrait la fin. Et même s'il y avait une fin, il paraissait peu probable que j'en sache jamais rien — ce qui signifiait que l'histoire se poursuivrait, continuerait éternellement à sécréter en moi son poison. Je me débattais pour accepter cela, pour coexister avec les forces de ma propre incertitude. Malgré mon envie désespérée d'une solution, il me fallait admettre le risque qu'il n'y en eût jamais. On ne peut retenir son souffle que pendant un certain temps, après tout. Tôt ou tard, il vient un moment où on doit se remettre à respirer, même si l'air est pollué, même si on sait qu'il finira par vous tuer.

L'article du *Times* m'a pris au dépourvu. Je m'étais si bien habitué à mon ignorance, à ce moment-là, que je ne m'attendais plus au moindre changement. Quelqu'un était mort au bord de cette route du Wisconsin, mais si je savais bien qu'il pouvait s'agir de Sachs, je n'étais pas disposé à le croire. Il a fallu pour m'en convaincre l'arrivée des agents du FBI, et à ce moment encore je me suis accroché à mes doutes jusqu'au dernier instant — quand ils ont fait état du numéro de téléphone trouvé dans la poche du mort. Après cela, une seule image s'est imposée à ma conscience, où elle demeure aussi brûlante qu'au premier jour : mon pauvre ami éclatant en mille morceaux quand la bombe a explosé, mon pauvre ami éparpillé à tous les vents.

Il y a de cela deux mois. Je me suis attelé à la rédaction de ce livre dès le lendemain, et j'ai travaillé depuis dans un état de panique continuelle — en luttant pour terminer avant que le temps ne me manque, en ne sachant jamais si je réussirais à atteindre la fin. Ainsi que je l'avais prédit, les agents du FBI se sont occupés de moi. Ils ont parlé à ma mère en Floride, à ma sœur dans le Connecticut, à mes amis à New York, et au long de l'été des gens m'ont téléphoné pour me raconter ces visites, soucieux à l'idée que j'avais des ennuis. Je n'ai pas encore d'ennuis, mais je m'attends tout à fait à en avoir bientôt. Lorsque mes amis Worthy et Harris s'apercevront de tout ce que je leur ai tu, ils seront forcément irrités. Je n'y peux plus rien, maintenant. Je suis conscient que le fait de dissimuler des renseignements au FBI est passible de sanctions, mais étant donné les circonstances je ne vois pas comment j'aurais pu agir autrement. Je devais à Sachs de garder le silence, et je lui devais d'écrire ce livre. Il avait eu le courage de me confier son histoire, et je ne crois pas que j'aurais pu vivre avec moi-même si j'avais trahi sa confiance.

Au cours du premier mois, j'ai écrit une brève ébauche préliminaire en me limitant strictement à l'essentiel. A ce moment-là, comme l'enquête n'avait pas encore abouti, je suis reparti du début et je me suis mis à remplir les vides, en donnant à chaque chapitre plus de deux fois sa longueur initiale. J'avais l'intention de reprendre le manuscrit aussi souvent qu'il serait nécessaire, de compléter les informations à chaque version successive, et de poursuivre ainsi jusqu'à ce que je pense n'avoir plus rien à dire. Théoriquement, ce processus pouvait durer des mois, des années même, peut-être — mais seulement si j'avais de la chance. En réalité, ces huit semaines sont tout ce que j'aurai jamais. Aux trois quarts de la deuxième version (au milieu du quatrième chapitre), j'ai été obligé de m'interrompre. Ça s'est passé hier, et je n'ai pas encore digéré la soudaineté avec laquelle ça s'est passé. Le livre est achevé maintenant parce que l'enquête est achevée. Si j'ajoute ces dernières pages, c'est seulement pour raconter comment ils ont trouvé la réponse, pour signaler la petite surprise finale, l'ultime détour qui conclut l'histoire.

C'est Harris qui a résolu l'énigme. C'était le plus âgé des deux agents, le plus bavard, celui qui m'avait posé des questions sur mes livres. Ce qui est arrivé, c'est qu'il a fini par aller dans une librairie en acheter quelques-uns, ainsi qu'il avait promis de le faire lors de sa visite en compagnie de son partenaire, en juillet. Je ne sais pas s'il avait l'intention de les lire ou s'il suivait simplement une intuition, mais il se trouve que les exemplaires qu'il a achetés étaient signés de mon nom. Il doit s'être rappelé ce que je lui avais raconté de ces étranges autographes qui avaient surgi dans mes livres, et il m'a donc téléphoné ici, il y a une dizaine de jours, pour me demander si j'avais jamais été dans une certaine librairie, située dans une petite ville tout près d'Albany. Je lui ai répondu que non, que je n'avais jamais mis les pieds dans cette ville, alors il m'a remercié pour mon aide et il a raccroché. Je ne lui avais dit la vérité que parce que je ne voyais pas de raison de mentir. Sa question n'avait rien à voir avec Sachs, et s'il avait envie de rechercher celui qui avait contrefait ma signature, quel mal pouvait-il en advenir? Je pensais qu'il me rendait service, mais en fait je venais de lui fournir la clef de l'affaire. Il a confié les livres au labo du FBI le lendemain matin, et après un examen méticuleux des empreintes digitales, on a découvert un certain nombre de séries assez nettes. L'une d'entre elles appartenait à Sachs. Le nom de Ben devait déjà être connu et Harris, étant un type astucieux, ne pouvait manquer d'établir le rapport. Une chose menant à une autre, lorsqu'il s'est présenté ici, hier, il avait déjà assemblé les pièces du puzzle. Sachs était l'homme qui s'était fait exploser au fond du Wisconsin. Sachs était l'homme qui avait tué Reed Dimaggio. Sachs était le Fantôme de la Liberté.

Il est arrivé sans Worthy le taiseux, le maussade. Iris et les enfants étaient partis nager dans l'étang, et j'étais de nouveau seul, debout devant la maison, à le regarder descendre de sa voiture. Harris était de bonne humeur, plus jovial que la première fois, et il m'a salué comme si nous étions de vieilles connaissances, collègues dans la quête de réponses aux mystères de la vie. Il avait des nouvelles, m'a-t-il annoncé, et pensait qu'elles pourraient m'intéresser. On avait identifié l'individu qui avait signé mes livres, et il se trouvait que c'était un de mes amis. Un certain Benjamin Sachs. Qu'est-ce qui pourrait bien donner à un ami l'envie de faire un truc comme ça?

J'ai baissé les yeux vers le sol en luttant pour retenir mes larmes; Harris attendait une réponse.

— C'est parce que je lui manquais, ai-je fini par répondre. Il s'en était allé faire un long voyage et il avait oublié d'acheter des cartes postales. C'était sa façon de garder le contact.

— Ah, fit Harris, un vrai petit farceur. Vous pouvez sans doute m'en dire un peu plus sur lui?

— Oui, il y a beaucoup de choses que je peux vous dire. Maintenant qu'il est mort, ça n'a plus d'importance, n'est-ce pas ?

Je lui ai montré le studio du doigt, et sans un mot de plus j'ai fait traverser le jardin à Harris dans la chaleur du soleil de midi. Nous avons gravi ensemble les marches, et lorsque nous nous sommes retrouvés à l'intérieur, je lui ai remis les pages de ce livre.

IMPRIMÉ EN FRANCE PAR BRODARD ET TAUPIN
Usine de La Flèche (Sarthe).
LIBRAIRIE GÉNÉRALE FRANÇAISE - 43, quai de Grenelle - 75015 Paris.

ISBN : 2 - 253 - 13907 - 6 ♦ 31/3907/8